2020 中国散文年选

韩小蕙 编选

花城年选系列

SPM
南方出版传媒
花城出版社
中国·广州

图书在版编目（CIP）数据

2020中国散文年选 / 韩小蕙编选. -- 广州：花城出版社，2021.1
（花城年选系列）
ISBN 978-7-5360-9299-0

Ⅰ.①2… Ⅱ.①韩… Ⅲ.①散文集－中国－当代 Ⅳ.①I267

中国版本图书馆CIP数据核字(2020)第263964号

出 版 人：肖延兵
责任编辑：李珊珊　蔡　安　欧阳蘅
技术编辑：薛伟民　凌春梅
封面设计：Design
丛书篆刻：朱　涛

书　名	2020中国散文年选 2020 ZHONGGUO SANWEN NIANXUAN
出版发行	花城出版社 （广州市环市东路水荫路11号）
经　销	全国新华书店
印　刷	佛山市浩文彩色印刷有限公司 （广东省佛山市南海区狮山科技工业园A区）
开　本	787毫米×1092毫米　16开
印　张	19　1插页
字　数	340,000字
版　次	2021年1月第1版　2021年1月第1次印刷
定　价	59.80元

如发现印装质量问题，请直接与印刷厂联系调换。
购书热线：020-37604658　37602954
花城出版社网站：http://www.fcph.com.cn

目录

读稿笔记
——序《2020 中国散文年选》| 韩小蕙 ……001

今夜深沉

圣贤之忍（节选）| 鲍鹏山 ……001
我与文学（六则）| 贾平凹 ……010
聚集：有关的生活及价值观 | 韩少功 ……017
一根由神奇到神圣的棍子 | 穆涛 ……021
别 | 彭程 ……025
失眠之书（删节）| 蒋蓝 ……032
五种孤独 | 吴佳骏 ……038
身在何处，为何读书（外一篇）
——在晋城某读书会上的演讲 | 聂尔 ……044
纸上的疾病（节选）| 詹文格 ……049
咖啡的颜色 | 王樽 ……055
此痛绵绵无绝期
——《音乐会》第三版絮语 | 朱秀海 ……059

高天厚土

良渚文化：发现的历程 | 徐刚 ……063
石问 | 王剑冰 ……072

春天花会开 | 李元胜 ……078
黄龙山：风土深处……（节选）| 徐风 ……085
蛇之殇 | 孔见 ……094
森林的面容 | 傅菲 ……099
崖子寺 | 甫跃辉 ……104
舌尖上的江南 | 袁敏 ……108
眺望灯火 | 徐晓华（土家族） ……114
麻花辫子的牛皮绳 | 习习 ……119
荤乡愁（节选）| 林渊液 ……128

世说新语

花城看花 | 陈世旭 ……135
如鹤（节选）| 陆春祥 ……140
流逝永恒，此刻亦永在 | 潘向黎 ……146
七月芙蓉生翠水 | 刘琼 ……153
世事微尘（节选）| 王兆胜 ……159
寻访苏东坡：悲欢离合，阴晴圆缺 | 韦力 ……165
绥德之丘 | 阿莹 ……171
康有为的洛阳行 | 张瑞田 ……174
《击壤歌》：初民的悲欢 | 聂作平 ……179

心灵有约

大医与大爱 | 韩小蕙 ……187
与你的名字相遇 | 李舫 ……195
远方的高手 | 任芙康 ……202

与天下共明月
　　——摇曳在金风玉露里的中秋｜卓然　……208
为什么步履迈得那么艰难｜唐朝晖　……217
沉酣｜朱以撒　……224
我与焦墨｜王兆军　……230
当时只道是寻常｜王本道　……234

只眼中外

黄金海岸与奴隶城堡｜晴朗（Bright Nkrumah）（加纳）
　　……237
在英国隔离的日子｜舟卉　……246
中国文学在苏俄｜萨沙（俄）　……257
非洲赎人记｜刘齐　……262
陕西散记｜崔源俊（韩国）　……267
西北的香炉寺和老爷庙｜伍秀玉（印度尼西亚）　……273
墙外的世界｜甲氏咏（越南）　……278
在美丽上海找到回家的路｜叶周（美）　……285

读稿笔记
——序《2020中国散文年选》

_韩小蕙

我到现在都还在犹豫,要不要对2020年的散文创作放宽一些尺度?因为在这个多灾多难的庚子年里,中国、世界各国,乃至大自然中的一切生物生灵,动物、植物、风、云、雨、雷、电、雪……所有的一切,都遭受到了百年来最严重的伤害!这情景,怎能让一位位作家和写作者,闭上双眼,捂住耳朵,一心一意地关在房子里写散文、搞纯文学创作呢?

所以,2020年的散文,认真地清点下来,真没有像2019年的《走进敕勒川》那样直击我心的大作品。

1

但是,我当然一点儿也不否定大家都在顽韧地努力。不仅如此,还非常感动于作家们(包括新闻记者们)的勇敢奉献精神,大疫面前,生死考验面前,他们紧跟在医务人员的队伍后面,奔赴第一线。没有人命令他们,很多人都是自觉自愿下去的。原因无他,只是他们觉得对社会有着这份责任,应该去为医学天使和战斗在疫区的人民群众鼓劲,并为这可歌可泣的悲壮历史记录下这悲壮的一笔笔——多年的练就,已使中国作家们形成了一个光荣的传统,凡有重大社会和历史事件发生,比如地震、洪水、瘟疫、局部战争……哪怕是泰山崩于前,他们也都会在第一时间出现在最危险的前线。这种责任感已经溶化在他们的血液中。

值得特别注意的是，2020年的抗疫作品中，出现了一批既很及时又很正能量，同时还很文学的散文作品，这似乎是一个值得肯定的进步。这些作品不仅快速地描写出全中国抗击新冠病毒的波澜壮阔的景象，上至各级医院、方舱医院，中至医生、护士、清洁工、司机、快递小哥……下至"组织起来"的全体中国人民，遍布城市、乡村乃至少数民族居住的偏远山区，都显示出了世所无有的凝聚力；也细微地表达出中国人民在这场大战役中的心理和精神状态，从最初的茫然、恐惧、紧张、害怕、悲观……到勇气、智慧、团结、乐观、互相鼓励、必胜信心；有些具有深度的作品，还深入到理性思考的领域，重读中外关于瘟疫和灾难的作品，反思人类与自然界的关系，思考世界发展格局中的国家关系和人类今后的路应该怎么走。

因为单篇作品太多，此处恕不一一列举，但我还是想点赞几本刊物：一是《美文》，贾平凹主编亲自策划和组织了《共同战役专刊》，贾平凹、肖云儒、熊召政、迟子建、冯艺、邵丽、关仁山、刘汉俊……这些著名作家都写来了文章，《美文》以相当于每期三倍的超厚篇幅，表达出了中国文学界战胜疫情的必胜信心。二是《天涯》推出了《后疫情时代的生活·文学特刊》，韩少功、刘大先、王威廉、泮伟江等四位作家学者，对聚集、安全性焦虑、数字社会、生存结构、偶然偏离状态等疫情期间产生的新问题，展开了深入的思考，其文章既有温度，也有问题意识，并提供了应对新问题的新思路，别开生面，开人眼界。三是《民族文学》杂志，从第3期至第11期，连续9期推出《抗击新冠肺炎疫情专辑》，刊登了徐晓华等土家族、苗族、白族、仡佬族、满族、维吾尔族等各族作家的抗疫散文和纪实文学，让我们通过这些带着各族体温的文字，看到了全国各地、遍布城乡的各族人民，在大疫面前团结起来，共同守护家园的努力，除了令人感动，还是感动！

2

也许是大疫当前，危难当前，使人们更加重视起了亲情的可贵，今年写父母、子女、兄弟姐妹、至爱亲朋的散文骤然增多。本来实在说，写父母的散文是最不好写的，因为天下的父母虽多，然共性太明显，尤其是中国的父母，一般都是父亲寡言、威严，是家里的顶梁柱，父爱如山；母亲则是每家的活雷锋，干活儿最多，吃得最差，最为吃苦耐劳，为全家人而把自己压榨到最后一分力气……由于太多共性，也就太多雷同，而且当然都是"真情实感"，所以做编辑时我就最"怕"这类题材，把它与"旅游散文"一起放入基本不发的行列。不过今年或许因为疫情下严峻的隔离状态，或许因为我自己的感情变得脆弱了，或许因为亲情散文既多又呈现出一些新的特点，我被其中多篇燃烧心灵，久久不能自已。尤其是一些熟悉的文友或认识的名字，当他们的生活经历和情节、细节呈现出我从未能想象出来的面貌时，那种震撼和感动是加倍的强烈——生活匆匆，生命匆匆，我们往往看惯了春花秋月四时更迭，而变得迟钝又漫不经心，轻慢了大量本来应该珍视的瑰宝，对我们的父母是如此，对亲人、对朋友、对邻居乃至我们身边的保洁员大姐、维修工大哥、保安兄弟、快递小哥……都是如此。在一个明朗而健康的社会里，人应该是第一位的，人的高贵心灵、人的美好品质、人的每一个微笑，包括我们自身的每一次振作、每一次祛魅、每一次战胜阴郁迎来光明，都是为生命增色的壮举，都是为世界增福的善缘，都应该善待又善待，喝彩又喝彩，鼓励又鼓励，坚持又坚持！

3

古代有"深夜秉烛好读书"，2020年则有"锁身在家深思考"。往年的开会、聚谈、采风、上班、社交、娱乐，变成了独思、阅读和写作，喧哗的热闹被静穆的慎独所取代，这未尝不是一件好事。

于是我发现，很多作家不约而同地思考并"追问"了起来：

徐刚的《良渚文化：发现的历史》，以寻找和挖掘良渚文化，去追问江南人脉和江南文化的形成。王剑冰的《石问》，从题目上就摆明了追问的姿态，他问的是东北营口的大石棚，在4000多年前，在没有电能和机械的原始时代，仅仅靠着人的自然力，是怎样以命相搏搭建起来的？徐风的《黄龙山》在讲述了做壶大师顾景舟的轶事之后，在诉说了一把壶背后的文化底蕴、手艺史、饮茶史、风俗史……之后，问的是在长达600年的时光里，宜兴凭什么把紫砂艺术做到了世界的极致？

孔见的《蛇之殇》以毒蛇喻恶人，追问蛇为什么会有毒？然后回答出他自己的独思："就人而言，生命内部积淀的仇恨太深，又得不到及时必须的抒泄，就会化为毒素沉积下来，储藏在脏腑里。当毒素郁积到一定数量，他就没有了选择的余地，要么伤害自己，患一场恶病走人；要么伤害别人，干出危害公共安全的事情来。仇恨源自于伤害，受到伤害又没有能力报复申冤，也无从化解，仇恨就结下来了，存入增值的银行里，生出毒的利息来。一旦社会变故，革命的暴风骤雨来临，这些蛰伏的蛇人，就能获得喷洒毒素的狂欢的机会。"

吴佳骏的《五种孤独》分别以"风""烟""光"等章节，写出留守老人和儿童们逼仄的生活状况，追问为什么非得把农村老家抛在时代列车的后面？唐朝晖的《为什么步履迈得那么艰难》，记述了藏族女作家央珍的心路历程和写作之旅，这句话本是央珍在一篇文章中的询问，唐文原封不动拿来做了标题，可以看出他的感同身受有多深。

还远远不止这些，差不多所有的作家和作品都在思考与追问。其实都是在追问我们人类的终极原点：我们是谁？从哪里来到哪里去？每个人应该怎样走过自己的一生？

4

本书中写古典的数篇，溯流求源，抚昔思今，都是既有书卷气，又具当代性的锦绣文章。

最神奇的是穆涛的《一根由神奇到神圣的棍子》，这根"棍子"原来是"表"，也就是后来的"日晷"，是我们中国最原始的计时工具。"时间"由它开始了，然后又有了日、月、季、年，又有了春、夏、秋、冬和天、地，又有了二十四节气；再然后，"时间"的概念一一完成，这根"棍子"又由"正时"变成"正事"，尧帝把它竖立在"政府"办公地前的广场上，命名为"诽谤木"，其作用由仰观天象转到向天问政、替天行道，进而俯察世道人心……光阴一寸一寸过去，炎黄子孙所创建的中华文明一寸一寸升高，由神奇升华而为神圣——我们内心的崇高感也在一寸一寸地升高。

沪上才女潘向黎的《流逝永恒，此刻亦永在》，从古诗词入手，歌吟当年千古名句留下的永恒，但也表明了对今天的信心，在"怀古伤心的同时，蕴含着贯通过去、现在和未来的认识：人生代谢但异代同心，因此情怀不灭"。京城才女刘琼的《七月芙蓉生翠水》，亦是以传统诗词为媒介，纵写历代文人对荷花的吟咏，盛着多少故事和载动、载不动的喜怒哀乐、爱恨情仇。陆春祥的《如鹤》写的是袁枚，这位清代大才子33岁上就辞官归隐，蛰居在他的随园里，为中华文化宝库留下了《随园诗话》《随园食单》《子不语》等鸿篇巨著,如仙鹤一样的人生,至今尚传来几声清唳的鹤鸣。此外,聂作平《击壤歌》中初民们的生死悲欢,阿莹《绥德之丘》对一代枭雄蒙括的追悟,韦力《寻找苏东坡》的心路历程,张瑞田对《康有为的洛阳行》的往事钩沉等篇,均有内容,值得细读。

5

我曾问过张中行老先生,对于文学(散文)创作来说,什么最重要?行公毫不犹豫地回答了五个字:"思想最重要。"

这是这位学贯中西的大学者穷其一生的所悟,真正是至理名言。对于我们很多50年代、60年代的作家来说,秉持的也正是这种文学观,所以今年最好的散文作品,我认为还是思想、胸襟、境界、学识、学术、艺术合而为一的作品。

鲍鹏山的《圣贤之忍》又是一篇振聋发聩的大文,不仅把"忍"字所包含的"忍受""容忍""残忍""刻忍"……讲透了,而且也把君子与小人的关系讲透了:"君子固穷,小人穷斯滥矣"——尽管如此,一辈子穷困潦倒、忍饥挨饿、受气被挤压,那君子们也得守住底线,不能堕落,变成小人。而"坏人最大的危害不是伤害了好人,而是让好人变得跟他一样坏",鲍先生的这句话更是警钟,还揭示出了一个重要的真理:对于追求世界文明高度的人类来说,必须不断保持和增加好人的数量,压制和减少坏人的数量,否则社会大环境就会变得越来越惨。

贾平凹的《我与文学》太有启迪性了,一组都不长的小文章,篇篇都是他平时在生活和文学写作中切肤切心的体悟,以平实得让人感到亲近的语言讲述出来,不装、不作、不摆大师架势,春风化雨,丝丝入心。比如:"自感新添了一种本事,能在人里认出哪一个是狼变的,哪一个是鬼托生,但不去说破。"又如:"如果没有现代性就不要写了,尽力地去吸取一切超现实主义的元素,器量大了怎么着都从容。"再如:"写过那么多小说,总要一部和一部不同。风格不是重复,支撑的只有风骨……试着来做撑篙跳,能跳高一厘米就一厘米。"

韩少功的《聚集:有关的生活及价值观》,借助于对人类在新冠疫情面前的表现,直接批判了当代生活中的随波逐流者,整日里对高消费的追逐,对虚荣生活的追逐,对假奢华和准奢华的追逐,以及对炫酷、时尚、高端、热闹、多动症……的"装"与"作"——是的,这么多年的光怪陆离中,全世界、全社会的价值观确实出了问题,人类文明积累的许多优秀成果,中华民族传承的许多优秀传统,都被遗忘、被取代、被抛弃得太残酷了,人生之路千回百转,确实该是回过头来好好思考一下的时刻了,正如韩少功所说:"虚荣终究虚,华而不炫和惠而不奢的传统生活观,总会在历史的坎坷途中不时苏醒。当生命、安全、智慧、自由、公平正义等更多价值选项摆在面前,一旦与虚荣发生冲突,很多人未必不会去寻找一种新的价值平衡,一种新的生活方式。疫情终会过去,但疫情来过了,留下了伤痕和记忆,事情同以前就不再一样。地球人永远面临新的故事。"

7

站在"新的故事"即将到来的天际线上,回顾 2020,犹有惊心动魄之感。这个灾难重重的庚子年,注定是我们每个人、每个家庭、每个国家生命中的一根极难忘的"棍子",分分秒秒的轨迹中,苦难多于欢乐,有数千万人在病痛中挣扎,有数百万人永远闭上了眼睛,还有更多的人在战争、地震、台风、水灾、大火、蝗虫、饥饿、骚乱……中受着煎熬!在这至暗时刻,请再读一下本书中李元胜的《春天花会开》,让我们像他一样,保持乐观,保持坚强,保持顽韧,保持强大,精神抖擞地装备好自己,去大自然中迎接春天,在文学原野上寻花觅蝶,"冬天已经来了,春天还会远吗"——出发!

2020. 12. 21,庚子·冬至日
于北京燕草堂

今夜深沉

圣贤之忍（节选）

_鲍鹏山

听说最近大家在读什么《忍经》，很好，但我要提醒一下，中国文化几千年传承下来，各种各样的"经"不少，但除了"经史子集"中的正经，其他的自我标榜的什么"经"，就像某些中医偏方，对上症有可能管用，但也是一时之用，搞不好还有副作用。所以，对这样那样的所谓"经"，我们要保持一些距离，敬而远之。这些"经"，往往都是一些方法啦诀窍啦，甚至很多都是"厚黑"的，是给你讲"术"的层面。并且，这些"术"，为了管用，有效率，还常常是不择手段的术，没有底线的术，没有价值约束的"术"。学这些，往往是，手艺没学到，手段没长进，心眼倒坏了。这就得不偿失了。

说到"忍"，人生在世，你总会遇到很多挫折和曲折，总会遇到一些不如意的事，会碰到一些不如意的人，那些会让我们生气的人。因此，人生在世，总会有需要"忍"的时候。"世事有变有常，丈夫能屈能伸"。你不能总是"伸"，一点委屈也不受，有时候还是要忍一忍。文武之道，还一张一弛呢。哪有不委屈的人生呢。

人生总要忍，但是我们也要注意，"忍"在汉语里有两个意思。一般我们理解的"忍"，可能更多的是"忍受""容忍"的意思。但它还有另一层意思："残忍""刻忍"。假如在中国古代，我们称一个人为"忍人"，那意思就是残忍之人。这个字，一方面看起来是"忍受""容忍"，给人感觉是委屈的一方，为什么这个词词义一转变，就变成"残忍"，让别人忍受了呢？

因为有时候长期的"忍"，时间长了就会心理变态，出乎尔者，反乎尔者也。世界怎么让他忍的，他也会还给世界。特别"残酷""刻忍"的人，往往是长期"忍受"的人，忍出了心理有问题了。长期受伤害，长期受到不公正对待，没有感受到别人给他的温暖，没有感受到别人对他的关爱，感受到的都是寒冷，都是别人对他的歧视，对他的迫害，那么他对这个社会就没有一点的温情，甚至会出现反社会人格，就会变得特别的残忍。

所以，我们在讲"忍"的时候，有很多东西，大家要小心。历史上很多人，因为"忍"而成功，但我老是觉得这类人不可爱。比方说：越王勾践很能忍，但是老实说，我就不喜欢勾践。大概在30年以前，我在复旦大学访学，几个朋友去浙江绍兴这几个地方，去看越王城，回来我就写了一首诗。我说，我觉得人这一辈子，活得像夫差这样还是很潇洒的，活得像勾践这样真的是一场灾难。夫差这辈子够啦，首先他赢过，他把勾践打败过，赢了以后他过了一段特别逍遥的日子，有古今第一大美人西施陪着他，作为国君，还能让另一个国君勾践给他牵着马遛街，最后一败涂地，一死了之，过把瘾就死，何等潇洒。他才不忍呢。忍到勾践这样，何等猥琐。我在诗里写道，假如我是勾践，最后把夫差打败了，我何必把夫差一下子杀了呢？我也按照夫差曾经对付我的办法把你整一遍，也让你给我送一个苏州美人，也让你给我牵牵马，在杭州大街上遛遛。苏杭苏杭，轮流天堂。当然了，夫差可能不配合，他会一死了之——他会觉得，人不可以像勾践那样糟践自己去获得成功。这种成功是肮脏的。用这种极端忍耐的方式获得成功，往往在心理上就会变态。变态人有什么好值得羡慕的？我觉得，夫差这个人审美上比勾践高级。勾践勾践，有点勾搭，还十分糟践。

《论语》上有孔子的话："小不忍，则乱大谋。"这可不是一般人理解的、老子式的迷惑对手的人生制胜谋略，孔子没那么阴暗，更不会那么隐忍。孔子的意思，是指：一个人，若不能忍受生活中的烦恼和工作中的困难，就不可能实现人生的目标。如果我们连玩游戏睡懒觉贪酒好色这样的小毛病都改不了，忍不住，我们怎么能够做大事？

所以，我说，"忍"是必须的，在有变有常的世道，也是有用的，但也是有限的。历史上特别能忍的人往往都是阴谋家，往往心理上都很阴暗，基本上是坏人。伦理上坏，审美上丑。勾践是不是这样的？他卧薪尝胆要报仇，表面上对夫差那么好，表现得那么忠诚，但是骨子里天天想着报仇，你说这种人阴暗不阴暗？你身边如果有一个人，天天对你表态，天天对你表忠诚，但是心里面老想着哪一天我就把你干掉，这时候你觉得他可爱吗？他不可爱！齐桓公身边的三个小人，被管仲看不起的那三个：易牙、竖刁、公子开方，是不是特别能忍？一个忍到把自己儿子蒸熟了送给国君吃，一个忍到干脆把自己阉割了不生儿子了，一个忍到不要父母了，这三个小人，你觉得他们值得学习吗？

还有一个司马懿。司马懿可爱吗？司马懿在中国历史上是个臭名昭著的坏人，他特别能"忍"。他不光是对诸葛亮能"忍"，诸葛亮说他是女人，要他穿女人的服装，他都忍了。司马氏家族和曹氏家族在争夺的时候，他装病，装得痴呆了，话都说不好了，他什么都装。但在中国的政治上，这种人是不招人待见的，为什么？你愿意你身边有一个司马懿这样的人吗？

我不大喜欢隐忍以就功名的人，从审美上讲，我喜欢项羽，不喜欢刘邦。其实，隐忍以图报复，不敢明明白白地干，这是贵族精神衰落以后，流氓习气弥漫造成的。

你看韩信，那就是在市井和流氓面对嘛。很多人说，韩信能忍胯下之辱，乃成大才，我说韩信不算能忍之人。韩信这个实际上不算"忍"，因为人家给他出了一道选择题：你是从我胯下钻过去，还是把我杀了？这不算能忍，他只是选择了一种别人看起来比较耻辱的方式，也就那一下子，他不是天天在胯下待着，钻下去不出来那叫忍，像勾践那样十几年，那个叫忍；司马懿在曹魏那么多年装傻装病装忠诚，那叫能忍。韩信只是两害相权取其轻，一个选择，瞬间而已。忍必须有一个要素：时间。长时间。韩信只是相信自己将来是能干大事的人。"千金之子，不死于市"，我这么尊贵的人我不可以跟这个小流氓把命搭进去了，不值得，说白了，他骨子里根本瞧不起你，你不值得我为你去丧命，你甚至不值得让我去杀你。你那个胯下，我就没把你当个人来看，所以也就不能算胯。

下面谈"圣贤之忍"。

圣贤在生活中也有很多不容易，正是因为他们是圣贤，他们往往比一般人更不容易。为什么？因为他们正道直行，直道而行。正直的人在世道上行走，坚持原则，就相当于一个人抱着一根横木穿过森林，真的很难。你看中国历史上孔子不得志吧，孟子不得志吧。在孟子时代最得志的是什么人呢？是商鞅这样的人，所以司马迁说，孟子生活在那个时代，天天讲仁义，被当时人觉得很迂腐，"迂远而阔于事情"，远离现实，迂腐得很。这样的人，在这个世上，要承受比普通人更多的挫折和失败。同时代的庄子也是这样。那么，这就需要有"忍"，但这种忍，必须三点。

第一个忍，忍住欲念。

一个人在什么时候要忍得住呢？忍得住外在诱惑，忍得住自家癖好。在诱惑面前忍不住，就被别人牵着鼻子了。自家癖好忍不住，就被自己拴住了。欧阳修《伶官传序》说，祸患常积于忽微，而智勇多困于所溺。祸患常常是由一些不良细节的累积而酿成的，而智勇双全之人也往往会因过分喜爱某种事物不能自拔而使其陷于困境。忍住欲念里面，有一个题中应有之意，就是忍住嗜好。

所以《论语》里面有一句话，四个字，出现了两次："见得思义"，一次是孔子的学生子张讲的，一次是孔子讲的。什么叫"见得思义"？看到唾手可得的诱惑和利益的时候，你第一想到的不是把它据为己有，落袋为安，一点都不犹豫，而是需要做到"见得思义"。什么叫"义"？就是"正义""公平"，还有一个意思，"适宜"，合适。有的时候你拿了，就损害了公正，那就不该拿。有的时候，不适宜，你拿了以后有不好的后果，你也不该拿。不公正的拿了，损害了道义；不适宜的拿了，有后果，会付出更多的代价。比如贪官受贿，一方面损害了道义，一方面还会产生不良后果，哪一天东窗事发了呢？很多时候，我们不是因为做了多么伤天害理的事而失败，而是因为我们做了一件微不足道的小事而丢了大义。所以在小事上尤其要注意，这个时候就要学会"忍"，为什么？因为诱惑在身边，真的很想要啊，利益在面前；真的很想要啊！孟子讲大丈夫，"富贵不能淫，贫贱不能移，威武不能屈。"你知道为什么把富贵不能淫放在第一位？因为这个最难做到啊！一个人长期过贫困的生活，是可以忍耐下去的。很多人不得已就是在过着一种很贫困的生活，甚至可以过一辈子，但是给你一个富贵你能不能忍得住？难。

《水浒传》刚开场不久，公孙胜那个道人跑到晁家庄找晁盖，说有一套富贵要送给他。一个道人，你本来在修道，你怎么看到一套富贵你就想去取，你这还能修道吗？他觉得他们这个行为是有道义的，因为梁中书送给蔡京的这个生辰纲是盘剥民间的，所以它是不道义的，既然它是不道义的，那我们把它抢来就是道义的，这个逻辑成立吗？人家说这是劫富济贫。其实，劫富济贫这个逻辑也是不成立的，凭什么富就该劫呢？我隔壁比我有钱，我就可以劫他？没道理。何况晁盖等人劫了富没有济贫，而是据为己有，劫了通天富贵上了梁山去大块吃肉大碗喝酒论套穿衣服大秤分金银了，没见他们分给别人啊！

所以，"见得思义"是我要说的第一个"忍"。老子说，"不见所欲，使人心不乱"，见了得，见了所欲，人心一般要乱的，这个忍，就是"不乱"。庄子在濮水上钓鱼，楚王派人来请他管理天下，他"持竿不顾"，心静如水，这就是不乱。乱了，忍不住诱惑，你真的可能要付出巨大的代价。正如庄子讲的，总有一天，会让你上祭坛，做牺牲，那时，你悔不悔？李斯看见厕鼠艰难肮脏，仓鼠饱暖无忧，就一定要做仓鼠，求富贵，结果呢？与其中子一起走上刑场。在刑场，他回头对儿子说："吾欲与若复牵黄犬俱出上蔡东门逐狡兔，岂可得乎！"身后有余忘缩手，眼前无路想回头，晚啦！

再说一个动物的故事。袁枚《子不语·猎户说虎》讲了这么一个惊悚的故事：虎饥亦食蔬菜。樗里有女子与其嫂在楼煨芋食，弃芋皮窗外。姑偶凭窗，见虎吮芋皮尽则仰以俟。嫂惧，多煨芋，以皮给之，恐其跃上也。姑欲闭窗，则伸手出怕虎起攫手；坐待，则眼见嫂芋将不继，乃试以全芋投之，虎一吞而尽。姑曰："吾得之矣，若不畏热，可图也。"乃烧铁锤透红，以芋皮裹之，芋皮着热铁即黏，试投之。则虎仰头视既久，见掷物，接而吞之，吞后则跃去。后二日，里得毙虎，爪自裂其胸见骨。

烫手的芋头拿都不可以，哪能一口吞下呢。我说这个故事惊悚，不是这姑嫂二人深夜遇虎很惊悚，是说那个老虎一口吞下烧得通红的铁锤很惊悚，越想越惊悚。怎么吃进去的，怎么吐出来，还不是最可怕的，可怕的是吃进去一块烙铁，吐不出来了。

第二个"忍"，忍受命运。

我觉得"容受命运"更好。忍受的最高境界，就是"容受"。"忍受"有不得已不理解不情愿而忍耐的意思。"容受"呢？那就是理解了，坦然接受并包容了，和平共处了。

支离叔和滑介叔在冥伯的山丘和昆仑的旷野游玩，那是黄帝曾经休憩过的地方。突然，滑介叔的左肘上长出了一个瘤子，他感到十分吃惊并且表情厌恶。支离叔说："你讨厌这东西吗？"滑介叔说："没有，我怎么会讨厌它！一切生命的形体，不过是借助外物凑合而成；一切假借他物而生成的东西，就像是灰土微粒一时间的聚合和积累。人的死与生也就犹如白天与黑夜交替运行一样。况且我跟你一道观察事物的变化，如今这变化来到了我身上，我又怎么会讨厌它呢。"（《外篇·至乐》）这是一种与命运"和平共处"的思维。其好处是能保持一颗平常心。人生在世，总有很多时候是不如意的，如果你到不如意的时候，总是怨天尤人，或者急不可耐，强行逼迫自己去忍耐，最终会伤害自己的心灵，甚至会让自己变得心理阴暗。

为什么要忍受命运？因为有些时候，我们成功与不成功真的不是我们努力不够，不是我们能力不够，不是我们没有愿望，也不是我们没有付出行动。我举个例子，孔子周游列国，在匡地被包围，异常危险和艰苦。庄子拿过这个历史故事，编了一段孔子和子路的对话。

孔子游于匡，宋人围之数匝，而弦歌不辍。子路入见，曰："何夫子之娱也？"孔子曰："来，吾语女！我讳穷久矣，而不免，命也；求通久矣，而不得，时也。当尧、舜而天下无穷人，非知得也；当桀、纣而天下无通人，非知失也。时势适然。夫水行不避蛟龙者，渔人之勇也。陆行不避兕虎者，猎夫之勇也。白刃交于前，视死若生者，烈士之勇也。知穷之有命，知通之有时，临大难而不惧者，圣人之勇也。由，处矣！吾命有所制矣！"

庄子特别讲究这两个字，一个是"命"，一个是"时"。当然孔子也是很讲"命"的，当我们知道自己的使命的时候，不但不会因此消极，反而会更加坚定地去做。普列汉诺夫曾经写过一篇文章叫《论天命》，他说所有的伟大人物都是认可自己的命运的人，因为认可自己的命运，所以也就无怨无悔，义无反顾，所以能做大事成大人物。孔子讲："不怨天，不尤人。"既不怪天，也不怪别人，怪什么？怪自己的命运。孔子提了一个问题：尧舜的时候，天下没有贫寒的人，难道他们都是凭借自己的智慧而一生通达？而夏桀商纣时期，天下没有发达的人，难道他们都是因为自己智慧不够而一生困顿？非也！一切都是两个字：时势啊！可见，人生顺逆，要看"时"，要看大势。

我们今天的企业家，你想象一下，假如早生30年，正赶上"文革"，赶上计划经济时代，赶上消灭私营企业时期，你们有可能有今天这份成就吗？从1949—1979年，中国有富人吗？难道那一代人都没有商业头脑？都没有发家致富的愿望？都没有发家致富的能力？就你能？今天，中国社会中产阶级大量涌现，富人若过江之鲫，都是个人能力吗？当然个人能力也很重要，但如果没有这个"时势"，你不可能成功。所以我们首先要感谢这个时代，我看到现在有很多人否定改革开放，怀念改革开放之前，我就觉得不可思议。你脑子是屎呢还是屎呢还是屎呢？

孔子接着说，在水里行走，不怕蛟龙，那是渔人之勇；在陆地行走，不避蛇虎，那是猎人之勇；在战场上，白刃在前而舍生忘死，那是战士之勇。知穷之有命，知通之有时，临大难而不惧，那是圣人之勇。孔子对子路说：小子，你就安处命运吧，我的命运是有一个主宰的。

什么叫"安处命运"？这也是一种"忍"。"仁者安仁"，也是一种"忍"。你能不能和你的命运和平共处？所以，"忍受命运"这个说法不如"容受命运"。如果你只是抱着一种不得已的"忍耐"和"忍受"，那么忍到最后就会变成心理扭曲了。最高的"忍"不是"忍耐"和"忍受"，而是与它和平共处。

第三种"忍"，"忍住恶念"。

欲念来自物欲和情欲，恶念呢？往往来自权欲。当我们自觉有能力对我们不喜欢的人施加惩罚的时候，权欲就唤醒了。而权欲这头野兽一旦醒来，我们就会成为野兽。

曾经有一个老师讲过一句很糟糕的话，说没有教不好的学生，只有不会教的老师。他说这句话的时候，其实也是他权力欲肆虐的时候——他在凌虐天下所有的老师，让天下老师无立锥之地，随时准备接受不称职的指控。试问：老师要做到什么样子，才能把天下人都教好，老师是上帝那样全知全能吗？！上帝也没有管好天下所有人呢！佛祖拈花的时候，只有迦叶一个弟子微笑呢！耶稣还有犹大呢！孔子也有公伯寮呢！

公伯寮这个人很糟糕。孔子做官做得最大的时候，就是在鲁国做大司寇，相当于司法部长。同时，他还做鲁国执政大臣季桓子的助手。在这个时期，他搞了一些重大的改革，其中一个叫"堕三都"。就是把鲁国三家最重要的大臣，季孙氏、孟孙氏、叔孙氏封地上的高高的城墙给拆了，要按照周礼制度来，按规矩来。这是孔子执政以后，在内政方面要干的最大的一件事，关乎他从政的成功或失败。这时候，子路在季桓子手下做大管家，相当于鲁国国务院办公室主任。所以孔子的这次改革就由他的学生子路来具体负责实施。但就在这时，公伯寮跳出来到季桓子面前说子路的坏话，导致季桓子不再信任子路，把他办公室主任的位子撤了，然后，孔子的这项重大改革就没法进行下去了。公伯寮的这种行为在当时激起了很多人的公愤，不用说孔门内部师徒对这个学生很反感，旁边看热闹的人也都很反感，鲁国贵族子服景伯就找到孔子说："先生，你这个学生太不像话了，你只要点个头，我就派人去把他杀了，把他的尸体扔到大街。"

按说，孔子一辈子这么重要的政治机会，被自己的学生给破坏了，他心中没有怨恨吗？当然有，但这时就需要"忍"，这叫忍一时之愤。孔子确实讨厌这个糟糕的学生，但孔子对子服景伯说：我的道如果行得通，是命；如果行不通，也是命。公伯寮能够改变我的命吗？

所以有时候我们想一想，假如你在生活中碰到一个小人，你怎样对小人保持超然的态度，而不是纠缠于与他争斗。如果纠缠于争斗，会有两个问题，第一，你会浪费很多精力。第二，斗到最后，很有可能你会跟那个小人一样，也变成小人。

这不是我们对小人退却，而是因为：假如你保持君子风范，一般来说，你是斗不过他的。小人在底线下跟你斗，你跑到底线下跟他斗，那是他熟悉的地方，你斗得过他吗？李逵和张顺打架，在岸上张顺根本不是李逵的对手，张顺到江边上了船，跟李逵说，来来来，结果李逵跳到船上去，被弄下水，差一点被淹死。你和小人斗就是这个结局。

那怎么办呢，小人害了我，难道我就不生气吗？孔子告诉你一个办法，你把小人看成是你的命运，小人是我们命运的一部分，你命中注定要碰到一个小人，他只不过是你命中注定应该碰到的人。

孔子讲过一句话："人而不仁，疾之已甚，乱也。"这个世界上有很多人是不仁的，很多人是不义的，很多人是对不起我的。但如果我用极端的手段去对待他，会怎么样？那这个世界就乱了。这个"乱"，有多重含义。第一，天下乱，所有好人一碰到坏人，就用极端的手段去对待坏人，那这个天下就没有好人了，因为，人，从采用极端手段的那一刻起，他就不再是好人。所以坏人最大的危害不是伤害了好人，而是让好人变得跟他一样坏。

第二，这个"乱"，还在于它乱了君子的方寸。你对一个不义行为，对一个不义的人，恨得过分，你就乱了自己的方寸，乱了自己的目标，乱了自己的心情，乱了自己的人生准则。孔子说，"小不忍，则乱大谋"，什么意思？就是这个不忍，就会乱了自家的修行。一个君子，一个正直的人，一个公道的人，不可以用下三烂的方式对付别人，对付小人也不行。所以有时候我们对待不义之人，不义之事，我讲的这个"忍"，说白了，不是忍受别人对我们的欺凌，而是坚守自己的心性，不被别人扰乱自己的为人准则。

刚才我在讲第二忍的时候，我提到孔子在匡地被包围后和他的学生子路对话的故事，我说这段对话是庄子编的，但是真实的记载中，孔子和子路之间确实有一次对话。在这个时候，弟子们都饿得爬不起来了，孔子却在自己帐篷里弹琴。子路进去了，他问老师一个问题："君子亦有穷乎？"这意思，就是：好人也会走不通吗？好人难道没好报吗？很显然，子路有一个迷信，就是认为"好人有好报"。

孔子斩钉截铁地回答了四个字："君子固穷"——好人本来就没有好报。这句话后面，还隐含着下一句：没好报你也得做好人！

做好人是没有利益的，也没有证据证明是有好处的。做好人的唯一理由是我们必须做好人。

孔子在后面又补充了一句：小人穷，斯滥矣。

什么意思？君子虽然没有好报，但是君子能够做到穷不失志，穷且益坚，在贫穷之中依然能够保持自己的本色。小人不是这样，小人在发达的时候可能还保持着一份体面，一旦贫穷就会变"滥"，这个"滥"是什么意思呢？有个词语叫"泛滥"，河水在河床中它是有约束的，也是有方向的，但是一旦泛滥，河水就没有方向了。这个"滥"就是没方向，没方向的洪水，不仅自己没方向，还给这个世界带来灾难。同样，没方向的小人，不仅自己是个小人，还给这个世界带来祸害。

把这两句话结合起来看,孔子在讲什么?"君子固穷。小人穷,斯滥矣。"做好人的好报就是让你做好人,你一辈子做好人,就是一辈子有方向。小人做了很多坏事,他没报应吗?有,坏人的报应就是一辈子只是个小人,一辈子没方向,逐渐走向堕落。就像现在的电视剧,一定是把好人写得特别好,坏人写得特别坏,坏人不断地欺负好人,好人不断地退让。假设一部80集的电视剧,坏人一般会得志到78集,好人也会一直倒霉到78集,从79集开始,逐渐阳气上升,好人开挂,触底反弹。但是,如果一个倒霉的好人在79集之前变坏了,后面的大团圆就没有他了,也就是说,如果你在生活中碰到了不幸,你不能坚持,堕落了,你就不会有获得幸福的机会了,你也就没有翻盘的机会了。

所以,只要坚持一辈子不变坏,坚持做一个好人,你总有机会迎来春天,但是你一旦变坏,你将万劫不复。

注意到了吗?我说的"圣贤之忍",与什么《忍经》不同。《忍经》讲一个人要成功要反败为胜,要学会忍受别人,这种忍,不能说不好,但常常养成了奴性,甚至养成了阴毒的奴性,形成黑暗性格,心理扭曲变态。

而"圣贤之忍",则是内忍,忍的不是别人,是自己的欲念恶念和自家的命运。这种忍,毋宁说是一种修行。最后,必是"从心所欲不逾矩",既不忍,也不越界。既守德,又自由。这是生命的大境界。

(原载《美文》2020年第6期)

我与文学（六则）

_贾平凹

1. 六十年后观我记

一、书案上时常就发现一根头发。这头发是自己的，却不知是什么时候掉的。摸着秃顶说：草长在高山巅上到底还是草，冬一来，就枯了！

二、听人说，突然地打一个喷嚏定是谁在想念，打两个喷嚏是谁在咒骂，连打三个喷嚏就是感冒呀。唉，宁愿感冒，也不去追究情人和仇人了，心脏已经平庸，经不住悲，经不住喜，跳动的节奏一乱，就得出一身的冷汗。

三、一直以为身子里装着一台机器，没想到还似乎住了个别的，或许是肠胃里，或许是喉咙里和鼻腔里，总觉得有说话声。说些什么，又听不懂。

四、脚老是冷，尤其怕风，睡觉首先得把被角窝好，但弄不明白往往脚上不舒服了，牙咋就疼。疼得拔掉了四颗，从此少了四块骨头，再不吃肉。

五、自感新添了一种本事，能在人里认出哪一个是狼变的，哪一个是鬼托生。但不去说破。开始能与高官处得，与乞丐也处得，凡是来家都是客，走时要送到楼道的电梯口了，说：这是村口啊！

六、花不了多少钱了，钱就是纸，喝不了多少酒了，酒就是水。不再上台站，就不再看风景，不在其位，就不再作声。钟不悬，看钟就是一疙瘩铁么。

七、吃的越来越简单，每顿就是一碗饭，却过生日不告诉人了，自己给自己写一条幅：补粮。并题款：寿之长短在于吃粮多少，故今日补粮三百担。

八、是相信着有神，为了受命神的安排而沉着，一是在家里摆许多玉，因为古书上有神食玉的记载，二是继续多聚精神写作，聚精才能会神。

九、肯花大量的精力和钱去收购佛像了，为的是不让它成为商品在市场上反复流转。每日都焚香礼佛了，然后坐下来吃纸烟，吃纸烟自敬。

十、啥都能耐烦了。

十一、不再使用最字。晓得了生活中没有什么是最好，也没有什么是最坏。不再说谎，即使是没恶意，说一个谎就需要十个谎来圆，得不偿失，又太累人。

十二、没有了见到新土地就想着去撒种子的冲动，也戒了在雪上踩泥脚印子的习惯。但美人还是爱的，而且乐意与其照相，想着怎样去衬出人家的美。

十三、早晚都喜欢开窗看天，天气就是天意，该热了减衫，该冷了着棉。养两盆绿萝，多注目绿萝，叶子就繁，像涂了蜡一样光亮。养一只大尾巴猫，猫尾大了懒，会整日地卧在桌前打鼾，倒觉得坦然。

十四、劈自家的柴生自家的火吧。火小时一碗水就浇灭了，不怨水；火大了泼一桶水都是油，感谢油。

十五、蜂酿蜜如果是在遣天毒，自己几十年也是积毒太多，就不拒绝任何人任何事了，包括吃亏、受骗、委屈和被诽谤，自我遣毒着，别人也替代着遣毒。

十六、每到大年三十夜里，肯定回老家去父母坟头点灯，知道自己是从哪儿来的。大年初一早上，肯定拿出规划来补充，六十五到七十，七十到八十九十一百，哪一年都干啥，哪一月都干啥，越具体越好。生命是以有价值而存在的，有那么多的事情往前做，阎王就不来招呼，身体也会只有小病不致有大病了。

2. 愿一生从容安宁

把生与死看得过分严重是人的禀性，这禀性的表现出来就是所谓的感情，其实，这正是上天造人的阴谋处。识破这个阴谋的是那些哲学家，高人，真人，所以他们对死从容不迫。另外，对死没有恐惧的是那些糊里糊涂的人。最要命的是高不成低不就的人，他们最恐惧死，又最关心死，你说人来世上是旅游一趟的，旅游那么一遭就回去了，他就要问人是从哪儿来的又要回到哪儿去。

道教来说死是乘云驾鹤去做仙了，佛教来说灵魂不生不死不来不往，死的只是躯体，唯物论讲师来说人来自泥土，最后又归于泥土。芸芸众生还是想不通，诅咒死而歌颂生，并且把产生的地方叫作"子宫"，好像他来人世之前是享受到皇帝的待遇的。

不管怎样地美好来到人世的情景，又怎样的不愿去死，最后都是死了。这人生的一趟旅游是旅游好了还是旅游不好，每个人都有自己的体会。我相信有许多人在这次旅游之后是不想再来了，因为看景常常不如听景。但既然阳世是个旅游胜地，没有来过的还依旧要来的，这就是人类不绝的缘故吧。

作为一个平平常常的人，我还是做我平常人的庸俗见解，孔子有句话，是"朝闻道，夕死可矣"，当我第一次读到这句话，我特高兴，噢，孔圣人说过了，早上得了道，晚上就应该死了，这不是说凡是死的人都是得了道的吗？那么，这死是多么高贵和幸福，而活得长久的，则是一种蠢笨，不悟道，是罪过，越是拥戴谁万寿无疆，越是在惩罚谁，他万寿了还不得道，他活着只是灾难更多，危害更大。

海明威有个小说，写的是一个人看见妻子在生产，他承受不了人生人的场面，就割破动脉血管而死了。海明威讲的是生比死可怕。我小时候听水磨坊的老汉说过一个故事，一个人夜里独自在家，有鬼来骚扰，这人不理，鬼很生气，闹得更厉害，以死来威胁，这人说了一句："我对活着都不怕，我怕死?!"

这人说得真好，人在世上，是最艰难的事，要吃喝拉撒，要七情六欲，要伤病灾痛，要悲欢离合，活人真不容易的。那些自杀的人，自己能对自己下手，似乎很勇敢，其实是一种自私，逃避和怯弱。

既然死是人的最后归宿，既然寿的长短是闻道的迟早，既然闻道而死去的时候是一种解脱和幸福，对于死应该坦然。而恐惧的人，不能正确地面对死去，也绝不会正确地面对活着，这样的人即使一时还未死，却错误地理解人生，以为人生就是在有限的时间里吃好穿好玩好，要吃好穿好玩好就去掠夺、剥削、欺骗、伤害别人。

这样的活着把自己的肚腹变成埋葬山珍海味的坟墓，穿丝挂绸，把身子变成一个蚕，只能是久久得不了道，老而不死，"老而不死则为贼"了。

3. 如果没有现代性就不要写了

散文是心灵的自由，也就是说为文适性。也就是说要高扬个性。个性是艺术的生命。在散文写作中如何表现个性？这不是说你仅仅写了别人未写的人、事，而关键在于你怎么写，怎样通过你的心灵来审视要写的人、事来张扬你对天地宇宙之感应，张扬你对生命之体验。

古往今来的大家们,他们的心胸是博大的,他们博大的胸怀在充满着博大的爱欲,注视着日月、江河、天堂、地狱,以及这种爱欲浸润下的一草一木,飞禽走兽,鬼怪人物,这种博大使他们天地人合而为一,生死荣辱,离愁别恨,喜怒哀乐,莫不知之分明,萦绕于心,使他们面对着这个世界建立了他们特有的意识和特有的形式。

我自己体会语言首先是与身体有关系的。为什么?一个人的呼吸如何,他的语言就如何。你是怎么呼吸的,你就会说什么样的话,如果你是气管炎,你说话肯定是短句子。不要强行改变自己的正常呼吸,随意改变句子的长短。如果你强迫自己改变呼吸,看到外国小说里面有短句子,一两个字或者是四五个字就是一句,你就去模仿,不管当时的处境和当时写的内容以及当时的情况,你就盲目地去模仿,不仅自己气憋得慌,别人读着也憋得慌。

一个人的社会身份是由生命的特质和后天修养完成的,这如同一件器物,器物会发出不同的声音。敲钟是钟的声音,敲碗是碗的声音,敲桌子是桌子的声音。有的作品语言杂乱,还没有成器,没有形成自己的风格;有些作品有了自己的风格了,但是里面都是些戏谑的东西,拿作品一看就知道这个作家不是一个很正经的人。有的作品语言很华丽,但里面没有骨头,那都是耍小聪明甚至轻佻的人写的;有些作品写得很干瘪,一看作者就是一个没有嗜好的人。

节奏就是气息,气息也就是呼吸,语言上要讲节奏,写一部作品更要讲究节奏。你的作品要活,一定要在字与字之间、句与句之间、段与段之间充满那种小孔隙,有了小孔隙它就会跳动,就会散发出气息和味道。

现在的写作如果没有现代性就不要写了,如果你的意识太落后,文学观太落后,写出来的作品肯定不行。传统中的东西你要熟悉,你是东方人,是中国人,你写的是东方的、中国的作品。从民间学习,是进一步丰富传统,为现代的东西做基础做推动。

4. 文学是人与生俱来的

我们遇到这个时代,应该是社会的大转型期,这个时代非常传奇,也非常诡异,没有什么事不可能发生。

我们现在的文学确实太精巧,也太华丽,就像清代的景泰蓝一样,而中外文学史上的那些经典作品,有些现在看起来显得很简单,有些可能显得很粗糙,但它们里面有筋骨、有气势、有力量。文学最基本的东西是什么?就是写什么和怎么写的问题。"写什么",主要是关乎他的胆识和趣味,"怎么写"关乎他的聪明和技巧，这两者都重要，而且是反复的，就像按水中的葫芦一样，按下这个，那个又上来，这阵子强调这个，过阵子又强调那个。在目前，当社会在追逐权力和金钱，在消费和娱乐，矛盾激化、问题成堆，如陈年蜘蛛网，动哪儿都往下掉灰尘，这个时候我们强调怎么写，但更应该强调写什么。

文学被边缘化，但并不是有些人担心的文学就要消亡了，实际情况是爱好文学的人越来越多，各地都有不同层次的文学活动和规模大小不一的文学讲堂。为什么说它消亡不了，因为文学是人与生俱来的东西，是人的一种本能，就和人的各种欲望一样，你吃饭上顿吃了下顿还想吃，昨天吃了今天还想吃，从来没有厌烦。至于从事文学的人，写作的人，他能不能写出作品，能不能写出好的作品，那又是另外一回事情。正由于文学是与人与生俱来的，每个人都有潜质和本能，这个人能不能成功，成功与否，区别只在于这种潜质和本能的大或者小，以及后天的环境和他本身的修养优劣决定的。

我曾经到一个人家的院子里去，他的院子里有一堆土，这一堆土是翻修房子的时候拆下来的旧墙堆起来的土，堆在院子里还没有搬出去，下了一场雨之后，这个土上长出了很多嫩芽子，一开始这些嫩芽子从土里面长出来的时候几乎是一模一样的，一样的颜色，一样都长两个小叶瓣，当这些嫩芽长到四指高的时候，就分辨出了哪些是菜芽子，哪些是草芽子，哪些芽才是树的苗子。它们在两个瓣才出土的时候，我估计每一个嫩芽都是雄心勃勃地要往上长，实际上最后只有树苗才能长高。当时看到这些土堆上的嫩芽子的时候，我心里就很悲哀，因为这些嫩芽长出来了，即便你是树的嫩苗，可这堆土主人很快就要把它搬走了。所以说一棵树要长起来，要长高长大，一方面取决于它的品种，一方面还要取决于生长的环境，文学也就是这样。

5. 人类困境的突围

我看过这样一句话：这是一个最好的时代，也是一个最坏的时代。我认可它的判断。

从世界看中国，从中国看世界，人类是出现了困境。如果说战争、动乱、猜忌、威胁，都是因经济衰退、环境污染、能源匮乏、价值观混乱造成的，而究其根本，文化的认同和对抗仍是主要的原因。

人类困境的突围，到了了解不同文化，尊重不同文化，包容不同文化的必经之路。这是政治家们的事，知识分子精英的事，同样，也是文学艺术的事。

文化越是需要认同，文学艺术越是需要表现自己文化的独特。文学艺术正是表现了自己文化的特性，混乱的价值观才能有明晰走向，逐步共存或统一。

中国的改革在深化着，社会进入了大的转型期，以我的感受，我们从未感受到如此的富裕，也从未有过如此的焦虑。一方面是人产生着巨大的创造力，一方面人性的恶也集中爆发。

所以社会有了诸多的矛盾。比如贫富差距，分配不公，腐败泛滥，诚信丧失，这些矛盾可以说是社会的问题，信仰的问题，法治的问题，也更是文化的问题。

在中国文化的背景下所发生的诸多的国情世情民情，这是需要我们认真思考的。中国为什么要改革，社会之所以大转型，中国正是在走向人类进步的过程中逐步解决着这些矛盾，而完成着中国的经验。

中国的作家艺术家，从来都有它传统的文人精神，这就是天下意识，担当意识。古时的张载有一段话对后世影响深远，那就是"为天地立心，为生民立命，为往圣继绝学，为万世开太平"。

那么在当今，关注社会，关注现实那是必然的也是必须的。中国国土这么大，人口这么多，既有东南之繁荣，又有西北之落后，我们常听到由衷的盛世之说，也常看到惊心的危机之相。我们在获得了相当多东西的时候，也失去了相当多的东西。我们在兴奋地欢呼，同时在悲痛哭泣。

作家艺术家生存于这个时代，这个时代就决定了我们的品种和命运，只有去记录去表达这个时代。

以我个人而言，我想，我虽能关注、观察身处的这个社会，但我不是大闹天宫的孙悟空，我开不了药方，我难以成为英雄，我也写不出史诗，我仅能尽力地以史的笔法去写普通人的生存状态和精神状态，自然地使他们在庸常而烦恼的生活中生出梦想的翅膀。

6. 满天空都是个谜团

在这个年代，没有大的视野，没有现代主义的意识，小说已难以写下去。这道理每个作家都懂，并且在很长时间里，我们都在让自己由土变洋，变得更现实主义。可越是了解着现实主义就越了解着超现实主义，越是了解着超现实主义也越是了解着现实主义。现实主义是文学的长河，在这条长河上有上游中游下游，以及湾、滩、潭、峡谷和渡口。超现实主义是生活迷茫、怀疑、叛逆、挣脱的文学表现，这种迷茫、怀疑、叛逆、挣脱是身处时代的社会的环境的原因，更是生命的，生命青春阶段的原因。处理这些说话，一尽地平稳、笨着、憨着、涩着，拿捏得住，我觉得更显得肯定和有力量，也更能保持它长久的味道。尽力地去汲取一切超现实主义的元素，丰富自己，加强自己，来从事适合国情和自况的写作。视野决定着器量，器量大了怎么着都从容。

写过那么多的小说，总要一部和一部不同。风格不是重复，支撑的只有风骨。《暂坐》就试着来做撑竿跳，能跳高一厘米就一厘米。它的突破每每以失败为标志，俄国的那个伊辛巴耶娃似乎从没有见好就收。

齐白石在他晚年的绘画中，落款总是要写上八十几岁或九十几岁，这是一种释然，还是一种炫耀？而《暂坐》之所以敢纯写一群女的，实在是我不自信使然。写作中，常常不是我在写她们，是她们在写我，这种矛盾和分裂随处可见。写到了最后，困扰我的是，这些女人是最会恋爱的，为什么她们都是不结婚或离异后不再结婚？世上的事千变万化而情感是不会变的吗，还是如看到的那句话：别说我爱你，你爱我，咱们只是都饿了。我就这么疑惑着，犹如这个城市在整个冬季和春季所弥漫的雾霾，满天空都是个谜团。

（原载《美文》2019 年 10 月—2020 年 8 月）

聚集：有关的生活及价值观

_韩少功

庚子年，天下乱。人们谈了全球气候，又得谈一谈全球病毒——另一个来自大自然的剧烈变数。

新冠病毒大开地狱之门，其肆虐范围远超任何一次世界大战、金融危机、自然灾害。活着还是死去，一道终极性考题，正检验世界每个角落的制度、文化、经济、技术、生态、治理、道德底线……一切都被翻个底透，以"现场直播"的方式接受云围观和云打分。卫生专家们警告，对手至今不明，因此疫情还可能持续数月、甚至数年、甚至因病毒变异或疫苗难产（如艾滋病、埃博拉、寨卡、尼帕、拉沙、MERS、登革热等），从此与人类一再纠缠不休。

这就是说，眼下到底处于一个历史拐点，还是一次历史稍息，旧的路线图稍后照用，其答案尚不可知。

有关思考已随即展开。待喧嚣一时的假消息、嘴炮战、阴谋论、"甩锅"大赛等沉淀下去，真实问题的清单才会渐次明晰。其中一项也许值得注意。这是指在全球范围内，疫情中付出生命代价最多的是穷人和老人，与此同时，从总体上看，生活方式受到最大冲击的却是富人和青年——这构成了一个事实对比组。前者关乎性命，是社会学和政治的老课题，也许不值得太惊讶；后者关乎钱，关乎过日子，却稍显陌生，涉及衣食住行而已，看上去没那么急迫和严重，但增加了观察的新维度。

得从"不聚集"说起。这么说吧，"不聚集""禁足令""保持社交距离"，是这次疫情中常见的经验，是阻断病毒传播最简单有效的办法。但光是这一条，就哗啦啦重创时尚圈和高端消费行业，使邮轮、航空、宾馆、度假景区、T台秀、夜总会、美容业、影剧院、职业联赛、奢侈品、会展庆典经济等顷刻间一片哀鸿，使关联度高的欧美富国和繁华都市，据说是医疗卫生资源最足的地方，地球人最向往的地方，却几无例外中招，最先成为疫情沦陷区——这恐怕不是一种巧合。相形之下，一般来说，倒是低消费地区的疫情稍缓，流动人口少恐是原因之一。还是从经济角度看，基本民生（如食品和药品）作为一种刚需，其生产、消费也要坚韧和皮实得多，行业损失相对要少。

这里的原因，无非是高处不胜寒。人心向富，但富有富的难处，富有富的风险。"时尚"往往"高端"——属于巨富未必稀罕、穷人却够不上的那一块，多是一般富人的标配。相关的吸金术，一直系于"人气"，借助人们从众、入时、跟风、赶潮、趋炎、附势的心理潜能，对人员聚集有较强依赖性。想一想，一块名表，如果不是给别人看，只是为自己计时，搁在挎包或抽屉里，有啥意思？一款豪车，如果不是去拉风，只是给自己代步，去一下菜市场或奶奶家，是不是明珠暗投的犯傻？一个大人物，如果没有聚集性的前呼后拥、迎来送往、掌声如雷、杯觥交错、低眉顺眼，是否已少了太多滋味，只是一种没有观众的古怪演出？一位小提琴高手，如果没有卖出天价门票，没有聚集性的观赏、拍照、献花、握手、尖叫、求签名、荧光棒，只是去街头拉一拉，又有多少人能识货、能动心、能驻足忘返，成为音乐经典的真粉丝和真玩家？同样要紧的是，如果乐手们都这样玩，都这样清流，哪个投资人还愿对他们砸钱下注？

由此可知，在很多人那里，内外须有别，以至"发朋友圈的再贵也得买，私下用的怎么便宜都是亏"（网上流行语之一）。所谓显贵，非"显"不"贵"，无"人气"不贵，人们聚集的频度和密度是某种价值彰显、放大、暴增的必要条件，是资本逻辑的玄机之一。于是，以前不少描写失败者和倒霉蛋的词，如落寞、清冷、孤独、萧瑟、闲散、门可罗雀、庭前冷落、离群索居、形单影只、粗茶淡饭、灯火阑珊……难怪都有一种冷调子，指向聚集的反面，相当于串出一道人生价值的低位行情。不过，问题来了，依照公共防疫的通行标准，为何偏偏是这种"不聚集"，偏偏是这种朴素乃至卑微的日常，倒成了眼下最安全的生活、最健康的生活、最应看齐的公民模范行为？那么，病毒跟着聚集跑，是一心要同"好"日子过不去？往大里说，是"天之道损有余而补不足"（老子语），老天爷正在对某种可疑的繁华来一次急刹车和亮红灯？

曾几何时，聚集并非人类历史中的常态，过度的都市化更不是。"采菊东篱下""戴月荷锄归""竹喧归浣女""独钓寒江雪"……中国人几千年来其实就是这样活下来的，其田园范至今还是很多人的旧梦，甚至让都市小清新们神往，没有什么受不了，算不上遭罪。何况，自有了互联网，有了网购和云数据，人类在工业化、后工业化时代也可"群"而不"聚"，"群"而少"聚"，同样能活出业绩（如远程的学习或工作）、活出快乐（如网上追剧或游戏）、活出温暖（如利用视频陪伴或联络亲友），活出大世界（在屏幕前上天入海游历万邦等）——却少一些奔忙之累，少一些交际和拥挤时的紧张。这有什么不好？好吧，退一步说，即便这远远不够，即便互联网不必、也无法取消一切聚集，须兼容合理的公共活动，但它至少提供了一种新的可能，通过虚拟的足迹和现场，稀释不必要的人口密度，重新规划一种人际空间关系，重新定义有关幸福的词典。

事实上，都市病大多来自心理病。庚子年一座座"空城"的经验，至少让很多人发现，生活么，说简单也简单，并不需要太高的成本——很多成本都是人们自己折腾出来的。对于很多人来说，大笔消费开支，三分之二甚至十分之九的开支，可能都与自己的生物学意义无关，与自己真实的喜好和美感也无关，不过是一时恍惚，受"人气"的裹胁和诱导，去花钱给别人看，花给别人看自己如何看，花给别人看自己如何看别人如何看，诸如此类。这些人常有多动症，常有关注渴求，已无法忍受哪怕半天的独处，一脑子忧兮乐兮慕兮恨兮的官司，无非是憋着劲要去炫，或追逐、依傍、模仿、预演一下自己想象中的假奢华和准奢华，为心跳和传说烧钱，为狂野的气势和氛围烧钱——说白了，那不过是一种虚荣成本。由此构成的资金流注入，远远超过在这一过程中实惠获取的必要开支，支撑着"时尚"+"高端"的消费游戏，支撑着人类社会中的面子经济、身份感经济、等级文化符号经济，一种消费主义时代虚高虚热的群起而"装"那啥。

事情在很大程度上不过如此。不幸的是，继全球气候变化，病毒再一次把很多东西打回原形，包括暴露出这种虚高虚热行业的脆弱，暴露出"时尚"+"高端"是免疫力最差的领域之一。往后看，哪怕疫情结束，只要人们还心有余悸，还惦记着卫生，讲究一点温和的"社交距离"，或多或少拉低一点人们聚集的频度和密度，那么这一行业恐怕也会长久失血，再也回不到从前。最近很多数据已证明了这一点。据说王健林已栽在美国电影院线行业，巴菲特抛空了四大航空公司的股票，连笔者老婆的理发师也在感叹烫发染发的 VIP 近来几近绝迹……他们看来都嗅出了某种观念动摇的危险。

他们当然不必相信"时尚"+"高端"从此消亡。往根子上说，每个人都难免有点虚荣，都会付出虚荣成本的。特别是荷尔蒙旺盛的青年，既然身处群居环境，就总会下意识同别人比一比，包括比出自己的本领与成功，比出自己的荣耀与激情，连鲁迅先生笔下的流浪汉也没闲着，曾比试看谁能把虱子掐得更响呢——那也是生活的一部分。好吧，那也是投资者们的一片潜在富矿。不过，人生之路千回百转，投资者们也知道，虚荣终究虚，华而不炫和惠而不奢的传统生活观，总会在历史的坎坷途中不时苏醒。当生命、安全、智慧、自由、公平正义等更多价值选项摆在面前,一旦与虚荣发生冲突,很多人未必不会去寻找一种新的价值平衡,一种新的生活方式。

疫情终会过去,但疫情来过了,留下了伤痕和记忆,事情同以前就不再一样。地球人永远面临新的故事。

(原载《天涯》2020年第5期)

一根由神奇到神圣的棍子

_ 穆涛

我们中国最原始的计时工具，是一根棍子，学名叫"表"。

棍子被垂直树立在地面上，立竿见影，"光阴"被捕捉到了。光阴这个词的本意是光的影子，先民们通过观测计量影子的位移，把"时"区分出"间隔"，"时间"的概念产生了。大自然中的时，本来是无间的，一切都那么混混沌沌存在着。"天地未剖，阴阳未判，四时未分，万物未生，汪然平静，寂然清澄，莫见其形"（《淮南子·俶真训》）。这根棍子立在地面之后，人们的生活轨迹清晰起来，有了时间，才开始有历史。

对"时间"的发现，是人类认知天地最重要的突破口，是由动物到人的最华丽转身，先民们用智慧把自己从普通动物中完全剥离出来。据科学史家判断，这个时期是在公元前6500年的伏羲时代。

我们今天手上戴的，墙上挂的，地上摆设的，叫表，钟表，它们的祖先就是那根棍子，有序跳动的秒针，是对光影位移的生动临摹。

光阴是被一寸一寸捕捉到的，这个过程，既缓慢又漫长。

先民们观测太阳，也观测月亮，太阳出没和月亮盈亏是捕捉"时间"的两个基本点，并由此发现了天地运行的轮回规律，日、月、季、年这些概念逐一捕捉到。昼夜交替的周期为"一日"，月相变化的周期为"一月"。

四季的发现与定位要晚一千多年，已到了神农氏和黄帝时期，约公元前5000—4500年前后。神农氏即炎帝，中国人称自己是"炎黄子孙"，中国人的大历史由此开启序幕。"乃至神农，黄帝，剖判大宗，窍领天地"（《淮南子·俶真训》）。首先被认识到的是春秋两个季节，这一时期，火已经被广泛使用，并且辨识出一些草药，初步认识到食用植物和药用植物的区别。农耕生产是这一阶段最时尚的生活方式，春种秋收，把农作物的果实带回家里，烹调出"家常饭"，告别"打野食"的日子，进入"想吃什么种植什么"的新常态，人们开始尝试着主宰自己的命运。

在对日月运行的细致观测中，人们锁定了春分和秋分。这两个日子，太阳投在地面的光影长度相同，白天和黑夜均分，先民命名这两天叫"日夜分"。接下来，又锁定了冬至和夏至，"至"，不是来到的意思，而是"极至"。冬至，投在地面的光影最长；夏至，投在地面的光影最短。对春夏秋冬四个节点的认定，是在神农氏时代完成的，而对四个季节变化规律的整体认知，已到了尧时代，约公元前2100年前后。这一时期，观测天象，以及计时的工具都有了科学的进步和提升，并且成立了观测天象的专职机构，任命重臣担任主官，"乃命羲和（羲与和是两大氏族首领），钦若昊天，历象日月星辰，敬授民时"（《尚书·尧典》）。"两分两至"的最早命名，记载在《尚书·尧典》中，春分称"日中"，秋分称"宵中"，夏至称"日永"，冬至称"日短"。"日中，以殷仲春"，"日永，以正仲夏"，"宵中，以殷仲秋"，"日短，以正仲冬"。

春夏秋冬，再加上天和地，被先民称为"六度"，最初的标准和原则形成了，"阴阳大制有六度：天为绳，地为準，春为规，夏为衡，秋为矩，冬为权"（《淮南子·时则训》）。中国的历史，后来以"春秋"为别名，不仅因为孔子著的那部史书（在东周时代，诸侯国的国史，多以"春秋"为名，《墨子》中有一句话，"吾见百国《春秋》"），还在于先民传习下来的对"春秋"两季的认知理念：春为规，秋为矩，历史是给人世间树立规矩的。

年和岁概念的形成也在尧帝时代，"年"和"岁"是有区别的，"年，谷熟也"（《说文》），谷物由种植到收获的一个寒来暑往周期为"一年"。"岁"是天文学的概念，一个节气到下一年这个节气的区间为"一岁"。《尚书·尧典》中的记载是"岁"，"以闰月定四时成岁"。一岁的周期是"期三百有六旬有六日"，旬是计算日期的概念，古人以天干地支计时日，天干甲日到癸日的十天时间为一旬。《尧典》中记载的366天为一岁，这个时间的界定是经过缜密计算的。现代科学技术测定一个回归年的精确时间是365天又5小时48分46秒。

"以闰月定四时成岁"，这一时期，先民们已经捕捉到了太阳运行规律与月亮运行规律的"时间差"，并以"置闰月"方法进行"补充"。月亮绕地球一周十二个月，按大小月计算有三种天数（大月三十天，小月二十九天），分别是353天、354天和355天，而一岁是366天，中间差为十一天左右，因此，每三年增加一个月，称"置闰"。中国立法中的"置闰"，自尧时代开始，但这时的闰月一般放在年终，称"十三月"。汉武帝颁布《太初历》之后（公元前104年），"闰月"的设置更加精细，形成了保持至今的"三年一闰，五年两闰，十九年七闰，四百年九十七闰"的"置闰时间表"。设置"闰月"也不再放在年底，而是采取"因时置闰"，比如2020年闰四月，就放置在农历四月之后"闰月"，也就是说，农历2020年有两个四月。

在尧时代，这根棍子的原始使命终结了，但没有"退休"，而是"转业"，尧帝把它树立在"政府"办公地前的广场上，命名为"诽谤木"，并赋予新的使命——倾听不同的政见之声。但这个时候，还不是倾听大臣和百姓的批评意见，准确地说，是向老天做检讨的地方，国家发生了灾难、地震、瘟疫、旱涝，或者重大的军事失败，尧帝亲率百官在"诽谤木"前向老天爷悔过，请求责罚。这根棍子由观天转业到天问，由仰观天象，到替天行道，进而俯察世道民心，由神奇升华为神圣。

中国古代核心的"政治理念"开始形成——"君权天授"，天是至高无上的万物神明，人间的君主是天之子，应"法天而行"。"天高其位而下其施，藏其形而见其光。高其位，所以为尊也。下其施，所以为仁也。藏其形，所以为神。见其光，所以为明。故位尊而施仁，藏神而见光者，天之行也。故为人主者法天下之行"（《春秋繁露·离合根》）。

这根古老的棍子发端了中国的天文学，撬动了早期的政治学，更神奇的，还带动了数学的产生。对影子的反复观察、计量、测定，致使天文学和数学兼容着发展。这根天文学里的棍子，贡献了一个了不起的数学定理：棍子被称为"股"，投在地面的影子，称为"勾"，勾与股的直线连角，称为"玄"。"勾三股四玄五"被发现了，"勾股定理"在《周髀算经》和《九章算术》里已有科学表述，从这两部书的时间点上计算，也比西方早了六百多年。

光阴荏苒，又是两千年过去了，时间到了公元前180年，汉文帝刘恒即位。西汉的前四代国家领导人依次为高祖刘邦，惠帝刘盈，高后吕后，文帝刘恒。刘恒即位的第二年五月诏令全国，给"诽谤木"重新定义，既保持天问，同时倾听来自民间的不同声音，广开言路，废除"妖言获罪法令"。"古之治天下，朝有进善之旌，诽谤之木，所以通治道而来谏者。今法有诽谤妖言之罪，是使众臣不敢尽情，而上无由闻过失也。将何以来远方之贤良？其除之"（《汉书·文帝纪》）。刘恒是中国历史里的好皇帝，擅长听取不同的政见，并且实实在在地亲民爱民，即位第十二年，在国家财政吃紧的情况下，免除全国的农业税，富民以养国。此项政令沿袭十二年，直到他去世。刘恒奠定了汉代"文景之治"的政治和经济基础，汉代被称为"大汉"，他是居功至伟的人物之一。

在古代，帝王宫殿的正门广场上树立"诽谤木"，寓意广开言路。县一级衙门口的一侧放置鼓，百姓在紧急情况下击鼓鸣冤，按规定，县官须立即升堂受理案子，但多数情况下，这个鼓基本就是一个摆设。即使是个摆设，对官员也有提醒和警示的作用。

今天，北京天安门广场上那一对华表，也是一脉相承自古而来的。华表上方的云板，不是装饰品，可以追溯到最原始的那根棍子，是古代先民的科技发明。为了确保棍子垂直立在地面，在顶部设置云板，沿四周垂下八根绳子，如果每根绳子都无隙地贴附在棍子上，这根学名为"表"的观天计时工具，就可以正常工作了。这个原理，启发了后代木匠做出了吊线的工具——线垂，一条线绳的一端吊个铅锤，木匠手提线垂，观测物品是否垂直立于地面。

古人有多首诗写到华表，选杜甫一首，陆游两首附后：

> 伐竹为桥结构同，褰裳不涉往来通。
> 天寒白鹤归华表，日落青龙见水中。
> 顾我老非题柱客，知君才是济川功。
> 合欢却笑千年事，驱石何时到海东。
> ——杜甫《陪李七司马皂江上观造竹桥》

> 青鬟当时映绿衣，尧功曾预记巍巍。
> 玄都春老人何在？华表天高鹤未归。
> 流辈凋疏情话少，年光迟暮壮心违。
> 倚楼不用悲身世，倦鹢无风亦退飞。

> 岁晚城隅车马稀，偷闲聊得掩荆扉。
> 征蓬满野风霜苦，多稼连云雁鹜肥。
> 报国有心空自信，结茅无地竟安归？
> 浣花道上人谁识，华表千年老令威。
> ——陆游《感事》

（原载《美文》2020年7月）

别

_彭程

一

别：分离。举例：告别；临别纪念；久别重逢。

表达分离意义的"别"字就是如此。它是一个动作，一个场景，一种状态，而所有这些又都归结为一种情感。近人李叔同那首广为人知的《送别》，正是集中体现了这些成分："长亭外，古道边，芳草碧连天，晚风拂柳笛声残，夕阳山外山。天之涯，地之角，知交半零落，一杯浊酒尽余欢，今宵别梦寒。"离愁淡淡，仿佛眼前萋萋芳草，向着天边伸展绵延，不绝如缕。

诗为心之声。因此，在诗歌中被描绘最多的，也总是最能够叩击心灵的、让人时刻念兹在兹的情感。离别无疑排在最前面几位。以古诗词为例，如果说它仿佛一片浩瀚无际的水面，那么吟诵离情别绪的诗句，就是其间一排排汹涌的波浪。

在南朝江淹的《别赋》中，我们听到了浪涛拍岸的訇然声响。开头第一句，就是令人心惊的裂帛之声："黯然销魂者，惟别而已矣！"接下来他通过一连串的场景描写，次第描绘了各种类型的离别，涉及戍人、富商、侠客、游宦、道士、情人等等，"别虽一绪，事乃万族"。既有共通的分离之苦，也有各自的悲愁凄恻，"有别必怨，有怨必盈""使人意夺神骇、心折骨惊"，堪称是有关离别的总括和集大成。千百年后读来，依然心魄摇荡。

以它作为一个坐标点，前后上下，在不同的时间维度里，离别都被反复地、大量地诉说。

沿时光河流上溯，在中国诗歌源头的《诗经》中，先民们的表情哀怨悲戚。"之子于归，远送于野。瞻望弗及，泣涕如雨。"这是《邶风·燕燕》。"行道迟迟，载渴载饥。我心伤悲，莫知我哀。"这是《小雅·采薇》。发端于桑间陌上的一道溪流，流过千百年流过众多朝代，便扩展成为一条宽阔的大河，那些有关离别的诗句，浪花一样繁多。

古诗词中离别之情的泛滥，牵连着安土重迁的时代背景。关山阻隔，音信不便，兼之灾害频仍，兵燹不绝，一个人告别故土和亲人去往异域他乡，服兵役，讨生计，求功名，往往不知何时才能回返，甚至生死难测。因此，在众多的情形下，"生离"也往往意味着"死别"。所以辞别变得如此艰难，"哀莫哀兮生别离（《楚辞·九歌·少司命》）""劝君更尽一杯酒，西出阳关无故人（王维《送元二使安西》）"。但行程已定，变更无计，只好给远行人送上祝福，打气鼓劲："无为在歧路，儿女共沾巾（王勃《送杜少府之任蜀州》）""莫愁前路无知己，天下谁人不识君（高适《别董大》）"……豪迈豁达中，依然有一缕强自宽慰的意味。

离别不分时间和场所，但发生在深秋、黄昏、月夜时，发生在荒郊、古渡、驿道边，更容易令人动容，因为那样的时节和环境，最契合凄凉无助的心境，以及对于未来的渺茫感："何处合成愁？离人心上秋。纵芭蕉不雨也飕飕。都道晚凉天气好，有明月，怕登楼（吴文英《唐多令》）""多情自古伤离别，更那堪，冷落清秋节。今宵酒醒何处？杨柳岸，晓风残月（柳永《雨霖铃》）"……离别的现场，总是笼罩了一片愁云惨雾。

这样的时刻，亲友的陪伴和送行，越发显示了情谊的温暖。李白平生天涯浪迹，到处飞鸿雪泥，离别也成为生命中的常态，他将对友人们的感念诉诸诗句："桃花潭水深千尺，不及汪伦送我情（《赠汪伦》）""请君试问东流水，别意与之谁短长？（《金陵酒肆留别》）"有些时候，他又变身为送行者，目送老朋友从视线中渐渐消逝："此地一为别，孤蓬万里征（《送友人》）""孤帆远影碧空尽，唯见长江天际流（《黄鹤楼送孟浩然之广陵》）"。分离激发了牵挂，友情在广袤的空间中传递，不绝如缕。

而这还只是开始，是引子，是序幕。

更多的故事由此生发，更多的情绪自此发酵。在接下来的时光里，在另外的场景中，离别转变为思念，于各自的胸次间，酝酿弥漫。是远行客思念故土，"故园东望路漫漫，双袖龙钟泪不干（岑参《逢入京使》）"；是漂泊者想念亲人，"露从今夜白，月是故乡明（杜甫《月夜忆舍弟》）"；是戍边将士的惦念，"不知何处吹芦管，一夜征人尽望乡（李益《夜上受降城闻笛》）"；是居家思妇的想望，"何日平胡虏，良人罢远征？（李白《子夜吴歌》）"

离情别绪，是难以计数的灵魂的呼吸，嘘气成云，让几千年汉语的天空，云气叆叇，云蒸霞蔚。

二

谁的人生，不是一连串的离别？

告别，分别，辞别，惜别，伤别，痛别……围绕这同一个动作，汉语中衍生出一系列的词汇，情绪的调门层层升高，从静水微澜，到惊涛骇浪，对应了情感的诸般滋味，灵魂的种种悸动。离别，是生活和生命的常态，仿佛自然界的日月运行，春秋代序。一个生命自呱呱坠地，便踏上了一条告别的不归路。它总是在两个维度上展开。

离别首先是在时间里运行。告别童年、少年和青年，走入中年、壮年和暮年。告别明眸皓齿，秀发如云，走入发苍苍视茫茫，齿牙动摇。告别身手轻快，走入步履蹒跚。

离别也是在空间中发生。一个身影在广袤的天地间，时行时止。告别家乡的树林和池塘，山野和牧场，小院和窄巷，走向遥远陌生的地方。从此地到彼处，空间的不断位移，意味着生活和情感的持续变易与更新。

生命中有多少种离别？从最普遍最常见的说起。毕业是告别校园走入社会，自平静单调走进复杂难测。结婚是告别漂泊与浪漫，学习从平淡庸常的日子中培植爱、容忍和责任。退休是告别职业生涯连同它附带的符号和油彩，此后的日子更为接近生命的本真状态。各种各样的离别，连接起了一个人的全部人生。这个过程，伴生的是不断转换的外在身份，是五味杂陈的内心感慨。

人生的不同阶段，离别的滋味各异。年轻时，活力饱满激荡，对未来充满憧憬，离家远行意味着拥抱充满诱惑的新生活，难以体会离别的苦楚，对家人的叮咛牵挂大多不以为然，说得多了甚至不耐烦。与此仿佛的还有"小别胜新婚"，因为分离造成的张力，再次相逢会品尝到更为浓郁酣畅的幸福感，分离成为一种延宕的手段。这些，都可归入"少年不识愁滋味"。不识，因为少年，因为有旺盛的生命力垫底。

但更多的离别，离别的通常情形，毕竟还是让人伤感，系连了无奈、怅惘、牵挂和愁苦。它们的排列和递进，仿佛情感音律的宫商角徵羽。前面援引的古典诗句，一声声感慨和叹息，不过是这些情感的折射。

而死亡，将这一切最终收纳，将其间所有的差异，一概抹平。

死亡是离别之上的离别，是离别的终点和最高形式。仿佛是为了让人逐渐适应，它通常会有一个漫长的铺垫，健康一点点丧失，神智一步步昏昧，在沦入彻底的黑暗之前，暂且于黄昏朦胧的光亮中过渡一段时光。如果生命轨迹是一条抛物线，它就是最右下端的那一段。

然后才是最沉痛的时刻。是在亲人的病榻之侧，执手和流泪，叮嘱和告慰；是伫立于焚化炉前，望见棺木被缓缓推入，旋即被烈焰吞噬；是俯身揭开覆盖墓穴的石板，点燃一沓黄纸，再将骨灰盒小心地放入。一个生命彻底与人世告别，存放于他人或长或短的记忆中。

离别，是一条看不见的绳索，串联起来生命的百般境遇，万千滋味。

三

如果超越个体生命的经历和体验，将离别置于广阔的背景上观看，就会获得极为浩瀚的信息，关涉生活的复杂，人性的丰富，精神的玄奥。

现实生活中的离别，比起艺术作品里的表达，远为浩大和复杂。在诗词曲赋中，在戏曲舞台上，离别是一个个意象，一幅幅画面。灞桥折柳，骊歌一曲，江亭把盏，缆解舟行。生活中真实的离别，随时随地在发生的离别，却是缺乏戏剧性的，平淡枯燥的，因其日常而不受关注。但尽管如此，它们依然有着值得品咂的况味。

譬如一对曾经热恋的男女，由最初的执子之手，海誓山盟，到后来的劳燕分飞，形同陌路，这其间的转变，这一个以离别为结局的故事，透露了什么样的信息？是出现了新的诱惑，还是共同生活的愿望终于不敌日常鸡毛蒜皮般琐屑龃龉的累积？离别也发生在曾经亲密的友朋之间。只因为发现志趣相异，多年旧友一朝割席绝交，"子非吾友也"。这样的情形，在今天微信朋友圈里也时时在上演，多是由于价值观的分歧，道不同不相为谋，彼此屏蔽拉黑，从此关闭心扉。

离别有着繁多的变体。譬如古代的官宦仕人，仕途上的一次次进与退，升迁或者贬谪，这每一个时间节点，相对他的过去，不是也可以理解为一种告别？那些有大人格者，在此时最能够彰显。陶渊明辞官归隐，是因为"觉今是而昨非"，主动选择告别蝇营狗苟的官场，让生命回归本真和自我。即便是被动的告别，在如何应对的姿态上，也能够看出一个人的胸怀和质地。苏轼的一生是一连串的告别，告别庙堂之高，走入江湖之远，告别通衢大邑，走入偏僻荒蛮，告别奢华优渥，走入贫穷困顿。不断的坎坷蹭蹬，在别人难以忍受，他却豁达坦然，成就了不朽的道德文章，被后世人们供奉在心中，永远不肯分别。

更多的离别，在个人的悲欢离合之上，还折射出社会、时代和历史的信息。

一部《红楼梦》，从头至尾，是关于离别的演绎。荣宁府中，大观园里，各色人物你方唱罢我登场，演出了一幕幕悲剧喜剧闹剧。告别青春，告别繁华，告别生命，到最后，落了片白茫茫大地真干净。当贾宝玉身披猩红斗篷，在雪地中告别父亲遁入空门，也是在与一个病入膏肓的时代告别，那一种沉痛，砭骨入髓。

当离别以一种群体的被逼迫的方式呈现，就更是展现了社会的悲惨和黑暗。这正是杜甫的《三别》告诉人们的。无家的单身汉，新婚的丈夫，垂暮之年的老翁，都被强行抓去服兵役，被迫离别亲人和故乡，生死难测。在离别的哀号悲泣后面，一个时代的背景浮现：官府残暴，叛军肆虐，山河破碎，家破人亡。这样沉重的苦难，化为诗中一声声沉郁激愤的叹息："君今往死地，沉痛迫中肠（《新婚别》）""存者无消息，死者为尘泥（《无家别》）""积尸草木腥，流血川原丹《垂老别》"。

离别还在更长的时间、更大的空间中，以更大的规模展开，譬如历史上客家人的迁徙。从西晋永康年间开始，客家人祖先离别中原故乡，拉开了漫长迁徙的序幕。因为躲避战乱、灾荒和瘟疫，也因为人口繁衍、拓展生存空间，在长达十几个世纪的岁月中，客家人先后历经五次大规模迁徙，一步步在南方诸省扎根，并陆续走向海外。每一次迁徙都是一次集体的大离别，以脚下的故乡为坐标原点，向着陌生的远方行进，而最初的中原故乡，已经遥远恍惚仿佛神话和传说。

这样的离别，涉及的是族群、历史和文化，是无量数的史诗的题材，高山大海一样的丰富浩瀚，想起来就令人晕眩。

四

离别在今天，是怎样的面貌和姿态？

时代发展，技术进步，改变了很多东西，让生活大为便利。一百年前去大洋彼岸的美国，乘船需要几个月，有了飞机后骤减为十几个小时。几十年前，跨洋电话十分昂贵，今天，微信视频聊天可以随时随地，不须附加任何费用。

但此消彼长，获得经常伴随着失去。情感生活领域的一些微妙的东西，审美的感觉，诗的情调，在这个过程中稀释和减弱了不少，成为技术进步的代价。离别的意味，在今天也产生了某种变异。现代化以前的漫长的岁月中，离别带来的那种入诗入画的感受，是建立在"那时慢"的背景之上的。慢，让情感坚实，让思念浓稠。不说鱼传尺素的遥远的古代，就说三十年前，那时字斟句酌写成一封信，小心投进绿色邮筒中，估算收到对方回信的时间，耐心地等候。其后不久，电子邮件出现，按下鼠标即时完成发送收取，二者给予人的感受，显然有着幽微的不同。

但尽管如此，离别这个词汇中最具根本性的意蕴，没有变化。变化的只是情感表达的形式和幅度，舞台和背景。

当年考上大学来北京读书，父亲送我到离县城几十公里外的一个城市乘火车，一直送进车厢，在火车缓缓开动的时候，他站在车窗外，又把此前说过多少次的注意事项再一次念叨。我的心思完全沉浸在对新生活的想象上，对他的话似听非听。但在将近三十年后，到首都机场送别去往大洋彼岸求学的女儿，在海关入口挥手告别时，看着她充满向往同时又心不在焉的神情，我却忽然想到了当年父亲送我的场面。一个是嘈杂脏乱的简陋站台，一个是整齐洁净的现代化航站楼，这种外在环境的巨大差异此刻仿佛都不存在了，只有一个为父者的牵挂系念，在胸中氤氲流荡。

我想到了文学作品中对这种场面的描写，想到了朱自清的《背影》，龙应台的《目送》。靠做小买卖艰辛维生的平头百姓，在文坛政界都成就非凡的现代女性，当他们隔着一个多世纪的时光，与自己的儿子离别时，洋溢在心间的情感，并没有本质的区别。在阅读的某个瞬间我获得了代入感，化身为两个人，父亲和母亲。我感受到了一种人性的轮回，亘古如斯。

更不用说死亡，这个离别的最后的和最高的形式。不仅是"送君千里，终有一别"，在它之上，更有"人生百年，终有一别"。当亲人去世，我们的悲戚和泪水，与一千年前一样。在这种时刻，我们会想到一句话：太阳底下无新事。

是的，太阳底下无新事。这一种最后的离别，是生命中"严重的时刻"。因为它的映衬，人生的短暂性便具有了鲜明生动的质感，如何活着便变得异常尖锐。就仿佛在深浓的黑暗中，光源最能够有效地显示自己的亮度。这样的时刻，是为生命确立标准的时刻。置身相关的情境中，一个人才最有可能收拾起一贯的漫不经意，穿透生活的浮泛表层，进入其内部和深处，认真省思生命的意义和价值。

语言是思想的外衣。为了取得警醒的效果，人们有时会采用某些尖锐乃至怪异的说法。譬如法国作家加缪就说过：真正严肃的哲学问题只有一个，那就是自杀。德国哲学家海德格尔更是将对人生的思考，置放于死亡的背景上，称其为"向死而生",将生命看作一次走向死亡的倒计时过程,借此强化生命的在场感,最大程度地激发出生命的活力。

因此,从死亡这个最终的离别生发的种种思绪,最终也可以凝结为一句话:我们如何确定自己的生活姿态?应该拥抱什么,告别什么?每个人都需要得出自己的答案。

"何处是归程?长亭更短亭"。

在生命的大幕拉下之前,一个人不应该与这个命题离别。

(原载《字在》微信公众号)

失眠之书（删节）

_ 蒋蓝

失眠注解

青春时代的失眠多为空灵性质，在于当事人不知道为什么失眠反而显示出失眠的诗意。

中年时期的失眠多为具体性质，在于他们知道了为什么失眠而失眠，从而显示出失眠的下坠意义。

老年时节的失眠多为无心性质，他们因为失眠所以失眠，这就显示出失眠的生命无目的性。也恰恰是在这个阶段，与身体与诉求无关的冥想，才开始缓慢地将它藏匿的翅膀，变得不再透明。

不再透明的失眠，有些接近于灯笼，接近于皮纸与烛火的关系。旁人窥视到打在粉墙上的影子，就臆想起宋朝空间一间书房里发生的与阅读无关的事情。其实呢，粉墙影子的实质并不是失眠，而是没有目的的回忆。只是因为觉得影子好看，所以愿意去回忆。而一个一味通过回忆取暖的人，他的回忆矿藏之所以不会枯竭，在于他走向回忆的矿井时，没有忘记点亮沿途的灯。一如他离开之际，也是不紧不慢地逐一熄灭了灯火，他只把自己的影子交给了黑暗。现在，他在一面镜子里就完成了这一工作。

比如，他越来越喜欢与黑暗相关的场景，旷野、废墟、隧洞、地下室、阁楼、停电时刻，他喜欢黑暗不断增值，但可以收放自如。

他在一种灰色的暧昧穿着里漫漶，甚至旁逸斜出，黑暗的大氅是他倾心的，但太过招摇了，为此他显得扭捏。

他说，黑暗中思想的临盆，与阳痿的强度比较近似。后者的难堪与前者的狂喜相互侵略，它们在掰手腕。

这种左右互搏的竞赛费力劳神，还是在失眠中两忘比较妥帖。为此，它们在失眠状态下歃血为盟。

他已经习惯在失眠时分写作。他像一个灯罩，被火焰千百次熏黄、烤碎、洞穿，尽管黑夜总是将浑身褴褛的身体予以庇护，可是他已经没有了疼痛，或者不安。对于失眠的写作，与其说他是就着火焰而完成的描红作业，不如说是蘸着黑暗让火焰退却、并斩获的场地——就是那么可怜的一块巴掌大的地方，刚好搁下他从硝烟里退下来的思想。

他想疗伤。

失眠之书

钱锺书先生说过："有些人，临睡稍一思想，就会失眠；另有些人，清醒时胡思乱想，就会迷迷糊糊地入睡。"这两种情况并不属于我，临睡之前思考与否并不重要，失眠却是蛮不讲理，贪夜而来。

多年以来，我习惯于把失眠视为一棵树，一棵屹立在荒漠之中孤零零的大树。失眠不是谁轻易就可以造访的，尤其是心宽体胖者或喜欢励志格言的消沉者。因为要来到失眠的畛域，我就必须穿过漫长的偏头痛与重听。我别无选择，我时常来到树下躲避烈日与风暴，失眠反而成为一个可靠的驿站。我远远看到，树上的鸟儿起起落落，木匠一般在天空弹出墨线，云朵则操起了斧头和锯子。我熟门熟路，来到自己的座位，坐下来，就看见一派二十年前的大气迎面滚动，一袭狼烟把我簸起来，我必须把体重放在原地，我就随之飞起，像一片金色的枯叶，裹住了一把雪刃，但刃刃的冷光让我浑身褴褛。一个转身，我再次把自己伪装成春情盎然的蝴蝶，翅膀之后是童年的草坪……但是，放在树荫下的肉身不满意了，它在吼，它叫我回来。不要小人得志。不要找不着北。我只好像照顾弟弟那样回来。不快，还是回到我身上。我和身体一起，看着彼此渐渐老去，脸上爬出蚯蚓。

奇怪的是，有一阵子我睡过去了，一早醒来，就发现自己是一个没有完成功课、背起书包就要去上学的孩子，内心忐忑不已。我睁大眼睛，直视天花板，努力回忆，自己似乎应该没有完全睡过去，好像出去遛了一道弯儿。

失眠的确让头脑昏沉，但昏沉是一种设防空疏的薄弱时刻。平常被理智阻挡在外的籁声，开始让我察觉到一些维物之神，它们在我失眠的星空闪亮，它们只能照亮失眠的地域。我贪心，促使我带着它们进入梦境，它们就像如水的萤火虫，在穿过窄门时，熄灭了……

失眠之羊

如何在无眠之中获得有眠？如何在无聊之中寻找有聊？

我感兴趣的恰恰是，为什么传说的是数羊可以数着数着就能入睡？这是哪个龟儿发明的妙论？！我把羊数了一遍又一遍，如同背诵数学的π。数完地上的，再数天上的；数完白色的，也可以用虚构之刷染出大红色的；数完逆来顺受的替罪羊，再数体制的或江湖的领头羊；直到我把羊都吃了并拒绝吐出骨头，羊皮制品已经生满了虱子，也不起睡眠作用，反而感觉到烦恼比薅出来的羊毛还要多！所以，数羊产生睡眠论，肯定是无稽之谈。

羊为什么不能在意识薄弱之际去数？羊，本身就是魔鬼经常借助的造像，你看看羊的脸就明白了。所以，"披着羊皮的梦"盘桓半空，妖氛四起，这也意味着，越是如此纠结下去，就中蛊了。

但在位于羊群的π的尽头，我看到悄然玉立于汉朝成都安志里路口的丽人，她名叫杨惠。她在杨柳河畔斜摆柳腰轻挥柳枝，才子王褒早已伏地为羊，她才是牧羊女。

还能数什么呢？既然数不了恒河之沙，就数数月亮吧，比如圆与缺，比如阴晴不定，就像从一个烧饼里看出大千世界。就我的智力现状而言，也就只能去数梦境上空的月亮了。然后，我可能梦到吴刚的板斧……

铁锅炒沙

如果我要讨厌某个地方或者某个人，就在心里首先和它决裂，与它拉开距离。由于在现实里很不容易做到，我只好想象它有着自己完全不知晓的阴暗秘密和动机！我于是就在忐忑中转身，快速离开。问题是，这些阴鸷的人与地点并不想轻易放过我，它们就像海市蜃楼一样制造幻境，以移形换位的技术施展着对我的宰制。尤其是在浅睡状态，我非常容易搁浅于它们的暗礁上，梦境大量进水，头被死死卡在天花板上，再也无法动弹。我在失眠的汪洋中举目四望，不但回头无岸，而且失去了向度。我就只能与看不见的恶势力商榷一下，许诺下一个梦境里向它们投降！我即将驶入下一个深梦之时，我必须挣扎着醒过来，把它们彻底抛弃到那个死梦当中！这是博尔赫斯告诉我的办法，固然好，我双眼充血地望着天花板，发现其实博尔赫斯一直不敢睡过去，他茫然四顾，直到他熬不住了，干脆成为真正的盲人后，他就不再怀念波涛汹涌，他的海就干枯。他只有最散漫的沙子。

那么，我一直想象着铁锅炒沙子的动作和声音，这个让阴阳两界都发狂的摩擦声，终于让它们退避三舍。这个方法对我很有效，一直帮助我可以短暂地睡一会儿。如果不能改变它，我就在内心里将它再翻炒几次。沙，热沙，铁砂。这需要心狠手辣，我能做到，由于它们威胁到了我的梦，我不得不将它们在梦中沙葬。

失眠之夜

我又面临一个失眠之夜。

承认失眠并非为了装酷，暗示自己是思想森林里独栋别墅的主人，是随时可以串门儿的熟客。失眠对身体的未来不好，但没有了睡眠，未来又有什么鸟用？！

我非常清楚，我将在似睡非睡状态下听见一些响动：窗外的冷雨渐渐将箭矢加粗，苦闷的茎，彼此在排斥里撞击。看起来，像绝望的刺猬把浑身的硬刺发射殆尽，它变成了一只荒谬的老鼠。我偶尔听见一个女人的哭声，混合着九眼桥下锦江橡胶坝的跌水，构成了蜀地的夜雾。当然了，这不是主要的，接下来我会听到一些平素听不见的夜阑的挪位摩擦，就像我的上万册藏书里，那些正在尽情啃噬字里行间"神仙"两个字的书虫。它们渐渐变成了脉望，它们逸出了书页，带着发育健全的肢体以及尚未发育经历过极端严寒的灵魂，开始爬出窗棂，一飞而暝。

现在，我的失眠陷入完全不可辨识的纯黑。

奇妙的是，这个短暂的时刻被窗外更大的雨涂改了。我偏偏看见一袭宝蓝色的旗袍，听见丝绸与身体的摩擦，运动就是在束缚与解放的矛盾里孕生的，因为不紧不慢，进而是带有体温的韵律。

一具斜靠在吧台的身体，头部隐入黑暗，灯光只能从背部缓慢浸入。在腰处渐渐囤积、收缩和跳跃针芒的光，在居中的缝合线周围，定型。开始熔化和大面积密植，将底层的构造浮至表面，向明亮的中心聚集。在针芒上仁立的舞蹈，弧度与椭圆的向心力，把蕴含的热量，甩出来，为向腹部的迂回和猜测做好准备。

经过夜的手指、翻炒、把玩、提纯的蓝色，是旗袍的下摆，它又在脚的紧靠下泛出一抹骨色。飘垂的日子突然飞起，作为对重力的抗拒，以不规则的收缩展示缎子的犹豫。光线被褶皱弯曲，改变流向，逐渐渗漏，犹如在金属液体里浸渍……当无边的蓝从光斑深处剥落，就剩下一波一波的起伏，在酒力作用下，成为空气与脉望的姐妹。这是夜晚最柔软、最收敛的部位，可以让身体沉静，像深渊的眼睛直面死亡。而真丝的鸣叫，是一根飞翔的羽毛，正穿越肉体，在我的头骨边缘环绕。

这一宝蓝色的声音与一些徘徊的脉望秘密接头，他们私奔而去……

我在这一间失去声音的房间里，听着心跳，学习如何热爱自己。所以看来，我在失眠之夜并没有学会腾空，而是在温习情欲如何一点一点掏空思想。

梦中写作

幽深、渊笃之物，从不发光。奋力追逐闪电点的人，总是萤火虫的学生。习惯在暗中辨认往事和即将发生的事情，长此以往，我就容易找到归乡的路。多年来我逐渐形成了一个奇怪的习惯，那就是梦中写作，不完全是似睡非睡，而是黑日梦一直在演绎白日梦没有完成的排演。一个一个的句型，异常清楚地出现；甚至白天根本想不到的造句，在梦里开始渐次闪烁。我梦到的文字，就是自己用一支铅笔在复印纸上写出来的，甚至还有错字。有时书写太快了，甚至还按断了铅笔芯，我不得不停下来重新削笔……就是说，梦不但没有提供一个时间的斜坡供我俯冲而飞升，反而将梦的天庭压得很低，防止我因快速升高而出现缺氧症状，最终一步蹈虚。这说明，梦一直关爱我。

我的梦不但是一面镜子，而且是双面镜像：一方面，呈现了天上的全部秘密，一些仅有谜面，一些提供谜底，供我取舍和判断；另外一方面，镜子还把水面之下的世界构造，也予以了放大。这样，我游弋于双面镜像之间，水下的奔马与天上的游鱼互为因果，豺狼必与绵羊羔同居，豹子与山羊羔同卧。我逐渐厘清自己的过去与未来，以及事物的勃兴与沉落，我会把事体的阴影与影响捡拾起来，逐一披到它们的肩头。这一情景，就像我在九寨沟景区看到的镜海一样。

置身迷宫，我的确没有恐惧，这一点我比博尔赫斯要幸运。

处于波诡云谲的变异中寻找和谐，在恒在的反面寻找瞬间，在对立当中寻找放弃，在孤独的深处寻找释然，在云顶的大光里寻找眼泪。

其实，我并不是完全需要这些。真的！在云朵与地下的洞穴里，那些藏匿在幻彩金边、钙化地表之外的，也许是虚空，也许是虚无，那才是应该装满我的想象的所在。

西蒙娜·薇依讲过一段话，似乎就是对我的耳提面命："区分开上面的状况和下面的状况的东西，正是在上面的状况中，并存着数个重叠的层面。"

这样，我就不敢再轻易相信我看到的东西了。也许上面的东西，既不是它的反照，也不一定是地下的东西。

那是什么？

敢于置身于双重镜像之间，我至少要成为一个没有影子的人。

只有如此，我才能去拾取事物的影子。

西蒙娜·薇依继续说："只有永恒不受时间影响。为使一个艺术作品能永久被人们欣赏，为使爱、友谊能持续整个一生（甚至纯洁地持续一整天），为使人类条件的观念历经沧桑、经过万千体验仍保持不变，必须要有从天的另一边降临的启示。"

我过了平庸，我的梦也是平庸的。薇依关注永恒，我只能关心瞬间，但却是来自永恒的瞬间。记住："要有从天的另一边降临的启示"。

但是，当双面镜像中的我，对于一面镜像多看一眼，往往会遭到另一面镜像的嫉妒，它不耐烦了，会变乱自己的背景，让我迷失参照物。写作的中途，我就只好停顿下来，就像面对两个情人，她们结拜为姐妹，我只好睁一只眼、闭一只眼。有一次，我从梦里抽身出来，才发现已经写完的手稿，被一面镜像偷走了，我不得不在下一个梦里去哀求她……但下一个梦中，她彻底忘记了上一个梦的不快。

"要有从天的另一边降临的启示"，我是否可以置身于双重镜像之外，在白日梦里观察黑日梦逐渐褪色的晨曦与夕照？

（原载《作家》2020 年第 4 期）

五种孤独

_吴佳骏

风

风来的时候,她来了,他也来了。他俩手挽着手,在风中走着,一步一徘徊。风是他们的诺言,也是他们的信使。风吹到哪里,他们就追到哪里。风吹到屋檐下,他们就追到屋檐下;风吹到院墙根,他们就追到院墙根。仿佛那每一场风中,都有他们要追讨的债务。小街上住着的每一个人,只要逢到他俩在白日里追风,都会给他们让路。让过路的人心里都清楚,给他俩让路,其实就是给衰老和晚景让路,给活着的尴尬和失去的经历让路,给他人的未来和自己的明天让路。

小街上的人们大多都还记得,几年前的那个阴沉的、飘着微雨的下午,他被一场风莫名其妙地刮跑了记忆——他拄着拐棍,去小街尽头的晒坝上收床单。那床单很有些年头了,是他和她结婚时唯一的新婚纪念物。他们年年都会拿出来翻晒,因翻晒的时间长了,床单上的艳红色就变成了暗红色,上面绣的一对鸳鸯也被搓洗掉了羽毛,只剩下一个过去年代里的爱情的象征。他那天像往常一样,想尽快将床单从竹竿上扯下来转身就走。谁知,他刚走到床单底下,一颗冰凉的雨滴就砸进了他的眼眶——他的眼眶里原本就装满了冰凉的东西——雨滴的进入使他眼里的冰凉又增添了一层冰凉。他呆呆地站住,想抬起手将那颗来自天空的雨滴挤出眼眶。这时,那场急遽的、恶劣的风便来了。它先是将床单刮到了晒坝的墙头上,接着就将他刮倒在了地上。他的那根雕花的、暗黑色的、不太结实的拐棍也被摔成了两节。在拐棍被折断的那一刹那,他的脑子里发出嚯的一声脆响。他意识到，他身上的一根骨头碎掉了，他前半生的光阴也碎掉了。但他没有喊疼，他沉默着，隐忍着，克制着。他在等待那场风能把刮跑的床单再刮回来，等待那场风能将刮倒的自己再刮站立起来。可他想错了。那场风刮跑了他的一切——床单、拐棍、记忆和活着的喜悦。当有人冒着冷雨将他搀扶起来时，他的眼前一片漆黑。他再也认不出自己生活了大半生的小街，认不出陪伴了自己大半生的老伴儿，认不出周围的一切，连同他自己。他成了一个他人眼中的熟悉的陌生人。凡遇到有小街上的人跟他打招呼，他都只会点点头，然后又摇摇头，说："你是谁啊？我不认识你。"

每每看到他丢魂落魄的样子，她的心都很难受。她不知道那个曾经健谈的、风趣的、乐观的他到底去了哪里？她深深地怀疑，那场将他的记忆刮跑的风一定来自他的前世。一定是他在前世有什么因缘未了，风才将他的记忆强行押回去，在前世里做彻底的了结。这样想着，她的心里多了几分坦然和淡定。在这个世界上，又有谁不欠自己的前世什么呢？我们今世之所以还能够变成人，大概都是前世设下的一个局，让人在轮回的劫难中去继续归还前世所欠下的债。人活着的过程，就是还债的过程。今世还不了，那就来世接着还。

他的记忆走了，现在剩下的只有肉体——一个人快要活到入土的年纪，上苍突然借助一场风将他之前活过的几十年清了零，什么都没有留给他。这等于宣告了他一生的无意义，他这辈子都算是白活了。他的得与失，功与过，是与非都不再有人铭记。他活着跟死去没有丝毫的分别。但是，这对于跟了他大半辈子的她来说，是不甘心的。她爱过他，恨过他，骂过他，吻过他。他们曾一同承担过风雷和寒潮，闪电和霹雳；也曾一同分享过温馨和浪漫，甜蜜和愉悦。他的身上承载了她太多的回忆。如今，他的记忆虽然不在了，可她的记忆还在。她不想放弃他，她试图帮助他将失去的记忆找回来。只有他的记忆复活了，她的人生也才算是没有白活，算是有意义的。他们是一个整体——再狂再猛的风也刮不散的一个整体。

她每天都将那张床单拿给他看。不管什么季节，也不管是早晨或是傍晚，中午或是下午，只要有风吹起，她就赶紧将床单抱去挂在晒坝上的竹竿上，再返回来牵着他去收床单。她坚信以这种方式能够将他的记忆唤回来，就像她坚信他们能以顽强的毅力战胜生活中的苦难。

一年又一年，刮过小街的大的、小的风不停地吹着；一岁又一岁，她和他在小街的晒坝与家之间不知疲倦地往返着。看着她痴心不改的样子，小街上的人们都失望了，都不再相信她还能将他的记忆再找回来。就连他们那个在大学里教授"人类学"的大儿子也不相信；就连他们那个在医院里的神经内科当医生的二儿子也不相信；就连他们那个已经在文学圈赫赫有名的做诗人的三女儿也不相信。他们统统认为，她所默默地付出的一切，都将是徒劳无功的。因为，他们见过太多太多像他们父亲那样失忆的人。他们不再相信单凭亲情和毅力，可以唤醒一个沉睡多年的人的记忆。不止是这类事，这个人世间的许多事情，他们都不再相信是可以改变的了。但唯独她仍是确凿地相信的。每当风来的时候，小街上就会出现两个老人的身影，手挽着手，一步一徘徊地走着——好似从前世走到今世，又要从今世走向来世。

烟

　　黄昏安息着，天就要黑了。在小街的靠近两间瓦房的廊檐下，有人用红色的砖头垒砌起一个简易的灶。那个灶应该是新砌的，还没有煮过太长时间的饭食。因为只有灶门周围的红砖被柴烟熏黑了，其余部分的红砖照样红着，跟晚霞的颜色一样红，跟灶火的颜色一样红，跟灶门前坐着的那个烧火煮饭的小姑娘的脸蛋一样红。

　　从相貌上判断，那个小姑娘只有十余岁光景。上身穿一件黑底上染着红色、蓝色和白色花瓣的棉外套，不仔细看，还误以为在她的身上爬满了色彩缤纷的蝴蝶呢。倘若真是那样的话，人们便要替这个姑娘感到极大的幸运了。蝴蝶是属于春天的，属于田野的，属于花朵的，属于暖阳。蝴蝶停留在她的身上，就证明蝴蝶所拥有的一切小姑娘也是拥有的。她也应该拥有，她也是一只初临人世的小小的蝴蝶，她理应蹁跹在人间的四月天。她理应在属于自己的春天里舞蹈，在属于自己的田野上追逐，在属于自己的花朵上流连，在属于自己的暖阳里陶醉。然而，这并非是一个有暖阳照耀和花朵绽放的春季，小姑娘的棉外套上看似蝴蝶的花瓣也并非真实的蝴蝶。这一切的一切，都只不过是小街上的人们的幻想，只不过是小街上的人们对那个小姑娘的祝愿。

　　那么，真实的情况究竟是怎样的呢？真实的情况是——这是冬天的最末一个月份——最末一个月份里的最寒冷的一天。那个小姑娘在天快要黑的时候，坐在灶门前点燃了第一束火光。伴随火光而起的，是一团一团浓白的烟雾。大概是柴草不够干燥的缘故，那烟雾特别呛人。小姑娘一边咳嗽，一边揉眼睛。有泪珠从她的眼眶里滚落出来——她每次烧火煮饭，都有泪珠从眼眶里滚落出来。或许，她生来就有一双被泪水洗涤过的眼睛。只有被泪水洗涤过的眼睛，才能看见灶间的火光，也才能看见生活中的光亮。

　　她安静地、神情专注地朝灶间添着柴块。越燃越旺的火舌舔着锅底。不多一会儿，那口大大的、盖着锅盖的铁锅里就发出了毕毕剥剥的响声。人们都不清楚那口锅里煮着什么，也许是一锅红薯，也许是一锅土豆，也许是一锅稀粥，也许是一锅清水，也许是一锅夜色……

添了几块柴之后，小姑娘站起身，揭开锅盖看了一眼，又拿起锅铲朝锅里搅拌了几下，就转身快步进了那扇油漆斑驳的、暗红色的木门。她刚才坐在灶前烧火的时候，她的耳朵就一直听见躺在屋内木床上的病重的奶奶在咳嗽。她担心奶奶从床上摔下来，或翻身时将手臂露在了被子外，想进屋去瞧瞧，给奶奶倒杯水。她知道奶奶跟她一样，也需要温暖，需要一团火或一束光。

她照顾好奶奶后从屋子里出来，灶间的火苗弱了许多，先前添加的三块木柴有两块都已化为了灰烬，而锅里煮着的东西又还差点火候。于是，她重又安静地在灶门前坐下来，继续朝灶间添加柴块。这时，一个年龄比她略小的姑娘牵着一个年龄更小的男孩出现了。小街上的人们都不陌生，正走来的两个孩子，是烧火煮饭的小姑娘的妹妹和弟弟。这三个孩子有个秘密的约定，只要一到煮饭时分，老大就负责留在家中照顾奶奶和煮饭，老二则负责陪着老三玩耍。在这三个孩子当中，老二跟老大的感情最为笃厚。老二很心疼姐姐，她心里明白姐姐的苦，老想着能帮助姐姐干点活儿。但她的三弟实在是太小了，才刚满三岁。故每当她领着弟弟在小街上游玩时，眼睛总会望着从家门口升腾而起的柴烟遐想——她的遐想既是姐姐的遐想，也是弟弟的遐想。在他们共同的遐想中，那浓白的柴烟随着他们那潮湿的、幽暗的、灰颓的记忆在打转。转着转着，他们的记忆也便如柴烟一般模糊了、漫漶了。他们的小小的心忽然感到一阵难受和刺痛。他们真想变成三只相亲相爱的、形影不离的蝴蝶，尾随盘旋上升的柴烟而去，去往一个明媚的、祥和的、欢快的、天堂般的世界。在那里，他们将不会看到分离，不会看到孤单，不会看到劳累，不会看到病苦。一切该生长的都在悄然生长，一切该怒放的都在争相怒放，一切该流淌的都在肆意流淌。更难能可贵的是，他们将会享受到父爱和母爱，像别的孩子那样可以撒娇，可以任性，可以偷懒，可以朗笑；而不必再去梦中呼唤他们正在消逝的童年，不必再去望着柴烟期盼朝霞，不必再去冬天里寻觅春天。

那灶间的火再度燃旺了起来。大概是饿了吧，那个最小的男孩拉着二姐的衣襟哇哇大哭，无论怎么哄劝都哄劝不住。屋中奶奶的咳嗽声也越加厉害了，要将冬日的天空震塌似的。烧火的小姑娘焦急地看看身旁号啕的弟弟和无助的妹妹，又起身揭开锅盖看看锅中半生不熟的食物，再跑进屋内看看咳嗽咯血的奶奶，她的额头浸出了一颗颗豌豆般密集的汗珠。这个稚气的、成熟的小姑娘每天都是那样的繁忙、劳顿；又每天都是那样的周全、有序。

天彻底黑了下来，吞噬掉缭绕不去的柴烟。该隐去的也都隐去了。整条小街上，唯剩下暖红色的灶火前，那三双空洞的、迷茫的、游离不定又清澈如水的小眼睛在闪动。

光

  天大概是亮了。他平躺在屋内狭窄的木床上,竖起耳朵倾听着屋外的动静。他清楚地知道,又将有人要从小街上搬离了。那从黎明起就一直在喧杂着、争吵着、辩论着的人声,就是搬家之人发出的告别声。他太熟悉这种声音了,比每天早晨他养在隔壁邻居搬走后的破房子里的公鸡的啼鸣声还要熟悉。最近几年,他时常都能听到这种挽歌似的声音——有时是在薄暮时分,有时是在午后安歇时分,有时是在晨曦时分。每一次搬家,都有人哀泣,都有人怒吼。那哀泣的,多半是在小街上住了一辈子的老人。他们不愿意离开,只能用哭泣来表达愤怒和抗拒。而那怒吼的,多半是老人的子女们,他们千方百计,甚至不惜一切代价要将父母带离小街,去往镇上那花费掉他们大半生积蓄购买的商品房居住。在这脆弱的哀泣和强硬的怒吼的拉锯战中,没有一次是哀泣战胜了怒吼的——衰老终归要输给新生,这难道就是所谓的自然的规律吗?

  他平躺在屋内狭窄的木床上,竖起耳朵倾听着屋外的动静。他在心里暗暗地揣度,这到底是小街上搬走的第多少户人家了呢——十五户?二十六户?三十七户?四十八户?他一边数数,一边睁大惺忪的睡眼,盯着挂在墙壁上的一个挂钟和一面镜子看。这两样物件是他今生最为珍贵的东西,因为它们都出自他年轻时上过班的工厂。工厂就开设在小街上,既生产挂钟,也生产镜子。那些已经从小街上搬走的人,许多都是他曾经的工友。那时,他们每天都在小街繁华的、兴盛的生活中一同迎着朝阳上班,又一同披着晚霞下班。每个人都过着自适的、饱满的、舒坦的日子。后来时代变化了,小街一夜之间由热闹变得沉寂,所有的工厂也都相继倒闭了,那些意气风发的工人们也不得不作鸟兽散。整条街只剩下一片衰败的、萧瑟的景象。或许是为了铭记一段人生岁月,铭记一个时代的消逝吧,每个工人都给自己留了一个挂钟和一面镜子作为纪念。以至于如今几十年过去,这批老工人依然习惯通过这面蒙尘的镜子来观察自己的衰老和心境的沧桑;依然习惯通过这个老旧的挂钟来记录光阴的流转和生死的无常。

  屋子里太黑暗了。他几次睁大眼睛,看到的还是黑暗——挂钟是黑暗的,挂钟的指针指向的时间是黑暗的;镜子是黑暗的,镜子里映照出的晚景是黑暗的。自从他的儿子在三天前来动员他搬离小街那天起,他就把门窗关得死死的,不让外面的一丝光线照进屋里来。他想一个人静一静,将自己藏起来,不让光明找到他，也不让他的儿子找到他。他的儿子已经多次义愤填膺地告诉过他了，如果他继续保持他的犟脾气，执意要像守灵一般守着小街，那他将不再管他的死活。儿子的话让他感到悲凉。他觉得儿子不是不爱他，而是不懂得怎样爱他。他的儿子跟小街上所有强行逼迫父母搬离小街的老人们的儿子一样，都是爱面子的人，好攀比的人，追求理想生活的人，渴望未来明亮的人。他们以为将父母接到镇上的新居终老就是尽孝，却不知自从他们将父母接去享福的那天起，这些老人们就已经死去了——他们的根断了，叶枯了，血流干了。儿女们永远不会明白，新居只是他们的新居，不是父辈们的新居。就像他们永远不会明白，那挂在墙壁上的挂钟和镜子的意义；他们也永远不会去了解一条小街的历史，永远不会对一条小街上的曾经存在过的几个工厂感兴趣，更不会对那些工厂里曾经发生过的悲伤的、欢快的、恼人的、离奇的故事感兴趣。一代人有一代人的生活和记忆，一代人有一代人的烙印和疤痕，一代人有一代人的幸福和创痛。他也深深地知道，年轻人的想法和做法没有错，他们只有将父辈接去身边同住，才不会遭受世人的指责和谩骂，落得一个孝子的好名声。他们也只有将父辈接去身边同住，才能获得一笔搬迁补偿费，让自己的下一辈过上富裕点的生活。他们需要告别黑暗，告别泥泞，告别简陋；他们需要火，需要热，需要光。但他们不知道，即使再明亮的光也照不亮所有的孤独和黑暗。

　　他平躺在屋内狭窄的木床上，竖起耳朵倾听着屋外的动静。他听见一个不停地在咳嗽的老人先是在埋怨，继而在哭诉，再接着就是拉东西的货车发动马达的隆隆声。这之后，小街便平静了下来。他养在隔壁破屋子里的公鸡又高亢地啼叫了一声——招魂似的一声。他慢慢地从木床上坐起来，摸黑穿好衣服。这时，他听见那辆开走的货车又折返了回来。他以为是那个老人的儿子突然改变了主意，同意让老人继续留在小街居住了。可一阵急促的脚步声之后，那辆隆隆响的货车又突突地开走了。车走的时候，他听见老人的儿子在说："一个破挂钟，不知有啥稀罕的，还非得嚷着回来取走。"听了这话，坐在木床上的他再次怔怔地望着墙壁上的挂钟和镜子出神。他想，下一个将从小街上离开的人，确凿无疑该是自己了。

（原载《雨花》2020 年第 6 期）

身在何处，为何读书（外一篇）
——在晋城某读书会上的演讲

_聂尔

依我看，我们目前所处的这个时代处于印刷文化的末期，网络文化的前期或中前期，智能化时代的发端期。也就是说这是三种时代或三种文化的混合、交合时期。这涉及和影响到我们手中书的形态的变化，以及我们对书的看法和态度的持守。

我们大部分人心目中理想的书，还是印刷文化的书的原型，也就是像我手中的这种由作者、出版社、印刷厂和书店共同合作，提供给我们的纸书的样子。它由封面，作者署名，柔软的内文纸，一定格式编排而成的印刷体文字来构成。

但是，我们大家都能够感觉得到，这已经不再是唯一的书了。我们心中最正宗的书的概念，正在受到快速的侵蚀和强力的挑战。我们在电脑上读 pdf 格式和其他格式的读物，我们用手机里的读书软件进行阅读，很难说这种行为不是读书，很难说我们以这种方式所进行的那个活动，所持续的那个动作，不是读书。只是我们的手之所触，不再是柔软的纸张，不再有纸的质感而已。这让我们感到很不亲切，我们像是睡到了别人家的床上，心里觉得很不踏实。

博尔赫斯所说的那种天堂—迷宫—图书馆，或者他也称之为宇宙图书馆，即是由印刷图书所构成。宇宙图书馆不是博尔赫斯一个人的想象，而是全人类的。但无论作为一种想象还是作为一个现实，它都不是短时间内可以建成的。关于它的想象才刚刚展开，遑论有幸进入其中充当一名图书管理员，它却已经在漂离而去了。天堂远人。困苦依然。无从演进的历史凝结为宇宙图书馆中一本书里的一行。人是悬挂在字脚上兀自欢腾的虫蚁。

但是，虫蚁亦大矣。我们到底能够握住一本书。就手中之书而言，手机提供给我们的那些同样叫作《红楼梦》或《战争与和平》或《追忆似水年华》

的内容，与我们在纸页上所遇到的同样名称的内容，难道不是一模一样的吗？我们凭什么视其为非书呢？而且，这样的书省去了大量的纸，可以保护我们的森林和其他资源，这不是更环保吗？而环保有利于延续我们这个唯一的星球的生命，使我们能够较为长久地呆在这唯一的（至少目前看来是这样）家园，这是好事啊！

所以，这种书的原型发生变化的趋势应该是不好阻挡的了。事实上我们的下一代、下两代人已经安于在这一趋势之中了，已经不好让他们完全认同于我们的那个印刷文化的书的原型了。

而且事情还在发展中，下一步的事情可能更难预料，可能会更加超出我们的经验之外。比如，谷歌公司假如真的研制出了一种眼镜，这种眼镜连接着网络，而网络又囊括了世界，而且这只眼镜是善解人意的，可以回答人的阅读需求，这个戴眼镜的人他只需要转一个念头，眨一下眼睛，就可把他想要的"内容"（也就是书）尽收眼底，甚至尽收脑中。他就没必要像现在这样费力地，一页一页地看书了。这个事情有没有可能呢？我觉得是有的。也许从文化、道德、宗教的层面看，将这种可能性转化为现实到底好不好，或者说这个进程如果太快了的话到底好不好，是需要慎重地考虑和控制的。

这是从书的形式和对书的接受形式来看，还有另一个方面的问题，是作者的问题。印刷文化下的书都是有作者的，因为有作者，所以有版权，有知识产权，于是才有了知识分子，乃至于有了文化英雄，有了一整套的文化生产机制，所有这些形成我们的民族文化，形成不同民族文化之间的交流，以及世界文化，人类文明。孔子、老子、李白、杜甫、曹雪芹、鲁迅等等，这些是我们中华民族的文化英雄，文化源流，没有了他们，整个中华民族的存在就都变成了一个可以质疑的事情。世界上其他的民族，其他的国家当然也是如此。因此，一本书有无作者是非同小可的。

但是，正在出现的一个情况是，未来的智能化机器人极有可能比人类的作者更高明，写得更好，它们写得更快就更是无疑的了。它们的全面和深度的学习能力，是人类无法望其项背的。这一点在其他领域已经被证实了。如果将来的一本叫作《粉楼梦》的书比我们的《红楼梦》写得更好，那叫我们情何以堪？严重的问题是，《粉楼梦》根本就没有作者，它出自一部机器之手，不是一个人类的、汉族的、有名有姓的人创造出来的，于是，在这种情况下，就再也没有了文化英雄，没有了创造者、作者。而且，在知晓了这种情况的情况之下，读者们尽管面对的是一部超越千古的名作，他们的感动，钦佩，崇拜，浮想联翩，思接千古，心心相印，眼泪和叹息，还会有吗？也就是说，一本书还会有它的读者吗？

以上所讲，并非耸人听闻，而是一个推测，这一推测是依据于事实的。事实是，在最复杂的智力游戏围棋博弈中，人类已经败北，而且人与智能人（我觉得机器人这个名字已经很难叫出口了）的差距还在迅速地扩大中，人类大有一溃千里之概。曾经的世界第一人，韩国的围棋名将李世石九段，因为看到人类已无法取胜，而在 36 岁之年选择了退役。另一事实是，智能人已经可以写出一部叫作《海明威传》的书，它的笔调，笔法，精彩段落，据说已经好到不能使人相信它出自非人之手，只不过它的作品的整体尚有缺陷，尚须调整而已。

这就是为什么我说我们的时代是由印刷文化，网络文化和智能化混合而成。其中更大更凶更具有决定性的那只智能化老虎就伏在前面的必经之路上，它将比网络化更加彻底地改变我们的文化形态、意识形态、道德状况、宗教信仰，改变我们的书，改变我们的一切。

这种情况乍一听很突兀，有的人说，我还刚下过决心，正准备好好读书呢，你咋就说书已经变了呢？是的，这是没有办法的事情。实际上，现代社会本来也一直都是由变化来作为它的主基调的。现代之神就是变化。我们手中的书，我们心中书的原型，即印刷文化之书，存在的时间实际上也并不长。书的问世及其被广泛阅读，有赖于印刷技术的发明和全民教育的普及，还有以作者为核心价值的文化体系的设立。这在欧洲也是迟至十八世纪以后才逐渐实现的，在中国则要到十九世纪末至二十世纪初这一过程才开始发生。中国的第一家现代意义上的出版社商务印书馆成立于 1897 年，大学也是首次出现于这个时期，杂志也是。而以扫盲为标志的初等教育的普及，还要等到 1949 年以后。也就是说，中国人开始大量地读书，不过百年多一点，而大部分中国人都能够读书，有了基本的阅读能力，还不到七十年时间。这期间还有不正常的中断，最明显的中断是"文革"时期。我就是在这个时期开始学习的，那时我像所有的青少年一样，处于一书难求的环境之中。到 1979 年这一情况才开始发生变化。这一年《读书》杂志发表爆炸性文章《读书无禁区》，呼吁开启一个可以正常读书的时代。从那以后我们才有了一个基本正常的阅读环境，从那时到今天不过四十年。这个时间太短了，仅够一代人的成长。而这个四十年的后二十年出现了网络，对书的阅读造成冲击，还有电视、游戏等等，所以充其量，一个最少干扰的阅读时代只存在了二十年。这对于一个民族的文化生成而言简直连一个瞬间都算不上。今天我们却已经在这里讨论到底需要不需要读书。

正是诸如此类的变化，中断，干扰，冲击，构成了我们的读书时代。因此可以想见我们究竟能够读了多少，读到了一些什么，我们的将会在人类学意义上传承下去的基因中间能有多少书的因子。

我想，说到这里问题和结论就都有了，也都明确起来了。我们只有不顾一切地埋下头去，尽可能地抵达书本，在无限之书中做一个渺小的泳者，乘着印刷文化无限美的夕阳和智能化的朝阳，谦卑地伏身于变化的书中，如果可能就永远也不抬起头来；如果还有另一种可能，我指的是在阅读之余的写作——写作也是一个低头的动作，与虔诚的阅读相连，那就弯下头去写作，一边写作一边阅读；这样我们就能延续我们作为人的存在，一种类的存在，从而有可能免除作为一个偶然的泡沫无法归类的命运。

至于说为什么需要加入到读书会里来读书，我的意见是，如果我们面临共同的问题，那我们就聚集起来，研究解决这些问题，如果我们的心中没有产生这样的问题，那我们就把时间留给书，只与书两两相对。

在所有的孤独中那是最美的一种孤独。它筑起堤坝抵挡所有冲击，它令时间停止，将敲门声泯灭，使窗外的美景一再地重现。它带来的救赎之光闪烁明灭，那是绝望中的希望。

总之，阅读使世界统一并且延续。这个延续的世界会接纳自我，使我们不再流离失所。

2019年冬至日在伊尹读书会发言
2019年12月25日根据记忆写出并做补充

让我们在网络时代和智能化时代继续读书！

在网络时代和智能化时代，让我们继续热爱书，热爱阅读！

网络阅读已蔚为时尚，但网络阅读的游戏性和间接性，消减了书籍阅读的严肃性和可触摸性。书是人类创造的可触摸的事物之一，但它并非它所指向的事物本身，这是书的最为微妙的存在方式，它以这种方式与语言中的真理相互触摸，从而暗示出了人的处境和道路。

智能化则宣称它最终会取代人类的一切智慧劳作，其中包括诗歌、小说和哲学的写作，虽然现在它还没有做到这一点，但它相信它未来会做到。按照它的观点，我们已经走到了个人写作和书籍阅读的黄昏时刻，甚至比黄昏还要昏暗。

但我想说，让我们在这样的时代和这样的时刻，继续埋首于书页，继续爱一本书，继续在这只方舟上寻求救赎。就像爱自由一样，爱我们手中的书，不放弃已经成为人类另一只眼的书。而且，我想说，爱不仅仅是一个意愿，同时它也需要理由，需要条件，需要对比。我的理由如下：

一、写一本书和读一本书仍然是最有诗意、最富浪漫性的人类行为之一。

二、书籍装帧形式的书是印刷文化时代最富有象征性和整全性的文化形式，没有之二。其重要性超过建筑和音乐等其他艺术，因为其他艺术可以保存在书里，反之则不行。

三、阅读一本书是一个一对一的类似冥想和祈祷的行为，最专注，最具有精神性。电子书和网络阅读不是这样。

四、一本书并不自带光源，它需要你去黑暗的字里行间发现光。电子书和网络阅读不是这样。

五、写书，特别是文学书写，也就说写一首诗，写一篇小说，写一本传记，是手工业时代完全消失之后，硕果仅存的人类手工的创造物，是最具原创性、想象性、个人性，也就是最具有人性的事物。也许将来或者甚至是现在，机器也能写出抒情诗、爱情小说，也能开始考虑哲学问题，并给出答案，但那是机器的行为，不是人的。我们在此刻用我们的双手所进行的书写仍然是属于人的，是我们的梦想和激情的体现。这是机器不会有的。

六、每本书都有一个版权，就像每个人都有生命权一样，这一点使其倍显珍贵。人类为书赋予了生命，书为人类指明道路。或者说道路就在书里，而不在别处。电子书和网络作品不是这样。

七、书是最朴素的，又是最丰富而又高尚的。书无法用来炫耀财富，无法用来彰显自己的品位。它像柏拉图的哲学核心一样，是一个理念，一个原型，因此它是无法被消灭的，同时也无法对它加以贬低。谁这样做，谁就会使自己显得可笑。

因为以上七条，书仍然是无法取代的，仍然是最可信赖和珍贵的，仍然是我们的家园或者是通往家园的道路。让我们在网络时代和智能化时代继续读书，继续走在穿越这古旧、崇高、方便之门的途中。

2019年10月26日在山西高平良户村的山西省文学院捐书活动现场宣读

（原载《山西文学》2020年第5期）

纸上的疾病（节选）

_詹文格

  纸与疾病有一种神奇的关系，所以很多人都会采用焚纸上香的方式，以除疾殃。在民间最早对抗疾病的方法不是药物，而是符咒，认为病患是邪秽侵袭，鬼魂附身，为此人们对于疾病始终处于一种听天由命的懵懂状态。

  那些留存在毛边纸上的神符咒语，虽然色泽寡淡，但这种神秘古老的民间信仰至今依然存在。信者认为咒语是自然和宇宙传递的声音，具有无法解释的超物质功能。可是一旦恶疾来袭，不管怎样诵经念咒，病魔始终占据生命的高地，它眼露凶光，手握利刃，攻城掠地，所向披靡，如若想在晚上夺走一个人的生命，决不允许你见到明天的太阳。

  疾病的强大体现在无孔不入，神出鬼没，防不胜防。病来如山倒，再强健的躯体在疾病面前也不堪一击。

  疾病这个飘忽不定的幽灵，一旦落到纸上，罪名便业已成立，精神必将萎靡，肉体开始疼痛。现代医疗的显著标志，就是让一张纸来指证疾病，行文生硬，表情冷漠，如同法院的判决文书。

  眩晕、呕吐、发烧、腹泻、感染、坏死……出现任何一种症状，医生都会给病人开出一沓化验单。利器扎向指尖，大人紧皱眉头，小孩哭闹不止，百般挣扎，不愿配合。这个时候大人的担心和小孩的害怕同时指向一个词语——疾病。每一滴血液都有可能成为身体的告密者，在逃离身后出卖主人，背叛诺言。

  医生像多疑症患者，厚实的眼镜片隐藏着深不可测的怀疑，无论耳朵、鼻子、眼睛、舌头、喉咙、乳房、子宫，还是五脏六腑，不管哪个部位疼痛不适，都会让你先去扫描透视。在这个毫无隐私的地方，医生像有罪推定的法官，感觉每一个病人都存在癌症的嫌疑。迄今为止，人体除了头发、指甲、牙齿以外，其他部位都可能出现癌变。据说我国每分钟就有6人被确诊为癌症。

疾病的确诊需要考察人与环境的协调能力，适应功能不良并不一定是疾病，如一个长期缺乏体力活动的脑力工作者不能适应常人能够胜任的体力活动，稍有劳累就腰酸背痛，这不一定是有病，所以疾病真的太过复杂，至今尚无让人满意的定义。

特别是精神与心理性疾病更是难以把握，模糊多义的属性带有宗教与哲学意味。一些天才式的人物，有可能患有间歇性精神异常，某些非正常表现，说不定就是智慧和灵感的来源，让凡尘俗世者无法接受。

屡试不第的范进在年过半百才中得举人，喜极而疯，一边拍手，一边蹦跳，口里高叫"中了，中了"。一跤跌进池塘，挣扎起来，两手污泥，一身湿淋淋的，披头散发，鞋也丢了一只，仍不停地拍掌，高喊："中了！中了！"

眼见喜极而疯的范进，家人悲伤，邻里惋惜。慨叹中，幸好一个报喜官差出了主意，找一个他平素最害怕的人抽他一记耳光，并告知他不曾中举，或许能够治好他的疯病。于是赶紧找来范进最畏惧的老丈人——胡屠户，为了救回女婿，胡屠户奓着胆子，抖着手，打了"文曲星"一记耳光。没想到这记耳光还真如灵丹妙药，让滑向疯癫的范进瞬间清醒。

范进因情绪波动，出现了心智失常，这个似病非病时候，如果不及时出手纠正，有可能真的就成了疯子。这个病症虽然是文学作品中的描述，但是完全符合精神病态的原理，这类疾病的起因就是极端悲喜，情绪剧烈起落所致。

我曾在一个医学图书馆，见过成堆的医案，那些泛黄的纸张散发着疾病的气息，蝌蚪般的蝇头小楷在线装的古籍传递着患者的呻吟。远古的疾病通过文字在纸页上蔓延，然后流感一样逃窜到文艺作品中，构成生老病死的逻辑链条。

文学是疾病的避难所，不安的灵魂在这里找到了最大的宽容和归属。为此文学与疾病，相互缠绵，彼此撕扯，在某些情境里爱得没完没了，爱得死去活来。细想起来，这事还真有点奇怪，医生和作家不知是出于职业本能，还是情感需要，两者无意中达成了一种攻守同盟。尽管医生指涉肉体，作家关乎灵魂，看上去二者风马牛不相及，可是他们都喜欢把疾病写在纸上，让白纸黑字变为呈堂证据。

不可否认，爱情、疾病、死亡是文学的母题，纸上的疾病不是幻象和虚拟，把病假条写得文采飞扬的医生，不仅是人文关怀，还有艺术禀赋。文学让疾病变得多愁善感，柔美别致，为此蚌病成珠的故事在文艺作品中反复出现。

《红楼梦》就是典型的例子，体弱多病的林黛玉是中国古典文学中最著名的病美人，她因病而娇，因病而美，这样的人物特征空前绝后。虽然《红楼梦》中写林黛玉是先天不足之症,生下来就体弱多病,但任何疾病都有缘由。林黛玉的病与后天的生活状况有着莫大的关系,她进贾府时还是个孩子,正是身心成长发育阶段,但贾府的生活习惯显然不利于黛玉的健康成长。先天不足,加上后天失调,病根子就这样落下了。

《蒙娜丽莎》是天才画家达·芬奇的传世之作,对于蒙娜丽莎那一抹神秘的微笑,很多人提出这样或那样的猜测,试图揭开微笑后面的神秘面纱。意大利医学家、巴勒莫大学病理解剖学教授维托·佛朗哥表示,蒙娜丽莎实际上忍受着一系列身心痛苦,从画中找出的相关证据能够证明他的论断。他指出画中这个神秘女人存在明显的患病迹象,其中包括骨骼畸形和肾结石。佛朗哥的这一论断无疑给人新的启发,让欣赏者学会用另一种眼光去看待这个令人魂牵梦绕的女性。

詹恩·德克克是一位大学的风湿病学讲师,据他推测,数世纪以来使全世界为之着迷的蒙娜丽莎其实患有高血脂。德克克是一位狂热的艺术爱好者,他称自己对这幅名画进行了仔细的观察,并在一处皮肤肿胀处发现了证据。蒙娜丽莎的左手有一处肿胀,这说明那里堆积着皮下脂肪,而与此相同,她左眼周围也有些浮肿。

意大利画家卡拉瓦乔的《沉睡的丘比特》,保存于佛罗伦萨的佩蒂宫,表达的是放弃世间快乐这一主题。佛朗哥表示,从丘比特的体形来看,其现实生活中的原型应该是一个孩子,并且是一个患有幼年型类风湿关节炎或者软骨病的孩子。

在拉斐尔为梵蒂冈宫绘制的《雅典学院》中,米开朗琪罗弯着腰坐在台阶上,他的膝盖肿大并呈圆球状凸起。佛朗哥说,这显然是尿酸过量的结果,是肾结石患者的一个典型症状……

这些毒辣的眼睛,有着强烈的穿透力,让纸上的疾病无处隐藏。当初画家用逼真的色彩,精妙描摹,没想到无意中暴露了画中主人公的身体秘密。纸张、画布、油彩、文字,成为疾病的有力佐证。

鲁迅一生见证并经历过很多疾病,他让医学与文学有了内在关联。鲁迅的经历如同一则超现实主义的寓言,他的作品与人生都贯穿了丛生的疾病。鲁迅的作品站在"启蒙主义"的立场,在他的小说中,疾病从来不只是生理性的问题,而有着精神性的指向。在身体的暗夜中,"病"成为整个民族精神状态的隐喻,疗病则引申为民族精神的救治。

鲁迅时代,肺病作为痨病是一种难治之症,夺去了许多人的生命。由于他自己就是肺病患者,所以鲁迅笔下描写了好多个肺病人物,这种咯血之症,能抽走一个人的精气神,让生命成为一个鬼影般的空壳。"consumption"在旧英文里这词语可解作肺痨，因肺痨对身体造成莫大消耗，故有此意。在很长一段时间里，尤其是十八九世纪，人们经常把肺痨想象成一种美与恶的疾病——苍白与晕红，亢奋与疲倦交错，一种独特的病态美。苏珊·桑塔格在《疾病的隐喻》中提到："结核病是时间之病；它加速生命，照亮生命，使生命充满精神。"

那个时代有些作品用唯美的笔调描写肺结核患者："皮肤白净，眼窝发暗，呈现出中世纪绘画中殉道者般的超凡脱俗之美"。读到这类句子时，我的心在颤抖和不安，柔情的表象背后隐藏着语言的暴力。疾病是不适宜赞美的，病态的美是一种荒谬。

鲁迅在小说中将肺病的时间性从个人扩展到了民族和社会的层面，魏连殳把自己当作一炬蜡烛点燃，但疯狂燃烧照亮的不是个体生命，而是漆黑的历史和现实。华小栓的痨病则象征着一个民族所沉积的灰烬，毫不留情地夺去了无辜后代的生命。鲁迅笔下的肺病是一种具有象征意义的文化疾病，与重铸民族魂和启蒙精神相互关联。郁达夫笔下的吴迟生，丁玲笔下的沙菲，却是年轻的肺病患者，肺病在他们身上的主要变化是欲望的亢奋。肺结核一直被认为能制造欣慰快感、增强食欲、性欲的疾病。我作为一个曾经的肺结核患者，在这一点上有过真切的体会，加剧欲望这话是客观准确的。此病在性欲方面有着强烈的蛊惑性，我体会过一边在滴注止血的药水，一边伸手将床边陪护的妻子疯狂抚摸……

文学虽然能让病态成为一种美，但现实生活中，疾病的折磨是让人病苦的，疾病的阴险恐怖毫无美感可言。有谁能认可重症监护室内周身插满管子的亲人是一种美景？虚构的作品由于无须为疾病承担责任，所以它赋予疾病另一种象征意义。詹姆斯·乔伊斯久负盛名的短篇小说集《都柏林人》，称得上是20世纪整个西方最著名的短篇小说集，开篇的《两姐妹》中的牧师，他得了中风，进而瘫痪。这篇从现实主义风格开头，再切入到叙述者意识流的作品，如同一个黑色的引子，使乔伊斯的病态主题贯穿《都柏林人》全书。

阿尔贝·加缪不单在作品中描写瘟疫，而且还将小说直接取名为《鼠疫》。作家好像有预言家的本领，他们根据作品的需要编造一些为主题服务的疾病，比如发烧，发烧可以代表命运无常；大脑混沌；思维紊乱；幻觉；等等，甚至可以暗喻人生冷酷。

狄更斯常用来路不明的发烧除掉形形色色的人物，在他笔下发烧是一次毁灭。回想从"非典"疫情之后，全国各地的大小医院都设立了发烧门诊，疫情流行时甚至车站、码头、学校等公共场所都安装了检测体温的自动或半自动设备。体温表成为一道安保防线，把发烧视为甄别传染病的重要指标。

美国19世纪诗人、小说家埃德加·爱伦·坡在他的《红死魔的面具》中描写了一种神秘的疾病，它和真实的疾病不同，这种异形的病态正是作者想要的效果。不过现在的读者也不好随便糊弄，现代医学的高度发达，资讯便捷，读者对各种疾病都有基本了解，于是作家们不能总是用发烧去制造神秘疾病。同时对作家也提高了难度，描写疾病不能信手拈来，疾病需要符合一些基本条件才能跻身文学的殿堂。

在20世纪现代卫生和封闭供水系统出现之前，霍乱几乎与结核病一样普遍，但霍乱的来势要凶猛得多，带来的灾难也更加深重，可霍乱在文学作品中出现的频率要低得多。因为文学的主要功能是审美，霍乱名声不好，它丑陋可怕，得了霍乱的人会死得很难看，痛苦难当，气味难闻，样子可怖。

19世纪末，梅毒和淋病泛滥成灾，其规模已接近传染病，但是除了亨利克·易卜生和某些后期自然主义作家的作品，性病在文学版图上几乎没有留下什么踪迹。梅毒是婚外性关系和道德败坏的证据，因此，这类疾病是文学禁忌，雅致的作品，就如骂人不带脏字，要让疾病显得凄美而别有风情。

天花确实与某些隐喻有关，但天花发病时丑陋不堪，病愈后近乎毁容，为作品很难提供建设性的象征。从隐喻的角度看，疟疾极为合适；这个源自意大利语的名词，意为肮脏的空气。约瑟夫·海勒在《第二十二条军规》中写道："我不晓得他做了些什么要受这份罪，"那个得了疟疾、屁股上曾被蚊子叮过一口的二级准尉，在克拉默护士察看过体温表并发现那个浑身雪白的士兵已经死了之后这样哀叹道。

疟疾是以疟原虫为病原体，以蚊子为传染媒介的周期性发作的急性传染病，我们俗称"打摆子"，作为难治之症，我国在古代诗歌中有很多对疟疾的描写，那种描写除了病痛的可怕，并无美感。

丰富多样的疾病如一股泉流，成为一种永恒的文学资源，一直在满足着书写的欲望，旧病未愈，新病又来。当艾滋病、癌症、心脑血管疾病成为新生杀手的时候，又有了可供书写的新主题。这些疾病的潜伏期与爆发性，出人意料，无法治愈，有着强烈的宿命感，人们通过文字可从疾病的缝隙中看到生死之途。

疾病让轻薄的纸张有了重量，这些重量就是生命。其实生命原本就写在纸上，帝王将相，草根平民，只不过写在不同的纸上，一个为正史，一个为野史。陶潜、李白留于纸上的是诗酒；辛弃疾、文天祥洒落纸上的是剑气血色；李清照倾注纸上的是爱恨愁苦……

纸受了疾病的传染，在文字中携带着一种神秘气流，逼迫我把目光从纸上收回，转而又引诱我再次深入。一收一放，宛若回眸，猛然间让我看到了文字与疾病在纸上对抗，在纸上较量。

  疾病如一场没有光热的燃烧，它消解意志，耗费时间，最显著的标志就是病中的败退。在疾病面前，只有少数人可以成为强者，当年仅22岁的史蒂芬·霍金被诊断患有肌肉萎缩性侧索硬化症（运动神经病）时，医生认为他最多只能活两年。可是后来他不仅奇迹般地活了下来，而且还写出了具有里程碑式的科学著作《时间简史》。史蒂芬·霍金让疾病在纸上出现了惊人的反转，成为暗夜的光芒。为此，我相信那些依附于纸上的疾病，最终在纸上消亡。

（原载《作家》2019年第12期）

咖啡的颜色

_王樽

1

很难用另外的物品去形容，也很难用另外的颜色去比拟。比如用蚕豆喻其形，用重枣或赭石言其色，都不够准确，不够直接，更不够传神。因为，咖啡不是茶，不是清水，不是果汁，更不是啤酒或烈酒。咖啡就是咖啡——咖啡的味道，咖啡的颗粒，咖啡的颜色。

不论食物，还是饮品，颜色始终是重要元素，有时甚至喧宾夺主、首当其冲。比如，约定俗成的品鉴序列——色、香、味，不知是有意还是无意，结果竟将"色"排在了首位。本该最为核心的目标——"味"却被排在了最后。可见人的舍本逐末，本性的好色胜过好质。而具体到咖啡，颜色从来不是其值得炫耀所在。论清雅澄澈，不及任何或浓或淡的茶；论鲜艳，不如鸡尾酒或果汁的五彩缤纷；论性感，更不是气泡饮料或啤酒或冰激凌的对手。

咖啡的颜色内敛、平淡，甚至有些古板与乏味。有贬低者虐称其为"黑水"。

或许，恰恰是其颜色的不足挂齿，反让人更多关注咖啡的内在本质。抑或可以说，咖啡的魅力在于变化——不在颜色，不在浓淡，而在情态，以及必不可少的过程。

曾经有很多年，我迷恋波兰裔法国导演克日什托夫·基斯洛夫斯基的电影，其执导的《维罗尼卡的双重生命》（The Double Life of Veronique）、《蓝》（Blue）、《白》（White）、《红》（Red）等名作都反复看过多遍。如同对经典作品的所有阅读，每次观看都恍若新看，总有陌生的发现，或被某些曾被忽略的桥段触动。值得特别提及的是，他的影片中有太多看似无足轻重的"闲笔"，让人反复回味，若有所得。比如，《蓝》中女主人公给咖啡加方糖的细节——那是丈夫和女儿因车祸突然去世不久，生无可恋的朱丽叶漠然坐在街边小店，咖啡杯搁在桌上，她将一块方糖放进去，整个大银幕都是方糖溶化的过程，热咖啡因方糖的溶解而轻微颤动，进而颜色也有由深及浅的轻微改变。因特写聚焦和被银幕放大，其真实的过程愈加凸显，也更多意味深长。我曾反复观看和揣摩此细节，体味编导的意味，更体味在此情境中的朱丽叶的爱恨忧伤。后来，从基斯洛夫斯基生前的某次访问中，看到了他叙述此细节的拍摄幕后——为了拍出方糖在咖啡中能够快速融解的效果，他让道具师买来各种不同品质的方糖，经过反复试验，最终才选择了最符合他要求的某种方糖。好像是品质较为粗疏的一种，因为融化的时间较快。为此，我还曾专门撰文《大师总是处处匠心》，分析编导者的孜孜以求，以及由此延伸呈现出的人与物的微妙关系。

咖啡当然是一种过程，发现的过程，制作的过程，提炼的过程，消费的过程。其烘焙、酿造、制作，所带来的或隐或显的变化——颜色的深浅，味道的轻重，以及所映照出的眼前或背后的不同意味。

就像一个人需要成长，一件物品需要锻造。很少有人——我说是很少，不是全部，就像对世界的认识，永远都只是局部。很少有人从初始就能全盘接受，我指的是咖啡的颜色与味道。有人也许一辈子都拒绝，排斥，甚至嗤之以鼻。但他或她仍会承认，咖啡是一种情调，一种观念，一种兼具饮品与食品、品位与品格的特别滋味。

接受和享受咖啡的过程，酷似人生。需要感受、咂摸、适应、发现，从起初的苦涩，慢慢感觉特别，体会醇厚，进而迷恋、上瘾，乃至难以放弃，更无法割舍。

2

咖啡不单是一种饮品，更是一种生命的场景，意味着一种挥之不去的生活记忆。

谁都知道，咖啡馆的强大延伸功能是聚会、社交的场所。

如同咖啡颜色的组合，看似纯粹的单色，却是多样的构成。既意味着兼容、宽容与包容，又意味着独立、特别、崇尚自我，独步天下。

米沃什曾写过一首诗歌，名字叫《持久的影子》，讲述在某个大城市——任何国家和任何的语言背景都可能发生的某个场景，是夜晚的咖啡馆——烟云缭绕，客人拥挤，有位著名女歌星在献艺，其青黑的头发，白皙的肌肤，嘶哑的嗓音，颤抖的躯体，让诗人获得某种铭心刻骨的印象。很多年过去了，发生了很多事情，那个咖啡馆已完全没了印象，但那个女子的样子却与自己同在。诗人可能以为，如此强烈的印象，来自那女子的脆弱、美丽。我想，这个说法也许不错，但我更倾向于相信，是咖啡或咖啡馆陪衬的缘故。因为，任何的记忆都与背景密不可分，都是味觉、氛围的综合造就。人们记得某个人物、某件事情，都与其背景息息相关。就像人们观看某部戏剧，都与其布景相关。即使布景是抽象的造型，亦会在记忆中与剧情合二为一。《持久的影子》的核心，写的是没有点名的某位"著名女歌星"，其实，被诗人声言遗忘的咖啡馆，并不曾被遗忘或被忽略，它与那些人物一样，与诗人本人同在。

可以将咖啡馆进行分解——咖啡是咖啡，馆是馆。那么，咖啡馆中的人物呢？可以是某种影子，或者是某种气味——咖啡香浓的气味。其实，任何的物质和非物质，都是影子——记忆，人物，场景，气息。人物是记忆的影子，场景、气味更是，如同道家观念里的一切物象——都"如雾亦如电"。只有影子和影子的叠加，才会产生物象。换句话说，只有某种影子成为另外影子的背景，影子才会焕发出意义。

1981年，法国导演路易·马勒（Louis Malle）将弗吉尼亚的某废弃旅馆改造成一家带餐饮的咖啡馆，并非是为经营与盈利，而是利用，且非常短暂的利用。他在这间临时的馆所拍摄了只有一个场景的低成本英语电影《与安德雷晚餐》。需要稍微剧透一下，这部电影几乎没有情节，其全部架构是"我"（沃利）和安德雷在餐桌上的对话。曾经有个说法，世间最乏味的饭局就是两个老男人共餐。这部电影恰即如此，好在两位中年大叔虽其貌不扬，却尚善言辞，多少也有些不同个性，在看似完全即兴的对话里，表达了各自对生活、人性、社会的观察和感受。就像一切的生活闲聊，即兴而平淡，偶有意味深长，多数不咸不淡。有些潜藏深意，有些则日常随便。比如，沃利说到对电热毯的依赖，"因为纽约的冬天很冷……这是很糟糕的一个环境。我不想试图想办法摆脱一些东西，那些能够给我带来安慰和舒适的。我是说，恰恰相反，我正在寻找更舒适，因为这个世界冷冰冰的。我是说，我正试着保护自己，因为，实际上，你看着的每一个地方都要避免被冷冰冰的打击击中"。谈到好莱坞大明星马龙·白兰度让印第安妇女去接受奥斯卡奖杯一事，安德雷评论说，这些越轨之举并不会让天下大乱了，因为"现在已经很难天下大乱了。如果你正在被自己的习惯操纵着，那么，你并不是在真正的生活"。安德鲁还说，"我们生活在一个由自己创造出来的幻想世界，而不是生活在一个有太阳有月亮有星星有蓝天之下的世界"。

对于沃利与安德雷来说，两人的所有对话都与各自的经历与环境密切相连；而对电影观众来说，两人言说的内容也与当下的咖啡馆（大社会的缩影）分不开。有些时刻，两人的谈说盖过了咖啡馆存在的意义，或此时的咖啡馆仿佛无形。有些时刻，两人的聊天空洞乏味，意兴阑珊，咖啡馆的气场和氛围要强过两人所谈。更多的时候，两人的谈说，与咖啡馆的环境难分难解、相得益彰。

3

无疑，进入咖啡馆，就是进入了某种场域，某种情境。当事人是否感受到了，并不重要。因为，咖啡馆本身既是物质的空间，也是精神的空间。

还是以米沃什为例。他在1944年写的另一首名为《咖啡馆》的诗中，以唯一幸存者的视角，对着空中敲着手指，召集那些逝去的幽灵，并想象那些死者望着自己正发出笑声。就是在此诗中，在表达了存在的侥幸意识后，诗人紧接着传达出背景与自己生命同在的意识——"只有我劫后余生 \ 活过咖啡馆里那张桌子"。而在诗人的晚年，即在二十世纪的八十年代后，米沃什将自己的一段谈话组合成诗，从清晨燕子的唤醒，谈到信仰、重逢、践踏、写作、文学的拯救等，更升华到"脱离自我"之后所感受到的"短暂和轻盈"，意识到自己与飞燕一样还活着，本我便获得了某种超越——"我是谁，原来是谁 \ 都不十分重要"。该诗全篇没有写到咖啡和咖啡馆，但其背景却在题目中凸显出来，在标题的下面，诗人用一行小字交代："二十世纪八十年代，在罗马康多迪大道，我和图罗维奇坐在希腊咖啡馆里，我说过类似下面的话。"

从诗的标题与内容的关系看，背景又一次于不经意间，成为觉悟的映衬，语言的见证。

（原载《随笔》2020年第3期）

此痛绵绵无绝期
——《音乐会》第三版絮语

_朱秀海

我多次说过,长篇小说《音乐会》在我的创作中是一个意外。但现在想起来,这个意外却只是纯粹形式上的。今天我才觉得,无论早晚,只要我从事写作,《音乐会》这本书就总是撞上来和我相遇的。

作者和作品的缘分有些就像宿命。十余年前,当我写完《痴情》《穿越死亡》《波涛汹涌》等第一批长篇小说之后,开始接触影视,自己也想在一段时间内远离战争和军人,写一点一直想写、也觉得大概能写好的农村和城市的生活故事,但是突然间,《音乐会》的人物、故事就撞上来了。我说过,我并没有轻易就范,但最后还是屈服于它,原因是有一天终于明白了一件事:如果不把它快点写掉,它就会像块病一样长存在我心里,不断生长,成为我的梦魇和怆痛之源。

我不是东北人,自己的身边也没有与东北抗日联军历史相关的人。接触抗联史始于1994年接受了一项为庆祝抗战胜利50周年撰写长篇纪实文学《黑的土红的雪——东北抗联苦斗记》的任务。为了写这本书我走访抗联老战士,用半年时间天天跑北京图书馆(即现在的国图),查阅大量中国和从日本翻译过来的原始和接近原始的资料。我的感情经历只能用一次次巨大震撼来形容。我发现了一件事,以我们今日的眼光看,不但当年的抗战史与我们过去以为理解的不同,在这段历史中占据主人公位置的那些人也不是过去我们以为的那些概念化的人。我的意思是:这部历史和这些人突然地在我的心里立体化了,它和他们共同让我看到了一部全新的冰雪血泪交加的战争活剧。它摧毁了我以前有过的关于战争的全部知识和想象。

《黑的土红的雪》1995年"8·15"前夕作为《中国抗日战争纪实丛书》中的一本出版,这套书获得了中国图书奖和国家图书奖提名奖。但事情到此根本没有结束。对那些我已经知道的、比一部纪实文学所能表现的更为深刻的思想，更为具象的人物命运，我还一点儿也没触及到。我能忘记它们也还罢了，但我不能。为了忘记我甚至做过很多努力。可直到下决心把《音乐会》写完时才明白，就是为了忘却，我也必须将我的全部所知所思所想——这段历史和这些历史中的人——写出来，此外没有别的忘却之路。

在所有我接触过的抗联老战士中，有一位在抗联密营里生活了从头到尾整整十四年的女战士，从十三岁到二十七岁，她先后曾和抗联的著名将领赵尚志、周保中、李兆麟一起战斗过。这位自身的经历就极具传奇色彩的老人曾在我与她的长达十几天的采访过程中散漫地对我讲到当年日寇的一个癖好：吃中国人的肉，尤其是吃中国女孩子的肉，放到火上烤着吃。她说一次日本人进山"讨伐"，事先谁也不知道，恰好这天早上一位大姐派她和另外一名女战士下到营地下面的山沟里去洗灶具，因为太阳暖洋洋的，两个人还是小孩子，干完了活儿就在沟底的草坡上睡着了，等她们被枪声惊醒，才知道营地被日本人袭击了。直到黄昏日本人走了她们才赶回了营地，密营已经不在了，所有的女战士全被打死，肢解，最小的一个则被烤吃掉了，只剩下一副骨架。她一边讲，我一边浑身打战，可她自己，神情和语态却一直十分平静。

只能在这样的战争背景下谈论战争和战争中发生的一切，包括人们常说人和人性。这是我在老人这儿得到的第一个重大发现。我们不能用"他们已经习惯了残酷和死亡"这样的句子来解释老人的平静。根本不是那么回事，我自己也置身过战场，知道无论是谁，哪怕他当年身经百战，也都不可能习惯战争中的所有残酷和死亡。真正的不同是他们坚持下来了，处在当年那样的环境中，他们和她没有屈服——不是屈服了死亡，而是屈服于战争过程中的残酷。与在战争中被吃掉这样的残酷相比，死亡已经不算什么。随着采访的深入，我甚至生出了这样的感觉：在抗联史的某些阶段，死亡算不上残酷，活着经历一次次的扫荡、虐杀，在冰天雪地里忍受饥寒交迫，加上战争和绝望，才是真正的残酷。真正的震撼是他们和她扛过来了。一个个脆弱的生命不但扛过了死亡，更主要的是扛过了残酷。如果当时你就在场，身临其境，你会发觉，哪怕仅仅是想象这种长达十四年的残酷，也会浑身战栗，不能自已。

这种战栗伴随了我的整个采访过程。而在长达三年时间的写作开始时，这种因为《黑的土红的雪》写完而曾经一度中止的战栗又开始了，它还进入了更深的层次，我是说它还进入了梦境。一个人在梦中战栗，听着枪声，更可怕的是日本狼狗的狂吠的蹄声，在冰雪的荒原上没命地奔跑，这样的梦境以至于使我最初甚至想用"狂奔"二字做这部书的书名。我们今天理解的抗联历史上的战争都是概念化的，但战争本身却不是，战争本身就是每一次的狂奔，每一次的枪声，每一次在弹尽粮绝之际仍然面临着一群吃人——是真的吃人——的日寇的团团围困，这时突围不是为了胜利，为了逃脱死亡，而仅仅是为了逃脱死亡的过程，某种你无法想象的残酷。甚至——在我的想象中——是为了逃脱那随着每一声枪响和每一声犬吠带来的剧烈的不由自主的战栗。

理解这一切不容易，你得如同亲历般地走进这段历史，走进这些历史中的人的生命里。做到这个更不容易，你必须接近她们中的一个幸存者，进入她的每一个记忆，响应她的每一次呼吸，直至在她的平静里突然感受剧烈地战栗起来。

话又说回来了，我有没有可能避开这样一部书呢？有可能的，但我肯定避不开这样一段历史和历史中的某一个牺牲的或者仍然健在的人。不止是因为他们的活着和死去，更重要的是，我们自己不想避开这段历史和他们中的一个个亲历者。

归根到底，他们就是我们。我们和他们血肉相连。

《音乐会》不是一部表现胜利的书，它说的仅仅是坚持，仅仅是坚持就够了。坚持就是人性中最大的刚韧，坚持就是尊严的最极致的表达，坚持就是告诉施暴者：我固然弱小，但你只能让我死亡，却不能让我屈服。人性的最高的荣耀是什么？我认为就是这个。

音乐在这部书中出现是自然的，只是最初我没有想到这个。但正是在写作的过程中，一个旋律时时会不知不觉地在我的时常是悲怆的内心中轻风似的回荡起来。这部书一稿写完后我把它存在电脑里，我想静一静，不知为什么我觉得它是有缺失的，不平衡的，舍弃了《狂奔》这个书名后我曾为它起了第二个书名叫《血红的眼睛》，一位朋友听我大致讲了书中的故事后说：太血腥了，没有人愿意看你这部书的。并不是他的话对我起了作用，还是那一个写作中时时回荡的旋律，让我觉得作为作者应当给书中的人物一些悲悯，这个旋律就是作为后人的我对于这段历史和历史中的先烈的悲悯和安慰。于是一下子，我想到了音乐，直接把这个旋律写进了书中，并把书名改为《音乐会》。

谁能反驳我，长达十四年的东北抗日战争，不是一场高扬中国人的忠诚、坚韧、尊严的音乐会？在它的雪暴风狂的音乐背景中，一支歌唱人性光明的旋律一直都没有消失，一直都在不绝如缕地回荡和飞扬，直到最后化成激昂澎湃的胜利乐章？

前不久刚写了一个题为《校枪》的短篇小说，也是一个抗战中的故事。在编辑要我为它写的创作谈中，我坦率地承认了自己创作前的某种犹豫心态：今天写这样的故事还有人看吗？像司马迁在《报任安书》中说的那样："谁为为之，孰令听之。"我们为谁说出这样的话语，又会有谁来听呢？但我还是把

《校枪》写出来了,因为故事中的人物一直在呼喊,你不能不把它写出来。至于"孰令听之",那就不是作者的问题了。就像我在关于《音乐会》的一篇创作谈中写过的一样:这是记忆,一些极为重要的有关中日韩民族历史的记忆,将它写出来是历史在考验我,现在我写完了,考验你们的时候到了!

真正的难题在于:我们真的能忘掉先辈们经历的历史中的惨痛吗?

(原载《解放军报》2020年3月21日)

高天厚土

良渚文化：发现的历程

_ 徐刚

2019年7月6日，在阿塞拜疆首都巴库召开的第43届世界遗产大会上，杭州的良渚古城遗址列入《世界遗产名录》，这标志着中华五千年文明史的实证被联合国教科文组织和国际主流学术界广泛认可。在良渚申遗成功将满一周年之际，让我们回顾历史，看看中国几代考古人是如何一步步"发现"良渚的；展望未来，又还有多少关于良渚文化的未解之谜有待继续探索与发现。

吴越史地研究会

在考古学家梁思永的《龙山文化——中国文明的史前期之一》中，我们看见了两处良渚的身影：其一是文章开卷之近末尾处，"1936年秋……西湖博物馆在浙江杭州良渚附近，试掘了6处龙山文化遗址。它们的文化'相'与在河南山东的有显著的分别，是很容易分辨的"。其二是在梁思永关于龙山文化区域划分中,在山东沿海区、豫北区外,专辟一区:杭州湾区,"这个区域包括杭县附近的遗址。这个地区内的陶器的特征,有着高度不同的圈足的豆和皿,圈足杯,具有或没有圈足的短颈罐和实足的特式的鼎。大量的圈底、圈足和平行横线的凸纹,是这个地区所以异于其他两区的特征。圈底显示出一个重要的技术上的差异"。杭县即余杭,良渚所在地也。

我们已经看到了良渚的出现,或者说出现之初其陶器的特色,梁思永也明确了良渚出土文物异于其他两区的事实,但仍归属于龙山文化一脉。

梁思永是怎样知道良渚的?当时吴越江南及杭州湾区发生了什么?

赵晔在《湮灭的古国故都:良渚遗址概论》中认为,受千百年来圣帝明王体系的影响,当20世纪20年代开始,中国轰动世界的几项考古活动,首先是周口店,还有河南仰韶、安阳殷墟、山东城子崖龙山文化、河南后冈等,均集中于黄河流域,江南仍被视为蛮夷化外之地。吴越后人为此而烦恼,而被刺激,而被触动,而不信有吴越春秋岂无远古文明。"拿证据来!"这一句话改变了人们的大胆猜想,而成为潜心研究,然后再去动手动脚找东西。

一个在中国考古史及良渚发现史上被偶尔提及的名字出现了:卫聚贤。赵晔的作品中给了卫聚贤一个公正的评价:"这种情况在20世纪30年代有了变化,由卫聚贤等文化界名流发起组织的吴越史地研究会,在追溯吴、越文化源头的过程中,发现了一批属于新石器时代的吴越民族先期文化的遗物。吴越史地研究会创办的《吴越文化论丛》,在传布吴越文化及其更早的新石器时代文化中发挥了重要作用。"那么,卫聚贤是何方神圣?卫聚贤,号卫大法师,出身贫寒,好读书。他在太原商业专科学校未毕业即往北平。他是清华国学院中唯一一个没有大学文凭,就连中专都没有毕业的学生。1926年,卫聚贤以《春秋战国时代之经济》的论文参考,并被录取。毕业后,卫聚贤先在南京蔡元培担任院长的国民大学做科员。北伐战争结束,曾于1928年8月,被派带领一个小组途经上海,前往北平接收北洋军阀政府的教育部。嗣后大学院改为教育部,卫任该部编审,兼南京古物保存所所长之职。其间,偶然发现了出自杭州的三件石镞。

卫聚贤与杭县古荡考古

1936年3月,南京,正潜心于吴越研究的卫聚贤,偶见立法委员何遂,其当即出示3件石镞,"请卫大法师掌眼"。卫聚贤一看:"老的!"便问"何处购得?""杭州。"古董商的话一般不可信,他们为了自己的生意,会保守来源地的秘密，甚至指北为南。但卫聚贤因为熟悉史地而又首创研究吴越文化之故，忽然有启发：倘若吴越之地有故事，吴越先民亦肯定有故事，吴越之地在远古倘是不毛之地，焉有吴越春秋？稍后，卫聚贤赴杭，遍访古董市场，卫大法师不仅见识了杭城古董之繁，而且购得一枚石镞一件石铲，可谓大喜过望。当然是老的，因其制作加工故，年代当为新石器时代。可是当问到器物来源地时，古董商便开始信口开河，有说内蒙古的，有说金沙江的，有说四川的，可谓众说纷纭。倘要取信古董商只有一法，即说明自己不是古董商，卫氏以此法得一古董商指点，杭州西五公里杭县古荡是也。卫聚贤邀约周泳先赶往古荡，当地正在修建公墓，有挖出来的各种石器，人皆视为无用之物。卫、周二位却如获至宝，经拣选后广收残整石器铲、戈、镞等30余件（卫聚贤：《中国考古学史》）。卫聚贤对古荡遗址的发现，取了极为认真的态度，他在公墓现场所获是古物，但缺乏地层依据，决定联手西湖博物馆在古荡试掘。试掘人员中有时任西湖博物馆助理施昕更。试掘一天的收获是，石器16件，印纹陶片3块。时在1936年5月底。

试掘收获在外行看来少得可怜，在内行看来其前瞻性意义却非同凡响：其一，何遂及卫聚贤从杭州购得之古石器，得到了出土地确认；其二，古荡试掘对良渚地区的考古工作，产生了直接的推动作用，施昕更对良渚地区的考古调查与试掘，正是由古荡试掘所激发。古荡的发掘催生了良渚遗址的发现，良渚的发现，又与何天行及施昕更两人关系密切，他们对良渚文化的发展都做了开拓性的贡献。不久，蔡元培题签的《杭州古荡新石器时代遗址之试掘报告》问世。

何天行与施昕更

1935年，正在复旦大学中文系求读的何天行，在考古课老师卫聚贤的影响下，沉醉于考古学，也是在杭州古玩市场得到线索，是年暑假对杭县良渚、长命桥一带实地考察，征集并采掘到若干石器和陶器。那一个闻名考古界，其边沿有十一个刻画符号的黑陶盘，就是何天行在良渚采获的。1936年大学毕业，受卫聚贤等古荡发掘的影响，又到杭县良渚、平窑一带踏访，并从农人家中收集石器、黑陶100多件。当时城子崖发掘及优美的黑陶早已风传报章，有图片，何天行对照后认为，良渚同样是新石器时代重要的文化遗址。何天行的发现，良渚的石器与黑陶，惊动了蔡元培与甲骨文学者、考古专家董作宾，获得肯定和赞许。何天行遂即整理完成《杭县良渚之石器与黑陶》，蔡元培题签，由吴越史地研究会出版发行。

施昕更于良渚是又一个重要人物，良渚，是他的故乡，少小时便见到当地有玉器、黑陶和石器出土，有古董商在村子里收购，玉器为贵重者，黑陶和石器则弃之不顾，有的为农人喂鸡养鸭置放食料所用。施昕更参加古荡试掘后的观感是，古荡出土之物与良渚所见几乎一样。良渚，家乡故里啊，忽然在施昕更脑海里，生出了一种莫名的神圣且神秘的感觉，谁知道它的地底下埋藏着怎样的宝物，怎样的历史。古荡试掘后次日，即1936年6月1日，施昕更回到良渚收集石器，获得了戈、铲、凿、镰等器物。7月、11月，两次赴良渚踏查寻访，在棋盘坟附近一个干涸的水塘底，发现了几片黑色有光的陶片，交给西湖博物馆馆长董聿茂，馆长看后以为是很古的东西，鼓励他要好好研究，说不定是个重大的考古发现。

其时，城子崖考古报告已问世两年，施昕更在省图书馆查看资料时发现，如获至宝，始知良渚发现的陶片应称作"黑陶"，与山东龙山出土物有相似处。于是拟做考古发掘，根据当时的《古物保存法》，由西湖博物馆出面报请中央古物保管委员会核准，决定对良渚一带进行正式考古发掘，时间在1936年12月到1937年3月，分三次进行。一、二次的发掘地在棋盘坟，发现了红烧土、残石器、残豆把和黑陶片百余件。曾经判断这里是古窑址，从出土物种类分析非仅窑址也，还是一处古文化遗址，所以第三次发掘扩大范围至安溪、长命和大陆等乡镇。其收获可称空前：发现良渚文化遗址或遗存12处，出土文物计陶器有：鼎、壶、簋、盘、豆、罐等；石器有：斧、钺、有段石锛、破土器、犁、镞等；璧、环等少量玉器也开始从地下露面。发掘结束后的同年4月，西湖博物馆特地邀请当时中央研究院史语所的考古学家梁思永、董作宾访杭，并到良渚实地踏访，对施昕更的工作表示满意，对良渚文化有美好的展望。然后是以《城子崖》为样本，施昕更写考古发掘报告，名为《良渚》。作者另有对良渚的释名，高雅而具远见卓识："渚者，水中小洲也；良者，善也。"杭县境内的古遗址分为三区，良渚列二区。报告副题为"杭县第二区黑陶文化遗址初步报告"。

《良渚》一书在"绪言"中说："如欲明了中国史前文化的渊源，及其传播发展的情形，在固定不变的小范围中兜圈子，是不会有新的意义的。我们更需要广泛地在未开辟的学术园地，做扩大的田野考古工作，由不同区域的遗址，不同文化的遗物，及其相互的连锁关系，来建立正确的史观。这是考古学上最大的目的。"施昕更所言，俨然是一个受过严格训练的考古学家所论，其实当时他只有25岁。作者又称："浙江在春秋以前，就有一种若明若昧的感觉，真是文献不足征也的遗憾。"关于良渚黑陶，施昕更不能超脱当时学界的一般认识,即良渚黑陶文化是龙山文化的一个地域类型,但作者在《良渚》中的记述却是假设性的:"浙江的黑陶或许是较晚于山东,而亦不妨假定古代沿海平原,区域文化沟通发展及民族繁衍之痕迹,浙江黑陶文化可说是在这种情形下面由传布关系而产生。而形制上大致相同,属同一系统产物外,究还有若干的异质成分,当为吴越民族所遗留,吴越民族自古为中国文化史上重要之一员,盖可断言。"施昕更此番论述,其用词之缜密,如"或许""假定""异质"等留下了诸多伏笔。而关于吴越民族之论,已在追溯良渚人、良渚文化的来龙去脉了,殊为难得。在《良渚》一书中,作者把玉器列入"其他类",有精彩的描述:"杭县所出玉器,名为安溪土,驾乎嘉兴、双桥土之上,杭县的玉器,都是墓葬物。据掘玉者称,以斩砂土及朱红土为标识,也是墓葬存在的一证。在出土时所见的葬仪,是很值得注意的,所谓有梅花窨、板窨之称,排列整齐而有规则,每得一窨,必先见石铲,下必有玉,百不一爽。每一窨之玉器,形式齐全,多者竟达百余件,而所置部位,亦俨然如周礼正义圭在左,璋在首,虎在右,璜在足,璧在背,琮在腹,盖取象方明神之也的情形相符节。又常因窨之所在地不同,而玉有优劣之别,一方面固因环境不同,一方面更为当时殉葬的阶级制度不同所致。"对玉器的介绍,施昕更有"曾汇集各处所见杭县出土之玉器"语,举凡琮、璧、环等,无不具备。并称"玉之色泽亦缤纷灿烂,古色盎然,以青绿色俗名鸭屎青者为主"。施昕更笔下,良渚玉尽善矣!尽美矣!

良渚文化玉器

良渚玉器的精美,举世无匹,但对此一宝物的认识,可谓筚路蓝缕。从金石学到田野调查现代考古发掘传入中国,"经过60年考古实践,20年古玉实物考察,才逐渐揭开奥秘,认识其真面目的"(汪遵国:《文明的曙光:论良渚文化玉器》)。中国人爱玉、重玉、制玉,亘古皆然,其时间远在文字发明之前。中国古代玉器,以其温润细腻及雕琢之美的特有形式,记录了中国不同时期的历史风貌,包括社会心理、风俗、审美乃至神话传说之源流。玉文化,可以说是中国古代文化中特色独具的一个组成部分。良渚玉器出土的历史,近追清代初年皇宫就有收藏,其时良渚玉第一收藏家,乾隆皇帝是也;藏品中有玉琮,带沁色,古而艳,乾隆为之取名曰"辋头",又为之断代曰"周汉古玉"。长时间以来良渚玉器被定义为周汉古玉,始作俑者乾隆也。远追南宋官窑烧制的最具特色的瓷器——琮式瓷瓶,有专家认为良渚玉,尤其是造型独特举世无二的玉琮，早在宋代以前就有出土。清末金石学家吴大澂著《古玉图考》，录有玉琮，这是历史上玉琮的第一次以考证方式，被载入图册，同时还有精美的绘图、尺寸、颜色、比例等内容。人们始知这种内圆外方的玉器，正是古代典籍名之为琮，而不知其所以然者。后来的考古发掘证实：其源头在良渚，良渚人所造之良渚玉琮是也。

上世纪70年代后期至1986年，浙江考古界经历了一段郁闷乃至痛苦的时光。自70年代后期始，良渚文化的发掘屡有收获，先是江苏吴县草鞋山、张陵山遗址发现良渚文化大墓，上海亦于发掘青浦福泉山良渚遗址时，有大墓出现。所谓大墓乃规格更高之谓，墓穴中规格的判定是陪葬品的多寡。而良渚墓葬之最有价值的陪葬品，非玉器莫属了。

浙江是良渚文化的发现地，大墓的发掘却一直是空白。浙江的考古人都在心里呼唤：琮啊，璧啊，良渚大墓啊，你在哪里？1982年上海福泉山遗址的发掘，给出了另外一种启示：良渚文化大墓与高大土墩的关系，这些土墩又往往被称为"山"，而良渚所多的是这样的"山"，反山、瑶山、汇观山、莫角山是也。实者非山而是层垒之土也，是叠筑的墓葬，考古人称之为"土筑金字塔"，喻其宝贵也。浙江良渚文化考古发掘的一个里程碑是在反山，高大土墩也，时在1986年5月8日。考古人注目反山，还与"文革"时挖防空洞有关，相传曾出土过玉器。反山的西端有路，从路边暴露的断面观察，却没有遗物。那是东西长约90米，南北宽约30米，高约4米的土筑高台墩。发掘开始后，先是掘出并清理了11座汉代墓葬。再挖到1.5米深时，已不见任何晚于良渚文化的遗物，"此墩应是良渚人的堆筑，看来已不成问题"。但这毕竟还只是判断，有经验的成分，还要看运气如何。兹事体大，须小心应对。浙江省文物考古研究所所长刘斌在《神巫的世界》中的记述如后："于是领队王明达指挥大家，一遍遍地在这平面上进行刮铲，在编号为T3的探方中部，首先找到了一个南北长约3.1米，东西宽约1.65米的像墓葬形状的遗迹……当挖下去五六十厘米后，未见任何遗物，这已经超出了以往认识的良渚墓葬的深度。"这时候的发掘者往往会着急、犹豫甚至怀疑，曾经认识的良渚墓葬，小墓也，所获得的经验自然有局限。但继续挖，挖下去是什么？谁也不知道。这时候需要一个人，一个决断，一种智慧和担当。刘斌继续写道："此时王明达仍然很坚定，坚持继续向下挖。在清理到1米左右深时，第一件良渚玉器终于露头了，当确认是一件玉琮时，王明达激动地跳了起来……"此即反山12号墓，出土了个体最大的"玉琮和玉钺"。玉琮的重量达6.5千克，整体宽扁厚重，射部如同玉璧的形态，除四角分层雕琢神徽外，在四面的竖槽中，均刻有两个完整的竖槽图案，这种雕刻的方式也属于仅见，因此被称为"琮王"，玉钺为"钺王"。

反山的发掘从 5 月到 10 月，笔者有幸在十多年后目睹现场，直至 2019 年旧地重游，虽已成为旅游景点，但墓地依旧，玉器为仿制品，其摆放位置按考古记录一如当年。当年何年？5000 年前，5000 年前的江南水乡，5000 年前的吴越先人，5000 年前的手工创制，5000 年前的神圣精致，5000 年前没有铁器，5000 年前的良渚人如何寻玉、开料、琢磨刻画出比头发丝还细微的线条？反山 12 号墓是神人精灵魂魄气息所在地，刘斌说："我有幸承担了这座墓下面的清理工作。"他手中的竹扦插进土里，他是在寻找玉器，他仅仅是在寻找玉器吗？他在寻觅一处源头，那是我们古老辉煌的文明发源地，触摸 5000 年的历史和文化，此时此刻，能不生出何其幸运的感叹！

神徽真面目：寻找两只手

良渚的发现，似乎永无穷尽。琮王和钺王陪葬的墓主是谁？他无疑拥有特殊的身份，但怎样才能确定他的身份呢？考古人曾经见过的玉琮上的图案，原来被视作兽面纹饰，其实不然。刘斌说："刻在玉琮等器物上的神徽图案，在反山挖掘之前，一直被认为是一种类似于饕餮的兽面纹……其实是一个半人半兽的神灵的形象，他头戴羽冠，双手扶住两只大大的兽眼，扁宽的嘴巴里，有长长的獠牙伸出，下肢是两个弯曲的兽爪。"一派至高无上、唯我独尊的气概。

但发掘者对此神徽的认知，却不是一步到位的。盖因羽冠兽面神人手臂等处的浮雕，细微到似现似隐，如烟如雾，加上在野外，光线明暗不定而模糊，几被忽略，看不清它的真实面目，只当是云雷纹饰密布的底纹而已。当反山的出土玉器被小心翼翼地送进库房，经过整理后，领队牟永杭复端详这个兽面神人像，他想弄明白朦朦胧胧中的所有细节，然后判断此物为何物，它和玉琮的关系是什么，于是便有了刘斌《神巫的世界》中的有趣记录："牟永杭先生爱好摄影，试着用各种光线拍摄玉器上的纹饰，有一天摄影师张超美在观察刚刚冲出的照片时，兴奋地发现了刻在浮雕图案周边的纹饰，她惊奇地叫了起来，说：'你们快来看哪，兽面的两边原来是两只手！'我们赶紧放下手中的活，跑到门口来看照片，我们很快都看清了，那确实是两只手，大拇指向上翘起，是那样的清晰，仿佛正扶住那像面具一样的两只大眼睛。"读完图片以后再看玉琮，便是豁然开朗了："在侧光下，我们终于看清了刻在琮王竖槽中的神徽的真面。"它是良渚人心目中神的形象，它是良渚人唯一的神。它也明示了墓中人的身份——王，或者巫，而巫、王一也。

无尽的探索与发现

　　玉琮是良渚文化发现史上一个重要的节点，但既非开始，也非终结。反山发掘之后是瑶山、汇观山，以及山顶多重土色的祭坛。然后是良渚古城，及其中心地带莫角山遗址。2007年12月3日，《光明日报》以《良渚古城：中华五千年文明的实证》为题，向世界公布："2007年11月29日，浙江省考古研究所在杭州宣布，良渚文化核心区域发现一座总面积达290多万平方米的古城遗址——良渚古城。"北京大学教授严文明认为："良渚古城发现的意义不亚于殷墟的发现……良渚古城是目前所发现的同时代中国最大的古城遗址，堪称'中华第一城'。"

　　我们现在所说的良渚古城，由古城的核心区及城外祭祀地及良渚水利系统组成。其中有绵延5000米的塘山土垣，至2014年共发现水坝10处，与土垣组成了古城外围的治水体系，"通过碳14测年，则可以相对了解到水坝营建的绝对年代。目前，水坝的测年数据都落在距今5100年至4700年，属良渚文化早中期，与莫角山高台的始建年代，反山王陵的年代基本一致"（朱雪菲：《神王之国》）。水利专家告诉我，这匪夷所思的水利设施，在古城北部和西北部，形成约13平方千米的水面，蓄水量约275万立方米。测年数据还显示，良渚水利体系并不是短时间内完成的，它是在数以百年计的时间内，在湖沼湿地环境中，不断完善、建造而成。治水即治国，良渚古国乃首创首善者也。笔者多写几句水利，呼之欲出的便是良渚农耕了。没有坚实的农耕为基础，何来制玉，何来神徽，何来琮王？农耕之初，先是野生稻，后来培育稻，水稻也，与水密切相关。《天工开物》云"凡稻旬日失水则死期至"。良渚多水，且有水利系统工程。

　　在良渚，石犁、石锛、石镰、石刀、千篰、竹篮等农具的先后出土，给出的信息是良渚当时已非刀耕火种，而已进入比较成熟的、生产力大为提高的犁耕农业。在良渚遗址中"发现的那件带木座的石犁，连托带底有1米多长，再算上前面拉犁的人，后面掌辕的人，那么这件石犁使用时所占用的前后间距有3至4米，因此推测良渚文化时期，每个田块的面积已相当可观"（朱金坤：《饭稻衣麻》）。千篰与竹篮，均为取河泥以作肥料的农具，上世纪50年代笔者儿时，崇明农人还使用千篰挖河泥，先木质，后铁质，其称谓未曾变过，千篰是也。竹篮，是用两根长竹竿底部连着可开启的夹子，坐小船于河中间，深入河底夹取淤泥再放进船舱而积肥，江南水乡多此景象，南宋毛珝以此入诗曰："竹罱两两夹河泥，近郭沟渠此最肥。载得满船可插种，胜似贾贩岭南归。"良渚人，食稻之民也。

　　至此，良渚的发现已渐趋丰满，却远未完成。良渚人的祖先是谁？良渚玉琮是怎样远走至南越王墓、三星堆、金沙遗址、殷商妇好墓的？当良渚时代，中国与世界特色各具的满天星斗的文明之星火，是怎样互相碰撞的？5000年前的世界，是随大江大河而涌现的人类早期文明相映生辉的时代，良渚其一也。它尚玉，它以玉琮为代表的礼器是礼制的开始，它的神徽是良渚人信仰的明证，它的刻画符号及文字，是当时之世文明信息的传递，它代表中国，它怎能不代表中国？且看良渚古城就有8个故宫之广大……

　　还有卞家山码头及一件木桨，一只出土完整的独木舟，良渚人，你是要去远航吗？

（原载《光明日报》2020年6月26日）

石 问

_王剑冰

一

我正在穿越四千年的时光隧道,我要去看大石棚。

已经进入九月,东北大地还是一片葱茏。最多的是玉米,很少看到大豆高粱。当地人说,大豆还有,高粱稀少了,人们吃上了大米白面,谁还稀罕那玩意儿。高粱是古老的食物,有史籍证明,高粱种植最少有五千年历史,大石棚时代,人们或用其果腹。

车子从大道上下来,拐入小路,小路两边出现了果园,梨、苹果、葡萄,随处可见。野花和蓬蓬草点缀在周围,向日葵也在其间渲染。同车的人说,刚才有一种梨,酥酥的,吃了会醉,是营口特产。哦,是一种古梨吗?朋友笑了,你什么都要同古时想在一起。

小路盘盘绕绕,忽上忽下,当地的朋友虽然来过,却总是迷路,使用的导航有时会失去作用,不得已下车再找。终于越上一道山梁,绿丛中开去不远,已是路的尽头。下车往前,一片青纱帐,仍无所见,扭头时,猛然站住。

阳光硬性地如雷电穿云透雾,直接照亮了那个庞然大物,它就在庄稼地里,神坛一般,矗立于天地间——怎不是将天地合在了一起!直让人目瞪口呆,要喊叫出来。如果不说是筑于中国的青铜时代,你定会怀疑是地球人所为。

怀着敬畏走去,越离得近,越感到一种沉重的压力。它是如此巨大,四块石头上演了一出建筑杂技:三块片石,突出地面达三米高,挤合成一个

"门",生生将一块巨石顶起。巨石整个如一个大棚,遮严一方天地。(我后来看到了数字:盖石长 8.6 米,宽 5.7 米,厚 0.46~0.55 米,占地约 50 平方米)无论下面哪个方向,它都留下一块阴影。

辽阔的山顶一片沉寂,大石棚现出凝重的色光,看着的时候,感觉到它的气息,它也在同你对视。重压之下的大地,微微战栗。

二

这里的山离海很近,山后就是海。可以想见,我们的先人常常能够望见大海,大海的辽阔形成了他们的气魄,所以早先的东北人,同样敢想敢干。在中原,除了为解决居住方式向下挖洞,尚未发现有此凡世称奇、仙界惊羡的动举,有愚公带领子孙移山不止,也只是寓言。那时的殷墟,正在铸造鼎之类的礼器,三星堆的鱼凫人,会接起一棵铜制的金钱树。

大石棚的朝向也是向南,这或是祖先早就对自然现象有了认识,顺应天道,得山川之灵气,受日月之光华。在人类历史的长河中,南向已经成为一个遵循的方向。

多少年前,营口发生过大地震,那个时候我还朝东北投去关注的目光,没有想到一年以后,我所在的唐山同样发生。这次接到营口的邀请,我立刻想到了那场灾难。大地震摧毁了那么多现代建筑,竟然没有撼动这古代的大石棚。

正看着,旁边的苹果地钻出来一个人,这个人叫徐海,黑黑的,有五十多岁,孩子在外边打工,他在家经营着果园。

徐海说当地百姓把石棚也叫古庙,正月十五开庙会,石棚周围的村子都上来,在石棚这里热闹。问这附近的村子叫什么,就叫石棚村,山呢?石棚山呗。石棚存在了四千多年,山名和村子必然都是后来叫的,显见对于石棚的在意与崇敬。

周围群山连绵,想看到点儿什么痕迹。这庞大的石棚,石料来自哪里?如何开采,如何运输,又是如何矗立?

山地起伏,有的地方陡起来,有的地方斜下去。我问徐海,附近可有河?徐海说有浮渡河,还有三道河。我听了有些兴奋,果然有水,而且这水入海,说明水不小。陪我的朋友说,在营口地区,石棚的建造地附近几乎都有河流,那些河多通辽河。

我第一天入住宾馆,进门看到窗纱飘动,好奇地近前去看,窗外竟是一条大河。河水像土地,满是斑纹,对岸是一派自然田野。我觉得我认识这河,一问，果然是辽河，一条滋养辽宁大地，奔赴大海的母亲河。

我指着三道河方向问徐海，河水附近的山上可能采石？我想听到一个满意的回答，徐海却说近处的石头不能用，质软，粗糙。那么，大石棚的石头会来自哪里？徐海说，这种石料应该在东边，那里有老帽山。他手指着。远远的山，有些绿着，有些裸秃。离这里多远？二十多里吧。那座山上的石头是青石，可以整块地开采，然后从河里运过来。我有些相信，但是我怎么觉得这石头不像是青石，而是花岗岩之类，而且，四千年前的运输条件不可能承载这么重大的石料。找不到研究史籍，我满怀着好奇与渴望。当地搞宣传的朋友也说不出什么。大石棚周围，应该有一个说明，或博物馆之类，让世界走来的人了解我们祖先的智慧与勇敢。现在，只能凭借有限的知识，展现自己的想象。

在没有超大起重设备、运输设备的情况下，或者等河结冰，在冰面上运行，或者走旱路，在冰道上运行。无论怎样，最终还是走冰道。要使得旱路冰层十分厚实，必须不断洒水，使之层层冻结，成一个整体，而后靠人力将石块推进。

必是一次部落群体行为，河道以及道路两边，野树、杂石、土墚子，都已经清除干净。那么，民族的智慧与力量起航了，圆木在大石下面转动，并不断地轮换铺展，整个大地浑然有声。那是一条昂扬的血汗之路，没有什么可以阻挡这庞大的石头。

目的地到了，怎样棚上去，又是一个问题，这个问题同样没有难住我们的先人，他们不断地取土，直到将土填垒到足够高度，足够结实，完全地挤住了立石并在侧面做成斜坡，斜坡上依然洒水凝冰，而后起运。

寒冷变成冰，而后变成呼喊，变成众志成城。数十吨的坚硬硬不过一滴汗水，土筑土堆，代表当时最先进的攀高设备。我不知道有多少人成为这个筑石大军的一员，他们没有留下姓名，每一个人都凝成了永久的姿态，是的，我甚至看到了一张张表情。领头的在呼喊，那是一种什么号子，亦如后来我们听到的搬运号子、抬船号子、上梁号子、拉纤号子？我随即听到了群体的应和，如排山倒海，如雷霆滚动。藤葛道道，树杠排排，臂膀丛丛，一整块的巨石在同太阳一起上升。在此之前，它已经经历过利器的楔打、烈火的炙烤和冷水的淋浇而从山体分裂，再经历水、木、冰的间奏，经历风、雷、电的合鸣。庞大无比的巨石，终于带着无限信仰，安妥在无限的不可思议不可解说中。

我分明看到撒在其上的信念以及属于盐的物质，这就是那逝去了无数生命的生命，时间一般长短与坚硬。

在看着的过程中，又有了新的疑问，这么大的石料上，竟然没有任何凿打的痕迹，它如何达到了双面平整如砥，而近乎四方的边沿如何切削成形？我的想象受阻，无法往下进行。还有，这片地域，紧靠着山河与大海，绝对是氏族部落集中生活之地，他们在此耕种猎取、休养生息，或许在石棚不远处，一声啼哭会震破黎明。那么，建造石棚，究竟有何目的？有说石棚是先祖葬地，有说是祭祀所用，我比较接受后者，如果建造石棚是为安葬长者，那么，该有无数长者的石棚聚在一起，不可能孤零一个。

无从知道大石棚的工程，到底经历了多长时间，中间许有停留，设计与实践发生了矛盾，就再合计，再试着进行。我们的祖先有的是时间，同样，也有的是力气。只要意志决定，就不会改变。许多的人类奇迹，都是如此完成。肯定会有伤亡，现代艰难的工程尚且会发生意外。血汗的代价是后来的欢呼和雀跃，那是一个辉煌的展现，这个展现直到今天。那么，它如何不是一个标志、一个意义？

三

压顶的石头顶部有谁画上去的画，仔细辨认，看出是龙。旁边的石壁上，有凸起的石刻，像象形文字。还有"天下太平"等刻画，更多的叠压着不同年代的字迹，难以分辨。

徐海说，原来这里正对门有一棵古松，很多年头了，古松有九枝，就像九条龙伸向天穹。树上挂着钟，上工的时候用，也许更早些还有别的用处。有一枝干搭上了石棚，人们就从那里爬到石棚顶上去玩，尤其是小孩子。我说你上去过吗？他说当然，周围村子的孩子差不多都上去过。那是一种本事的体现，谁也不会落后。徐海说上边还有画的棋盘和其他格子，他们就在上边玩棋，跳房子。我想假如生在这个地方，童年也会与这石棚结下不解之缘，同他们一样，玩耍蹦跳捉迷藏。晚上敢来吗？月黑风高，在周围钻来钻去？别说那时，现在也未必有这个胆子。后来呢？后来让小队给砍了。小队就是后来的村民组。徐海说，那是棵神树啊，砍的时候冒血。

现在院子里又长起来一棵松树，徐海说这树也十来年了，但是比原来的差远了。原来门前还有旗杆，旗杆上飘着杏黄旗。我看到现在门口立着两根铝合金旗杆，徐海说这是后来有人自发立起来的。

顺便问起了果园的收成。徐海说还算是风调雨顺，就是水果不大好卖出去，苹果一块五，桃一块，葡萄一块，成熟的早点儿还能卖贵点儿，现在就有些晚。说话间，地里又钻出来一个人，是个比徐海大些的女人，她说是另一块园子的，从这里过。问她是不是石棚村的，她说是，但不是本地居民，是从别的村子嫁过来的。那时也常到这里玩，村里没啥好玩的地方。

从山上下来不远，是原来二台农场的场部所在，一个台阶上，坐着三位老者。张大爷的耳朵有些背，听不大清。旁边的人说，他差两岁就满一百岁了。那你们呢？一位八十四，一位七十一。三个人就那么坐着，让黄昏的阳光披在身上。你能够想到，平时他们就是这样，常常坐在这里，没有什么话，也无须说些什么话。见到来人，就有些兴致，聊到大石棚，就更有了兴致，好像那是他们的什么熟人。

张大爷说，那大石棚子，一丈八长，一丈八宽，以前后边还有观音坐像，正月十五庙会，都是人。说到那棵老松树，张大爷说他小的时候就跟大伞一样，撑出去好大一片。树上挂着钟，一人高，声响能传二十里。以前有人惦记石棚下面，曾经挖过，就顺着立着的石头往下挖，有人怕挖倒了，哪知道下去一人深，还没有到底。石棚里铺地的大石板是一整块，也被动过了，现在一块块的，有些不整齐，也是找下面埋着什么。张大爷说反正过去这么多年，这么多朝代，保不准有谁惦记着。他们说的，与山上徐海的话有对应处。

旁边的老人说，那个时候，有人砍了老松，还想将大石棚弄翻，用它的石料。可是无论如何整不了，想是触怒了神灵，加上群众也不愿意，只好作罢。另一位老人点上一根烟说，"闹日本"时期，这里住过日本人的垦荒团，走的时候也炸过，看着石棚纹丝不动，跑了。这样说来，大石棚倒真是有了一种禅意，它默默打坐，宽和坦然，宠辱不惊，佑护着一方百姓。

后来又来了一位，叫王家成，听我们聊大石棚，话立刻就跟上了。他说你想，那不定是哪路神仙弄的，现在你不用器物试试？谁说的，你就是使出洪荒之力也不成！所以人都有了敬畏，在那里燃炮焚香，祈丰求福，去病消灾。我记得很清楚，小时候常跟着大人去上香，石棚的后面侧面都有香炉。老王很健谈，也很幽默，他不大乐意坐着，边说边来回地走，问起年岁，看不出他七十有八。这一带人，都活大岁数。

我想，大石棚在石棚山已经构成了一个氛围，一个象征。再没有比其更能体现出人对于未知的敬畏，既然生活中有无可言说的痛苦与需求，只有一代接一代投诸信赖。

四

告别了老人们再次上路，本想再去看看其他地方的石棚，盖州宣传部的朋友打了好几个电话，也没有问明路径，他们说，那些石棚也是单个的存在，都不及这个壮观和完整。只好作罢。

太阳已经下山，离大石棚越来越远了。

我的眼前，依然闪现着它的形象，依然感受到它传递的信息。只是它立在那里，有些孤独。瓜果熟了又落，庄稼一季又一季，围着它的顽童变了容颜，沧海桑田四千年，它只是无名无分，无声无息。走向它的人很少很少，我来了又走了，对它有诸多茫然和不解，不能为它做些什么。

但是，我想告诉你，它或许是在一处神域，怀云袖雾，经天纬地，守望这一方世界。它那般凝重，那般沉厚，诉说着一个时代的开采史、运输史、建筑史，讲说着关于生活、信仰与图腾，关于平衡定理、力学定理、杠杆定理，当然还有美学、设计学原理。

真的，你应该来看看的，看看这个大石棚，我相信，不同职业不同身份的人来，都会为它立地顶天的气魄所震撼，会带走无数感想和慨叹。

（原载《北京文学》2020 年第 4 期）

春天花会开

_李元胜

没有一个冬天不会过去。尽管艰难,春天还是来了,任何事都不能阻碍它坚定而又悄无声息的步伐。当早李花开放之后,春天的正式演出就开始了,美人梅、玉兰、红叶李紧随其后,大地重回鲜花的怀抱。在自然界中,寒冬里的逆行者,也必然是春天里的先行者,早春的花朵在欢呼着——春天来了!

寒冬的逆行者,春天的先行者

这是一个格外孤独和空旷的春天。阳光仍旧明媚,公园里却没有成群的孩子奔跑、嬉戏,湖畔或山上的茶舍也没有茶客聚集。一座座城市和它们的民众,因为新冠肺炎的暴发,似乎被远远地隔离在春天之外。我也不例外地禁足在家,无法像之前那样,去城市植物园或远郊某个山谷,在植物们容颜的细微更改中探测春天移动的速度。无法进行我喜欢的田野考察,那就在揪心着武汉和疫情的同时,埋头写作吧,20多个春天里的田野考察,给我提供了足够的墨水。

但是春天还是来了,透明的春天巨人,人间的欢乐或者艰难,都不影响它坚定而又悄无声息的步伐。埋头于书案的我,也感觉到了它震撼人心的脚步声。

我所居住的是个老小区,当时选了顶楼,虽有漏雨和爬楼梯之苦,但改造后获得一个简易的屋顶花园。为减轻夏天的烈日之威,做了几处花台,还搭了一个紫藤花架,兼可避小雨。自此,小花园就成了我观察和学习植物的实验室,我收集到的奇花异卉的种子要试播,偏好的热带植物,也要尝试通过压条或扦插来进行繁殖。只要有点零碎时间，我都可以用来观察记录这个过程。在这个特殊时期，小花园不再是观察自然的补充，它几乎成了我守望春天的唯一瞭望塔。

春节前夕，在有点令人不安的气氛中，我来到小花园，想让自己冷静冷静。很意外地，发现有一棵李树有点异样，似乎挂满星星点点的白霜，定睛一看，它细铁丝一样的树枝上竟吐出了新花。每一朵都小小的，开到一半，像还不能完全睁开的新生儿的眼睛。这可不是一般的李树，它是一棵早李，比其他的李树要早开花一个月，清明节前就会结出李子。它简直是一棵春天的消息树。小区里，红梅会紧接着蜡梅开放，待一地落英之后，暂时没什么花了，就像歌剧的序曲之后，全场出现了短暂的寂静。但是，当早李花开放之后，春天的正式演出就开始了，美人梅、玉兰、红叶李紧随其后，大地终于重回鲜花的怀抱。真的，早春的多数花瓣都呈现出一种围拢、合抱之势，大地并不是孤单地悬浮在宇宙中的，她由这些短暂而脆弱的小手合抱着，温暖地合抱着。

这棵早李很矮小，还没有我的个子高。我还有一棵李树，是江安李，树龄有15年，就高大多了。一个月以后，江安李就会开花了。不像早李开花这么羞涩，它一大团一大团地开，在蓝天之下就像灿烂的积雪。这两棵李树的先后开花，正是春天巨人浅一脚深一脚踩过我的小花园留下的脚印，前一脚浅，后一脚深。无论深浅，雁过留影，都会溅起美丽的白霜或积雪。而且，这脚印还深深地留在每朵李花的子房里，先开的早李苦涩，后开的江安李甜美，它们记录了春天里的挣扎和怒放。

面对突如其来的疫情消息，早李羞涩的花朵给了我莫大的安慰。那一天空气寒冷刺骨，也没有阳光，它为什么要选择在这么困难的一天开花呢？我在楼顶一边跺着脚暖身，一边推敲着，这些孤傲独立在季节前沿的花朵，带着对坏天气的不屑和抗议，固执地把自己最美好的东西展示出来。茫茫众生中，总有一些不妥协者，替我们登上万山之巅。早李也是这样的不妥协者。寒冬里的逆行，也必然是春天前的先行，它们以疲倦而弱小的花朵欢呼着——春天浩浩荡荡由南向北，严冬已被围城作困兽之斗，而它们正是兵临城下的先锋。

几天之后，重庆出太阳了。如果是好些年前，重庆冬天的艳阳是很奢侈的。所以有一个不成文的惯例，冬雨后的艳阳之日，很多单位都会给员工发阳光假，让大家去江边或者空旷的地方晒半天太阳。重庆人说，冬天晒太阳，能把骨头缝里的湿气晒走。这话说得很形象，也很有画面感。近十年来，可能因为环境的改善，也可能受三峡水库的影响，重庆冬天的阳光不再奢侈，阳光假也终于没有了。耀眼的光线里，我又来仔细看那棵早李，它的花已经开得繁密了，枝干上裂开了很多口子，里面有绿色的嫩芽伸出来。如此寒冷的时候，这棵早李全身上下裂开了上百个小口子，然后从伤口中长出花，长出叶。一个生命，要在一个全新的春天活下去，是一个疼痛而艰难的过程。

我决定每天到小花园做操、观察，要让身体保持一个良好的状态，足以承受将来的远足，不能因户外活动的突然减少而导致体质下降。

早李的开花，就是沉睡着的小花园的一个翻身。小花园就这样醒了。

常春油麻藤伤痕累累的茎干上爆出了一堆堆小拳头，这些小拳头会慢慢松开，做一个飞翔的手势。是的，它的每一朵花都会变得像一只紫色的小鸟。但是，这个过程非常漫长，整整一周时间，小拳头不过是长大了一点点。

养心草是我从山西带回来的，在小心呵护下，由一根长成了五根，但是秋天它们就枯萎了。我不知道它们的地下根茎是不是还活着，所以没敢动。现在，就从枯萎倒卧的茎干旁，窜出来几十个绿色的芽头，每天都在长高。

还有好几棵铁线莲，它们的藤干比早李更像细铁丝。这些细铁丝上突然窜出来无数芽头，以惊人的速度开始长高，一天看三次，三次样不同。

大自然就这样展示它的神秘力量：常春油麻藤是时针，养心草分针，铁线莲秒针，把我的小花园变成了一个有呼吸的活着的时钟。

脆弱而又顽强的生灵

我坐在两棵李树之间写作，不时抬头看看远方。

从我坐着的地方，可以看到南山。以前这个方向没有高楼，我可以看到南山的峰峦形成的天际线。现在有了高楼，我只能从缝隙里面看看南山。我仍然能看到完整的南山的峰峦形成的天际线，因为我走来走去，不断移动自己，并用想象去填充。如此困难地去看，南山似乎更美了，也离我更近了。

南山，是离我最近的一座山，也是我田野考察的一个起点。有一年夏天，我对蝴蝶产生了浓厚的兴趣，没事就往南山跑，记录和拍摄了很多蝴蝶。正在兴头上，一场雨后，秋风瑟瑟，蝴蝶就逐渐绝迹了。那是一个难熬的冬天，突然喜欢上蝴蝶的人比其他人更急切地盼着春天到来。

终于，有一天，天气晴好，我看到路边的红叶李已经开花了。红叶李的花瓣特别单薄，但是花开得密，远远看上去，就像带点儿粉红的云团。花都开了，南山的春天应该到来了吧，我想。

刚好是个周末，我开着车兴冲冲上了山，寻了条小路，提着相机慢慢朝山巅走。走了一个多小时，空气很清新，人的精神也很好。但是，别说蝴蝶，我连一只甲虫都没有找到。小路的两边也没什么可看的，只有蛇莓孤独地开着黄花。

半天很快就过去，日头已开始西斜。我突然想到，以前在这条道上能找到蝴蝶，是因为路的两边开满了野花。那么，这个时候，或许油菜花萝卜花已经开了，我应该去菜地里找呀。想到这里，我看了看天色，立即快步走出丛林，往坡下走——平坦的地方才会有菜地，走快点应该赶得上。

没有萝卜花，油菜花也只开了几朵，田野一片翠绿。一只蝴蝶也没看到，我在田间小路上慢慢走，穿过了成片的菜地，慢慢地有点灰心了。

前面是一小块挖过的地，阳光照在那些东倒西歪的泥土上，让这块地像一大块有点坑坑洼洼的金属。突然，有一小块泥土动了一下，露出一丝耀眼的蓝色，只是闪了一下，蓝色就消失了。我停下，犹豫着要不要过去看一下，觉得可能是眼睛看花了。然后，那一小块泥又动了一下，再次闪过一丝蓝色。

有东西！我兴奋起来，小心翼翼地靠近。这是一只残破的琉璃蛱蝶，经历了整个冬天依然幸存着的蛱蝶。它翅膀的背面，本来就像一块锈铁片，和被夕阳镀亮的潮湿泥土简直没法区别。但是不管它多么残破，只要打开翅膀，露出正面，V字形的蓝色仍然像一道骄傲的闪电照亮整个画面。接着，我发现了更多的蝴蝶，两只大红蛱蝶、一只黄钩蛱蝶躲在低洼处贪婪地吮吸着潮湿的泥土。它们的翅膀同样残破不堪。

很难想象，脆弱像纸片的蛱蝶，是如何存活下来的。它们躲在避风的地方，不吃不喝，等待着大地回暖。即使春天已经到来，它们也必须熬过春寒料峭。

这天之后，春雨绵绵，温度又变低了。我在忙碌的工作之余，经常想起南山上那几只蛱蝶，不知道它们在短暂的晴日里，是否已经完成了交配繁殖的任务。

又过了一周，我从外地出差回渝，运气很好，是一个春阳明媚的周末。我起了个早，直奔上次那个菜地。让我意外的是，油菜花略略多开了些，引来一些粉蝶、蜜蜂和食蚜蝇，而停过好些蛱蝶的那块地，反而什么都没有了。

我回到车上，转往下一个观察点，那是一个农家的屋后山坡，种有萝卜花和大葱，这都是蝴蝶喜欢的。

过了很多年，我都记得那个上午的场景：大葱、萝卜开着花，而比菜地高一些的坡上，白花醉鱼草正迎风怒放，我渴望见到的蝴蝶们，就在几种花之间忙忙碌碌，飞来飞去，很着急的样子。

我最先注意到的，是一只半透明的黑色蝴蝶，看上去很像斑蝶，又总觉得有什么地方不对。后来知道了，它就是小黑斑凤蝶。它拟态有毒的斑蝶，能让部分天敌避而远之。如果这是一个设计或安排的话，那可真是巧妙。

然后是一只比菜粉蝶更小的粉蝶，它前翅有着明显的尖角，尖角带黄色斑点。在一堆菜粉蝶中，很容易错过它。它就是黄尖襟粉蝶。这种蝴蝶我在前一年的4月份曾经拍到过。

最惊艳的，还是拖着长长尾巴的剑凤蝶，它们数量众多，围绕着白花醉鱼草的花穗子上下翻飞，空中全是它们好看的尾巴。

南山上这三个蝴蝶家族，都是早春蝴蝶，它们只在3月底4月初出现，错过这十天甚至一周，就要等来年再见。其他蝴蝶一年可以多代，有些蝴蝶还分为春型和夏型，同时为适应不同的季节，进化出不同的外形。不知道是为了避开天敌还是与取食的植物有关，早春蝴蝶选择了艰难的生存方式，如果这十天全是阴雨天，它们的交配繁殖就会遇到极大的困难。它们的生存实在非常脆弱。

我真幸运，南山的早春蝴蝶一次见齐。我举着相机，拍到手都酸软了，仍然不舍得罢休。这时，我才发现身边多了一个人，仔细一看，是一位提着剪刀的老者。他微笑着看我忙来忙去，看来已经到了很久。

见我开始收拾东西，他才说，你要是不拍了，我就剪花，明天要卖的。原来他是菜地的主人，要把白花醉鱼草剪去卖钱。

"大爷，你能不能留一棵不剪呀？"我想都没想，很不礼貌地脱口而出。

"你还要来拍蝴蝶吗，那我留一半。"他随口回答道。

后来，每年白花醉鱼草开花时，我都会来看剑凤蝶。有时，我相机都不带，只是匆匆赶来，呆呆地看一阵。有时，我也会带朋友们来看，必须是信得过的不会声张的朋友。我怕人一多，那块菜地就夷为平地了。

我再也没有碰到过那位老者。但是，就算是我到晚了，季节过了，也不再有剑凤蝶了，那一丛白花醉鱼草，仍会有一半花穗子在枝头上慢慢枯萎。他向陌生人承诺的，听上去的随口一说，却年年如约而至，有如春风。

没有过不去的冬天，没有来不了的春天

因为疫情，闭门不出的二月，除了在我的小花园观察，就是埋头写作，或者按照日历的进度，整理往年的早春考察资料。

回忆其实是另外一种考察。比如，我常常有意在同样的时间去往同一地点记录物种。然后，把不同年份的资料进行对比研究，会发现很多差异，就可看出环境逐年变化的趋势等很多有意思的信息。

在翻开各个年度的早春记录时，有两个年度的文件夹，我却很犹豫要不要

点开。我已经有很长时间没有打开过它们了。

身边是一个艰难的春天。但对我个人来说，这是我遇到的第三个艰难的春天。

第一次是父亲病重入院，我和家人轮流在医院陪伴，那年的早春我的田野考察几乎暂停。在医院的时候，我不敢带太有吸引力的书，怕看得太入神，注意不到父亲的状况。我带了一本《植物学》，在父亲入睡的时候翻看。其实我也没有读进去，只是，默念着各种植物的名字，能减轻我心中的惊慌和焦虑。

第二年的早春，父亲还是走了。他的离去像一块巨大的石头压在我的心上。那是一个很艰难的阶段。我对阅读、写作以及田野考察突然失去了热情，即使强迫自己提着相机，行走在云南或者重庆的山野里，强迫自己记录更多的细节，却很难找到之前与神奇的物种们相遇时的惊喜，还有读书读到精彩段落时的惊喜。此前，那种惊喜就像微小的闪电击中了自己，似乎能让我的每一个细胞都闪闪发光。现在，书也在，旷野也在，我仍然在它们构成的世界里穿行，但是没有闪电来照亮我。

我还是打开了那个早春的文件夹，虽然照片里全是动植物，但我能看见自己低着头走在山谷里、坐在原野的边缘发呆，我仍然能感觉到那种痛失后的恓惶。

没有闪电，没有惊喜，我仍然选择了更专注的野外考察，制订更完整的计划，每天晚上写更详细的记录，去了很多很多地方，积累了很多资料和心得。再艰难的春天，也不过是一个漫长而黑暗的隧道，你不能前面没有光亮就停下来，你得接着往前走。

那年暮春的一天，有一项工作突然被改期了，我查看了以往的记录，这个时间点，正是重庆东郊一处常春油麻藤的繁花期。我迅速整理好装备，驾车就走。车开出小区，我才发现刚才稀疏的毛毛雨竟变成了中雨，咬咬牙，我仍然出发了。

到了我要爬的那座山脚下，雨已经停了。空气中飘荡着一股尖锐而清新的薄荷味，石阶路很滑，我小心地走着，一边寻找着气味的来源。果然在路边，看见一些留兰香薄荷的枝叶，看来有人在这里采集并整理过。很多人烧鱼或吃豆花的时候用它来做调料，想到这个细节，心情一下好了很多。

前面的路越来越陡峭，犹如登云梯，我特别小心地慢慢往上走。知道这一阵自己精神比较恍惚，我在户外行走格外小心。因为走得特别慢，反而可以仔细看看路边的植物。悬崖边缘，我发现了一大堆铁线莲的果实，应该是花落后刚结好果，这是铁线莲花事最尴尬的时候。铁线莲开花的时候好看，果实老熟后也好看，每一颗种子都会拖着长长的银丝。但成千上万的铁线莲果实还是让我意外，这条路早春的时候也走过，怎么从来没看到过铁线莲。也许是之前比较少，今年长多了；也许我太小心地去看路，错过了身边的花。又仔细观察了一下，这种铁线莲的花朵似乎很小，是我没有记录过的，看来来年还得选更早的时间再来一次。

我正在拍摄铁线莲瘦小的绿色果实，眼睛的余光里，有一小片阳光落到了我的手背上，痒痒的。职业的敏感让我稳定地保持着手臂纹丝不动，极缓慢地把紧贴着相机的脸向后拉开。现在我看清楚了，心里怦怦直跳，果然是蝴蝶，一只银线灰蝶，落在我的手背上。我的手背特别容易出汗，在野外的时候，蝴蝶停到我手背上吸汗的情况出现过十多次。这次是一只羽化不久的灰蝶，翅膀上的银线非常耀眼。我没法拍摄它，因为它落脚的正是我举着相机的手，而倒腾相机的动作，会把它惊飞。我全身一动不动，享受着可以这么近距离观察一只高颜值蝴蝶的时光。它就是一个小天使，短短的几分钟里，仿佛唤醒了我身体中沉睡已久的事物。

我终于登上山巅，来到那个罕见的常春油麻藤家族旁边，眼前的景象，比我想象的更震撼。伤痕累累的苍劲老藤犹如飞龙腾空而起，盘旋而上。只是，眼前的飞龙，是一条挂满鲜花的飞龙。成千上万的花朵，密密麻麻包裹着几根老藤，每一朵，都像是紫色的飞鸟。这些花不是同时开放的：最早的已经掉在地上，就像一群小鸟落地休息；更晚的还没有吐出花蕊，像是巢中幼鸟，还在闭眼做梦；数量最多的，正迎风怒放，虽然是阴天，但透进树林的弱光，让它们格外明亮。

我在山顶上停留了很久。我回忆起整个春天，回忆起在野外碰到的每一个精彩的生命——它们都在帮助我，唤醒我……我庆幸自己的坚持，奇迹从来不是突然出现的，走出黑暗的隧道也是一个漫长的积累过程。压在心里的石头还在，它只是安静地退到了某处阴影中。

写到这里时，春天巨人的脚步已经踏到我的身边，江安李开花了。屈指一算，我禁足家中已经 50 多天。全国各地的医疗人员，不顾个人安危驰援武汉。我们的禁足可以减少他们的负担甚至牺牲，值得。

这个春天，终于走过了最艰难的时刻，很多好消息传来，我的朋友们也陆续复工。我在社区也申请到复工证，可以自由进出小区了，明天，我就要上南山。重庆的旷野中，凤蝶应该出来了，我希望自己是第一个见到它们的人。

（原载《光明日报》2020 年 3 月 20 日）

黄龙山：风土深处……（节选）

_ 徐风

即便是在宜兴本地的地图上，它也是一座不起眼的小山。

可是，全世界都没有的一种东西，唯独在这山上。

它成全了一个长达600年的故事，支撑着一个偌大的江湖，也创造了无数惊叹与传奇。

它叫黄龙山。

葛陶中是顾景舟的徒弟。当时，根本就没有"大师"一说。顾景舟，就是那个被大家叫"顾辅导"的清瘦的老人。后来，人们把他奉为一代宗师。写他的一本书，叫《布衣壶宗》。

记得当初，刚到师父身边的时候，老听他讲起两个古人，一个叫周高起，一个叫吴骞。

起先，他不知道他们是干什么的、是哪里人。后来，他慢慢知道，周高起是明代人，籍贯江阴；吴骞就在宜兴本土，一个清代的文人。师父提起他们，神态是敬重，也有淡淡的惆怅。

有一天，他看到了师父的一摞手稿，是用工整的小楷，抄在毛边纸上。他扫了一眼那稿子上的标题：《阳羡茗壶系》。

他没敢多问。

直到有一天，师父给徒弟、学生们授课，说到了紫砂历史，提到了那两个人。说他们各写了一部书，讲紫砂的，是紫砂历史上最早的两部书。

然后，有一次，师父带着他上了黄龙山。

那山不高，就在丁蜀镇的边上。不远的地方，是青龙山，也不高，山上出青石，可用来烧石灰。黄龙山到处都是黄石。烧不了石灰，但能用来砌屋，捣碎了，还可以铺路。它的岩石层里，藏着紫砂矿土，这个秘密，是让一个叫周高起的明代人说出来的。但是，紫砂矿土在哪里，一般人并不知道。

原先，紫砂泥并不是泥，而是含铁量非常高的矿石。这么说吧，在你没有遇到它并将其从地底下挖出来之前，它是沉睡的，或者是死的。在地底的时候，因为地壳压力是无机的，周遭便是它的万古长夜。然后它被你触摸到了，这非常偶然。你一锄头下去，它松动了，然后被你搞定。为什么是你，而不是别人，这件事，没有谁能讲得清楚。有一点可以确定的是，自它松动并且被你拉出矿洞，就开始沾染人的温度。

天日。这也是一个关键词。阳光和空气让它有了呼吸，一阵风一片云一场雨，它就开启了生命的旅程。相信那里面有无数生长的菌丝，把砂颗粒联结起来，产生了塑性，使得泥沙有了很好的延展性，这和做面食的面粉发酵的道理是一样的。

然后是风化。冰霜雨雪都来了。让时光来摆平一切吧。矿土里的火气土气就被降服而消融了。相信那是古人的智慧。有的艺人性子急，今天挖出来的矿土，明天就碾碎了用来做壶了，结果放进窑里一烧，开裂了。于是懂得，应该让矿土放在露天里风化。任凭雨水冲刷，长久的风雨剥蚀，会去除自然界中的矿物含有的可溶性的盐，这种可溶性盐经过高温会变成釉，但紫砂是无釉的，独一无二的透气性，让它一直牛到今天。

记得那一次到了黄龙山上，在一处岩石上坐下。师父环顾四周，朗声念出一段文字：

"相传壶土初出用时，先有异僧经行村落，日呼曰：卖富贵。土人群嗤之。僧曰贵不要买，买富何如。因引村叟，指山中产土之穴去。及发之，果备五色，烂若披锦。"

你们可知道，这段古文，是什么意思吗？师父问道。
徒弟们面面相觑。
师父开始了讲述：他讲话的语速，跟迎面吹来的风很搭，是缓慢的，温煦的。

"相传，陶土初出土时，先有一个模样怪异的和尚出现在附近的村落，见到行人就喊：卖富贵啊，卖富贵啊！村上的人，没有一个是相信他的，反而都取笑他。那怪和尚又说，'贵'不要买，买'富'总可以吧。村上的几个老人半信半疑，便跟在他的背后，往上山的路径而去。走着走着，果然来到一个很大的坑前，但见五光十色，仿佛披上了锦缎一般。"

这个故事，陶中似乎在哪里听到过。但是，经师父一讲，味道完全不一样了。师父的讲述，是一种接通——非但链接到古时，也让你浮想联翩到未来。此时每个人的想法应该是不一样的。陶中觉得，一个古老故事匣子打开了，但故事并没有完。师父在讲古人的时候，实际把自己也摆进去了，余下的故事，是他自己在续写。

想来，明代的那位周高起先生，是做了很多功课的。他还知道，紫砂陶土，并非只有黄龙山有。比如，嫩泥，出自赵庄山，此泥可以调和一切颜色的泥，好比是一种黏合剂；赵庄那个地方有山吗？有，跟黄龙山一样，不高；今天的人，可能会说，那算什么山啊，不就是个土坡吗？可是，有人推测，明代的时候，它可能还是蛮像一座山的。关键在于，那山上还出一种石黄泥，当它还在山中岩石夹层里时，它其实就是尚未风化的石骨。古人的记载是这样的：接触到了空气，它立马就变了，坚硬的质地，慢慢地风化，变成碎片。而烧制出来的颜色呢，是纯正的朱砂色。

"土出诸山，其穴往往善徙。有素产于此，忽又他穴得之者，实山灵有以司之，然皆深入数十丈乃得。"

这段话里，是不是包含着一个古人内心隐约的迷茫？可以想象，周高起先生写到这里，笔端有点滞。他的意思是，陶土原本是在各自的山里待着，它们是不带翅膀的。但是，在此处矿洞里发现的土，忽然在彼处山上，也何其相似地发现了。

这是怎么回事？

仿佛它们有灵性，是跟着人们的脚步走的。在作者看来，这是个谜。然后他做出了一个判断：上佳的泥料，应该都在地下数十丈的深处。它们是否会像走亲戚一样，相互串门呢？

那本书上还写了什么？师父那天兴致高，说，想听的话，再给你们讲一段吧。

"造壶之家，各穴门外一方地，取色土藏于窨中，名曰养土，取用配合，各有心法，秘不相授。壶成幽之，以候极燥，乃以陶瓮庋五六器，封闭不隙，始鲜欠裂射油之患。过火则老，老不美观，欠火则稚，见沙土气。若窑有变相，匪夷所思。倾汤贮茶，云霞绮闪，直是神之所为，亿千或一见耳。"

那些造壶的人们，都会在自家门外辟出一块地。把他们取来做壶的矿土，按照老祖宗的做法，筛捣加工，藏进地窨里。老祖宗说过，这土要养，伏它几年也不晚。民间有句话是：心急喝不来热白粥。

何时取用？自己琢磨去吧。所谓各有心法、密不授传，说的是人做事，要靠心情，也要琢磨章法。壶坯做成，置于专用库房通风阴干，待完全干燥，放入专用匣钵，入窑烧制。过火则老，美观则无；欠火则稚且嫩，呈砂土气。运气好的时候，会有意想不到的"窑变"，那只怕是火神爷秉承上天的意志，给予某一把壶额外的造化吧。当一注香醅的茶汤从壶里倾泻而出，壶身受热、经茶水浸泡而产生的那种云霞绮闪的视觉效果，太让人惊呆了。

师父说到这里，微微一笑，不再言语。

很多年后，陶中回忆起当年往事，心头温热，仿佛就在昨天。

取矿土，要懂得眼口与宕口。

想那早先，去黄龙山上掘矿土，大都是在山脚下，南坡或北坡，先要找矿石露头处，沿泥层，步步掘进。其裸露的矿口，如同一只眼睛，便称眼口。

眼口做大了，就成了宕口。也有做不大的，挖下去没几下子，寡味得紧，看不出什么稀罕，这眼口就瞎了。

早年掘矿，无非一把榔头，一把楔子，一根钢钎，至多再加一把尖嘴锄。

那尖嘴锄，仅半截手臂大小，却锋利无比。挖矿的人都知道，蜀山北街黄麻子铁匠铺里打出来的尖嘴锄，最是得手好用。

黄麻子邻居马先生，断文识字的塾师。有一天给黄麻子讲了一个段子，说是有一本古书，极神妙，对挖掘类器具的制作，是这样说的：

凡冶地生物，用锄、镈之属，熟铁锻成，熔化生铁淋口，入水淬健，即成刚劲。每锹、锄重一斤者，淋生铁三钱为率，少则不坚，多则过刚而折。

黄麻子哪里懂得文绉绉的词儿？马先生还得一句句翻译给他听。黄麻子一拍大腿，说：知道了！生铁与熟铁要搭配起来，锋口才最厉害。

这个道理，他要马先生不要告诉别人。

马先生山羊胡子一撇，说：书，又不止我一个人读。

黄麻子跺脚：你不说，哪个知道啊。读书人，就你眼刁。

马先生哼一声，说，老祖宗早就把道理教给天下人了。

后来，马先生过世。临终前，说要把心爱的几本书带走，其中一本，就是被他翻烂了的《天工开物》。他对黄麻子说，教你的道理，就是这书上说的。这本书，给你吧。

黄麻子眼泪掉下来，说，我不识字，但我会让儿子识字的。

双手将书接过，深深一拜。

都知道，蜀山地带，还是黄麻子铁匠铺打出来的器具好使、得用。

生与熟，要搭配。就像阴阳、黑白、虚实、凉热。之间的互补、平衡关系，天知地知，你知我知。

这话不是黄麻子说的，也不是马先生说的。

是懂壶的文人说的。文人不会做壶，但他们懂这个世界。

古人与古壶，是在历代文人留下的文字里，才活到今天。

像鹰嘴啄地一样，慢慢地，掘土者把身子钻进矿土层中了。

看准了泥层的走向，采掘进深二三十丈，左右观照，此中有否上等矿土，彼时已然明了。若尚有开采潜力，便可稳扎稳打，步步推进，凡挖进丈余，便要以石砌拱，以防塌方危险。宕洞不可大，否则容易倒塌，能容一人之身即可。坑道口，也用黄石块砌成相互支撑的拱圈门洞。靠掘土养家活口之人，彼时已将一条贱命系在腰间，这跟下煤窑有点类似。宕洞黑暗，愈往里走，空气愈稀薄，不可掌大灯。否则，火苗与人争夺空气，灯熄了，人也透不过气来。但若不掌灯，黑咕隆咚什么也看不见，只能掌一豆油灯，衔在嘴里，门齿紧咬灯把，不敢有半点松动。所谓一灯如豆，仅照见眼前方寸之地。

掘土的人里，也有自己做壶的。他是要省下买土的钱，弄几两白酒喝喝吗？这倒是其次；紧要的是，做壶的人须懂得泥的脾性。他要做什么样的壶，要选配什么样的泥，只有他自己心里明白，他不会跟人探讨，哪怕失败了重来。最后的秘籍终在他手，他的造化即是壶的造化。

都知道，黄龙山上，北坡宕口的泥，品性比较纯良，性子温和，像女人；南坡一带的泥，性子暴躁，像汉子，更像不肯驯服的野马。柔与刚，于紫砂壶，都是要的。一把壶里，北坡的泥放多少，南坡的泥放多少，壶手心里有数,但从来秘而不宣。

此地人骂人的时候,禁不住会用南坡的泥来形容:

"臭脾气,南坡纳泥!"

纳泥,是当地方言,泥巴的意思。

一口最原始的矿井的形成,是颇费时日的。哪能几锄头下去就挖到好土呢?除非你得了狗屎运。不过,既然有这个词,就会有这样的运气兑现。一般来说,挖到一个好泥的宕口,就可以喝一阵子小酒了。这宕若是挖得久长,经年累月,他的名字,也变成了这个宕口的名字。通常,此地人习惯,第一个做原创茶壶的人,那壶就随了他的名姓。是敬重,也为好记。比如,最早的供春壶,吴经提梁壶;后来的曼生石瓢、子冶石瓢,都是人名。壶是人做的,宕也是人开的,于是,北坡南坡,就有了二喜宕、苦根宕,就有了庆生宕、德宝宕。后来,也有用姓氏做宕名的,如葛宕、鲍宕、陈家宕、白宕等。

即便是最好的泥宕,一点一点往外掏的,也并非全是可以做壶的矿土。
所谓好土,好比五花肉中的精肉,一层一层的,隐藏在甲泥当中。甲泥,是深藏于地层中未经风化的页岩,紫褐色,似铁甲,故名。说甲泥是五花肉里的肥肉,还是过于抬举了,它其实就是次于紫砂矿土的泥料,砂感差些,可塑性差些,做壶,会养不出包浆;但用来制作花盆杂件之类,还是好的。而"精肉"——紫砂上等好泥,是要小心翼翼地从甲泥中剔选出来。于是,文人便说它是:

"岩中岩,泥中泥。"

早先人们的记忆里,黄龙山上并没有想象中的那种疏竹密林、冈峦重叠的风情,所谓落霞孤鹜、秋水长天的景致,都是《芥子园画谱》里,古人的精神标配,此间还真是难觅踪影。就算给这里的人们送"富贵土"的始陶异僧,也并没有留下他的半个脚印。文人没有给他写诗,也许是因为,他只给手艺人饭吃。而诸般雕虫小技,又难入文士法眼。环顾四周,类似于风雨剥蚀的古朴茶亭,卧龙高士般的敞亮茅舍,牧牛的孩童吹响的竹笛,以及小仙女的裙裾飘拂,都与黄龙山没有关系。

有一个民间细节，或可表明挖宕矿工是不甚快活的。此地人的娱乐里，"克牌九"是一种流行的玩牌方法。克，就是押，赌注的意思。卖劳力的人，空闲时也可以去"克"一把，试试运气，也调节一下疲惫的身心。可是，挖宕的人，忌讳这个"克"，此地方言里，克即是倾倒，就是塌方的意思。就像烧窑的人不能说"熄火"，装窑的人忌讳说"破"一样。

所以，从你挖宕那天起，你便不能克牌九了。

苦命。并不是单指干活累，而是即便有点小钱，也不能玩自己爱玩的东西。

如此说来，黄龙山带给挖宕人的幸福指数，确有些偏低。

举目东眺，离此不远的地方，有一座蜀山，苏东坡到过那里，是留下传说的。《阳羡茗壶系》这样写道：

"陶穴环蜀山，山原名独。东坡先生乞居阳羡时，以似蜀中风景，改名此山也。祠祀先生于山椒，陶烟飞染，祠宇尽墨，按《尔雅·释山》云：独者蜀，则先生之锐改厥名，不徒桑梓殷怀，抑亦考古自喜云尔。"

蜀山无陶土，山坡上陶穴环绕。每到夜间，但见陶烟滚滚，火龙飞舞，映照夜空，叹为观止。按字面理解，陶穴，是烧制陶器的土窑，还是烧窑汉子的居所？

应该是土窑群吧。

此文想告诉我们，蜀山原名独山，北宋时，苏东坡卜居阳羡，徜徉于蜀山脚下，见此山颇似家乡山景，故改独山为蜀山。后人建苏公祠于山椒，以兹纪念，如今陶烟飞染，祠宇尽墨，作者偶阅《尔雅·释山》，至此处，发现竟然写着"独者蜀也"。则苏东坡当初改独山为蜀山，并不仅是怀念桑梓，而是有考据，独与蜀是通的。

总之，此山与一个叫苏东坡的人搭界了。此地俚语，稻草绑在龙虾上，便是龙虾价。这话用在蜀山上有点损。因了东坡，它是得了许多浮名。却不是它自己要的，人们附加给它，其实是为自己。因为他们靠蜀山吃饭。蜀山脚下，芸芸众生，俱是制壶与烧壶以及陶器买卖的名利之场。又因蠡河关切，山与水盘绕互动，各自滋生活力，变成一个无法替代的活色生香的巨大气场。几百年过去，哗哗响的金银，流向了它的每一寸空间。春风沉醉，岁月不居。人们在享受蜀山、消费蜀山的时候，谁也不会忘怀，几乎所有的传世茶壶，都是黄龙山的矿土制成的。

后来紫砂壶就变得越来越金贵了。

当然是文人在鼓捣。

"人间珠玉安足取，

岂如阳羡溪头一丸土？"

写此诗句的文人，并没有来过黄龙山，他叫汪文柏，清代浙江海宁人。他的意思是，人间的珠玉有啥意思呀，还不如阳羡溪头的一丸紫砂土呢。

汪公写此诗，乃是遇到了制壶名家陈鸣远。作为一个喜欢出游的制壶艺人，陈鸣远的腿比较勤快。古时有本事的人，在家里总是待不住。他怀里揣着些壶，心里总想着，要给它们找到可以托付的知己。一路走啊走，就到了浙江。遇见汪文柏这样的壶痴，应该是彼此的造化。汪某人家世富贵，金玉之类见多不怪，俱是闲抛闲掷；紫砂好壶，却是稀罕之遇。在他眼里，一枚陈壶，哪里是人间珠玉可以相比的呢？有看客发嘘声：饿你一个月，看你还怎么说。

其实，真要是价超珠玉的紫砂壶，想必早就脱了泥胎，得了真气。那还是壶吗？但是，它若不是壶，喜欢它的人，怎又会恨不得将自己的命融进去，须臾不离地宝爱呢！

不管如何，汪诗落地，紫砂壶便有"寸土寸金"之说。

看客又说，有那么金贵吗？

且慢，汪公说的是壶。并不是专说的砂土。这一把土，在谁的手里，做成什么样的壶，才最重要。

紫砂矿土不是田黄、不是鸡血石，也不是翡翠。就原料而言，它并不金贵。

查阅资料，旧时一把"甲等"紫砂壶只卖3毛钱，略低的壶，只卖1毛5分钱。

不过，同样的一把泥到了顾景舟手里，他的一把洋桶壶，最低的价格也没有少于8斗米。

民国战乱时期，货币不值钱，江南地带民间交易，都是以大米来结算。那时一个乡村教师的薪金也不过5斗米，所以才有"不为五斗米折腰"之慨叹。

不过，后来有一种来自权威机构的说法，让紫砂泥又金贵起来。

说是除了黄龙山以及毗邻矿区，别处都没有紫砂泥。

别处没有，外地更没有。

非但外地，就连外国也没有。

什么英国、日本、南非、澳洲，有类似的红土，但绝非紫砂。

一日，有外地人来，风尘仆仆捧着一抔土，看着像紫砂泥，他们要争个理，别说这土只有宜兴有。陕西延安有，广东潮州有，浙江长兴、宁波有，安徽广德有，广西钦州也有。

做把壶一试，气孔、色泽、感觉、味道，怎么看都不一样。

不一样。外延很大。

砂感。透气。可塑。是紫砂壶的关键。烧成后的紫砂壶，内中有大量的团聚体，布满大量的气孔群。所谓发茶之真香，就是要靠壶体的透气孔，茶水不可能通过气孔渗出来，水蒸气却可以。那是千千万万个水分子的倾情蒸发。随之蒸腾而起的，是人的愉悦心情。

还有一个关键是，一把壶背后，要有诸多支撑。

你有貌似"差不多"的矿土，行，你做壶吧。可塑性、透气性之类且放一边。你有文化底蕴、手艺史、饮茶史、风俗史的支撑吗？

如此看来，一把壶的背后，绝不是空的。

这便是顾景舟的徒弟，葛陶中讲述的故事之一。

（原载《人民文学》2020年第11期，本文有删节）

蛇之殇

_孔见

蛇是一种叵测不安的存在。设想卧榻之下有蛇蛰伏，或是要走的路上有条蛇在等着，都是人难以接受的。但对于生活在海南岛上的我，这些一度不过是日常经验而已。尽管岛上有坡鹿、黄猄、白鹤、天鹅等许多温良的事物，让人感到生命的美好，觉得这个世界还值得眷恋，但我还是必须接受，蛇随时随地的突然出现，并学会与它共舞。即便是在伸手采摘一朵莲花的时候，被毒牙狠咬一口，我也不能怨天尤人，并以此为由，往自己心里下毒，把自己也变成一条蛇。

记忆里，小时候几乎天天都要跟蛇打交道，接触最多的是银环蛇、金环蛇、灰蛇、眼镜蛇、蟒蛇、竹叶青、水蛇、海蛇，还有身材特别细长的公蛇。至于其他杂蛇，就恕我叫不出名字来了。常常是这样，夜里睡得懵懵懂懂，突然笼里的母鸡扑腾起来，发出惊恐万状的啼喊。大人掌灯过去，用棍子一撸，便发现一条黑白相间的银环蛇，肥肥地卷成一团，灯光下一副很害羞的样子。银环蛇特别爱偷吃鸡蛋，而且吃食的技巧相当高妙，先是用牙尖在蛋壳上搭出一个小孔，接着将信子伸进去，吸净里面的蛋液，完了整个蛋还像是刚生下来的。

银环蛇有一米五到两米长，和许多同类一样，爱睡懒觉，太阳都上去老高了，才睡眼惺忪出来活动，在沙地或石板上晒太阳，在野菠萝与仙人掌间蜿蜒透迤，小眼睛闪闪发亮，显出十分聪慧的样子。它的毒性没有眼镜蛇那么可怕，而且懂得珍惜自己有限的毒液。听到人群动静，都乖乖避让，给人足够的尊重。狭路相逢的时候，只要人少安毋躁，它也就转身离开，相当地知趣。然而，一旦受到威胁，就会凶相毕露，绝不留情。若是碰上母蛇孵卵产子的时候，人就得要格外小心了。春雨绵绵的季节，晚上田间雾气极大，银环蛇会从各自洞里出来，聚集在田埂上，像野菠萝的根条交错在一起，呼吸露气，过路的人都迈不开脚步了。月光好的夏夜，它们会秘密约定，成百上千地到某处坡地集会，一同伸出长长的脖子，在月光里翩翩起舞，双尖的舌头咝咝有声，好像神秘的宗教活动，在歌唱什么颂词或咒语，直至兴尽才各各散去，不知所踪。

小学的时候，如果不是周末，晚间都要到学校去上自习。回来的路上，往往都是结伴摸黑而行，大家竖起小耳朵，一旦听到"呼呼""呼呼"的声音，像是什么东西在喘大气，便立即停止前进。点燃灯火一看，准是眼镜蛇无疑。它架起身体前面的三分之一，腮帮子鼓得又宽又扁，准备着随时出击。比起其他同类来，眼镜蛇的眼睛尤其凶狠，发出的声音令人汗毛竖起，脊背发凉，鸡皮疙瘩。但它在夜里十分畏光，对峙一会儿，只要人不发起攻击，它就会扭头离开，回到自己的洞府巢穴里去。但小伙伴中，总有那么一两个胆壮心狠的，不愿善罢甘休，找来石头、木棍，非要将它整死不可。给我的感觉，他们身上隐约有一股蛇的气息。

有的蛇特别喜欢吸食人的津液，尤其是年轻女性的。在它们的话语中，人的口水应该是燕窝一样的补品。那些去山里垦荒的人，晚间在林子里宿营，他们会遇到这种情况。子夜时分，人睡得跟死猪一样，此起彼伏的鼾声中，口水一寸一寸地流出来。蛇闻到香味，神不知鬼不觉地滑行过来，伸出长长的信子，在人的嘴角津津有味地舔吻，同时进入人的梦里，吸食人的魂魄。醒来的人发现身上瘆凉瘆凉的，也不敢随便动作，得等到蛇把脸上的口水吻干净，心满意足地走了，才翻身起来。

在生物界，蛇看起来没什么朋友，倒是有很多冤家。拥有制空权的鹰，是蛇可怕的死敌。鹰不仅有强健的爪牙，壮硕的翅膀也难以对付，三两下就把蛇扇晕过去。小时候，围观过许多鹰蛇之战，没有过蛇获胜的记录。可以设想，人和鹰不在场的时候，蛇才能活得扬眉吐气。蛇最容易获取的食物是老鼠，它相当于蛇的米饭，但蛇最爱吃的菜可能是青蛙，它们似乎是为蛇准备的佳肴。嘴里叼一只青蛙在田间地头四处游荡，听着牙缝里的猎物一路哭喊求饶，是蛇一生最快慰的时光，就像土鳖发迹之后，披金戴银，开着豪车招摇过市。癞蛤蟆吃不上天鹅肉，但蛇没有问题。不管天鹅能飞多高，毕竟都有落地的时候。不过鸟类吃起来相当麻烦，蛇往往将其咬死，吸干鲜血就走掉了，而毒蛇咬死的东西，乌青乌青的，别的动物都不敢吃。蛇的最爱青蛙也叫田鸡，兼是人的美食，佐以老姜陈醋，还是很好的下酒菜。抓青蛙的人，难免要跟蛇打交道。从青蛙居住的洞窟里，掏出一条眼镜蛇来并不奇怪。因此，以抓青蛙为生的人，难免为蛇所伤，倒在地里口吐白沫，四肢抽搐，不省人事。活过来的，手指也往往残缺不全，奇形怪状。

毒蛇因为有毒，而且时常肇事伤人，被认为是一种有害之物，在人的社会里很不待见。因此，打死它能给人一种成就感和荣耀，好像是行了侠义一般。

打死一条眼镜王蛇更是如此。在一些地方，蛇还被看作不祥之物，出门办喜事，路上碰到蛇就只能折返，另择吉日。伊索寓言里，怜悯毒蛇被认为是一种罪过，好像蛇出世就是死牢逃犯，天生就该被诛杀。不唯古代希腊，在我童年生活的海岛，蛇的处境也相当狼狈，即便将脊骨委屈上十八圈，也求不出一个全来。走路或干农活的时候，发现一条蛇，必是人人喊打，如果不是乱棍打死，也得吓个半死。倘若打死的是一条大蛇，还会招来许多人围观，如同过节一般。蛇是爬行动物，蜿蜒逶迤，速度较慢，如果没有毒液这种撒手锏，其实是软弱可欺的，跟一截腊肠差不了多少，其他动物也不会把它当回事。无毒的水蛇，连鸭子也能把它们撵得无路可走，只能任其吞吃。即便是体形巨大的蟒蛇，看起来十分威猛，可以连皮带骨地咽下一头羊，一只鹿，但因为没有毒，也没有特别锋利的牙齿，很容易被人制服。

20世纪70年代的某天，我从镇上学校回村，看到一帮人在摆弄一条大蟒。他们把蛇头挂在高高的树干上，让整个身子垂下来，足足有十米长，超过了我对蛇的想象。人们剖开它花花绿绿的厚皮，就像剥光了它的衣服，裸出了晶莹剔透的肉质，显得极其无辜。蟒蛇的肉是我见过最为洁白的，可以用冰清玉洁来形容。人们以凌迟的方式，一片片地将它的玉体刨割下来，丢到沸腾的汤锅里，像反动派在杀害一个革命烈士。空气里填满了难闻的腥味，少年的我，顿感头晕恶心，几个晚上都没有睡好。做一条蛇被人残忍杀害，或是做一个人残忍杀害一条蛇，都不符合我对自己的想象。

蛇的一生，招惹太多的是非，但它又不会像乌龟那样，找个荫蔽的地方躲起来，好好地修炼自己。它耐不住洞里的寂寞，也受不了内心的抑郁，不时要晃出来讨生活，弄得一生都悽悽惶惶。如果不是恐惧心理作怪，蛇苗条的身段在草丛中蜿蜒的姿态，看起来是很美的。但它最致命的地方，正在于脊椎过长，关节太多，只要其中某一节错位，爬动就很困难了。捕蛇的人通常会乘其不备，闪手抓住尾巴一甩，或是用小棍子往腰身猛地一抽，蛇就瘫在那里，一副无助的样子任人摆布。这时候你才知道，蛇作为一种生命，其实是十分可怜的。普通蛇类，或是体形不够大的毒蛇，没什么用途，人打死之后就扬长而去，向旁人炫耀自己的义举。蛇被撂在路边，日晒雨淋，直至腐烂发臭，活生生的生命成了垃圾，过路的人还呸呸地吐口水。

蛇为什么会有毒？这是一个疑惑的问题。就人而言，生命内部积淀的仇恨太深，又得不到及时必须的抒泄，就会化为毒素沉积下来，储藏在脏腑里。当毒素郁积到一定数量，他就没有了选择的余地，要么伤害自己，患一场恶病走人；要么伤害别人，干出危害公共安全的事情来。仇恨源自于伤害，受到伤害又没有能力报复申冤，也无从化解，仇恨就结下来了，存入增值的银行里，生出毒的利息来。一旦社会变故，革命的暴风骤雨来临，这些蛰伏的蛇人，就能获得喷洒毒素的狂欢的机会。蛇生下来就不受欢迎，更得不到异类的同情与祝福。从古代希腊的寓言，到《圣经》里的伊甸园，蛇都扮演了极不光彩的角色，甫一出行便招惹是非，甚至引来杀身之祸。它一生受到的误解与伤害太多，在太阳底下找不到一个可以申诉的地方、一个倾诉衷肠的对象，内心的愤怒与冤屈，只能和着唾液吞咽下去，藏掖在身心阴暗之处，发酵成为致命的毒素，并且分泌出来。以如此苦大仇深的待遇，蛇随便吐口痰都是毒，要想洗干净也不行啊。蛇首先是一个中毒者，然后才是一个毒害者，但人们只关注作为毒害者的蛇，可又有谁起心去追问它中毒受害的前身？

和人群中的弱者不同，蛇没有让毒素在体内郁积，转化为恶性细胞，将自己活活折磨死，而是选择将毒素喷射出来，伤害他者，哪怕他们是多么无辜。在陆地上的蛇类中，眼镜王蛇的毒素算是很高了，但钩嘴海蛇的毒素比它还高出两倍，是氰化钠毒性的八十倍。海南岛西南部的海湾，是海蛇活动最热闹的区域。这里的海蛇多数看起来都像银环蛇，穿着蓝白相间的海魂衫，头特别小，身子滚圆，尾巴却较为宽扁。这种体形使它在海水里漫游起来十分省力，也相当优雅，没有陆地上的同类那么可怖。海蛇生活在不超过百米的浅水区，大约隔一两个小时，浮出水面来抽吸一口大气。然而，就在吸一口气的刹那，高空盘旋的海鹰，就可能俯冲下来，将它劫掠到天空上去。

人内心郁积着愤怒与仇恨，会活得压抑和痛苦，倘若一再追加，达到某种饱和状态，就要出大事情。因此，他需要一种东西，能够化解或转移内心怨愤的毒素，而世界上具备这种功效的，一般认为只有爱这种稀罕之物了。无论是神圣的宗教教义，还是下里巴人的流行音乐，都在声嘶力竭地呼唤它。如果一个人与整个世界关系紧张，到处都是冤家对头，他对爱的渴望，势必比所有人都要迫切与强烈，都要汹涌澎湃、排山倒海。他太需要一个心灵的出口，来释放内心火药一般的能量，缓解与世界关系紧张带来的压力，把自己救赎出来。一旦他爱上某个对象，必定是水深火热，或是丧心病狂的。这是一种血性十足的爱，带着浓烈的暴力性质，一旦受到阻挡，就会转化为深仇大恨，衍生成恐怖的悲剧，不仅被爱的对象，甚至整个世界都要成为陪葬品，与他同归于尽。

蛇的情况大抵如此，吞忍着愈来愈浓稠的毒液，它活得邪火中烧，越来越焦灼。因此，蛇对爱的渴望，比世界上任何物种都要强烈。它需要某种方式，来缓解与抒发毒素带来的煎熬。而作为一条蛇，缓解与抒发的方式无非有二：一是去伤害异类，去咬人，把毒素喷射出去；二是在同类中寻找和自己一样毒的蛇，交换各自邪恶的能量，让仇恨转化为一种浓稠的爱，使自身与世界的关系暂时达到和解。前者可以一次次减少毒素存量，却可能招来更多的伤害，甚至杀身之祸；后者是最为安全可靠的通道，而且几乎是唯一的通道。蛇从同类之外的社会，获得爱的可能性实在太少，只能同类相求。爱无疑是排泄毒素最有效的方式，通过爱的通道，蛇将对整个世界的深仇大恨，转化为对一个异性的柔情蜜意。因此，这种爱情具有极高的强度与温度，夹杂着无数伤痛的记忆，蕴含着对所爱对象之外所有生灵的憎恶，是完全排他、孤注一掷的。用某个诗人的话来形容，这种爱是针尖上的蜂蜜。没有亲眼见过的人，很难想象一条眼镜蛇是怎样去爱另一条眼镜蛇的。它们吐出粉红的毒舌，相互轻轻地舔舐，眼里含着晶莹的泪花，似乎有千言万语要倾诉。在无比绵长的毒吻之后，柔滑的身子像音乐一样晃动起来，款款地厮磨抚慰，此起彼伏，一浪高过一浪。接下来是一场惊心动魄、你死我活的搏斗，双方像仇敌一样，疯狂地缠绕到一起，长时间地相互撕咬，不时发出可怕的呼呼声，仿佛要将对方置于死地，直到将各自的毒液狠狠地注入对方体内，才舒缓下来，进入恍惚迷糊的状态，如同死去一般，世界才得以恢复宁静与和平。

人在世间生活，要学会独善其身，但也不能没有亲人朋友。亲朋能给你带来温暖和慰藉，他们往塔克拉玛干沙漠给你送水，往喜马拉雅山给你送炭，分担你的种种艰难险阻，解救你的种种危机，成全你的种种美事和糗事。但有许多事情是亲朋无法做到的。他们只能给予，却不能剥夺，而有些关键的时刻，人的造化是需要通过剥夺来完成的。比如耶稣要走上十字架，完成灵魂的最后超度，在天国里获得复活。这种事情只有叛徒与暴君，或者准确地说，只有犹大和罗马皇帝才能做得出来，真正的亲人朋友都无能为力。

蛇到这个世界上来，积蓄浓稠的毒素，蛰伏于阴暗之地，等待着随时发起攻击，给人致命的一咬。这件事情想必上帝事先是知道的，并且是允许的，包括蛇在伊甸园里对亚当夏娃的蛊惑，应该视为对人性的一种考验，只是人做出了错误的解答。在中国语境里，不怎么说上帝之事，说得更多的是天地，或者是造物主。不论如何，天地事实上已经接受了蛇有毒的存在，默许它各种下作的行径，这其中自然有充足的道理，同时也证明了天地是真正的宽广啊。天地在给予和布施的同时，也需要剥夺和回收，不然给予和布施就无法持续。但是，谁来承担剥夺的角色，是个困难的问题。想来想去，那些善良、温柔、慈爱、心胸宽厚的人，是无法完成这种使命的，只有阴狠、贪婪、歹毒、穷凶极恶的事物，才可以堪此重任。如果你不仅仅是站在人的立场，如果你站到天地上去，这些道理是完全可以成立和接受的。这样，蛇的罪孽也就可以大赦天下了。

（原载《花城》2019 年第 6 期）

森林的面容

_傅菲

　　南风来了,轻轻扑打着古朴的庙宇。酥雨抖筛一样,抖到树林和草甸里。南风的消息,带来枯黄的松针、老死的柳杉、幼芽吐白的落叶黄檗、羸弱的深谷溪流。南风轻轻,从抚弄三弦的指间弹出,草木灰一样蒙向森林。龙泉山是武夷山山脉北部余脉最高山峰。南风从东海来,骑着飞鲸,掠起的水花卷出一叠一叠的山峦。山峦像蘑菇,龙泉山像蘑菇山。隆起的山脊斜弧形,幽凉的晚雾一层层往下没,钟声般浸透每一个站在树下的人。庙宇居住着菇神,赭漆脱落的墙面吹出低音口哨,嘘嘘嘘。木窗轻拍。晚雨沙啦沙啦,山梁再也不见了。

　　上午十点,我已来到海拔一千九百余米的黄茅尖。太阳如野柿,风吹摇晃,光泽菊黄。分叉的山梁,一个转一个。阳光也看不出从哪儿照射进来,树梢有一撮撮米黄的粉屑撒落。林中的小路,铺满了厚厚的松针。我抬头看看,松树上团着一片绿云。松针尖细,焦枯,积在黄泥路上。与其说是林中小路,倒不如说是落叶的眠床。人走在落叶上,松软,发出扑哧扑哧的声响。小路沿着山腰往上弯来弯去,像一根缠绕在山体的藤条。路边长了许多矮小的灌木、多年生草本和藤本植物。黄水枝从石缝里,奄拉下来,一根细藤,往下垂,叶青叶紫。寒莓结了一串串透红的莓果。润楠长了两节,一节四片叶子,叶子油绿。蜂斗完全抽干了水浆,风吹叶子,簌簌嗦嗦,纷落,花已结了白细细的绒毛,风的尽头,就是花绒的故乡。紫菀由浅紫色的花瓣,被白霜催化为纯白色,青黄的花蕊也霜化为焦黄色——深秋的颜色,似乎可以让我们听见咳嗽声。紫菀是菊科植物,和野菊是山中姊妹。野菊在低海拔地带,开得妖娆,一丛丛一片片。在阴湿的悬崖下,溪边的芭茅地,废弃的断墙上,我们看见野菊,会突然停下脚步,暗暗对自己说:荒芜的秋天山野,绚烂如斯。紫菀却在高山低摇，独独的一支，像个独守空房的人——山太深，适合等待和顾盼，也适合寂寞和暗自凋谢。荒地上的花楸树，只有几片黄叶在飘。阳光透过黄叶，变得花白，干硬的枝杈卷着黑叶，似乎在说：写给大地的书信，必须蘸着霜露去写，寄出的每一页信纸，都是相同的飘零。被虫噬死的松树，松叶却有了膛火的熏黄，黄蒸糕一样。路上落叶一层铺一层。松针上铺着苦槠叶、冬青叶、山胡椒叶、桂花叶，阔叶上还有一层纤白的茅草。落叶在脚下，清脆地碎。叶茎碎断的时候，咔哧咔哧响。落叶上，留不下脚印——山风刮过来，草叶翻转，吹到树根下，吹到草丛里，吹到谷中涧水里，吹到无人可去的丛林里。它们在冬雨来临时，饱吸水分，霉变，在谷雨之后腐烂，长出菌类和地衣。

　　在小路沿着山地看，到处都是树干。厚树皮，青白色，像稻田皲裂，这是梓树。直条，均匀，高得看不见树梢，卷起来的晒席一样圆直，到了树顶才分枝，树皮一圈一圈纤细缠绕，树叶欲黄欲红欲白，稀稀疏疏，仰头望一眼树梢，眼花发晕，不由得叹声：南酸枝的树梢上，居住着山神。大果核果茶满身裹着青黝色的苔藓，蚂蚁匆忙地上上下下，唱着劳动者的谣曲，没有裹着苔藓的地方，开裂，露出石灰浆一样的木质，裂缝深黑，成了昆虫的避难所。在崖石边，树皮贴了大块青黑膏药一样，渗出白斑，树枝干硬突兀，苍茫地举向天空，树叶一片不剩——钩锥在霜降之前，便已落叶。钩锥也叫钩栲，别名大叶锥栗、硬叶栎、钩栗、栲槠、猴栗、木栗、猴板栗，高达三十余米，生长在高海拔地带，木质僵硬，坚果也硬如碎石。秋风摇着它，一日比一日摇得猛烈，它便浑身无力了，再也承受不了。黄皮竖列，一条条的树皮之间，有了深壑，雨水从树梢沿着深壑流，哗哗哗，树上有了河流，河流纷披，像瀑布，树皮发胀，日晒几天，树皮收缩，沟壑变宽变深，成了储水器，树枝披散着郁葱的鬓发，遮住了成片的阳光。这是柳杉。柳杉遮盖之处，寸草不生。但生地衣，地衣像金缕衣，裹住了柳杉的树根。在干燥的地边，树根盘结，像老农赤脚盘腿，树皮粗糙，暗灰褐色，浅纵裂，枝细瘦，灰棕色，无毛，柔软，富有弹性。这是雷公鹅耳枥。

　　每一根树干，支撑起了高大的树木。在这里，我见到密密麻麻的树干。有的粗壮，有的硬瘦；有的直条，有的弯曲；有的斜出，有的直顶。也有这样的：一根树干直捅往上，十几米高，树皮没有了，白白的木心裸露，像悬崖竖出来的峰石，嶙峋锋利。一棵死亡的树，让我们敬畏：死亡以一种骨骼的形象留存在大地之上。死亡不是消失，而是以另一种形式，进入时间的循环。每一根树干，给我们无穷想象——树冠的形状、大小，何时开花结果，何时落叶，叶怎样渐变色彩，鸟窝在哪个树丫，是什么鸟的鸟窝，雨落在树叶上的声音怎么样的——这一切，或许只有鸟和风知道吧。对一棵树的完整想象，可能也只有种子可完成。秋阳斜照在树干上，斑驳绰绰。光线使树林，显得更幽深。地面上厚厚的枯黄落叶，偶尔露出地面的野蓟，会加深内心的静谧。

龙泉山是凤阳山的主体部分，黄茅尖是龙泉山的主峰，是江浙第一高峰，瓯江源自于此龙渊峡。峡中流泉飞泻，乔木高耸，岩石乌黑壁立。峡谷狭长，幽深陡峭。远远的，可以听见轰轰的奔泻声。树木覆盖了峡谷，郁郁葱葱。不多的几棵高大枫香树，从绿野中喷涌而出，红叶飘飞。山谷有了苍老岁月的色彩。铁索吊桥在涧谷上，像一架秋千等人摇荡。摇荡秋千的人，都是我喜爱的人。在秋千下来来回回走的人，都是我相怜的人。或许，我们都有相同的恩爱，也有相同的疾病。秋千上的人，和秋千下的人，用眼睛说话，用手表达内心，相视一笑，兰草幽生。峡谷太深，许是只有龙可探渊，树可填谷。在谷边，我看见了海桐。这是我第一次在森林里，看见海桐。海桐是常见的绿化植物，有灌木也有乔木，花白色，有芳香，后变黄色；蒴果圆球形，有棱或呈三角形；花期三至五月，果熟期九至十月。此时正是果熟后期，深枣红的浆果，鲜艳欲啜。涧水跳溅，水珠倒射。水声漫上了山谷，幽合的丛绿浮了上来。峡谷是高山的隐秘部分，流泉湍泻，森林像一条长筒裙。

进入森林与以往所不同的是，在这里，我并没看到鸟。我去过很多森林，如湘江源森林公园、武陵山森林公园、梵净山森林公园、大茅山森林公园、黄山森林公园、铜钹山森林公园等，鸟非常多，树丫上，竹林里，鸟常有栖息。尤其我在荣华山森林公园生活期间，我每日去林中，鸟鸣不绝于耳，鸟影不绝于眼。我收集了很多鸟飞落下来的羽毛。在龙泉山，我没看到鸟。鸟鸣却十分热烈，以至于觉得山林喧哗。在一片柳杉林，呱呱嘎，鸟叫得我心慌意乱。我听得出，路另一边的乔木林里，有一群喜鹊在叫。喜鹊拍打翅膀的声音和扇动树枝的声音，格外震耳。喜鹊叫起来，有长长的尾音，清脆且共鸣，呗——呗——呗——。我站在林中，仰起头看，只见葱茏苍郁的树冠。在瓯江源，有草甸，时值深秋，茅草哀黄，但并没倒伏。一根根茅花摇曳，迎着秋风。却无鸟雀来啄食草籽。或许是海拔太高了，一般的鸟雀上不来，但大山雀和高山苇莺正是肥身屯食的时候，也没看到。这让我诧异。甚至鸟巢，我也没看到。

在杜鹃、白姜子、羊角坳、沙棘、白辛、红果树等树身上，我却看到了不同的鸟粪。鸟粪风干在树皮上，灰白色或灰黑色，坚硬结痂，像树皮上的颗粒树瘤。七星潭边，有翠鸟啾啾啾叫。翠鸟叫得急促，激烈。听它的叫声，就会知道它是一种十分敏捷的鸟，机灵，智趣。潭涧多泉螺、昆虫、蜗牛、树蛙，这些都是翠鸟喜爱的食物。我在涧边走了几十米，也没看到一只鸟。在猎户山庄后边的树林里，可以听见大鸟飞翔时，树枝摇晃的声音，沙沙沙。大鸟像哑了嗓子一般嘎——嘎——嘎——，似乎是一种雁类鸟。问山中做事的乡人，他们说，这是白鹇。我不敢确定。行止闲暇，曰鹇。鹇是优雅的鸟，食昆虫、植物茎叶、果实和种子等，雉科，鸡类，有羽美之貌。白鹇黑鹇的叫声，如锦雉，咯咯咯，有抱窝的喜悦感。鹇鸟一般踱步，很少惊飞。秋雁南渡，中途留宿高山丛林。虽不见大鸟，我仍觉得是大雁。

　　凤阳湖也没看到鸟。秋天，湖泊是鸟常聚之所。秋杀之后，蝶蛾虫蝗漂浮于湖面，草籽沉淀于水浅的洼地，鸟漂于湖上，啄食蝶蛾虫蝗，也啄食小鱼。小鱼吃虫蛾，也吃草籽，吸翕着扁圆的嘴巴，悠游觅食，游着游着，被鸟叼进了尖尖的嘴巴。白鹭，翠鸟，野鸭，水鸟，大白鸥，矮鸥，是湖泊的常客。尤其是深秋时，矮鸥在湖泊上空盘旋，一圈一圈，阴鸷的眼始终不离水面，鱼露出水面，矮鸥俯冲而下，长喙插入鱼鳃，掠起水花，落在树上吃鱼。凤阳湖有鱼。鱼是花斑锦鲤，是人工放养的。我没看到野生鱼——秋深水冷，野生鱼一般沉在水底的淤泥里，进入冬眠。草籽却多，湖泊的上游是草甸，秋雨的涤荡，草籽被水流冲刷进了水沟里，流进了湖泊。

　　湖水澄碧，薄薄的波纹被风掀起，像一张浮在水面的纹纱。凤阳湖是龙泉山唯一的高原湖泊。湖依峡谷而生，狭长。涧水出山，湿地茅草遍野，成了茅花浮荡的草甸。涧边山毛榉树高大，叶落遍地。乌桕树和枫香树兀立在山边，霜染的树叶把整个山峦，分出了色别。湖，是大地的眼睛，望着天空，也望着我们。

　　晌午开始，风轻轻呜咽。呜——呜——呜——，低低地，从树梢间发出。树枝和树枝，在风中，相互磕碰，哒——哒——哒——。树叶嗦嗦嗦地响。我在树林里，并没感觉到风，风声却在耳际萦绕。也不知什么时间，阳光没有了。天空白茫茫，四野白茫茫。我眺望远山，白茫茫。山势像几个堆在水面的葫芦，正被水翻着浪头，推着走。松针无声无息地落下来，落在我的头发上，落在涧水里，落在冬青树上。窄窄的山涧，巨大的涧石一个叠一个，地衣和苔藓爬满了石头。树叶积在水里，发黑，手搓一下，成了叶粉泥。简易的石拱桥或三两块厚木板搭建的小木桥，横跨过山涧。几棵巨大的松木，倒在涧上，木质开始腐烂。涧石凹下去的淤泥里，长出了兰草。兰是蕙兰，叶线形，叶边有粗锯齿，叶脉透亮，正开花，浅黄绿色。一只松鼠在跳来跳去，沉迷于个体的游戏。几个做工的人，坐在石拱桥下的石头上，吸烟，闲聊。他们的脸，木然，从容，洁净。涧水落下凹凸不平的石头，嘟嘟嘟，悦耳，如鸟啄毛竹。水花泛起，白白的，像一朵即将凋谢的木槿花。

　　南风提前吹来白雾，也吹来了寒凉的黄昏。山不见了，树不见了——白雾织出了我们的"白内障"。我退回到了屋檐下。我看着雾气，漫过来，漫进空空的厅堂。稀稀的雨，滴下来，轻轻的，没有雨声也没有檐水声，长寿菊的花瓣也没落一片。山中一日如四季——我知道，稍候片刻，雨水哗啦哗啦，清洗秋燥的山林。斑蝥加速死去，落叶加速腐熟，黄叶加速飘零，野花加速凋谢，坚果加速霉变，浆果加速溃烂——为了来年的蓬勃生长，唯有腐朽的生物体加速死去。

在猎户山庄厅堂里吃晚饭。火炉里的木柴，噼噼啪啪地烧。火苗红丝绸一样裹着木柴。灼燃的红炭，让我的眼睛幻化出森林的剪影。我用陶碗，喝着热热的茶。柴的油脂，燃出黑黑的烟尘，而木香一阵阵，被煦暖的热气流送过来。雨终于到来，就像一个千里赴约的人，有热热的眼神，有缠绵的耳语。台阶上，扑撒了游动的雨声。豆爆热锅般的雨声。看着炉火，一直坐到夜深，像雨滴塌在凤阳湖上。不见山，不见我，只等炉火慢慢熄灭。

(原载《湖南文学》2020年第4期)

崖子寺

_ 甫跃辉

世界上那么多寺,我"见"得最多,却又从未见过的,是崖子寺。

"南朝四百八十寺",施甸的寺也不少。离我家百米,即有一座汉村寺。再远,有东山寺、热水塘寺,更远,有摩苍寺、朝阳寺、王母阁、土主庙等等。但我现在要说的崖子寺,很长时间里,我连它具体在哪儿都不清楚,却又几乎每天"见"到它。从小学开始用数学练习簿,封面上蓝色或红色线条所描绘的,便是崖子寺了。整座寺的建筑,悬于一面石壁,一条窄窄的石板路蜿蜒而上,小路两侧草木掩映,依着崖壁,是个檐角飞翘的小亭子。再往上,隐隐可见大门。门边三个竖排大字:崖子寺。时不时的,我会对了这封面悬想:我变成个小小的人儿,走进图画里,沿石阶往上,分花拂柳,听钟磬声声,看晚霞漫漫……然后呢?我想不出来了,毕竟我没见过真的崖子寺。

崖子寺,位于施甸县保场乡(现已并入仁和镇)大石桥西侧,又称"岩子寺""云岩寺""圆通寺",有"西南胜境"之称。然而,查《永昌府志》,康熙、乾隆、道光三部中对崖子寺皆无片语,对施甸境内的摩苍寺、朝阳寺等倒是有记载。直到晚近的《光绪永昌府志》,方看到一句,"云岩寺,在施甸大石桥"。

《施甸县志》(1997年10月,新华出版社)上记载得也很简略,仍只有一句:崖子寺,"建于明万历三年(1575年),毁于1966年破四旧"。

崖子寺被毁弃时,爸妈刚五六岁,自然不可能对它存有印象。奶奶却是亲到过崖子寺的,她好几次跟我讲,崖子寺里大蛇出没,炸毁寺时,一间闲置的仓房里,大蛇化身为龙,腾空而起,云中露一鳞,风里展一爪,最终消逝不见。奶奶怕我不信,还说谁谁谁都看到了。

几年前,我将奶奶讲的故事,敷衍成短篇小说《大蛇》(见小说集《万重山》，世纪文景·上海人民出版社，2020年6月）结尾的一个情节：

> "隔着三十多年的风雨，透过那巨眼般的水池，我仍旧清晰地看见，一条巨蛇腾空而起，抛下崩毁的庙宇，在烈焰之上，飞绕三匝，无地可栖。大蛇身上的每一片鳞甲都闪耀着火光，映照着人间。立在地上的人们，都在它身上看到了自己的影子，生怕它低下头来，一口一个一口一个……可它丝毫没顾及他们。它扇动尾巴，伸出脚爪，在云雾间轻轻一按，再一摆动，呼呼地朝上飞升了飞远了。一朵墨黑的雨云很快包裹住了它的身躯，一眨眼，便只剩下只鳞片爪，再一眨眼，便只看见滚滚乌云从西边压过来。"

奶奶常说，龙上天，就棵树。那崖子寺的龙上天，就的是哪一棵树呢？这么说，崖子寺里有一棵大树？自那以后，我随家人到大长地干活，时常会注目山坡上一棵极高大的树。附近土崖里据说有大蛇。那大蛇会变成龙，攀附大树而上吗？……

行文至此，我发现，很难再写些什么了。我对崖子寺的了解实在太少，能查找到的资料也很少。然而，对于施甸人来说，它又确确实实是很重要的，不然，何必将其描画在供广大中小学生使用的练习簿上？对我来说，从小听奶奶讲述崖子寺，日复一日，崖子寺在我心目中更是有着极其尊崇的地位，可说是"施甸第一寺"。

资料查不到，只能问人。奶奶因罹患阿尔茨海默病，已无法问询。问谁呢？问了保山的几位前辈文化人，竟无一人去过，而且，有的甚至完全没听说过这地方。我不免有些失落。看来，这座曾经声名远播的寺庙，在人们的记忆里快消失了。这反倒激发我，去问询找更多的人，不然，过不了多久，真就没人记得这辉煌一时的存在了。

一九六六年拆毁，距今半世纪矣。至少得问六十岁以上的人，不，最好问七十岁以上的，否则不会有多少确切的记忆。这听上去并非难事，尚在人世的七十多岁的老人绝非少数。然而，我此时身在上海，急切间想要找到人，并非易事。继续发信息，打电话，终于，有了一些回馈。县里的一位前辈、市里的一位兄长，都和我说会找些老人问问，他们也相信，肯定是有不少人有记忆的。又都说，等我回家了，带我去和他们聊聊。我说好，又有些急躁，什么时候回家还未可知，万一到时没找到人呢？我还是现在再找找人吧。

少顷，朋友赵开月说，她姑妈去过崖子寺的！我怎么早没想起问她呢？！她家所在的赵家村离崖子寺不远的。几个月前，我偶然听说她家里有崖子寺的照片，托她翻拍照片给我。照片是黑白的，其中一张是近景。拍照人在山前树底仰视崖子寺，崖子寺殿庑堂陛，若雄踞山顶，又若嵌于石壁，幻景梦境一般。山脚一条向上的石阶小路清晰可见。照片左下角两行小字，"云岩秋色／一九六二、八摄"。这是我第一次见到崖子寺的照片，和记忆中练习簿上所画的很有些不一样。还有一张，是远景。不算高的山上，草木丰盛，亭台耸峙，楼阁错落。照片虽是黑白的，却觉得阳光煌煌烨烨，晃得人睁不开眼。左上角空白的云天之上，亦有几个字，"云岩寺（岩子寺）"。

开月说，她姑妈属猪，今年七十有二。"小时候听她讲过，一百磴槛儿的事。还有一个塘塘，水是温的，她们还去洗澡、游泳等。姑妈说，崖子寺被破坏后，水就没那么热乎了。""还有八角的楼阁，特别'牌子'，她说，'阿祖说那是神仙盖的'，当时我还追问，'怎么会是神仙盖的？'姑妈回答，'一夜之间，崖子头上就冒出一座阁楼寺，不是神仙盖的，还能是谁盖的？'姑妈可能以为我小，当故事讲哄哄我的，但是这个环节我却很记得。"

这和奶奶是一样的，在她们眼中，崖子寺多有神迹。隐约想起，"一百磴槛儿"的事，奶奶也说过。想必奶奶还说过一些别的？只是，我竟忘了个一干二净，只记得那化龙的蛇。

地铁上，人群熙攘，不会有第二个人知道，这世界上存在过这么一座寺。电话响起，是罗崇阿叔。他会不会去过崖子寺？上午发信息问他，他没回复。罗叔在政府工作多年，常年关注保山文化，退休后会写写文章。接通电话，罗叔说，他确实是去过崖子寺的。那年他才五六岁，是由大人领着，坐马车去的。崖子寺山脚有温泉，水不算很热……爬了很多级台阶才进到寺里，印象里建筑恢宏，屋檐飞翘……这些，差不多是他全部的记忆了。

"崖子寺不是被炸掉的，"罗叔说，"是被拆除的。主持拆除的，是保场革委会姓张的主任。不过他也没好下场，没过几年，被别派批斗，上吊死了。现在一些老人说起崖子寺，还是很难过啊。太可惜咯，'文革'期间，施甸最大的损失啊！"罗叔仍旧心中不忿。"那时候缅甸、泰国都有僧人来朝拜。如果崖子寺还在，文化上且不说，至少能为施甸旅游增色不少。"

"既然只是拆除，怎么没留下一点儿痕迹呢？"我问。

"那是座石头山嘛，村里人开采石头，不消几年，大半座山没了。"罗叔说。

至此我才意识到，崖子寺并非建于现存的那面石崖。

算起来，已是七八年前。我到邻村吃年猪饭，饭后约弟弟和几个朋友，一起去看崖子寺。我们只知道个大方向，骑摩托到小坝后，问了几个人，他们总以略带诧异的眼神瞅瞅我们，再朝西指一指。向西穿过村子后，迎面一道低矮的赭红石崖。枇杷树下,又问了位老人。

"崖子寺?"老人指指石崖,"那就是。"

记忆里,石崖底下,乱石间有个小水坑。难道就是当年的温泉?我们想上山看看。石阶杳不可寻,山后倒有条小路可走。好不容易上到山顶,冬日的阳光煌煌然,耀人眼目。放眼望去,施甸坝油菜黄小麦绿。身边几棵细弱的矮树,在西南风里战栗。有关崖子寺,"我们又能知道什么?我们爬上去,看看四周的风景。然后再下来"。(韩东,《有关大雁塔》)

"哪有什么龙噢,"罗叔在电话里笑着说,"要是有龙护持,崖子寺还能让人拆了?"

是啊,古老的太阳底下,没有蛇化龙,不见崖子寺,但余满山乱石。

(原载《文汇报》笔会副刊 2019 年 10 月 24 日)

舌尖上的江南

_袁敏

江南好，风景旧曾谙。日出江花红胜火，春来江水绿如蓝。能不忆江南？

唐朝诗人白居易的一首《忆江南》流传至今，已逾千年，寥寥数语，行之久远。我常想，为什么一首《忆江南》有如此魅力，传诵了一朝又一代，常唱不衰？仅仅因为江花红胜火？仅仅因为江水绿如蓝？

我曾走过祖国东南西北，也曾阅尽人间春夏秋冬，认真仔细地想一想，无论走到何地，不管身处何方，最终能够拽住我的脚步，让我流连忘返的，不是高楼大厦，也不是青山绿水；不是奇风异俗，更不是地理地貌。真正能让我停留下来，细细品味的，一定是这个地方的美食，以及这些美食带给你味觉享受以外的当地文化。

客居北京多年，我已经爱上了老北京的炸酱面和涮羊肉，无论是胡同里的大杂院，还是皇城根周围的四合院，贫民市井和贵族王爷在这一口上不分高下；常去海岛海滨城市，既喜欢青岛的海鲜虾蟹，也钟情海南的文昌鸡和东山羊，当地土族和八方游客的味蕾也没有区别；四川的火锅、贵州的酸汤、西安的泡馍、广东的烧鹅……尝遍天下美味，我还是最爱我的江南，江南美味常常入梦。

儿时的记忆中，幸福总是和吃联系在一起。

那时候物质匮乏，家里孩子多，父母工作忙，爸妈的工资除去供一家大小吃饭穿衣，供四个孩子上学，还要花钱请一个保姆做饭洗衣照顾我们，日子过得挺紧巴。

记得那时候家里改善生活最奢侈的就是啃大棒骨和吃猪油拌饭，嚼油渣。

肉骨头一毛八分一斤，先啃骨头上的肉，再吸骨腔里的骨髓，接下来喝大棒骨熬出来的奶白色浓汤。吃肉、吸髓、喝汤，最后将熬酥的棒骨嚼成碎渣，这骨头碎渣还能卖八分钱一斤。而炸猪油的日子家里就像过节一样，厨房里的大铁锅把切成小块的板油由雪白炸至金黄，满院子的猪油香让我们流着口水等妈妈分给我们炸透后的猪油渣。炸好的猪油晶亮透明，凉透后却凝结成雪白的脂膏，盛一碗热腾腾的米饭，放一勺白花花的猪油，撒上盐或浇点酱油一拌，浓香四溢。

我们四个孩子常常轮流熬夜去排队买棒骨和猪油，谁都没有怨言，谁都不会说困，大棒骨和猪油渣的香味足以让我们每一个人都前仆后继。

但我们还是饿。困难时期最严重的时候，我们家的保姆也被逼得狠心偷我们家的米暗地里运回乡下老家，养活她的孩子。我们的米饭先是换成了粥，接着粥里开始掺番薯，后来番薯粥又变成了豆腐渣。饿，成了笼罩我们的恶魔。尤其是下午放学回家等待晚饭开饭那一阵，常常有一种前胸贴后背的感觉。肚子唱空城计的咕咕声，在我们做作业的厨房那张大方桌四周此起彼伏。

我就是在那个时候认识"知味观"的，这一认识，就在我的舌尖上种下了一棵美丽的树，什么时候想起它来，就会唇齿飘香。

我的表姐因为母亲早亡，父亲远走他乡下落不明，一直由我父母收养。她要年长我们许多，其时已经工作，在杭州郊区的一个茶场做工，每月有三十六块钱的工资。表姐一周回家一次，每次回来都会带我们兄弟姐妹几个去延安路上的一家冷饮店喝七分钱一杯的果子露。果子露虽然清凉甘甜，但它对一群饿得咕咕叫的肚子来说于事无补。大家开始向表姐诉苦，恳求她带我们去吃面条，吃包子。显然，面条和包子的开销要高出果子露许多。表姐面露难色，但看到我们眼巴巴的馋样，听到我们肚子里的咕咕叫声，她心软了。

终于，表姐带我们去了仁和路上一家名叫"知味观"的餐馆。她给我们四个孩子每人点了一碗阳春面，犹豫了一下，她又咬咬牙买了两客小笼包子。

面条端上来时我们每一个人都两眼发亮：淡淡的酱红色清汤里，卧着黄白色细软如丝的面条，上面撒着碧绿的葱花，猪油花像一朵朵涟漪漂在汤的表面，香气扑鼻。小笼包子更是诱人，皮儿薄得近乎透明，馅儿是猪肉加蟹黄拌的，鲜得没法形容，咬一口，香浓的汁水漫过舌尖，让你含在口里不忍吞咽。

表姐自己不吃，看着我们大快朵颐，她的脸上满是快乐的笑。

从那以后，表姐再回家，我们拒绝喝七分钱一杯的果子露，坚持要去知味观吃一毛钱一碗的阳春面和四毛五一客的小笼包子。在那个年代，知味观就是美味的代名词，知味观的小笼包子和阳春面在我们眼中就是盛宴大餐。

多少年过去了，当年的拮据和窘迫早已一去不复返了。随着生活条件的提高，以前逢年过节才会有的大鱼大肉现在已经成为家常菜肴；由于工作应酬需要，赴宴和宴请别人也越来越多，山珍海味也都变得寻常普通。

我在北京读书工作的那些年，可以说全国的八大菜系全部吃遍，八大菜系之外的南北西东各地美食几乎也无一遗漏。吃来吃去，味觉麻木，味蕾凋谢。吃，慢慢地不再是一件快乐的事情，常常地还变成了一个负担。

不知从何时起，我开始常常回想起小时候表姐带我们吃"知味观"的情景，那种舌尖唇齿生津留香的感觉挥之不去。我心里纳闷，为什么如今再好的美味吃到嘴里味道都大同小异呢？为什么再也没有"知味观"里那种香浓的汁水漫过舌尖，让你含在嘴里不忍吞咽的感觉了呢？

记不得是八十年代末还是九十年代初，北京最热闹的地界儿之一新街口开了一家"知味观"，一时食客如潮。一位也是江南人的同事告诉我的时候，我真有一种大喜过望的感觉，当即呼朋唤友，前往北京城里头一家的"知味观"，准备美美吃一顿，好好过把瘾。

没想到，坐落在新街口的"知味观"让我有一种貌合神离的感觉，还是知味观熟悉的菜肴，还是知味观熟悉的点心，但不知为什么，在四周一水京片子的抑扬顿挫声中，老北京浓浓的烟火酱汤味儿扑面而来，盖住了"知味观"独有的江南的灵秀，江南的精致，江南的优雅，江南的淡泊。

我茫然地走出新街口的"知味观"，失落无比。这还是"知味观"吗？

后来，我告别了客居二十多年的京城，回归江南故里，出任纯文学杂志《江南》的主编。

无论是巧合还是机缘，于公于私我都又和江南重新相聚，再度牵手。回杭州后第一次和老友聚会，我就找到了仁和路的知味观。这里早已今非昔比，店面宽敞，人声鼎沸，有堂吃，有外卖，有大餐，有点心。曾经让我们魂牵梦绕的阳春面已不见踪影，而知味小笼包子却依然是每一张餐桌上的主角。那时我就冒出一个想法，等时机成熟的时候，我要在《江南》开设一个专栏，名叫"舌尖上的江南"，用文学的笔墨，写尽江南美食，展示和解读美食背后的江南文化。在我的设想中，开栏第一篇的美食美文，非"知味观"莫属。

再后来，在一个丹桂飘香的时节，在浙江省和杭州市政府的大力支持下，江南文学会馆于北山街94号95号两栋民国时期的老别墅中开馆，文学有了一块幽雅美丽的风水宝地。

会馆对面是曲院风荷，左边是岳庙，右边是玉泉，稍稍走几步，就是两边风景如画的杨公堤。而最最让我心旷神怡、乐不可支的是，翻过杨公堤，知味观最具代表性的所在——味庄，就袒露在你的面前。

那是一片前含山水，后揽湖光，小桥流水，曲径通幽的幽雅之地，六七幢风格迥异、古典别致的独立式楼阁，如明珠般隐匿于湖光林荫之间。这里既有私密性极强的奢华包厢，也有亲民随意的大堂雅座，既可以在室内聚会宴请，也能够在庭院闲坐小吃。

无论室内还是室外，浓浓的绿荫都会像天然屏障一样环抱着你。鸟儿在你耳畔吟唱，鱼儿在你身旁嬉游，如此美妙优雅的就餐氛围，在杭城乃至全国都可谓首屈一指。

都说西湖美景如诗如画、杭州山水如梦如幻，而你只要走进"知味观"味庄，便可坐拥杭州山水和西湖美景，诗画梦幻扑面而来。

文人墨客最喜欢风雅，饮茶喝酒更需佳肴美景相伴。《江南》常常会邀约天下文友来杭举办各种文学活动，讲座、论坛、沙龙、雅集，江南文学会馆是一方胜地；而吃饭、小酌、聚会、宴请，就直奔知味观味庄了。

如今的知味观当然已经不是当年仅靠一碗阳春面和一客小笼包子就让我们倾倒的饭庄了。经历了近百年的风风雨雨，这家以传统立足、以改革迈进的中华百年老字号，敢于在保持传统特色与融合中西精粹的基础上创新，它的招牌菜也不仅仅停留在人们熟知的东坡肉、叫花鸡、虾爆鳝、西湖醋鱼、龙井虾仁等等这些传统名菜上了，新式的美味佳肴更是层出不穷，不胜枚举。

印象中，各地文友最喜欢吃的有：蟹酿橙、糯米鸭、乾隆鱼头、金牌扣肉等，还有一道清新爽口的凉菜"梨园舞袖"也是文友们的至爱，不知是那文艺范儿的菜名带给人无尽的想象空间，还是那别具一格的独特口感让人屡吃不厌，反正是每吃必点。

新招牌菜中，最赏心悦目的是蟹酿橙。蟹酿橙曾经是800年前南宋小朝廷里的宫廷菜，被酷爱收藏古董的味庄掌门人董顺翔从《梦粱录》里发掘出来（原版食谱见《梦粱录》十六卷）后开始真正走向民间。知味观对这道传统名菜加以改造后成了看家经典。此菜选用当季鲜橙，开盖，取出肉及汁水，香橙制成橙盅，当季湖蟹蒸熟，剥出蟹黄、蟹肉，以橙肉、花雕、糖、醋将蟹黄、蟹肉煸炒后盛入橙盅，再取一个小碗，加入杭白菊、醋、香雪酒，把甜橙放入小碗内用纸包好，上笼蒸10分钟即可。这道菜，金光灿灿，鲜香酸爽。

知味观的东坡肉早受世人赞誉，而由味庄掌门人董顺翔研制开发新推出的"金牌扣肉"更是技高一筹，这道菜虽然用料平常，但经过这位名厨的改良，较之豪放的东坡肉又多了一点文雅书卷之气，它色泽红亮、味醇汁浓、酥烂而形不碎、香糯而不腻口，不仅保留了"东坡肉"原有的油润柔糯，而且肉汁浸润的笋干和时蔬的清香更令人垂涎欲滴。加之它的造型精致，切成薄片的扣肉码成尖顶宝塔形状，配以扇形白面小馒头佐餐，既大饱口福，又特别养眼。食客们说，能把红烧肉做到这个份上真是"绝"了！

知味观的菜绝，点心更绝！传统的小笼包子虽然依旧是当家小吃，地位不可撼动，但新品点心的赏心悦目和美味可口更是后来居上：荷花酥、雪媚娘、龙井茶酥、菊花烧卖、蟹黄鱼翅饺……光是听这些美丽的名字，你就忍不住会怦然心动，甚至会想象拥有这样诗性名字的背后，会不会有一段更美丽的爱情故事？及至吃到嘴里，细细品味那一道道点心变化多端绝无雷同的口感，你无法不吮指赞叹！

记得有一次作家王安忆来电话，说她的朋友，台湾著名诗人和美食家焦桐要来杭州，希望我替她好好招待，请他尝一尝杭州美食。我以前看过焦桐谈吃的书，还知道他在台湾常年主持一个不定期的民间美食大赛，他甚至自掏腰包请一些民间食客，暗地里吃遍台湾大小餐馆，吃后投票选举最佳美食。因为不白吃任何一家餐馆，所以投票就十分公允，决出的美食引来食客如云，而落榜的餐馆自然无人问津。这一民间赛事使焦桐成为台湾饮食业众多老板眼里又爱又怕的美食大鳄。

这样一位资深吃客，又是王安忆郑重拜托，我自然不敢怠慢，立马在知味观味庄定了最好的包厢，请了一干文人雅士作陪。

那天几乎点了知味观所有新老招牌菜和特色点心，一道道美味佳肴上来的时候，焦桐都要发出一声声惊叹，他总是不忍下箸，一边口中念念有词发表点评，一边忙不迭地给每一道菜肴点心拍照，留下靓影。

离开味庄时，焦桐不胜感慨地叹道：我终于相信"知味停车，闻香下马"这句话了，知味观真的名不虚传。

焦桐回台湾后还来过电话和"伊妹儿"，对知味观的美食念念不忘。他还与我商量，他的美食杂志要在国内寻找办事处，原来想放在北京，来了杭州，吃了知味观，他改变主意了，想把美食杂志的国内办事处设到杭州。他说，再没有比西湖更美，比知味观更好吃的美味佳肴了！

可惜我当时因为忙于江南杂志社三本刊物的诸多事情，未能应答焦桐先生的美意，现在想来仍是憾事。

但自此我也渐渐明白，为什么当年在北京新街口的知味观，吃不出知味观的味道和底蕴。因为知味观不仅仅是一家餐饮的名号，它所有的一切的一切，早已经融入西湖的文脉，渗透了江南的气质。那种感觉，那种韵味，实在不光是在舌尖上就能品尝，而是要用心灵去体味的。

（原载《中国青年作家报》2020年4月7日）

眺望灯火

_徐晓华（土家族）

　　火光照亮了山野。竹竿噼噼啪啪的爆裂声夹杂着赶毛狗、赶毛狗的吆喝声，峡谷起，岭上应，听得人浑身来劲。这才想到，今天是元宵节，土家人叫过十五，要烧毛狗棚，驱邪避瘟。

　　和远郊的喧闹不同，夜色下的恩施北临检站，寂静肃然。两排帐篷在明亮的灯光下，疲惫地站在高速出口两侧，消毒、测体温、登记的指示牌醒目而坚定。水马隔断前，着反光背心的交警来回走动，大檐帽下的徽章金光闪烁。一身银白穿得像胖胖熊的几名护士，随手机音乐在活动手脚。通往高速出入口的路上，清寒的风摇晃着行道树瘦削的叶片，有嫩芽萌发的清香混杂着消毒水的味道，漫在发潮的空气里。夜色下来，路上没行人，也没车，像极了节目间隙的舞台，空洞而宽敞，橘红色的防护墩像两条粗壮的手臂，伸向远山。

　　我的身后，就是恩施州城，灯火依然璀璨。路灯杆上的红灯笼与中国结，高楼外墙上的霓虹灯，凤凰山和碧波峰的迷彩灯光秀，恪尽职守营造着节日的喜色。凝神看过去，是一幅绚丽、安静又层次分明的画轴。以前，极少关注这份夜景，今夜倒有些震惊了，原来我们的山城是这么的好看。我相信，那些楼房的窗户和阳台上，许多双眼睛正打量着自己的城市；还有许多人跟我一样，滋味绵长地眺望着毛狗棚冲天而起的火光。

　　我的值守都在夜间，单位上女警多，白班要尽量留给她们。到执勤点的恩施北去，需要穿过市中心，五公里路，平常开车少不了半小时，现在，哪怕沿途两次查体温，也感觉几脚油门就到了。拥堵，一旦成了习惯，突然的通畅，心底却划过一丝的不安。一个健康的城市，该是车水马龙，人声鼎沸。半个多月，我已习惯奔忙在这样冷清的夜晚。因为职务的要求，我不必也不能宅在家里，何况，家里从腊月二十八就我一个人留守。偶遇突发公共事件，警察的肉身往往是第一道防线。从警35年，SARS蔓延坚守卡口、冰雪肆虐排险救灾、汛期来临抗洪抢险，危机时刻，这群人总要也总会冲在前线。病毒不长眼，成天与来的去的人打交道，靠一个口罩和一身警服未必保险，把家人与自己隔离开来，是起码的责任。坦白地说，忙碌忽略了紧张，使命驱散了恐慌。勤务的间隙，同事间绝没有谁主动谈及怵目惊心的数据，刻意翻看起起伏伏的波浪线。我明白大家闭口不谈，是要远离另一种"疫情"的感染。质疑和诘问，闲话和怨言，沮丧和胆寒，再多也代替不了冲锋陷阵。镇静，才会强大；心无旁骛，才会全力以赴。这不，我们这支280人的队伍，在节庆前的腊月二十八，仅4小时就完成了全员集结到岗到位。危机，最能检验职业素养，最能凸显战士本色。

天上，有薄云，也有星子闪烁。我仰头搜寻了很久，也没有看到月亮。她迟到了。我相信，她一定隐在某一云团中，破云而出，尚待时候。我并不觉得遗憾，天上圆月迟，人间烟火早，毛狗棚腾起的火光，远远地暖过来，熨得心里一片敞亮。

在老家时，我是搭毛狗棚的高手。去屋前择一块开阔的熟田，捆三根枞树条搭起三角支架，去沟里砍几十根水竹一层层围在四周，找一些干枯的杉树枝夹在其中做引火，再砍女贞树枝搭在上层。约两小时后，几人高的毛狗棚就搭成了。选竹子有讲究，水竹最好，杆细、竹节密、竹油多，容易接火，竹节爆响的声音脆，声响传得远，瓷竹、苦竹、荆竹就差多了，声音沉闷、节奏也慢。说穿了，烧毛狗棚就要弄出大阵仗，大响动。乡村经历了冬天的蛰伏，乡亲们也过了很久闲散的日子，正月过半就要备耕，一年开季得拿出气势。在土地上讨生活，缺东缺西不可怕，就怕缺了一口气。

土家村落依山就势，人户不如平原丘陵地带密集。有些山谷、山峁藏着的一户两户，到元宵夜毛狗棚燃起，才惊觉，呵，那还有一家人。夜幕降下来，不用邀约，点火为号，腾地而起的火光就在清江河两岸绵延百里。火堆大、火焰高还不够，得比谁家吆喝得响亮。火光照夜，孩子们扯起嗓子喊：赶毛狗、赶毛狗，赶到你屋灶门口，毛狗放个屁，蒸的粑粑不来气。话音未落，就有大人在吼叫：赶毛狗、赶毛狗，赶到玉皇大帝殿门口，舞起桃木剑，妖魔鬼怪都杀遍。叫声震谷，喊声震天。小孩只是打趣闹笑，大人的呐喊，理直气壮，直抒胸臆，痛快淋漓。族里的一位老人讲，火为至阳之物，最克阴气瘴气，十五为送年之夜，大火烧得亮堂，四方就人安地宁。原来，那一堆堆熊熊大火，只为护佑烟火人间。

这个十五是回不去了。翻看乡亲故友的朋友圈，多是烈焰腾飞的毛狗棚，和以往不同的是，视频中的人们都戴了口罩，那些呼喊隔了纱布传出来，并无低沉挣扎，反而显得雄浑而有穿透力。居家十几天，都憋坏了，郁闷和浊气，还有自我封闭的不自在，谁不想扯起嗓子喊出来呢。这喊声，是一种宣泄，更是一种遇难不服输、遇困不低头的力量的喷发。而散居的习惯，让土家人不用聚集，自家人在自己的家园，小范围活动，也不违规违矩，那些原生的山林竹木，那些长出稻谷玉米的田地，那些栏里的牛羊鸡犬，那一栋栋挂着腊肉块、玉米提、辣椒串的略显老旧的吊脚楼，简陋而干净。早头夜晚，染人一身的是洁白的雪，是院角扑鼻的梅香，是园子里的葱蒜、田埂上的摘叶根散发的亲切的味道，还有粪池里积累的富足的肥料该催壮多少春苗啊。这样的所在，只过滤奔波的风尘、抚摸打拼的筋骨、调适失衡的心态、提振萎靡的精神。自己干净，断不要担心灰尘蒙面、噪音扰神、戾气缠身，就算走在土路上，那些粘鞋糊腿的泥巴也是干净而纯粹的。时下的村庄并不会简单相信毛狗棚就会驱散瘟疫，不然乡亲们也不会听话地戴上并不舒服的口罩，更不会割弃多年拜年串门的传统，就连坡上坎下的邻居相互拜年，也只是站在屋角远远地道一声：您家新年好！

环顾远处，今年的毛狗棚比往年密了。很多返乡过年的人，不必赶在初七去上班上工，滞留在老家，搭毛狗棚的人手就多了。当宅居在城里的人把斗室当健身馆，把客厅当戏台，把旅行箱当打铁的风箱，一家人互相鼓励着做游戏、做运动来消解主动或被动隔离的烦闷，回到乡村的日子就轻松多了。去山上砍柴，劈开后一摞一摞堆齐整，春播忙碌的日子里正好派上用场。或是重拾少年光阴，拿起篾刀编织撮箕、筛篮、背篓，秋天它们就会盛满果实和谷粒。会粗浅木工手艺的拿起锯子斧头，把坏损的垛圈修好，再过年时家里准会杀几头大肥猪。孩子们也有事干，去菜地扯白菜、拔萝卜、掐葱蒜，回来下蹄子汤，一顿土家特色的晚餐胀得肚儿圆。哪家的孙子孙女把麦苗当韭菜掐回来了，惹起满火塘的笑，把炕架上的烟尘簌簌地抖落满头。实在闷了，竹林里有雀儿送歌，溪沟里有泉水奏乐，要是家在高山，堆了雪人还不尽兴，大大小小攀爬上岩壁，扳一根冰凌，叫着号子嗨哟嗨哟抬回来，给老人放进酸水坛里，泡菜越泡越脆，经年不坏。爱动的孩子，还会央求大人搓篾绳，拴在门前的板栗树桠上，捆一把稻草做坐垫，秋千映雪，一人荡几人推，嬉笑就萦回在屋场。孩子们就有了吹牛的本钱，爷爷奶奶的菜地比城里的公园还大，屋边的原野比小区的广场还宽。

孩子们是吹嘘，大人们却看得分明。当初老人们拒绝进城，还说人无远虑必有近忧，都挤进城里，装不下啊。今日看来，他们多过的六月没白过，多吃的苦也没白苦，和土地打交道的岁月长了，他们懂得土地本身。或者说，他们早已与大自然长在一块了，泥土里生长的一草一木，是他们的血脉筋络发出的芽。更为理性的人，看每日的疫情通报，湖北所辖的地市州中，恩施的疫情相对较轻。这固然与人口密度、地理位置、劳动力流向有关，与全民抗疫的行动迅速措施果敢有关，更得益于恩施富足的生态储备。百多平方公里的恩施州城，却拥有2.4万多平方公里的生态腹地，那百分之七十以上覆盖率的莽莽林海，关键时刻，是武陵腹地吐故纳新的绿肺，更是全州400万各族人民的护身符。生态就是健康，拥有健康才拥有无限的生机，也才拥有发展前行的强大动力。这样看来，"绿水青山就是金山银山"的论断，饱含了多么深厚的人文关怀啊，有这样的人民之子掌舵领航，这是人民之福，民族大幸。

想着，就想到了小城的好来。城里的居民绝大多数是乡里搬来的，哪家都有三亲六戚在村里。务工也好，上班也好，只要抽得出时间，想回乡下就去了，近的一杆烟工夫，远些的也只要二三个小时。带点儿生活日用品回去，住上一晚，回来带的不是青幽幽的蔬菜，就是香喷喷的腊肉。到城里找事做的农民们，哪处都碰得到熟人，临时安顿几天，或是帮忙介绍活路做，跟走亲戚、做帮工有什么区别呢。城市是乡村孕育的婴儿，一天天长大、一天天筋骨健硕、一天天心智成熟，又回过头来反哺乡村。造血、输血，供养、扶持，烟火绵延，生生不息。这是不可割舍的血脉相连，这是不可疏离的血肉相亲。

又有几台车进来。仔细地查验后，心里无比欣慰。过了初十后，路上的救护救援车次明显少了，绝大部分都是运生活日用品和蔬菜、水果的。有吃、有喝，能吃、能喝，这简单的八个字，对于半封闭的城市，对宅居的市民，是多么提振精气神的字眼啊。消费量最直观地反映了城市的活力。这些卡路里，一点一点、一分一分积蓄在市民的身上，一但疫情过后，将爆发出建设者何等的热情，焕发出何等强大的新生的能量啊。

另一轮毛狗棚爆裂声震荡耳鼓。这时，我收到了女儿发来的视频。画面上，女儿抱着刚满一岁的外孙在高楼的阳台上看城里的——也许是远处的灯火。那模样真萌，小脸蛋上戴一个大口罩，只一双澄澈的眼睛露在外面，多看一眼，仿佛整个人都融进了那份无邪天真。这么长时间没有抱他了，真想。其实女儿的家住得不远，就十来分钟的车程。但我们都得守规矩。好在女儿细心，每天都会把孙子微小的进步拍了发给我，比如前几天他居然摇摇晃晃自己走了三四步，比如笨拙地抓扯花盆里种的菜叶，比如大声哭着爬向通往电梯的门。我知道，他想出去，想下楼，从三个多月起，每天早中晚都会抱他出门，尤其是晚上七八点钟，街道上路灯亮起的时候。随着咿呀学语，他更喜欢看灯了，小手指着，不很清晰地喊：灯、灯——灯。那一带的路灯的灯杆上，也挂着红灯笼。孩子虽小，却记住了城市鲜艳的亮色。这份美好，已植根在他初萌的心底。而这段戴口罩的时日，必将牢牢地刻在他成长的履历中，我希望女儿留下他戴过的口罩,在他人生长河的关键处,拿出来给他看看,不为叹息昨日,只为明天的美好。忽然,我就明白,赋予我们使命的所有崇高的含义,其实很简单,为亲人,也为所有的市民们,守护一个干净而美丽的城市,守护一个个火树银花的不夜天。

很少发圈的我,忍不住把心底的一些感受,配了恩施北灯火明亮的图片,发了出去:今夜,我在恩施北眺望人间烟火。时下战"疫"正酣,静等花开,只是一厢情愿。我们当戮力同心,把属于人类的春天夺回来!

(原载《民族文学》汉文版 2020 年第 5 期)

麻花辫子的牛皮绳

_习习

> 来呀
> 趁太阳还好
> 让我们说些老事儿
> 不多不少
> 这次先说这些
> ——题记

1

出了工厂大院，隔着马路和河滩，横淌着黄河。而大院后身不远处，是两条铁路。

黄河和铁路是相似的，它们都不知道远到哪里了。那时，我们对远方还没有概念。

铁轨像两条大辫子，越往远靠得越近，然后钻进了山洞，不知道在山洞里它们是不是纠缠在了一起。

兰兰后来唱秦腔，成了人人喜欢的"秦香莲"。她身段儿苗条，走路一根线上风摆柳，不知和小时候走铁轨有没有关系。那时候，上学放学路上，我们像鸭子一样，张开膀子，一人一条铁轨，比赛看谁走得快走得远。

大头六一的几把小刀是火车碾出来的，他把大铁钉早早摆在铁轨上，等着火车轧。整整齐齐一排大铁钉，火车驶过，总有那么一两个变成刀子，小刀子还是烫的，六一用嘴吹着，飞快地把刀子在两个手里倒。

火车和白天晚上有直接关系吗？

菊梅家的尕花花问花奶奶。

"花奶，天为啥黑了？"

"我的娃，叫火车头的黑气染的。"

"那天为啥又白了？"

"我的娃，叫火车头的白气染的。"

天就这么一点儿大吗？

火车吼起来，威武得很，"嗷——"，白气轰然升腾，在天上翻滚得波诡云谲。有时，车头又呼出灰黑的大气，一团团卷到空中，魔怪一样。那真的是个铁大虫啊，数不清的轱辘是它的脚，它吼着，喘着冲天的白气和黑气，哐哧哐哧上路了。

大家伙走起来阵势当然大。

白的反面是黑。

白天的反面是黑夜。

世上很多事就这么黑白分明，就像大头六一的尕刀子，锋利的刃子隔着对立的两面。

2

尕女子的爷姓花，我们叫他花爷，自然，尕女子的奶奶我们叫她花奶奶。

花爷瘫在炕上叫人伺候。他成年累月不出门，并不说明我们成年累月看不见他。

花爷和花奶奶把尕女子叫"死娃娃"（我们方言在这里把"死"读普通话"四"的音，"死娃娃"有时有疼爱的意思，有时有嗔怪的意思）。花爷在炕上一喊"死娃娃"，不管谁家的娃，只要听见，赶紧往他屋里跑。花爷炕头成年累月摆着三样东西，离他身子的近远，分别是一只破棉鞋、一个罐罐茶壶、一个尿壶。破棉鞋是打尕女子和发脾气的，尕女子犟嘴了、迟迟喊不到屋里了，花爷就把破棉鞋扔到尕女子身上。尕女子挨完打，再把那个烂棉鞋捡起来，端端放到炕沿上。有时候，花奶奶做事做不到他心上，他也扔鞋，扔到能发出响动的地方，炉子、门、桌子上。

尕女子要干很多事，和面、蒸馍、擀面条、伺候她爷、给母羊捡菜叶子。她也贪玩，一玩就把她爷忘掉了。

不管兰兰、文革、菊梅、尕蛋、六一，只要听见花爷在屋里喊"死娃娃"，就赶紧跨进屋里，传话、给罐罐茶壶续水、倒尿壶、端羊奶，一院子的娃都好像是花爷的"死娃娃"。花爷见进来的不是尕女子，马上换上笑脸，"死娃娃"变成了"我的娃"，一边从上衣口袋摸几颗炒大豆做奖赏。花爷成天睡着，顶多腰下面垫上被子，半仰一会儿。花爷麻灰的山羊胡子快把嘴遮上了，嘴两边松松垮垮的皱纹能夹住馍馍渣子、饭渣子。他的胡子那么密，可头顶的头发像我们北山的草，稀稀落落的。

我们能帮花爷做的都是些小小不言的事情。有些事我们其实很好奇，比如花爷终年藏在被窝里的下半身是啥样子。在我们能看到的时候，花奶奶和花爷像轰鸟儿一样，把我们都轰出来了："咄！""咄！"花奶奶要给花爷换裤子了。

冬天的上午，太阳一亮起来，院子里立马暖和多了，太阳照着花爷家的窗户，尕女子用木棍把窗户支起来，让太阳晒窗子跟里躺着的花爷。我们抓杏核子，翻羊拐骨，压着声音悄悄玩。尕女子不敢走远，花爷晒舒服了，睡着了，呼噜声能震破窗户纸。要是花爷放个响屁，尕女子就高兴坏了："我爷肚子里的气通了！"

3

那天清早，我们还蒙蒙眬眬没彻底睡醒，我姥姥坐在炕沿上用篦子把头皮子刮啊刮的，她嘀咕着："怪死了，今个头皮子怎么这么痒？"

窗户亮了，"咯噔咯噔"，我姥姥说："你花奶奶来了。"

果然，花奶奶拄着拐杖来了。

花奶奶说："我们老汉家半夜里缓下了。""咯噔咯噔"，说完又到别家去了。

"我说头皮子怎么把我痒着醒来了，"我姥姥说，"你花奶奶活得值价，天亮了才打扰别人。"

我们方言把老人家去世说"缓下了"。没有人说"死"，"死"字里有刀子，能把人割疼。

花奶奶说得平静，我姥姥听得也平静。人活到时候了，该走了，就像树上的叶子，该落的时候就缓缓地落下来了。

4

花爷缓下了。

那是我们在大院里第一次看见死亡。

花爷头朝外躺在门板上，穿着新崭崭的寿衣、黑布鞋、白布袜子。花爷的腿又长又直，原来他是个大个子。花爷的脸我们看不见，用一个布手帕苫着。

花爷活了那么长，说是喜丧。他在地上躺着，后人们在外面热腾腾地招呼着亲戚街坊。

尕女子号得眼泪鼻涕一尺长。

花奶奶说："死娃娃，号啥着呢，还不赶紧牵羊去。"

尕女子可能号她的母羊呢，整天"咩咩咩"撒娇的母羊，要在她爷的喜丧上招待客人了。

划拳，说笑，浪狗们在桌子底下啃着羊骨头。只有尕女子的爷没有声息地在屋里躺着。

外面啥事都和他不相干了。

六一火车碾出来的尕刀子，刃子两面，这一面是活着、那一面就是尕女子爷躺在地上的样子。

5

那个夏天非常凶险，先是多少天的干热，大太阳把地皮子都烤裂了，紧接着又是多少天的大雨，黄河水快漫过铁桥墩子了。

铁桥被称为"天下黄河第一桥"，是慈禧太后亲自拨款让外国人修的。瘸腿姑舅爷说，铁桥可是我们城里的一个宝。

先前，没铁桥的时候，过河很难，人们坐羊皮筏子。十三个整羊皮吹出来再连接到一起的筏子，没有扶手，没有缆绳，人就像是款款摆在上面的（款款：轻轻的意思）。顺着水流，筏子客小心翼翼地把一筏子的人渡到河对面。

铁桥对我们这个城来说着实紧要。当年，解放军解放我们城的时候，我爸能挑着担子把黄河北的瓜果运到黄河南面来卖了。他亲眼看见河边躺了很多动弹不了的国民党伤兵。马步芳的兵紧紧把控着铁桥，还有城北城南的山，他以为这样就把我们的城守死了。结果，马步芳败了，桥成了他们逃命的路，逃兵们挤上桥，想过河出城，桥窄人多，逃不及的就直接往河里跳。

铁桥再金贵、再紧要也只能算我们城的第二宝，第一宝当然是黄河。没有河哪来的桥？黄河穿城而过，但是岸比河高，徒看着河水哗啦啦地流过，岸上的人干着急。后来，一个从南方来的官爷带来了水车技术，我们的河边就有了很多很多大大小小的水车，水车日夜不歇地舀上河水，灌溉河边的田地，河滩上大片菜园子、果园子、庄稼地就这么发展起来了。所以，农业和工业，在我们城中心，就是一马路之隔。

黄河水越来越大，黄颜色越来越深。黄河水越大，河水倒愈加不激烈了，甚至翻腾不起几个浪花了，只是，河水越发大，河就越发沉沉地滞重，深不可测得叫人害怕。

黄河水要漫过铁桥墩子，我们的城就不保险了。大院里好些人家已经准备投奔南山北山的亲戚了。

6

怕啥啥来。

又是个大雨滂沱的夜晚。要说，我们这个黄土高原上的城市平时非常干旱，但一变天，常常就是狂风暴雨。

先是闪电，雷在天上轰隆隆滚着，接着是惊心动魄的炸雷。因为怕传电，家家不敢开灯。家家窗户都黑洞洞的。闪电把院子照得光怪陆离，大雨凿击着院子，沸腾着一院子轰轰烈烈的声音。家家各自在屋里，坐成一团，默默祈愿，不敢睡觉，牵心着马路对面的黄河。

水漫上铁桥了吗？水漫上铁桥那可就是漫过清朝了啊，这可是多少年没有过的事情。

但是老天爷想做的事，谁有办法阻拦呢？人们只有祈祷，闭着眼睛，从心里的最深处祈祷。

感谢苍天！大雨慢慢小了、慢慢小了。

有一天，天一放亮，满院子竟然撒下了亮晶晶的太阳。

人们从多少天的阴雨里出来，脸上也亮晶晶的，欢快地打招呼、喧话、晾晒衣被。

7

河滩上有一棵很老的大柳树，树干粗大，枝丫蓬勃，粗壮的树根裸露出地面。我们到河边玩的时候，在它身上爬上爬下。玩乏了，一人一条树根，躺在上面睡觉。

大暴雨的最后一天，深夜的雷劈开了大柳树的身子，大树成了一棵内里黑焦的空心树。

大柳树看上去很疼，半歪着身子，几根枝干扶着地。瘸腿姑舅爷也很疼，颠颠簸簸一言不发地从河滩上回来，在高台子上摆下香几，献上馍馍茶水。

河神生气了，大柳树做了牺牲，这是瘸腿姑舅爷通过做这些事告诉我们的意思。

谁又不悲悯呢，那个时候，人们和自然很亲。这么长的河，河水一路暴涨过来，不知道河边有多少大树受了罪。

8

菊梅家六朵金花，菊梅最大的姐十五岁了，菊梅最小的妹妹尕花花才三岁多。

菊梅爸性格好，从不打娃娃。他家的女娃娃也不害臊，众人面前敢大明大方地坐在她爸怀里。菊梅爸爱笑，一笑，嘴两边露出两颗金牙，金闪闪的。我以前说过，我爸一高兴爱唱"临行喝妈一碗酒，浑身是胆雄赳赳"，菊梅爸爱唱"大吊车，真厉害，成吨的钢铁，它轻轻地一抓就起来"，但这几句还不是重点，重点是后面跟的"哈哈哈哈"几声大笑。别人再"哈哈哈哈"，也笑不过菊梅爸，首先别人顶多就一颗金牙，而且绝对没有菊梅爸笑得那么真，笑到浑身抖，笑得好像把日子里可笑的事一下子都想起来了。

9

菊梅爸在自家的窗户前做了个小花园。他养花种葵花，样样鲜丽夺目，到了秋天，葵花盘子又饱又大，谁看了都眼馋嘴馋。瘸腿姑舅爷说菊梅爸是水命，怪不得养了一堆女娃娃。菊梅和我同班，我们经常一起上学放学，所以我老看见他爸怎么惯她。常花儿说："一个女儿，一颗米儿。"菊梅不好好吃饭，吃面条子果真是数着吃的，"一根、两根、三根，我的娃，再吃三根就好，一根、两根、三根"，菊梅爸在旁边哄着，菊梅用牙齿不情愿地数着面条。

菊梅有自己的洋娃娃，发烧了能吃上水果罐头，我们没有，菊梅爸多好呀。

菊梅爸有个拿手的绝活，给鸡做手术。

尕妹家一个快下蛋的母鸡，忽然不吃不喝了，脖子里鼓起一个大疙瘩。尕妹爸把病恹恹的鸡抱给菊梅爸，菊梅爸不紧不慢地给鸡说着话，叽叽咕咕地，鸡果真听话，在他面前乖乖卧下，睡着了一样。菊梅爸割开鸡嗉子，从里面取出了好多小石头子儿。

鸡脖子好了，母鸡开始吃饭下蛋了。

尕女子家的母羊，羊奶头发炎，一挤奶母羊就疼得咩咩咩地哭，菊梅爸到河滩上摘了一把草，捣成泥，糊到羊奶头上，两三天羊就不哭了。

10

那个看起来凶险的一年总算熬过去了。

所以那一年的社火闹得格外红火。

要说闹社火单是为了让阳世上的人欢乐那就错了。瘸腿姑舅爷说，其实，人世间最隆重的事情都是做给神仙和鬼怪的。比如我们城里的社火，其中很多喜气洋洋的表演，比如铁芯子、春婆子都是祭神的，为了让风神雨神灶王爷高兴。但有些威风凛凛的表演就是吓鬼怪的，比如太平鼓。

太平鼓不是敲的，是打的。社火队里，打太平鼓的是清一色的男人。皂衣、皂鞋，皂布帽上顶一颗猩红的毛线球。一个鼓三四十斤，半个大人那么长，打鼓的时候要做各种动作：闪、展、腾、挪、翻、转、跳、跃。因为是个阵仗，这些动作整齐划一地做出来就特别有气势。老汉家们这么形容打太平鼓的阵势：前跳一丈龙摆尾，后退八尺虎翻身；左斜就是龙戏水，右斜像是虎吞羊。打鼓用的不是鼓槌，是拧成麻花瓣的粗大的牛皮绳，一绳子打到鼓上，震耳欲聋。"咚——咚——咚——咚——"，将近一百个太平鼓，打出来的声音威风凛凛、斩钉截铁。

妖魔鬼怪就这样被太平鼓吓走了。

我们娃娃们觉得过年多么欢乐啊，但瘸腿姑舅爷挂在嘴边的永是这样一句话:"过年就是过难",难过去,又好又新的一年才算开始了。

11

正月里的一天,一早开始,社火队就挨个儿在工厂大院耍上了。社火队耍到我们大院的时候快中午了。院子里的人列队迎接,瘸腿姑舅爷拿着白酒瓶子给老把式们挨着敬酒,家家把花馍馍端上,热茶倒上。肚子垫饱,社火队的又来精神了。太平鼓要打遍院子的每个角落,鼓队打到四眼儿住的茶壶嘴嘴那里,因为地方小,很是费了一些时间。鼓队再出来,列队到菊梅家花园子前面那块空地上,就打得格外地畅快。那么大那么重的鼓甩到空中,我们脸上都能感觉到一阵一阵的风。

菊梅爸忍不住了,换下一个小伙子,把太平鼓背到自己身上。菊梅爸干啥像啥,打起太平鼓来竟然和队子里别的人没有分别。他高兴啊,笑得两个金牙亮闪闪的。前跳一丈龙摆尾,后退八尺虎翻身;左斜就是龙戏水,右斜像是虎吞羊。咚咚咚咚,冬果树的树叶子都跟着晃呢。

人们正玩得欢天喜地,菊梅爸突然倒在地上没有生气了。人们围着看时,他脸上还满满地笑着。

菊梅爸高兴死了。

12

菊梅家的六朵金花一下子没有爸了。

和花爷不一样,花爷瘫在炕上,还活了那么长,他死了,一院子人都不觉得多么突然多么恓惶。可是,菊梅爸的死,就像一座踏踏实实的大山,轰的一声塌在了大家面前。

还是没人忍心说"死"这个字眼,人们都说菊梅爸"没了"(在这里,"没"在我们方言里读"mu")。花爷的死是"缓下了",而菊梅爸是"没了"。

大头六一的火车碾出来的尕刀子,刃子突然折了。

河对面的北山那么高,光秃秃的灰白石头山,太阳一照,能耀疼眼睛。我们站在院子的高处,望过菊梅家的屋顶,能看见抬埋菊梅爸的一队儿身影,里面有一点红,是装菊梅爸的红棺材。菊梅爸躺在里头,瘸腿姑舅爷使尽了所有手段，也没有收回他一脸的笑。

光秃秃的北山上，一行蚂蚁大的人影里，有一个已经不在人世。隔着黄河，他能找见我们大院和他的六个女娃吗？

(原载《花城》2020年第4期)

荤乡愁（节选）

_林渊液

　　这事情我已经忍了许久，不是一年两年。每天都在发生，也就意味着每天都要忍。我们生活在沿海地区，餐桌上鱼、虾、蟹是家常菜，还有，蚝、香螺、花蛤，生腌的、清煮的、炒烙的，除了海鲜，肉类也是必不可少的，没有一天不是荤食……不，对荤食并不需要忍，其实我不是素食主义者，所谓忍，只是因为多年来对这事情一直说不清，憋着一口含混之气，像喉头黏稠的痰，时不时喀喀咳上几声却总是没咳利索。

　　来色达之前，这里的地理状况和社会形态都如雾里看花，并不真切，亲友问过我，茹素长达一个月是否坚持得了，我暗想，县城离此不过二十公里，这后路妥妥的。现在回过头看，那是连我自己都缺乏信心。一开始，背包里还有山下带来的火腿肠和猪肉脯，也不知道哪一天就断货了，只是，过程是渐进式的，就如从湖边一步步蹚向深水，也不见得有多难。

　　那一天的到来毫无征兆，我裹着寒衣出去吃晚餐，离素食馆还有一小段路，竟然恶心、干呕起来。那种状态是凉冷的，整副心肠都抗拒的，由里往外死逼的。它要把我完全地推出门外，推向热切的、汹涌的、流彩的多样性，那么遥远的东西，却在此时殷切的想望中刹那迫近。

　　我想念山下的生活，呃，想念山下的饭菜。

　　想起汉商店新辟了一档麻辣串，赶紧掉头而去。天气冷，水寒，手指皲裂了，前天是到汉商店买手霜的，无意间瞥到了麻辣串。在南方我们的饮食极清淡，麻辣并非口舌所爱，招致我食欲的，是那些丸子和串串做成了荤样子。摊档门前人多，穿袍子的出家人只有两位，其他的都是便服，这些人中，有居士也有行旅者，虽然着装无异，倒是可以到眼即辨。行旅者进退之间给人的感觉是满的，各种各样的满，身上背赘物，走路挺拔，大嗓子，自信又自负，有时不止满，还溢出了，因为这种满，反倒见出逼仄和缺如。如果是在山上修行了一段时日，火气便退了，再挺拔的身躯，上身也是稍为前屈的，他们习惯了敛眉合十，话语轻，站立的姿态却是极沉稳的。在行旅者眼中，我几次被错认为修行者，在修行者眼中，我更像是行旅人。不管是什么样子的人，此时聚在这里，都是为了一个有着类似期待的胃。素猪肉丸子、素毛肚、素羊肉、素蟹棒、素鹅肉、素肉饼、面筋、金针菇、花菜、卷心菜……一串串地挑下来，师傅在长方锅里涮了涮，又在高碗上加了汤，其实，可以不要麻辣的。

在长长的桌上，找一个位子坐下来吃。

素心、素食、素睡，这些日子里，欲望到底是睡了，搁置了，安抚了，还是抑制了？为何最早起来造反的是荤食，而不是色欲。中年身体的欲望是带有惯性的。告子说"食、色，性也"，莫非他早已洞悉，食欲与色欲虽则都是人之本性，只是，食欲才是第一性，含纳与排泄，在其背后有一个周全缜密的逻辑，盈亏有时，所以它持续而坚韧。食欲是大地。而色欲，它是昙花，绽放与凋落只在暗夜短暂的时间片段，它太炫目太璀璨了，以至于需要以黑作为衬布，以至于转瞬即逝。

对面坐着一对母子，小男孩三岁多，腾挪着小身子生气地吼：我不要麻辣串，我要吃汉堡包。年轻妈妈怕他狂乱的脚蹬到隔壁的老阿姨，摁住他不让动，引致了他更加凶猛的挣脱。桌子四围的食客甚为安静，大家都不知道该对此做何反应。汉商店内视野可及之处，未发现与她们互为顾盼和照应的一双眼神。这事情显得不同寻常，她是一个人带了小儿来到色达。年轻妈妈背着与体量不太匹配的双肩包，看起来身心憔悴。刚才我在隔壁要了一个港式小蛋糕，我把它推过对面去。年轻妈妈慌忙阻止了，说小男孩要的是麦当劳汉堡包，他却是不理会，骨碌碌睁起一双眼睛看我，一边已经伸手抢了蛋糕塞入口内。

汤碗里的东西一件件少，恶心、干呕没有了，胃好像是已被喂养得熨帖平复。这么说来，是它受骗了。日本温泉区，樱花也经常有上当受骗的，深秋抑或寒冬，都不是开花季节，竟然不明就里地开了，开得深粉浅粉千娇百媚，像不谙世事的女孩。

我有多年的胃病史，也不严重，如果虐到了便疼痛一阵，最近两年发病，一般是在饭后，于贲门处，有一朵梅花扭起来，扭着扭着便开始疼痛，我把它叫作梅花痛。扭痛时，我感受得到五个花瓣清晰的颤动和变形。这时，我得用白米粥去哄它。即便是这样需要清淡饮食的时节，也吃荤食的，我们习惯了用动物们的肉身来让自己的肉身更加丰健肥美。

当汤碗快见底时，我以为胃的问题已经解决，哪知道，更深的想望这才开始。身体里有一个暗黑的深壑，空泛的，深邃的，冷漠的，东西再怎么填也没用，听不到回响，那些经久驱赶了的热情似乎被冰块或者树脂封住了固化了，晶莹剔透，不管触须还是汗毛，俱皆清晰可见，它们像悬棺一样，被归置于崖壁岩沟，可望而不可即。这个病，用什么来哄？

在家乡吃海鲜和肉类，这本没什么怪异，怪异的是这个根本不牧养黄牛的地方，经常吃牛肉，还把牛肉吃得十分出名。

在冬天，如果外地客人来了，招待以牛肉火锅几乎是潮汕人的首选。一踏入店门，买牛肉的和吃牛肉的，尚未交易之前必须过过招。不看菜单便先点菜：脖仁、吊龙、吊龙伴、匙肉、五花腱、三花腱各来两盘，胸口朥一盘，汤底配上萝卜、玉米各一份，一斤生丸子，要半斤肉丸，半斤筋丸，把牛肉部位叫得这么分明，还是这么一种配比，火锅店的伙计听了，便乖乖去把上好的肉取来。火锅店几乎都是青白眼，最好的牛肉只献给最懂的客人。他们有严格的职业操守，每一头牛，能用于牛肉火锅的肉不会超过40%，牛臀的嫩肉算是占比最多的，15%，其他部位，像雪花脖仁，这牛脖颈突起的一块肉，只占3%，胸口朥就更少了，大概是1%，去慢一步，是没得吃的。我见过的牛肉火锅店，从老板到操刀师傅到跑腿伙计，无不牛逼哄哄。

几乎从我懂事起，便进入这样一种牛肉文化的规训。不过，我的实操能力极弱。牛肉火锅上桌，潮汕人是必得来当掌勺的。这里多的是大男子主义者，接受现代文明漂洗之后，部分男子晋身而为绅士，不管是否已经进化，他们保持着主持大局和主动劳作的风范，掌勺牛肉火锅，再没有比这更有存在感的志业了。如果没有特殊嗜好，涮牛肉从瘦肉类开始，然后才是肥肉。每一个部位的肉，涮多少秒都是有规定的。刚要煮沸的汤水，我们叫作蟹目水，说的是那些泡泡像螃蟹的眼珠一般大，还没有真正沸起来。这时候，可以开始涮，把牛肉放在漏勺，涮一下提起来，涮一下又提起来，涮三下之后，牛肉就可以开吃了。肉已熟，而鲜美的肉汁锁在纤维里。

这病，如有一台牛肉火锅，它是可以治的，悬棺里那些死去了的热情，它们是可以复活的，重新在世俗里滚烫起来。

对面年轻妈妈的表情已经着急了，她要带孩子离开，已向我致意好几次，而我一直置若罔闻。挥手向她和小朋友微笑着告别，目送。快到汉商店的大门，发现一位下班的觉姆走过去接应。那位觉姆我在经堂听课时遇见过，后来过来买手霜，她在汉商店当服务员，给我推荐了一双好看的羊毛手套。从背影来看，两人关系颇为亲昵。

在这里，想念牛肉想得焦躁起来，这是有犯罪感的。

第一次对牛肉火锅产生犯罪感，是在儿子小时候带他出去玩。那时候，他比这个嚷嚷吃汉堡包的小男孩大不了多少，每次带去乡下的溪边林子里玩，只是跑，不愿意好好走路，我们在后面追啊追，没半天就累得不行。那天累的，下午四点多，就去牛肉火锅店等吃。火锅店的大厅寥落静寂，是还没有醒转过来的样子。才坐定，儿子又跑得不见了。赶紧从后门去找，果真，看到他乐颠颠地在那里玩。那片空地是用高高的花篱围起来的，有七八头黄牛在，有的在吃草，有的在打盹。儿子是城市里成长的，往常的黄牛都是在车上远远望见，像玩具一般。今天猝然一见，根本就是庞然大物。看到我，竟是得到了援救一般，急急投入我的怀里。我抱着他，从牛们身边走过，他一边俯下身来看牛，一边又一惊一乍地把身子挺直了躲避开，我拿了他的小手要去摸牛身子，他吓得甩了好几手，趴在我肩上再不敢回头，紧紧把我抱住勒紧了。

转了大半圈，我们走进去的是备餐厅。操刀的师傅正在大显身手。这些乡间的火锅店，规模不小，装修却是简陋的。这也不妨碍它们生意兴隆，餐食时间一到，城里人便一波波涌来。台板上，师傅正在分解一大坨油艳艳的牛肉。像身怀绝技的武功高手，他把刀举个半高，却轻轻落砧，一切两切又三切，手势是固定精准的，薄薄的牛肉片便在手下一片片倒下。见我们进来，他指了指眼前吊挂着的一坨肉，又指了指手下的那一坨肉，骄傲地让我们细看：隆起的那块肉一直在搐动中。之前，这只停留在传说中，这是大多食客津津乐道的，用于牛肉火锅的肉，从宰牛到牛肉上桌，不会超过三个小时。我的身体被一道闪电急遽地穿过，只把儿子小小的身子抱紧了。

此后，每一次吃牛肉火锅，当漏勺从汤锅里被提起，灿灿的牛肉香气四溢地在整个房间逃窜，那坨搐动的牛肉便及时出现，而我还在乡间花篱内，抱着儿子从一群牛身旁走过，他俯下身子去看牛的眼睛……

那位乡间师傅，他该是有多么敬业。他取过一叶自己切下的牛肉，拿到鼻孔处嗅嗅，陶然自得地说：香，香啊。然后，把那一叶牛肉塞到了我与儿子的面前，我们被逼退了两步，他又前进了一步。

他指着门口，说，这一批牛，我与老板一起去进货的，五十只，就剩这几只了，过几天，又得出门。你们是走对了地方，方圆十里，没有这么好的品种的。我是一只一只地挑，比挑种牛还严格。

这促使我动了素食的念头。在我们的饮食文化里我极度不适，四处寻找逃遁的出口。买了一些仿荤的素食回来，大都是大豆制品和魔芋制品。只尝试了不到三次，开始胃痛。那时候，不是梅花痛，是大片的，四下放出光芒的，像向日葵那样子的痛。以前读医时读过，大豆中含水苏糖和棉籽糖，在肠道微生物的作用下可产生气体，致胀气。这一路就不敢再迈进了。心病却如雨后的苦苣菜，蓬盛葱茏地生长起来。

我对毕达哥拉斯感了兴趣，传说他是第一个素食者，在素食这个词尚未被发明出来之前，人家把素食者称为毕达哥拉斯主义者。小学几何课上也听过毕达哥拉斯的，勾股定理的发明者，这竟然是同一个人。后世对毕达哥拉斯的评定纷繁如花，思想家、哲学家、数学家、科学家、占星师。这种大象型人才，身上多种知识结构的不合理冲撞，我甚为着迷，更着迷的是，这些元素各自携带的黑火药，升腾至高空被什么引燃了，火星子描画、喷溅，漫天烟花如谜。

伊人年代久远，摸不到脉搏听不到心跳，转述、传闻、野史，扎进去又钻出来，信它一半又疑它一半，故事虽然摇摇晃晃，思想的枝茎大概不假。令人意外的是，这个人，还是一个类似宗教学派的创立者和领袖，曾在大希腊（今意大利南部一带）赢得很高的声誉，其教义鼓励人们自制、节欲、纯洁、服从。虽然确凿的年代不可稽考，大致可信的是毕达哥拉斯与悉达多基本是生活在同一时期，距今两千五百年左右，毕达哥拉斯稍微早一点。相隔万里关山，他们关于灵魂的思想竟是灵犀相通，不知道共同的印欧祖先，是否在原始信仰的渠流下过什么符水。毕达哥拉斯认为，灵魂是个不朽的东西，可以转变为别种生物，而凡是存在的事物，都要在某种循环里再生，没有什么是绝对新的。这与佛教的轮回学说可说是形神俱似。毕达哥拉斯认为，一切生来具有生命的东西，都应视若亲属，而佛教宣扬众生平等。这一径，哥们俩走出来的轨迹有些不同。悉达多对动物的态度，用力颇重，舍身饲虎达到了极致，成全的宗教理念不只是舍我，还是利他。而毕达哥拉斯对动物的态度更趋平和与自然，据说，他曾经对着动物传道半天，一派天真。奥维德《变形记》第15卷《毕达哥拉斯学说：生命的尊严》中有这么几句，听来令人心里和煦柔暖，还萌生了一丝痒痒的不知对谁的爱意。

>让公牛耕地，让它老死
>让绵羊供给你御风的羊毛
>让山羊供给你羊奶
>把网罟机弩抛掉
>别用胶枝捕鸟
>别用羽毛吓鹿捕鹿
>别在漂亮的食物下暗藏钓钩

关于净化灵魂的方式，毕达哥拉斯和悉达多终于分道扬镳。原始佛教讲究四谛、八正道和十二因缘，提出诸行无常，诸法无我，涅槃寂静的学说。而毕达哥拉斯哲学走的方式极为奇葩，凌驾于人的肉身、欲望以及所有本能之上，他重建了一条通衢大道，名字叫作数学，以数学来净化灵魂。我承认自己的无知，很长时间以来，我觉得哲学与数学除了同样依赖于逻辑思维，它们就如飞鸟与鱼，处不到一块。

毕达哥拉斯说，我们的世界不完美，只有数学世界是完美的。

几何学有个基本的概念，直线。我们的现实世界中有直线吗，没有，它只能是无限趋近于直。同理，圆也是这样。也就是说，直线也好，圆也好，它只是一种抽象概念，并不实存于这个世界之中。

毕达哥拉斯又说，万物的本原都是数。

一只鸟、两只鸟、三只鸟，一条鱼、两条鱼、三条鱼，在他之前，竟然是没有一、二、三这种数的概念的。当然，它一经产生便成永恒，而飞鸟与鱼终有生命终老的一刻。

他相信，世界的真正统治者，正是数学。再没有一样东西，像数学这么严谨而又完美，它是众神之母。

我其实已经被折服了。这是多么美好的理论。虽然，我的梅花痛和向日葵痛还没有发现可以用数学对治的办法，可是，个人的一点病痛又有什么关系呢，如果数学可以成为信仰，直线和圆成为图腾，这个世界，没有善恶之争，没有战争与苦难，没有难填的欲壑，没有死亡的阴影，每一个人，以数学净化灵魂，每一个灵魂，激荡出蓝色的纯粹火焰。那时节，我们随着四季草木荣枯，吃不同的草叶和树芽，与牛一起躺在草垛上玩英雄联盟的游戏，每个人长得仙风道骨，精神却丰盈无边。可是，毕达哥拉斯很快被打败了，它叫作$\sqrt{2}$。希帕索斯是他的学派的一名学生，他发现了一个欠揍的问题：边长为1的正方形其对角线长度是多少呢？这个未知的数，蛮横无理，根本无法用整数和分数来表示，它挑战了数的至高无上的信仰和权威，与毕达哥拉斯学派对立起来，而他们毫无解决办法。为了掩盖无理数的存在，他们把希帕索斯投入大海……我也被$\sqrt{2}$打败了，以数和真理为信仰的世界，依然是人的世界。只要是人，就得正视本能，正视欲望，正视人性的深渊。

（原载《广西文学》2020年第3期）

世说新语

花城看花

_陈世旭

小时候从课本上读前辈作家描写的广州,皆不出一个"花"字。

我们发现那里是花山,也是人海。在鲜花和绿叶堆成的一座座山下,奔流着汹涌的人群,我们走入春天的最深处了。(冰心《记广州花市》)

买了花的人把花树举在头上,把盆花托在肩上,那人流仿佛又变成了一道奇特的花流。南国的人们也真懂得欣赏这些春天的使者。(秦牧《花城》)

我因此对"花城"广州充满了向往。

及长,多读了些书,略知了广州花市的来历。

古来国中,洛阳看牡丹,昆明曰春城,皆以花市名世。而海丝开通,异邦珍品最早移入,南国广州即以草香花韵,至百代罕有匹敌。曾被视为"化外荒蛮"的广州,虽民风土俗有异于中原,但由于岭南夏无酷暑,冬无寒冻,雨量充沛,土壤滋润,地利得天独厚,以至树木常青,繁花长盛。说什么岁枯月荣，广州花事无岁月，此花才谢，彼花已放；说什么伤春悲秋，广州花事无春秋，此叶方落，彼叶已绿。

花市者，广州俗称"花街"。钩沉史籍文献，追寻"花街"芳踪，已二千余年矣。

西汉陆贾使南越，叹广州的"彩缕穿花"为观止。南越王赵佗因思乡，令城内广植陆贾自西域带来的素馨。夏时盛开，满城如雪，馨香弥漫。女子以彩丝贯之，素馨与茉莉相间，以绕云髻，是曰"花梳"；疍娘以花串悬于船周，装饰点缀；素馨提炼香油，儿女以脂面润发，冶以龙涎香饼，则韵味愈远；七巧节，珠江素馨花艇游泛。千门万户，皆挂素馨灯，结为鸾凤诸形，或作流苏宝带。豪门饮宴酒酣，出素馨球以献客，客闻寒香而沉醉以醒。挂复斗帐，能除夏炎，枕簟为之生凉。故此粤以素馨为矜类之尤物。蔚然成风。

素馨以其洁白可人，备受青睐，名列花市首榜。以素馨花为主的广州花市，最早有文字记载的在南宋。《岭外代答》（南宋·周去非）载，广州素馨花开时"旋掇花……以竹丝贯之，卖于市，一枝二文，竞买戴"，广州因称"天香茉莉素馨"。当年的珠江南岸，"平田弥望，皆种素馨"，（《广东新语》）不啻为大花园。农家多以种花、卖花为业，是故清诗人有诗"三十三乡不少，相逢多半花农。"《番禺县志》载"花客涉江买以归……城内外买者万家，富者以斗斛，贫者以升，其量花若量珠然。""花田一片光如雪，照见卖花过河。"（清·何梦瑶《珠江竹枝词》）足见其产销两旺。

其实早在唐时，广州就有了专门卖花的营生。唐末南汉，广州近郊即现卖花的花墟。

明朝中期，常年花市形成。《南越笔记》中载："广州有花渡，在五羊门南岸。广州花贩每分载素馨至城，从此登舟，故名花渡。"

> 花渡头，秋波桂楫木兰舟，红妆障日影悠悠。悠悠一水不可即，谁不怜花似颜色。钗头玉燕亦多情，不爱明（宝）珠爱素馨。君不见卖花儿女钱满袖，春风齐入五羊城。

（清·方殿元《羊城花渡歌》）

载花船的招摇，卖花女的娇艳，尽在其中。

明朝，广州种花已成专业，从江南逐步扩展到花地。清代的名作家沈复在其名著《浮生六记》里专门写到"花地"："对渡名花地，花木甚繁，广州卖花也。余以为无花不识，至此仅识十之六七，询其名有《群芳谱》所未载者，可见花地花市之盛。"每年农历正月七，仕女结伴游花地，为当时习俗。平时花开季节，亦裙履联翩。俗谚"想死易过游花地"，"死"乃"挤死"之谓，是花地大策花市元宵灯会的写照。光绪年间，河南隔山名画家居巢、居廉兄弟，曾按廿四番风花信，写廿四种不同花的画册，使花地名花花容永驻。

乾隆年间，广州除夕花市逐渐成熟，逐步扩展到香港和东南亚。咸丰、同治年间，有了除夕花市。

除夕是花市的高潮。《广州城坊志》正式记载了除夕花市的盛况："每届年暮，广州城内双门底卖吊钟花与水仙花，如云如霞，大家小户，售供座几，以娱岁华。"至此，广州花市已由单一的素馨花发展为多样化了，不但有吊钟花，还有水仙花。

20世纪20年代，广州大规模的除夕花市定型。

广州人对于花和花市可谓痴迷至极。即使是抗日战争时期，广州的除夕花市照常举办。敌机凌空呼啸，市民照常逛花市买花。花市一度禁绝的岁月，几十年培育的数百宝贵花卉品种毁于一旦，但广州人居家度日不可无花。乡民自发"花墟"，市民轮渡而去，每次都在渡轮留下成堆被踩掉的鞋子。在广州人看来，花乃是天地恩赐，祥瑞而美丽，不可不敬，不可不亲。禁绝花市，逆天意，违民心。

20世纪70年代初，花市恢复，规模逐年扩大。广州十大"除夕花市"，每天流量都达百万人次以上。

广州花市是中国独一无二的民俗景观，也是世间规模浩大的美色集锦，作为一轴散发着浓郁岭南风情的文化长卷，成就了广州"花城"的美誉。

一年一度的迎春花市，是广州人的嘉年华。然而，客居广州十年，我一次也没有去过广州那些著名的花市。

盖因为没有必要。

我所居楼下的纵横街道，每年除夕将近，便纷纷搭起了一排排展卖鲜花鲜果及年宵用品的竹棚，四乡花农海潮般涌来，层层花架沿街伸展，宛如巨龙盘踞，望不到尽头。洛阳牡丹、漳州水仙、吉林君子兰、台湾蝴蝶兰、江西金边瑞香、欧洲薰衣草、泰国富贵掌、荷兰郁金香、北欧玫瑰、南美五代同堂、比利时杜鹃……常见的茶花、芍药、月桂、玫瑰、含笑、海棠、蟠桃、大红柑、大红橘、四季橘、朱砂橘、金蛋果、代代果，以及广府新年必备的年花金橘、桃花和水仙，乃至再普通不过的鸡冠花……林林总总，眼花缭乱。大街小巷，繁花漫漶，几被花海淹没。所有的主要出入口立起巨大的牌坊，灯火辉煌、气势壮观。花市开张，人山人海，水泄不通。

古老而又青春的花市。灯色花光，春深如海。"人们选择和布置这么一个场面来作为迎春的高潮，真是匠心独运。"（秦牧《花城》）

不过，当年秦牧先生赞叹的"一日之间广州忽然变成了一座'花城'"，早已不妨商榷。即便不逢除夕花市，广州也是家家有花，户户多彩，一年四季颜似锦。徜徉于千年古都，见的是一城绚丽，闻的是一城芬芳，可谓无一日不是花市；现实中的广州，是建筑的山岳，山上开遍了鲜花。铺天盖地的绿植，让粗犷有了百般妩媚；是建筑的河流，河里流淌着鲜花。汹涌澎湃的花朵，让坚硬变得千般温柔。可谓无一日不是花城。

广州人喜花、养花、赏花，一如他们的喜食、懂食、善食。食则山珍海味、花草果蔬，无所不可以入膳；花则天宫的仙芝、龙宫的琼瑶或不可得，无所不可以入赏。门前屋后种花，堂上室内摆花，开业志庆送花篮，男婚女嫁坐花车，探亲访友捧花束……广州有最多的花店，拐弯抹角，触目可见；广州有最多的花景，远近高低，少有空白。豪门巨贾不惜千金唯求国色天香，寻常人家一钵金橘几株水仙清供岁朝。

"人无癖不可与交，以其无深情也，人无痴不可与交，以其无真气也。"（张岱《陶庵梦忆》）以愚之见，鸟有鸟痴，鱼有鱼痴，石有石痴，木有木痴，广州多花痴。说花市是广州人的"匠心独运"，莫如说是他们的品性使然。

广州人的热爱生活，花是最靓的证明。花与广州人的生活意愿息息相关，水乳交融。广州人多质朴，务实惠，重功利。"讲意头"，成为独特的花语言：桃花寓鸿运；柑橘示吉利；"发财树""步步高"，其义自明；吊钟花"金钟一响，黄金万两"；标价数码多为"3""8""9"，谐音"生""发""久"，生猛、大发、长久；"行（hang）花街"即"行大运"，广州本土民歌《行花街》唱道：

> 行花街咯喂，你今年梗位；行花街咯喂，你今年冇闲嘢；行花街咯喂，你科科考最威；行花街咯喂，你开心足一世；行花街咯喂，娶得一美妻；行花街咯喂，你先生变新贵；行花街咯喂，今年生番个仔！

广州人爱花，花也陶冶了广州人。花的招展使人天真；花的芳香使人向善；花的斑斓使人唯美。

花是广州的标志，名头多与花相连：花都，花街，花市，花墟，花涌，花渡，花车，花舟……花是广州的名片，人人皆是传花人；花是广州的盛宴，任人挥霍春光。花是今日的喜庆，醉卧花丛君莫笑；花是明天的祝福，家家抱得富贵归；花是广州的方言，无花不言广州城；花是广州的气血，激荡着生命的活力；花是广州的魅力，吸引着世界的青睐。

"花城"是广州的精魄，"争似种花郎有幸，一生长伴美人魂。"（清·陈坤咏花田）贮满的是美色。

"花市"是广州的字号，"筠篮卖入重城去，分作千家绣阁香。"（清·张维屏咏花市）交易的是美好。

"花容"是广州的表情，"千叶芙蓉讵相似，百枝灯花复羞然"（隋·江总岭南诗）展示的是永远的美丽。

花城看花，看一种生活的哲学，一种健旺的品质，一种昂扬的生命力。

（原载《人民日报》海外版 2020 年 01 月 20 日）

如鹤（节选）

_陆春祥

随园

我在想一个问题，就如李渔的人生和他的芥子园连在一起，如果没有随园，是不是就没有人们印象中的袁枚？答案其实简单，袁子才肯定存在，但如果没有他人生后五十年里的潇洒归隐，也就没有《随园诗话》《随园食单》《子不语》等鸿篇巨制了。而且，袁子才和他的浙江老乡李渔，虽然都是少年成才，虽然都日后显名，但一个始终困顿，一个归隐后潇洒，他们走的人生道路实在大不同。

乾隆十三年（1748）冬，三十三岁的袁子才辞官归随园。这样的生活，才是他想要的：

满园都有山，满山都有书。一一位置定，先生赋归欤。儿童送我行，香烟满路隅。我乃顾之笑，浮名亦空虚。只喜无愧怍，进退颇宽如。仰视天地间，飞鸟亦徐徐。（袁枚《解组归随园》其二）

知县只做了七年，官做得好好的，只要坚持下去，做个知州，或者更大一点，应该完全没有问题，只是，他疲倦了，从考上秀才算起，他已经混社会二十多年，这不算短了，然而，汪景祺的人头，他老师史玉瓒的死，他父亲和叔父的经历，翰林院三年学满文，以及他为官时频繁的调动和为官经历，所有的影像都汇聚成层层桎梏，让他透不过气来，在官场，他只是一颗普普通通的棋子，即便你是天才，也只能任由人摆布，仰人鼻息，幸好有他内心那些如泉的诗文，它们是他喘气的最好通道，而美好的诗文，都生长在山头上田野中，这随园,满园都是山,满山都是他的书。

南京城北门桥往西,走二里地,就看见了小仓山,这山,其实是清凉山的支脉,清凉山,在南唐时就是李昪、李璟、李煜们的避暑胜地,小仓山有二岭,一直逶迤至北门桥为止,山岭中间平坦处,有大片清池和水田。站在山顶,南面的雨花台,西南的莫愁湖,北面的钟山,东面的冶城,东北面的孝陵、鸡鸣寺,整个南京城的好景,都漂浮起来了,尽收眼底。

袁枚接手的随园,已经百卉芜谢,禽鸟厌之,春风也不能让这里的草开花,必须全面改造。怎么建设随园呢?高处建起望江楼,低处建起观溪亭,山涧中架木桥,突起险峻地方,稍加修饰,使险峻更突出,平坦且草木旺盛的地方,也稍加修饰,增加一些休闲设施,有些风景加强,有些风景抑制。总之,一个字,随,随山势、地势而设计,最大限度尊重山和水,子才笑着说:我也没多少钱,说实话,这样也省钱。

子才有些感慨:让我在这里做官,只能一个月来住一次,如果我居住在这里,那么,每天都可以登上小仓山山顶,两者不可得兼,我辞官要园子。而且,苏轼也说过:君子不一定非要做官,也不一定非不做官。但是,我做不做官,和住这个园子长久不长久,两者直接相关。我还是用官来换这个园子吧,我一百零一个愿意。

您是羁鸟,您是池鱼,方宅十余亩,草屋八九间,您性本爱丘山。好吧,这就当作您辞官的原因吧,这样,您可以住得更放心。

是的,我离不开随园,这园也离不开我。

前年离园,人劳园荒,今年来园,花密人康,我不离园,离之者官。而今改过,永矢勿谖。(袁枚《随园后记》)

他要改过,永远不忘记什么呢?原来,他有一段曾经复出为官的行动,只是这短短的一年,经历实在太多,父亲也在这个时候去世,他甚至最后一面也没能见上,当他再回到随园时,他发誓,再也不去做那劳什子的官了。

我们读《随园记》《随园后记》《随园三记》《随园四记》《随园五记》《随园六记》,一条脉络很清晰,自他买下随园后的差不多五十年时间里,他一直不断建设着这个心爱的园,《五记》中,他甚至建了"小西湖":"余离西湖三十年,不能无首丘之思,每治园,戏仿其意,为堤为井,为里外湖,为花港,为六桥,为南峰北峰"。已经五十多岁的袁子才,年纪越来越大,不断地建设,有时也内心充满矛盾:"当营构时,未尝不自计曰:以人工而仿天造,其难成乎?纵几于成,其果吾力能之能支,吾年之能永否?"然而,内心深处对随园山水的喜爱,使他停不下建设的脚步,这几乎是他后半生全部的心血,那些山水,活成了他的筋骨,给了他太多,给了他诗话,给了他食单,给了他

《子不语》，他似乎很满足。

《随园诗话》还有一条似乎不经意却又得意的记载："雪芹撰《红楼梦》一部，备记风月繁华之盛，中有所谓大观园者，即余之随园也。"呵，仅此一记，即可想象出当时随园的盛况。读书，写诗，著文，卖书，交友，旅游，银子哗哗流进随园，袁子才好不惬意！

南京清凉山麓，乌龙潭公园边，宁海路122号，南京师范大学随园校区，前身为金陵女子大学，这里就是袁子才随园的旧址。各式林木郁葱，绿茵铺地，配之以古朴的雕梁画栋，古意甚浓，它承接随园的古有风范，享"东方最美丽校园"之誉，但我看年纪最大的银杏，也只标记着一百五十年，显然，袁子才的随园早已烟飞尘灭，了无痕迹，不过，学子们心中都记着一个袁枚，亦是幸事。

校园门口，宁海路与广州路交会口的绿地广场，高大的袁子才静静地伫立在那儿，全身墨色，墨水的墨噢。他手握诗卷，面带微笑，目含温润，清灵隽雅。这是我心中的随园老人形象，瘦削而高挑，神韵里透着一股特别的清高气质。

袁枚访谈录

十几年前，我在写"生活原理"专栏的时候，袁子才先生接受了我的访问，现录如下。

著名诗人袁随园先生自出版《随园诗话》26卷之后，声名一时达到巅峰，采访媒体络绎不绝。近日，他在南京的别墅随园欣然接受了《钱塘娱乐报》记者陆布衣的采访。诗人袁随园先生简称袁，记者陆布衣简称陆。

陆：您好，随园先生，非常感谢您在百忙之中接受来自家乡钱塘的媒体采访。此前，我看了非常多的报道，关于您的创作实践和创作主张，关于您的收藏，关于"性灵说"，关于您的女弟子。您的《随园诗话》自出版后就成为畅销书，一版再版，洛阳纸贵，我更愿意把它看作是当代诗选刊，因为您大大提携了许多的诗人及喜欢诗的人，因为您的诗话，许多无名的诗人才会为公众所知，才会长久地流传，诗才会空前被重视。

袁：当代诗选刊，你的这个说法很新鲜哎，此前从来没有研究家这样说过。确实如你所言，《随园诗话》收录了当代许许多多的诗，一首或几首，有的甚至是一两句，我是沙里淘金。本来我想用《最诗歌》作书名的，最好的诗歌，后来想想做人还是要低调。现在看来，人们还是比较看重诗的内容。有的时候，一卷就可以印上十几万册呢。我们这个社会需要诗，因为诗就是我们的生活，我们的生活就是诗。

陆：广大读者非常赞同您的诗就是生活，正因为您把诗当作生活，把生活当作诗，所以才会有那么多的读者喜欢。在您的书里，我们看到了许多鲜活的生活细节。有读者问，您有非常多的弟子，但女弟子也特别多，是不是这样呢？

袁：哈哈，食色，性也。尽管外面在传我收了五十多个女弟子，实际上，只有二十个左右比较出色，比如席佩兰，你知道吧，她就是我的首席女弟子，还有陈淑兰，席、陈和她们的先生都是我的弟子，因为喜欢诗，就收下她们了，不一一列举。为什么收这么多的女弟子？这个问题太简单了，她们有才，她们的诗写得好，她们的人也漂亮。我的诗性灵主张，也可以通过她们去传播影响。我收女弟子，又不是搞潜规则，我都七十多岁了，有雄心没壮志，我只是教导她们写诗欣赏诗，提高生活品质，以后嫁人，也好增加品位。我自己喜不喜欢女人？那自然喜欢了。算命先生说我六十三岁还有儿子，果然是这样，所以，我为这个儿子取名阿迟，做爷爷的年纪还生儿子，确实有点迟了。有没有风流事？哈哈，有的有的，乾隆戊辰年，一个市长朋友寄信给我，说一王姓女子，因为牵连到官司，充在官中，可以赠给我做妾。我就兴致勃勃地在扬州买渡过江，到那一看，女子十九岁，绰有风致，嫣然可爱，就想娶了她，再细一看，又嫌她肤色稍微差了点，打住了。等解缆归来，到了苏州，又想起要她，重新派人去访，王姓女子已经被江东的一个小干部娶走了。于是只得作罢，做了首《满江红》，花被人摘走才觉得可惜呢。不过，声明一下，虽然我五次纳妾，只是为了有个儿子，你知道的，不孝有三嘛，自从六十二岁娶了十九岁的钟姬，有了阿迟，我就不再娶妾了。

陆：上面这个故事一定很吸引人，谢谢您的直率和坦诚。在您的诗选刊中，其实不仅仅是选诗，我还看到了许多有趣的轶事。我们知道，写诗一定离不开游历，您能举一下您游历生活中的有趣故事吗？

袁：啊呀，这个太多了。以前还没有人这么详细问呢。有年春天，我到雁荡山去玩，途经缙云县，你知道，像我这样的著名作家，当地的官员一般都要隆重接待的。在那个县官的公堂上，我居然看见他在养猪。这个县官真是很勤勉，估计当地民风淳朴，老百姓都遵纪守法，不去麻烦他，就没有什么事情要他处理了，再加上朝廷给的工资奖金也确实不多，他也是为了改善生活吧。否则，就是再穷的地方，做个县长，过个日子应该绝对没问题的。由此可见，我们的廉政建设搞得非常不错，虽然山高皇帝远，官员依然自律。有次我专门去考证李白"不及汪伦送我情"的桃花潭。当地人告诉我，这其实是汪伦搞的一个噱头。他听说李白要来玩，就写信引诱太白：我们这里有十里桃花，我们这里有万家酒店。太白是个超级玩家和嗜酒如命的人，于是欣然前往。到了那里，汪伦告诉李太白：桃花是潭水的名字，并没有真正的桃花，万家的店主姓万，并没有万家酒店。李白虽然上套，但并没有责怪汪伦，反而写下著名的桃花潭诗，估计是汪伦把老李招待得非常满意吧。

陆：您的游历故事真的很有趣。这也让我们看到您创作的另一方面。有读者说，您的诗选刊题材非常宽泛，有不少"打工文学"也被您收入？

袁：是的，我前面就强调了，诗既然是生活，那就没有什么深奥的东西，任何有诗情和诗才的人都可以写的，写景和言情到位了就是好诗，而不管他是干什么的。我的选刊中就收有不少这样的诗。有个人以卖面筋为业，他的一首《咏雪和东坡》有两句这样写：奇怪这六瓣花实在难以绣出，美人在什么地方下针尖呢？杭州有个裁缝姓郑，也写有两句好诗：竹床发出香味是因为有新的稻草，布衣不暖是因为棉花旧。我的驾驶员郑德基就有好几首诗被我选入，还有民间诗句如：叫船船夫没有答应，水回应了两三声。这样的例子有好多呢。我想这也是这个诗选刊比较畅销的原因之一吧。

陆：是的，您破除等级和门第观念，这对以后的各个选刊必定产生重大影响。《诗三百》，其实有很多是百姓的即兴之作。我还看到您的选刊涉及一些敏感话题，比如同性恋，您为什么会关注这样的题材呢？

袁：两个男子相见倾心，史书上也罕见。但罕见并不代表现实生活中不存在。有人还说我有同性恋倾向呢。我在广东时，有两少男见面后非常高兴，发誓今生同衾共枕，忽然被事所阻，两人涕泪横流。我还写诗咏唱了他们。不料十年后，我和严小秋秀才在广陵游览，遇到一位叫计五官的演员，相貌风度儒雅，他也羡慕严小秋难以自拔，竟然得以交欢尽意。我仍然在扇背上题诗相赠他们。在我看来，我们这个多元的社会应该允许这种同性恋现象存在，毕竟他们没有危害社会啊。

所以我认为，诗生活，其实是"私生活"。我不会让仆人打扫庭院落花的，只想等风来把花吹走；盐溶于水，人们只知道盐的味道，但看不见盐的存在。我们只见传下来的生活诗，不见诗里的私生活。谢谢你问了我这么多的诗（私）生活，也感谢家乡的报纸对我关注。

陆：谢谢您百忙之中接受家乡报纸的采访。最后我想请先生为我们广大青年读者寄个语，可以吗？

袁：完全可以。借今年某地的科考试题，有两句话赠钱塘的青年朋友们：一三五仰望星空，二四六脚踏实地，周日休息。

大树巷

　　我从单位杭州日报社出发，沿体育场路直行，行不到几公里，一个转弯，就到了潮鸣街道，为什么叫潮鸣？原来，南宋时候，这里有个归德院，一路奔走的赵构，曾在此住过一夜，院外呼呼声不断传来，赵构以为金兵将至，后来才发现是钱塘江的涛声，于是赐名潮鸣寺。寺现在早就没有了，潮鸣却依旧存在，不过，这里，已经成了城市的中心，再也听不到钱塘江的涛声了。

　　潮鸣街道东园社区的大树路，原来叫大树巷，630米长，由南大树巷和北大树巷两条路在大樟树下汇合而成。大树路和刀茅巷的三岔路口，东园幼儿园的围墙外，袁子才就在路边眺望着，边上几株桂花，背后一丛竹子，他右手捋须，左手靠背，对襟布衫，他显然在思考，虽然没有南京师大随园校区门口那个袁子才逼真，但这也是一个成熟文人的晚年形象，"袁枚故里"四个字，楷体古色不张扬，哈，这袁子才，老早就是个城市书生呢，只是，十八世纪的杭州，早就失去了十二三世纪南宋都城的繁华。

　　《东园》怀旧诗云：故苑景全非，闲游趣之稀。鸠贪桑实醉，鼠恋豆根肥。日落机丝急，风回梵磬微。潮鸣留古寺，辇路草霏霏。

　　《余生东园大树巷中，今六十五矣，重过其地》诗云：六十衰翁此处生，重来屋宇变柴荆。想同买得寻邻叟，谁复婆留唤乳名？蓬矢挂时桑已尽，儿裙㴑处水犹清。斜阳影里千回步，老泪淋浪独自倾。

　　晚年的随园老人，应该多次到过他的出生地，或许，更多的时候是在梦里。阳春的五月，他大发少儿时的闲心，东逛西游，儿时玩过水的池塘依旧清澈，鸠鸟在吃桑叶树上的桑葚，老鼠在咬田埂上黄豆的根哩，傍晚回程，太阳已经落山，不少屋子里传出急促的机杼声，暖暖的晚风中，潮鸣寺里传出的木鱼声久久回荡，但是，没人会注意一位街巷中行走着的陌生老人，他脸上挂着两行老泪，沧海已成桑田，徒留无限感慨。

　　繁星满天，白发袁子才徜徉在故园，身子有些佝偻，他努力想将背挺得直一些，老屋旁的那棵大樟树呢？噢，前面就是，那树上有他童年的梦。忽然，大樟树顶梢传来几声清冽的鹤鸣声，他知道，那极有可能是《子不语》中远比他年纪大许多的老鹤呀，这鹤，说不定就是隐居在西湖边孤山林和靖那里飞来的，一只性灵自由的鹤。

　　1798年1月3日，此鹤仙去，他留下了诸多闪亮到后世的诗文，他追随着十九世纪的初光，冉冉升腾。

（原载《美文》2020年第8期）

流逝永恒，此刻亦永在

_ 潘向黎

很多古诗词里，美的，好的，令人心醉乃至完美的，大多在过去，也有一部分在未来，但是似乎总不在当下、现在。

还似旧时游上苑，车如流水马如龙。花月正春风。

(李煜《望江南·多少恨》)

当时明月在，曾照彩云归。

(晏几道《临江仙·梦后楼台高锁》)

忆昔午桥桥上饮，座中多是豪英。长沟流月去无声。杏花疏影里，吹笛到天明。

(陈与义《临江仙·夜登小阁忆洛中旧游》)

浓春，游乐，帝王的豪奢，人间的繁华；歌舞，惊艳，两心相许，柔情蜜意；知交欢聚，完美的季节、清雅的氛围和笛声……这一切，都存在于"旧时""当时""昔"。也就是说，那些美好，只存在于过去，并不在当下。而现在、当下，还处于和那个往昔相反的境地里：王朝与繁华都恍如一梦，心上人已经渺无踪影，世事变迁，知交风流云散……

如何对待绝不完美、总难如意的今天？曹操极有斗志。其《短歌行》有气概，诚如王夫之所谓"未有海语，自有海情"：

对酒当歌，人生几何？
譬如朝露，去日苦多。
慨当以慷，忧思难忘。

> 何以解忧？惟有杜康。
> 青青子衿，悠悠我心。
> 但为君故，沉吟至今。
> 呦呦鹿鸣，食野之苹。
> 我有嘉宾，鼓瑟吹笙。
> 明明如月，何时可掇？
> 忧从中来，不可断绝。
> 越陌度阡，枉用相存。
> 契阔谈䜩，心念旧恩。
> 月明星稀，乌鹊南飞。
> 绕树三匝，何枝可依？
> 山不厌高，海不厌深。
> 周公吐哺，天下归心。

"人生几何之感，原是人之常情，下面接以去日苦多，警意便深了一层。正因为去日苦多，更要紧握现在。"（金性尧《炉边诗话》）说得对，这首诗的主旨绝不是"及时行乐"，而是说应该紧紧把握现在。把握现在做什么？并不是酒池肉林、饮酒作乐，而是招揽贤才，建功立业。曹操对"现在"是非常珍视的，充满紧迫感。

2020年一开端就因为"新冠"疫情而闭门不出，这时候容易想起陶渊明。他是与曹操处于两极的人物。

> 方宅十余亩，草屋八九间。
> 榆柳荫后檐，桃李罗堂前。
> 暧暧远人村，依依墟里烟。
> 狗吠深巷中，鸡鸣桑树颠。（《归园田居·其一》）

这些乡村常见的景物、事物，陶渊明朴素而愉快地记录了它们，而他"少无适俗韵，性本爱丘山"的人格和性情，"久在樊笼里，复得返自然"的喜悦，都自然而然地流露出来。这种喜悦之所以真切而巨大，是因为可以远离浊世、回归田园，更因为终于自我解放、自我振拔、自我回归。陶渊明"归田园"的喜悦中既有摆脱厌恶的一切的轻松，又有一个人得偿所愿才会有的、真正的内心满足，更有一种打出樊笼的冲天自由感和一种回归本性的平衡感。

除了寻常而亲切的景物，陶渊明的人际交往也自然而松弛——"时复虚里人,披草共来往。相见无杂言,但道桑麻长。"在其实匮乏的条件下,邻里关系也不乏温暖:"漉我新熟酒,双鸡招近局。日入室中暗,荆薪代明烛。"

人生在世,要不仅仅是"活着",而是"生活",有两点是不可缺少的。一是生存所必需的衣食住等基本条件。这是物质层面的。二是作为独立生命个体,需要获得肯定。这是精神层面的。而这两点,陶渊明都自己解决了。第一,他"种苗在东皋,苗生满阡陌""但愿桑麻成,蚕月得纺绩"《归园田居·其六》,亲力亲为,不辞劳苦,真正实现了自食其力。第二,他"我与我周旋""宁做我",不再谋求外界和外在标准的任何评价,自己对自己做出了明确的肯定,从而获得了长久的平衡和安宁。"生存需要""肯定需要"这两项核心技术,陶渊明都自己掌握了,不向外求,所以,"他的隐居确是连灵魂一同隐居的。"(金性尧语,《炉边诗话》北京联合出版公司2018年6月版27页)

《归园田居》最"言志"的是"其一",但"其三"也很重要:

种豆南山下,草盛豆苗稀。
晨兴理荒秽,带月荷锄归。
道狭草木长,夕露沾我衣。
衣沾不足惜,但使愿无违。

这里写了平凡而辛苦的劳作,"愿无违",与其说是行动背后的动力,毋宁说是一系列行动的巨大收获。"但使愿无违",是最大限度的自由和自我肯定。陶渊明的"愿"是什么?是远离污浊、回归田园,也是以个人意志超越黑暗时势、保全清洁操守和坚持自由意志。

对诗人来说,这样的当下,再清贫,再辛苦,都是可贵的。每一天,都是值得长久凝视和细细品味的。

曹操对待今天是充满紧迫感的,陶渊明对待今天是从容不迫的,但他们两个人对"今天"都是珍惜和郑重以待的,都是善于把握当下的人。只不过一为枭雄一为隐士,握住的自然是相反的两端。

寻常人的"现在"和"当下"常常处于这样的状态:不令人绝望,但令人失望;过得去,但有缺憾有挂虑甚至恐惧;很难像曹操那样高调进取,或者像陶渊明那样完全满足。这时候,有一种态度是:以平和而退让的态度看待现实,与悲哀和无奈相安无事,争取有限度的快乐,仍然珍惜当下。

典型的如杜甫的"莫思身外无穷事,且尽生前有限杯"(《漫兴九首》其四),春天来了,人渐渐老了,这时候惊叹时光太快,惜花,伤春,叹老,嗟贫，感怀身世、怅想身前身后、时空宇宙……都是人之常情，但这样的人之常情，其实对世界没有什么意义，对人生没有任何发现，只是一个人呆坐着，眼神黯淡，任春天一寸一寸流逝。如此对于有限的人生中更加有限的春光，其实是辜负的。所以杜甫认为应该趁着春天，鼓舞起来，暂时不想那么多，好好喝几杯。这两句和"酒债寻常行处有，人生七十古来稀"有相通之处，但是意思要好太多了，在无可奈何的境地想出了办法。春光短暂，人生有限，一生能喝的酒是有限的，身外的事情要思量是无穷无尽的，反复探究反复愁苦都无济于事，在稍纵即逝的春天，不妨统统放下，就心思单纯、痛痛快快地喝上几杯吧。如何面对苦乐交集的现实，如何珍惜远远说不上完美的当下，这是老杜的答案。

这种态度最典型的当数晏殊——"满目河山空念远，落花风雨更伤春。不如怜取眼前人。"（《浣溪沙》）

关于晏殊，胡适说他"闲雅富丽之中带着一种凄婉的意味"（《词选》），一向觉得极是。后来在《中国古典诗词感发》中读到，顾随认为胡适"所言只对一半"，顾随认为晏殊"闲雅、富丽、凄婉之外还有东西"是什么？"大晏的特色乃明快——此与理智有关。"顾随还以"莫将琼萼等闲分，留赠意中人"为例，指出晏殊对人生"有解决的办法"。

顾随对晏殊的论说，令人击节：

> 大晏词情感外有思力，"满目河山空念远"三句可为大晏代表，理智明快，感情是节制的，词句是美丽的。人生最留恋者过去，最希冀者将来，最悠忽者现在——现在在哪儿？没看见。人真可怜，就如此把一生断送了。"满目河山空念远，落花风雨更伤春"是希冀将来，留恋过去，而"不如怜取眼前人"是努力现在。……你不要留恋过去，虽然过去确可留恋；你不要希冀将来，虽然将来确可希冀。我们要努力现在。尽管要留恋过去、希冀将来，而必须努力现在。这指给我们一条路。（《中国古典诗词感发》，顾随讲，叶嘉莹笔记）

晏殊显然也"念远""伤春"，而且深深体会到了其中的层层滋味；但他明确意识到对过去的好时光、离别的故人的留恋是"空"的，过去就像落花难以追回；对将来的希冀也像满目河山一样遥不可及，能够好好把握的唯有"眼前人"——能够好好珍惜的唯有今天、当下、此刻。写下这三句的晏殊，不是一个奉行中庸之道的士大夫，更不是一个无奈而妥协、退避的伤感者，而是兼具诗人的感情和哲人的理智的人。这样的人，是人世间需要的人——真挚而温和的明白人。

与大晏的这三句心理同构的，是苏轼的"休对故人思故国，且将新火试新茶。诗酒趁年华。"（《望江南·超然台作》）起头就说"休"，其实说明已经在"对故人思故国"了（就像晏殊，其实也是先"满目河山空念远，落花风雨更伤春"，之后才有了觉悟和办法），思念了，有些凄伤，于是努力超脱，决定及时把握明媚春光和大好年龄，好好饮酒作诗。

东坡和大晏都在说：过去和将来再美，今天才是最重要的。

正是因为留恋过去的美好、光明、温暖，希冀将来的美好、光明、温暖，人们才会思考"今天"的意义，才可能真正珍惜和把握现在，将心愿付诸行动。

欧阳修也是一位真挚优美的明白人。

他的《玉楼春》中的"今天"是愁苦的，因为要在春天里和亲爱者分离：

尊前拟把归期说。未语春容先惨咽。人生自是有情痴，此恨不关风与月。

离歌且莫翻新阕。一曲能教肠寸结。直须看尽洛城花，始共春风容易别。

一片离别的愁云惨雾中，欧阳修突然冒出这样的念头：不如再在洛阳待上一段时间，一起尽兴地赏花，等到花尽春阑，再与春天、与亲爱者一齐道别，那时，想必就会甘心一些，感情上也容易接受一些了吧。

珍惜现在，把握当下，有时候需要一些打破常规的想象力，和坚持本心的任性。"直须看尽洛城花，始共春风容易别"，突发奇想，刻意延长美好的体验并将其推到极致，今天不留遗憾的同时，为未来的回想留下了很好的蓝本。如何对待"不得意"的今天，这是欧阳修的态度。

花终要凋谢，宴终有散时，甘心不甘心，人也总有一别，那么"看尽洛城花"的努力有什么意义？或者说，当时有没有好好把握，究竟有没有区别？欧阳修后来的一首《戏答元珍》似乎回答了这一点：

春风疑不到天涯，二月山城未见花。
残雪压枝犹有橘，冻雷惊笋欲抽芽。
夜闻归雁生乡思，病入新年感物华。
曾是洛阳花下客，野芳虽晚不须嗟。

极爱"曾是洛阳花下客,野芳虽晚不须嗟"这两句(宜昌欧阳修公园的欧阳修雕像底座上,就刻着这两句诗)。这种经多识广、大方从容的理性态度,也许是宋诗能与盛唐诗稍作抗衡之处。欧阳修告诉我们:曾拥有过美好、完满的人生境遇,就是得到上苍厚待的人了,在萧索困顿中,内心也不应该放弃希望;即使身处窘迫与艰难的处境,也不必嗟叹自怜、怨天尤人;那些光亮、温暖而美妙的昨日记忆,足可照亮灰暗、粗鄙而浇漓的当下此际的。

"看尽洛城花"的纵情尽兴,有过和没有过,人生是不一样的。

若论对时间的敏感与反复参悟,谁能比得过苏东坡?东坡《洞仙歌》的下半阕有"试问夜如何?夜已三更,金波淡,玉绳低转。但屈指西风几时来,又不道流年暗中偷换。"金波,指浮动的月光;玉绳是星名,"玉衡北两星,为玉绳星"(李善注《西京赋》引《春秋元命苞》)。这是后蜀后主孟昶和宠妃花蕊夫人深夜纳凉时的对话。花蕊夫人轻柔地问:"你可知道现在是什么时辰了?"蜀主回答:"应该三更了吧。看,不是月光暗淡,玉绳星也已经低垂了吗?"屈指计算,还要过多久才能迎来凉爽的秋风?却忘了一旦夏去秋来,不知不觉,似水流年也就悄悄流逝了。

孟昶特别畏热。"当大热之际,人为思凉,谁不渴盼秋风早到,送爽驱炎?然而于此之间,谁又遑计夏逐年消,人随秋老乎?嗟嗟,人生不易,常是在现实缺陷中追求想象中的将来的美境;美境纵来,事亦随变;如此循环,永无止息——而流光不待,即在人的想望追求中而偷偷逝尽矣!当朱氏老尼追忆幼年之事,昶、蕊早已无存,而当东坡怀思制曲之时,老尼又复安在?当后人读坡词时,坡又何处?……是以东坡之意若曰:人宜把握现在。"(周汝昌语,见洪亮著《情天真有返魂香:宋词阅读笔记》)

对东坡《洞仙歌》的这番读解,味得深,解得透,道出了东坡的幽玄、深婉和高妙。

炎夏会过去,但这样携手纳凉、夜半低语的良辰美景也就过去了。秋天很快就会来临,绝世容颜也将凋零衰败。又岂止是姿容?一起流逝的还有大好年华,缱绻相守,以及摩诃池上的岁月静好,水晶殿外的山河宁定。此刻,中原,赵匡胤已经"黄袍加身",后蜀的冬天不远了。

好时光留不住,未来不可知,人生能够着力的,唯有现在。对今天的一寸寸光阴,真真切切地活过去,对每一个此刻的滋味,仔仔细细品出来,这方是"珍惜现在"。更何况,唯有好好把握了"现在",才能给人生留下好的"过去",并且争取好的"未来"。

前几天,看到有人在网上"呼吁":因为受疫情影响,感觉今年什么计划都来不及完成,连东京奥运会也延迟到明年了,何不干脆把今年当作2019闰年，把明年改成 2020 年，这样什么都不耽误，大家还直接少了一岁年龄，岂不皆大欢喜？

这当然只能是个玩笑。疫情会过去的，世界会恢复正常的，但是我们生命的一部分时间，也一去不复返了。

因为人生的境况极少是完美的，所以人容易有错觉：完美在过去，在将来，唯独不在当下。"人生得意须尽欢"，若今日复今日，总不得意，当如何？中年之后，渐渐悟出：人生不得意也须尽欢。尽力活个透彻，则此刻便是此生。看尽洛阳花，尽兴赏花的记忆在，花便从此不败；怜取眼前人，周遭不断在变，却始终"怜取"值得珍惜的部分，水一直在奔流，江却始终不空。

"古今如梦，何曾梦觉，但有旧欢新怨。异时对，黄楼夜景，为余浩叹"，苏轼《永遇乐》的结尾，怀古伤今的同时，蕴含着贯通过去、现在和未来的认识：人生代谢但异代同心，因此情怀不灭。确实，"明月如霜，好风如水"的那一夜，"铿然一叶"的那一刻，苏东坡经历过，于是我们也经历了，至今还在经历着。

流逝永恒，此刻亦永在。

（原载《钟山》2020 年第 3 期）

七月芙蓉生翠水

_ 刘琼

诵读古诗词，不能完全依据现代汉语，否则会发现韵辙平仄有时不是那么规范。同样，随着时易物替，解读古诗词也不能完全照搬字面意思。

最典型的是月份。古人的月份是按农历甚至夏历推算。比如《诗经·豳风》里"七月流火，九月授衣"，说的其实是初秋和初冬的事。按夏历也即阴历推算，七月已至夏末，几近初秋，这样的夜晚，天蝎星西沉，天气转凉，所以被记录为"七月流火"，而不是后人误读的"七月热得冒火星"。九月已是初冬，让妇女们着手准备寒衣，故曰"九月授衣"。古人厉害，在没有现代工具和技术辅助的条件下，完全依靠肉眼和体感，对天象岁时进行观察，形成记录。这是人类祖先的宇宙意识。江河奔流，物竞天择，借由阅读这些生动、可感、经验性的历朝历代的文字记录，历史的"自然性"有据可考了。

就说七月。阴历七月，娇艳欲滴的荷花早已盛开，"三秋桂子，十里荷花""未发为菡萏，已发为芙蓉"。"出水芙蓉"由此而来，并逐渐演化为对于女性清奇曼妙的赞美。看过三部以《出水芙蓉》为名的电影，两部是美国米高梅影业公司出品，一部是香港导演刘镇伟的作品。印象最深的是米高梅影业公司1944年首映的那部喜剧，一个叫史蒂夫的流行音乐作曲家爱上了美丽的游泳课老师卡罗琳，闯进女子学院后各种歌曲、舞蹈、花样游泳以及花样百出的男主被虐情节，让整个电影院洋溢着快乐。翻译非常出色，"女人每天都要对自己说：你是最美的，世界上每个人都爱你"，这句经典台词陪伴了许多女性许多年，包括我。片名译得也好，是涵养了传统文化的意译。

"清水出芙蓉，天然去雕饰"，李白的这句诗，用芙蓉的纯净天然形容文章写得自然质朴。"清如水""清水出芙蓉"这类诗句，符合古典审美标准，也可以用来描绘女性的天生丽质。

鲁迅在《中国小说史略》里提到南宋无名氏撰写的宋传奇《李师师外传》，《李师师外传》里，宋徽宗听闻李师师艳名后的第二天傍晚，就带着重金宝物，到镇安坊"驾幸"李师师。用的是欲扬先抑的对比法。老鸨先是送上果食，后又送上各种肉食，还要求这个重金恩主依例沐浴更衣。时间在延宕，恩主的心情更加急迫。"为徒倚几榻间又良久，见姥拥一姬姗姗而来，不施脂粉，衣绢素，无艳服。新浴方罢，娇艳如出水芙蓉"。李师师出场这段描写的最大特点是不正面写李师师如何"色绝"，只写其如何清婉、如何有个性、如何不慕钱财，最后写到如何"艺高"，"而鼓平沙落雁之曲，轻拢漫然，流韵淡远"。李师师何许人也？北宋末年汴京名妓，相传与宋徽宗赵佶、著名词人周邦彦都传出绯闻。北宋开市后，教坊文化发达，又碰到风流倜傥的帝王一力提倡，自是产生了许多善才名曲。帝王以宋徽宗为最，与教坊青楼的关系非比寻常，留下了许多可猜想的绯闻空间。宋徽宗和李师师的关系，北宋末年已经或明或隐见诸某些文字。有意思的是，贵为帝王的徽宗似乎也不以为忤。这大概就是所谓的"文人情趣"。传八卦是世风，敢传当朝帝王的八卦，恐怕不是无风起浪。靖康之变后，徽宗、钦宗二帝被囚五国城，李师师也从公众视野里消失。

"辇毂繁华事可伤，师师垂老过湖湘。缕衣檀板无颜色，一曲当时动帝王"，南宋初年，诗人刘子翚在《东京纪事》的最后一首里写到李师师的一种"下落"。借李师师湖湘沦落，诗人抒发的是自己的故国之哀和古国之思。

美人迟暮本就令人伤感，何况"一曲当时动帝王"的李师师沦落至此，常人不免唏嘘。其实，这个故事从一开始就注定是悲剧。李师师的忧伤，即便是在恩宠顶峰时期，也被《洛阳春》记录在案："眉共春山争秀。可怜长皱。莫将清泪湿花枝，恐花也如人瘦。清润玉箫闲久，知音稀有。欲知日日倚栏愁，但问取亭前柳。"《洛阳春》的作者是周邦彦。周邦彦相传是李师师的另一个恩主。"并刀如水，吴盐胜雪，纤手破新橙。锦幄初温，兽烟不断，相对坐调笙。低声问：向谁行宿？城上已三更，马滑霜浓，不如休去，直是少年行。"传说是这样甚嚣尘上，以至于连周才子未识李美人之前所写的这首广为流传的《少年游》，不仅被后世好事者传为因李师师而作，甚至还编出徽宗吃醋的桥段。书生人情一纸间，与美人好，得美人垂青，吟诗、作词、抚琴、唱曲，都是风雅留情之举。而李师师正当怀春之年，不重皇家重诗家，似乎顺理成章。一个是大内才子，一个是倾国佳人，人们愿意如此为他们编造故事。但这个顺理成章，顺的是老百姓自己的理儿，成也不是一代名妓的故事。欢场总归是欢场，帝王也好，才子也好，喜欢归喜欢，娶不娶回家，能不能白头偕老，是另一说。青楼出身，即便"芙蓉如面柳如眉"，最后也是"碾落成尘花为泥",或"缕衣檀板无颜色",或"老大嫁作商人妇",或"怒沉百宝箱",岂止李师师、王师师、张师师,众多的师师,不都是如此不甘心地收了终场吗?

近年来,网络文学忽然成为各种大IP,受到关注。各种议论中,也有人认为网络文学承继了中国古典通俗小说的衣钵。是不是衣钵不好说,但古典小说,哪怕是志怪、传奇,表面怪力乱神,实质上写的依旧是现实。最典型的就是《西游记》和《聊斋志异》。阅读古典小说,无论有名还是无名,总还是能看到写作者鲜明的情趣和志向。从写作的动机看,纯粹消遣娱乐的古典小说倒真不多见,大概因为古典时期的写作者都是非职业写作的缘故。以"三言"为例,《警世通言》是明代小说家冯梦龙编纂的一组白话短篇小说,现实指向性就很明显。《杜十娘怒沉百宝箱》是其中之一。这个故事被各种戏曲文本传唱,甚至被拍成电影。拍电影是当代的事了。上海姑娘潘虹那时候年轻,又美,杜十娘这个角色由她饰演。潘虹饰演的杜十娘是大女主,像反抗的李师师。"三言"里这类故事不少,对于女性个体意识的书写自觉,甚至超过今天一些网文。是出于女性自身的选择,我这个老古董看完之后,还是有些伤感。

好吧,花无百日红,人无千日好。难以阻挡的变化,形成了许多诗词伤感的来源。欧阳修的这首《渔家傲·七月芙蓉生翠水》写芙蓉盛开,也写人事兴替。"七月芙蓉生翠水。明霞拂脸新妆媚。疑是楚宫歌舞伎。争宠丽。临风起舞夸腰细。乌鹊桥边新雨霁。长河清水冰无地。此夕有人千里外。经年岁。犹嗟不及牵牛会。"一句"七月芙蓉生翠水",写活和写足了芙蓉开放娇艳似霞的胜景,在芙蓉霞光的映照下,一池碧水生机盎然、生动活泼。词的上阕,除第一句外,其他各句似乎都着力写妙龄女子明艳生辉的姿容。七月芙蓉盛开,好似"新妆"。明霞,起舞,细腰,色、形、态宛然眼前。借写女性之美,喻指芙蓉也即荷花的错彩镂金,笔触大胆、细腻、清灵、可感。欧阳修终归是一代宗师,起笔只用一个"生"字,就能生出花来。越美好的事物,越经不起时间的磨损,整个下阕,宕开眼前景物,由荷花池写到更大更远的时空,这是抒情,在"物境"中引入了"情境"。借描物抒写胸中丘壑,本是诗的擅场,作为诗文改革先锋的欧阳修,在词的写作里,也有意无意融入了诗的追求。

刘熙斋在《艺概》中写道,"冯延巳词,晏同殊得其俊,欧阳永叔得其深"。冯延巳的词有花间词的婉约,又广开题材,不拘"宴宾酬客",被后学者传颂。其实,欧阳修最像冯延巳处,还是"因循出新",因循词的传统的基础上,又开新面。有评论认为,欧阳修对于词的创新方面有两点贡献,一是沿着南唐李煜的方向,扩大了词的抒情功能,二是朝着北宋柳永的方向,开拓了词的通俗化趣味。两首写"七月"的"渔家傲",都体现了这种突破。以欧阳修的另一首写七月的"渔家傲"为例。这首《渔家傲·七月新求风露早》写农家生活,朴实,有趣,用今天的话说"接地气",这使词从文人化趣味扩大到民众趣味。"七月新秋风露早。渚莲尚拆庭梧老。是处瓜华时节好",欧阳修是造境高手,通俗不流俗,用词精巧,音韵晓畅。这是欧阳修的词的好处,得到传统和创新两派的认可。

"渚莲尚拆庭梧老",在田园派诗词中,荷花或者莲花是常见的一种意象。莲的果实叫莲子,莲子居住的房子叫莲蓬。渚莲就是莲蓬。

人们对于荷花的感情,来自于美,来自于习俗,主要来自于实用。相传中国古人有春天折梅赠远、秋天采莲怀人的习俗。荷花或莲花有理由受到人们欢迎。花开可赏花,莲蓬结子可采莲,荷叶可煮粥熬汤。南方冬天,尤其临近春节时,壮汉们会光着脚,下到抽干水的荷塘里踩藕,间或还会捉上几条大鱼,为年夜饭配好佳肴,这是荷花在这一年最后的奉献。必须是壮汉,荷塘泥泞,再能干的主妇这时候也只能在岸上助兴。

莲有诸般好处。不记得采莲是否用来怀人,但莲子鲜甜,喜食莲子确实是从小养成的习惯。生在水乡,"采莲南塘秋"是生活常景。我说的是四十年前。四十年前,长江中下游河汊密布,出门是水,需要摆渡、行船,沿途的池塘里和河湖里长满了荷花或莲花。荷花或莲花是多年生草本,生命力极强,又全身是宝,一年四季都可以当主角。八月初,菜市场里,就会有农人在地上铺张荷叶,荷叶上,莲蓬堆出了尖。不像其他摊贩,售卖莲蓬大多是临时活儿,大概持续半个月左右。喜欢吃生莲子的人得抓紧。莲子生吃,是比任何水果都要更接近"鲜"这一层滋味。新鲜的莲子,带着湿气,鲜,甜,先鲜,后甜,因鲜而甜。莲子是河鲜的一种,不能脱水,所以买莲子是连着莲蓬一起买回家。把莲子从莲蓬里摘出来,不到半天,就会变硬变黑。莲子清火,又好吃,聪明的农人把莲子做成干货,过去是在南货店里卖,物流便捷后,东西南北各大超市都有售卖,煮汤、清蒸、红烧,都可。

荷花具有较强的适应力,种植普及度高。有水的池塘可以种植荷花,没有池塘,用瓦缸或者瓷盆接上水也能种,也会开花。我在北京的许多池塘里都看到荷花。最著名的是朱自清在散文《荷塘月色》里写到的清华园的荷塘。什刹海荷花市场直接以荷花为名,莲花池的荷花据说有三千年的种植历史,品种出色者当然还得数颐和园和圆明园。北京的超市里偶或也能见到新鲜莲子,可惜不但不甜,甚至还有点干涩。一方水土养一方植物,莲子还是南方的好。

莲子如此鲜美,从《诗经》开始,到汉乐府、唐诗宋词、南北朝民歌,围绕采莲,留下了许多浪漫优美的诗句,也让后人对先人的生活产生了兼具细节的想象。采莲看起来很美，其实是个技术活儿，长期生活在乡下的农人也未必能驾驭刁钻的腰子盆。芜湖话里，"腰子"是肾的意思。腰子盆是长江流域采莲和采菱角用的工具，形如腰子，两头尖，中间稍胖，也很浅，最多只能盛一人。有经验的人知道，这样的盆在荷花塘或者菱角塘里，很难保持平衡，也很难划动。年初新冠肺炎疫情严重时，湖北黄梅有人在长江上划着腰子盆，进入江西九江江面，被拦截下来。烟波浩渺的长江和娇小的腰子盆形成了巨大的反差。这个新闻报道出来后，令我吃惊的不是此人行为的合理性和合法性，而是荆楚文化里这种自古以来似乎就层出不穷的"异想天开"。

荷花与莲花本质上是一样的，都是睡莲科。荷花在漫长的进化过程中，孕育和衍生了许多品种。如果硬要强调差别，莲叶要比荷叶更加阔大，荷花要比莲花更加出挑。荷花的叶和花会高出水面，所谓"亭亭玉立""出水芙蓉"。而莲的叶和花大多齐着水面，或浮在水面。中国古人早就注意到这个差别，最典型的证据，便是杨万里的《晓出净慈寺送林子方》，"毕竟西湖六月中，风景不与四时同。接天莲叶无穷碧，映日荷花别样红"。诗人的观察力极强，看到莲和荷的区别，所以既写了莲，又写了荷，莲写叶，荷写花，各取其胜，各得其所。

全国不止一个净慈寺。杨万里写的净慈寺，位于杭州西湖南岸。西湖得名于北宋，也扬名于北宋。北宋时期，西湖总面积将近6.3平方公里，与今天基本持平。"西湖歌舞几时休，暖风熏得游人醉"，南宋朝廷偏安临安后，文人墨客在此长期逗留，西湖的名声越来越大。净慈寺，今天的人可能不太熟悉，但净慈寺里的"南屏晚钟"作为西湖十景之一，是大名鼎鼎。净慈寺对面是雷峰塔，相传法海用来镇压白娘子。鲁迅的著名杂文《论雷峰塔的倒掉》，写的就是这座雷峰塔。塔因文名，所以现当代以来，雷峰塔名声大噪。雷峰塔名声大是大，真没什么可看。比较起来，还是曲院风荷值得看。附近的北高山也不错。秋天的时候，当然是去满觉陇赏桂了，但我最爱去平湖秋月。西湖处处有荷花，夏天的早晨，从求是村出发，骑车到平湖秋月，只需半个小时。沿途都是新鲜的荷花，晨光中，新鲜饱满，美如处子。平湖秋月的人不多，坐下来，吃上一碗桂花藕粉。西湖的藕好，藕粉也与别处不同，糯，甜，一点点Q弹，撒上一把满觉陇糖渍的丹桂，人间天堂也是美食天堂。

荷花是地球上最古老的被子植物之一。对于荷花，大概可以用两个"既……又……"来概括。一个"既……又……"是，既拥有"活化石"的老资格，又拥有娇美的花容。金庸大侠笔下有个人物叫"天山童姥"，荷花是植物界的天山童姥。第二个是，美丽的东西往往无用，荷花既美丽，又全身是宝。在栽种普及的亚洲东南部，印度和越南这两个中国的近邻，甚至以荷花为国花，荷花几乎打通三界，从世俗世界到灵魂世界，都被高度认同。随和，适应能力强，使荷花早在十万年以前，就与恐龙和蕨类植物同期出现，并超越恐龙——存活至今，超越蕨类植物——栽种广泛。

如《周书》所记"薮泽已竭，既莲掘藕"，距今五千年前的西周初期有关于荷花的人工栽培记录。其实，更早的浙江余姚河姆渡文化遗址，也出土了荷花的花粉化石，这说明距今七千年前人们已经就开始有意识地采集和播种荷花的花粉。从野生状态进入人工栽培，荷花与人类的关系更加紧密。

中国人对于荷花的情感异常丰富。在诸多的民间或文人的文字中，我其实还是最喜欢王勃沿用乐府旧题书写的《采莲曲》，气如长虹，调韵悠扬，是初唐气象。"采莲归，绿水芙蓉衣。秋风起浪凫雁飞。桂棹兰桡下长浦，罗裙玉腕轻摇橹。叶屿花潭极望平，江讴越吹相思苦。"全诗很长，只读开头几句，便已知道它的好处了。

（原载《雨花》2020 年第 7 期）

世事微尘（节选）

_王兆胜

在现实生活和天地间，我们能见的事物极有限，更多的往往看不到。能看到的，也是"大的"少，"小的"多。与一般人的以"大"贬"小"不同，我觉得"小"甚至"微"与"末"不可小觑。微尘有道，我们须心存敬畏和深长思之。

一、名人的胡须

一般说来，胡须可有可无。中国古代则大为不同，胡须一事非同小可。看古今中外名人的胡须，就容易理解：胡须对一人乃至于家国的重要性。

托尔斯泰与泰戈尔，一是俄国人，一是印度人，他们都是文学泰斗，名字中都有"尔"和"泰"字，尽管这是译名。托翁重复百分之五十，泰氏重复近百分之七十。他们还有个共同点，就是都留着大胡子，属长髯公一类。托翁的胡子如飞瀑，浪漫奔放，其间似乎还有小溪流淌，配上深眼窝、长眉毛和一身黑衣，颇为壮观、深邃和庄严；泰戈尔须发皆白，如天空一大朵白云，在一双仁慈的大眼睛衬托下，更多了些平和、从容、宁静和超然。显然，这两位的胡须特别醒目，如被剪掉，不知道还是不是智者，至少难以留下现在的飘飘然形象。

中国的美髯公很多，较有名的是关羽，据《三国演义》说，他胡须长达二尺，是八尺身材的四分之一。另从古代绣像看，关羽有五缕胡须：除了下巴的长胡子、左右嘴有各垂下一缕，还有耳下络腮胡子各一缕，是一个极具丰神的人物。关羽又名关云长，将他的五缕胡须想象成五朵白色祥云也是可以的，特别是他手执82斤重的青龙偃月刀，其风采可以想见。

翁同龢、丰子恺、齐白石、张大千、于右任等人，也以长胡子闻名，只是他们比威武的关羽更多了些文人气。一是胡子如银丝，更富于灵气；二是胡子像毛笔，仿佛可蘸墨书写。当然，翁同龢、于右任、张大千也可称为美髯公的，只是他们都没有关羽那五缕像飘带一样的长胡须。

马克思和恩格斯的胡须更加浓密茂盛，像盛开的花朵，也像思想和智慧的丛林，尤其是当头发和胡须融为一体时更是如此。与中国人较为雅致的胡须不同，这两位伟人的须发更显浓郁、粗壮、坚硬、放逸，充满一种汪洋恣肆、剑拔弩张的力量感。诺贝尔文学奖获得者萧伯纳的胡须是硬中有软，是狮子加绵羊毛的感觉，这与马克思和恩格斯可谓同中有异。另外，萧伯纳、马克思、恩格斯三人都有一双美妙的大眼睛，这在特别动人的胡须中尤显睿智明亮。不过，萧伯纳多的是俏皮，而马克思和恩格斯的则充满真诚和脉脉含情。

还有一些名人的唇须颇有特色。德国哲学家尼采的嘴须像一把大扫帚，似乎要扫尽天下之成规旧习，也像一只大公鸡，将鸡冠高高树起，并发出喔喔的叫声。再加上那双铃铛般的大眼睛和较多的眼白，透出尼采怀疑一切的光芒。希特勒、卓别林以及一些日本人往往留着一撮小胡子，既滑稽又搞笑，是小丑的装束。康有为蓄着一副括弧似的八字须，而且嘴角两边的特长，既让人想到中国古人的"吟安一个字，捻断数茎须"，又让人想到鼠须，给人一种滑稽感。李大钊有外八字的唇须，浓密、厚重、悠长，有点像尼采的，只是比尼采更加纷披，像一只燕子展翅欲飞，这让人想起他的名句："铁肩担道义，妙手著文章。"还有鲁迅的唇须相当发达，硬而坚、直而锐、浓而烈，否则就不好理解，他以笔代枪，写出"两间余一卒，荷戟独彷徨"的诗句。

常言道："巾帼不让须眉。"在此，"须眉"代指好男儿。看来，须眉特别是好看的须眉，是一个好男儿的显著标志。当年，周恩来和梅兰芳蓄须明志，一个是下定决心，不打跑日本人不剃胡子，一个是宁可留须罢演，也不为日本人服务。

在现代社会，留长胡须者越来越少。据说，当年关羽晚上睡觉，因胡子到底放在被内外，在犹豫不决中失眠。有人为了不让漂亮胡子受损，晚上睡觉常用特制口袋兜住。这样的形象，只要想一想，就会忍俊不禁。

二、面容

在人身上，"脸"可能是最有特色的，也是最为生动和神奇的。

一个人长出五指，甚至六指或多指，并不奇怪，因为大致差不多。但一张脸就不同，虽都长着五官，却千差万别，有时简直不可思议。

在脸上，一下子集中那么多器官，眼、鼻、嘴、耳，还有头发、眼眉、舌头和牙齿，是个集大成者。不仅如此，这些器官中的每一个都十分重要，不可或缺。

眼睛是用来看世界的，也是心灵之窗，所以它处于较高位置。鼻子不仅可以嗅闻，还是脸上的最高地，居于中心位置，不可谓不重要。嘴的位置偏低，却是吃喝、说话的进出口，尤其是嘴唇能自由屈伸，上下张合和随意碰撞，还可以发声，用它噘皱起来吹奏一支长笛或洞箫，更能发出委婉悠长的乐音。舌头更不得了，它色泽红润、味蕾发达、伸缩自如，还是发声的关键部件，一如乐曲的弹簧，那些长于口技者也多赖于此。耳朵更不可忽略，它虽长在头的两侧，处于脸的边缘，但听力极佳，也起到重要的平衡作用。试想，若无耳朵装饰的一张脸，那还叫脸吗？在脸上，耳朵一向不为人重，但有与无、过大或过小，都大大影响观瞻。还有脸面，虽然每人都有一张脸，但皮之厚薄、黑白、松紧、平皱不同。至于眼眉，其长短、浓淡、有无、上下、润枯、粗细都有区分，给人的感觉大为不同。

脸的五官还有戏剧变化，这常为人所忽略。据说，古代舜子长了双眼仁，即重瞳，所以目光如炬。戏曲中有一绝技叫"变脸"，同样一个人竟能在瞬间变出多张脸面。关羽的脸呈枣红色，张飞的胡须如钢针，曹操的脸白得吓人，时迁的鼠须分成三绺。在现实生活中，如有下面情况亦不足为奇：一张大脸长着绿豆般的一对小眼睛，一个精瘦的脸被大嘴、厚唇、白牙点缀，柔若春风的面部竖着高高的鹰钩鼻，黑面薄唇里长着两扇铁门牙，小头小脑上生就一对扇风耳。但这都没有关系，不同的脸代表着不同的性格和心灵，有时很难说是好是坏。

有的人脸上有光，有大光照临，像观音菩萨就是。她五官端庄、天庭饱满、下阔方圆、目光慈祥、心定气闲，是智慧的象征。有的人一脸威严，一见之下让人震撼，如门神之类。门神历代不同，有的用钟馗、秦琼、尉迟恭，还有的用关云长、张飞、赵云、马超、孟良、焦赞，他们似乎掌握着人的福祸命运，特别是有避邪之功。有的人满脸喜庆，无忧无虑，典型的如年画中的童子。这些童子往往都是大胖娃娃，洋溢着饱满、快乐、憨厚、亲切、喜悦，一见就觉得有福运来，幸福感绵长无边。中国人常说，一个人长得丑俊不说，最重要的是喜庆或喜性，特别是恋爱婚姻时，不论男女老少都有同感。相反，如果一人的五官长得再好，总阴沉着脸，满脸横肉，目露凶光，肌肉僵硬，那很难有好运来。当然，被过度整容或各种化妆品包裹得看不清本来面目，不在讨论范围。

　　小时候，我村有个奇女子，不仅人长得俊，五官端正，皮肤白皙，歌也唱得动听。最让我佩服的是她会做鬼脸，能让五官不断变出花样。比如，让两眼一睁一闭，速度极快。她还能让俊俏的鼻子上下左右扭动，像她那柔软的腰身，也时时如在舞蹈。春天到来，她就一边用舌头打着响亮，发出各式各样的声响；一边顺手从树上扯一片叶，放在嘴上吹婉转动听的曲调，仿佛是仙乐。此女子还有一绝技，即将嘴唇撮合起来，变成一朵花，于是嘴唇为花瓣，舌尖为花蕊，再配上腮红和不断转动的眼波，让人感到万分惊诧。

　　我没将这些绝活学到手，只会将嘴唇变成花，但这花显然更像老太婆没牙后的嘴巴。即使如此，我也非常得意，并以此为乐。儿子小时候哭闹，我会做这个动作，他眼中就会露出惊异之色，变得安静下来。一次，在地铁里，身边坐着一位年轻母亲，不知为什么，她怎么也哄不好怀里大哭不止的孩子，以至于母亲变得急躁不安和暴跳如雷。可当孩子面朝向我，突见我将嘴唇缩成一朵花，他马上停止哭闹，开始对我产生了浓厚的兴趣。在好奇和喜爱中，他不停地转过头来看我，直到我下车他还意犹未尽。多少年过去了，我不知道在这孩子心中是否种下一朵花，是由嘴唇和欢乐制作而成，这让他一下子远离了不安与哭闹。

　　脸面之所以被称为脸面，因为它总以面目示人。一个人的身体，别的部位都被衣物包裹，一双手也可以常戴手套，但脸却总露在外面，一是给人看，二是看人和看世界。有的民族的女子，即使以衣物裹住头，也还露半张脸，一双美丽动人、扑闪闪的大眼睛是无法包住的。这是与外界联系的通道，也是一面镜子。

　　世上最难得的可能还是孩子的脸：自然、清纯、绽放、和谐、幸福，像一首小诗，一溪从山涧流淌出来的清泉。

三、书虫奇遇记

　　年轻时，感到世界很大，感兴趣的事情也多。年岁渐长，真正喜爱的东西越来越少。年近六十，如让我只选其一，那就是"书"。

　　已养成手不释卷习惯。随便什么时间、任何场合，我都能逮住书，有时哪怕看看目录，读一段或一行，也高兴得不得了。就是不读，随便翻翻，也乐在其中。

　　书之于我，有生命体温，也是活的，更是长了眼、鼻、口、耳的，还生了会走路的腿和脚。用不同的字号、色彩、字体印制成书，也就有不同的生命形式。当阳光明丽，或某个无事的黄昏，特别是夜深人静，我翻动那些书页，就会感到书中的文字仿佛在动，墨香也飞逸而出，连同一些留下脚印后不断前行的字符。在一页甚至一行中，总有被留在身后的段落和文字，特别是寥寥数字或一字跟着一个句号，孤独地待在一起。所有这些都是人生，一种不易被理解的人生滋味。

有一天，我略有所悟：我简直就是一个书虫，是以"书"为生的书生。在家中，我穿行于书海，一个个书架就是船帆，一本本书则是知识的浪花。在书斋，我被书包裹，像蚕蛹，在日积月累中学习和修行，慢慢咀嚼书页和悄然涌动，希望有一天能获得知识、思想和智慧，以"蝶化而飞"的方式修成正果。在书中，我的目光与手，连同五指一起跃动，既追逐文字，又与书页同舞，这是以字符为食的过程。

从小到大，从学校到工作单位，从图书馆到书房，甚至在路上，我一直都离不开书。有时吃饭时，眼睛也不愿从书上拿下。还有在梦里，也被铺满书的五彩路托起，从地面到云间，像唱着一首永远让人快乐的歌。

有一天，我这个"书虫"遇到一只真正的书虫，让我不敢相信自己的眼睛。

我感到书页间有个"文字"在动，在快速地移动。只是与旁边的黑字不同，它是白色的，奇小无比，仿佛小得几近于无。开始，我还以为眼花，当凝目定神、仔细辨认，它确是一只书虫。

于是，我蹑手蹑脚、轻轻将书移近窗户，对着阳光细心观察，确定无疑它就是一只书虫。这只书虫小似针尖、轻若纸屑、动若步行。为了能好好欣赏它，我将书平铺于案，仔细观察它的行走。一旦它走近书的边缘，我就用指甲尖轻轻将它推到书中央，再观其表现。一而再，再而三，书虫仿佛不知，它似乎将书页当成广阔无垠的天地，自顾自地自由自在畅行。也可能书虫不仅知道，还是有意来与我相会，否则它怎能如此耐心听我摆布？这样，我与虫子一起相处了小半日。

本想将书虫拿出来，找个小瓶子收藏，没事时可以随时拿出来玩；但转念一想，书虫以书为家，它是离不开书的，否则很快就会饿死，所以就没那么做。终于到了分别的时候，我让书虫越过书的边缘，离开我的视野，去了它想去的地方。不过，此后，这只针尖大的书虫就一直活在我心中，也常常让我浮想联翩。

书虫来自何处，去了哪里？它一生就生活在这些书的不同书页里，还是另有一个家？

书虫的寿命几何，它也有五脏六腑吗？它是否会与我这个书虫一样呼吸、思考、想象和恋爱？如果有，是朝生暮死，还是比人类更长寿？书虫是如此之"小"，如真有内脏，那该是多大？小得不能再小的心脏，又是如何支撑起小书虫强大的功能，让它如此快捷？结合体积与速度的关系推断：小书虫的行速可是非同一般。

书虫会不会幻化，尤其是能否变为人形？在中国古代神话和传奇小说中，万物被赋予特异功能，蒲松龄的《聊斋志异》就有这种能力。如这只书虫也有这一本领，那我就把它看小了，也看轻了此次奇遇，因为我听不懂它的语言。否则，怎能在这样的特殊场合，这只小虫能与我相见，并伴我玩了半日？

半日之于书虫，时间是太长还是太短？是不是常人所言："山中方一日，世上已千年。"

多年过去了，我一直希望再见到这只小书虫。更希望它有所幻化，给我一些指点。特别希望它真是人类难以理解的智者，让我以它为师，并从中受益。

后来，我似乎有所觉悟：我与小书虫的相遇，本身就是一份奇缘，上面这些体会难道不是它的点化？

这是一些长了翅膀的想象，就如同来自天宇、每年都要飞向人间的雪花一样。

有时，天气正好，会有一道阳光从窗户照进来。光柱很静，也很温柔，一些看得见或看不见的尘埃在浮动。年轻时，我会不以为然，也不会驻足；如今，我会静下心，远看或近观，或将自己投身其中，或将目光望向室外的远方，以探寻其源。生命在这些看似虚幻无有的存在中，到底意味着什么？与我们心灵镜台的尘埃比，阳光中跳动的微尘是不是在被驱除之列，抑或是每一粒本身就是天地之灵台，那上面也有尘埃？这样想着，我就无法不自问自答：是"尘埃惹了我"，还是"我惹了尘埃"。

（原载《广州文艺》2020 年第 7 期）

寻访苏东坡：悲欢离合，阴晴圆缺

_韦力

中国古代文人中，苏轼可谓全才，而他在词史方面的地位尤其超群，胡云翼在《中国词史大纲》中说："就词之史的发展说，词风至苏轼而大变，词体至苏轼而大解放。"为什么胡云翼会给出这样的评价呢？他的解释是："苏轼以前二百多年的词都是病态的，温柔的，女性的词；直到苏轼起来，始创为健康的，壮美的，男性的词。"

按照胡云翼的说法，词性也分阴阳，而东坡的词当然属于阳性，他的依据是《苕溪渔隐丛话》中关于"红牙板"和"铁绰板"的形象比喻。以我的愚见，东坡词中阳性之词较为典型者，当然是《念奴娇·赤壁怀古》：

大江东去，浪淘尽，千古风流人物。故垒西边，人道是，三国周郎赤壁。乱石穿空，惊涛拍岸，卷起千堆雪。江山如画，一时多少豪杰。

遥想公瑾当年，小乔初嫁了，雄姿英发。羽扇纶巾，谈笑间，樯橹灰飞烟灭。故国神游，多情应笑我，早生华发。人生如梦，一尊还酹江月。

这首词名气太大，后世的夸赞多不胜数，《苕溪渔隐丛话》称："东坡'大江东去'赤壁词，词意高妙，真古今绝唱。"这"古今绝唱"四字，可谓至高无上的评价。关于"红牙板"与"铁绰板"的比喻，连东坡也认为十分精准。正是因为这首词响彻千古，后世多有模仿者，但陈廷焯认为这些模仿有如东施效颦，他在《词则·大雅集》中说："滔滔莽莽，其来无端。大笔摩天是东坡气概过人处，后人刻意模仿，鲜不失之叫嚣矣。"在陈廷焯看来，如果没有东坡的气概，随意模仿，一不小心就会变成叫嚣。

就豪放而言，东坡在词史上最为重要的词作，当数《江城子·密州出猎》：

> 老夫聊发少年狂，左牵黄，右擎苍，锦帽貂裘，千骑卷平冈。为报倾城随太守，亲射虎，看孙郎。
> 酒酣胸胆尚开张，鬓微霜，又何妨？持节云中，何日遣冯唐？会挽雕弓如满月，西北望，射天狼。

朱靖华等编著的《苏轼词新释集评》一书中评价道："这首《江城子·密州出猎》是苏轼最早的一首豪放词，也是其豪放词风的典范之作。"有一种说法，"豪放派"一词的来由就是以该词为标志，夏承焘先生虽然没有给出这样的断语，但他同样认为"这首词可以说是苏轼最早的一首豪放词。从宋词的发展看来，在范仲淹那首《渔家傲》之后，苏轼的这首词是豪放词派中很值得重视的作品"。

对于这首词的写法，东坡显然是有意为之，他在《与鲜于子骏》一信中称：

> 所惠诗文，皆萧然有远古风味，然此风之亡也久矣，欲以求世俗之耳目则疏矣。所索拙诗，岂敢措手，然不可不作，特未暇耳。近却颇作小词，虽无柳七郎风味，亦自是一家。呵呵，数日前猎于郊外，所获颇多，作得一阕，令东州壮士抵掌顿足而歌之，吹笛击鼓以为节，颇壮观也。写呈取笑。

那个时代，柳永的词几乎一统天下，东坡说他想要做出与柳词不同的味道。显然，这种词风与柳永有着很大的差异，虽然柳永的词作也有俗雅之分，但东坡的这首《密州出猎》却哪一类也归不进去。清代的刘熙载在《艺概》中这样评价东坡的这句话："东坡《与鲜于子骏书》云：'近却颇作小词，虽无柳七郎风味，亦自是一家。'一似欲为耆卿之词而不能者。然坡尝讥少游《满庭芳》词学柳七句法，则意可知矣。"

刘熙载提到的《满庭芳》也是词史上极有名气的一段掌故。宋黄昇《唐宋诸贤绝妙词选》中在东坡《永遇乐》小注中写道："夜登燕子楼，梦盼盼，因作此词。后秦少游自会稽入京见东坡，坡云：'久别当作文甚胜。都下盛传公"山抹微云"之词。'秦逊谢。坡遽云：'不意别后，公却学柳七作词。'秦答曰：'某虽不识，亦不至是，先生之言，无乃过乎？'坡云：'销魂当此际，非柳词句法乎？'秦惭服。然已流传，不复可改矣。"

东坡见到秦观时说，现在到处都在传唱你写的"山抹微云"，没想到你学起了柳永的腔调。秦观坚决否认，于是东坡举出"销魂当此际"，秦观这才觉得东坡所言为是。细品东坡的态度，看来他不太喜欢柳永词的腔调，这也正是后世认为他喜欢作豪放词的反证之一。

后世评骘前人，大多喜欢贴上某一类的标签，"豪放"就成了东坡词的标签之一，于是有人推论说，他所写的词长于豪放而短于情感。曾枣庄先生对这种观点予以了反驳："有人曾说'眉山公之词短于情'。所谓'短于情'，如果是指短于柳永式的艳情，也许不无道理；如果是指苏轼词缺乏真挚感情，那就完全不符合实际了。苏轼词对妻子（如《江城子·记梦》）、兄弟（如《水调歌头·中秋怀子由》）、朋友（如《南乡子》），都充满真挚而又深厚的感情。"曾枣庄的这番话，乃是针对苏轼所作《南乡子·送述古》一篇：

回首乱山横，不见居人只见城。谁似临平山上塔，亭亭，迎客西来送客行。

归路晚风清，一枕初寒梦不成。今夜残灯斜照处，荧荧，秋雨晴时泪不晴。

这首词是苏轼写给陈襄的几首词作之一，写得情真意切，曾枣庄认为这首词说明了东坡对朋友之情。而兄弟之情，曾先生点出的是名气极大的《水调歌头·中秋怀子由》：

明月几时有，把酒问青天。不知天上宫阙，今夕是何年。我欲乘风归去，又恐琼楼玉宇，高处不胜寒。起舞弄清影，何似在人间。

转朱阁，低绮户，照无眠。不应有恨，何事长向别时圆。人有悲欢离合，月有阴晴圆缺，此事古难全。但愿人长久，千里共婵娟。

东坡在这首词前作了一段小注："丙辰中秋，欢饮达旦，大醉。作此篇，兼怀子由。"该词成为描绘中秋月的巅峰之作，故胡仔《苕溪渔隐丛话》中说："中秋词，自东坡《水调歌头》一出，余词尽废。"因为这首《水调歌头》写得实在漂亮，流传到了京城，连神宗皇帝读到后也深有感慨，甚至认为其中两句表明了东坡虽然被贬在外，但依然怀念着皇帝。

至少，神宗是这么以为的，于是他立即把东坡调到离京城较近的城市去任职。这个意外所得估计东坡在作词时也绝未想到，该事记载于宋鲷阳居士所作《复雅歌词》中："是词乃东坡居士以丙辰中秋，欢饮达旦，大醉，作《水调歌头》,兼怀子由。时丙辰熙宁九年也。元丰七年,都下传唱此词。神宗问内侍外面新行小词,内侍录此进呈。读至'又恐琼楼玉宇,高处不胜寒',上曰:'苏轼终是爱君。'乃命量移汝州。"

曾枣庄在反驳他人指责东坡"短于情"时,还举出了《江城子·寄梦》,来说明苏轼对妻子的真情:

> 十年生死两茫茫,不思量,自难忘。千里孤坟,无处话凄凉。纵使相逢应不识,尘满面,鬓如霜。
> 夜来幽梦忽还乡,小轩窗,正梳妆。相顾无言,惟有泪千行。料得年年肠断处,明月夜,短松冈。

宋熙宁八年,东坡40岁时,写了这首词怀念前妻王弗,因情真意切,后世广泛传唱。从这首词可以看出东坡是一个非常重感情的人,所以说他的词作"短于情",显然不公允。

《甕牖闲评》中还记载了这样一个故事:"苏东坡谪黄州,邻家一女子甚贤,每夕只在窗下听东坡读书,后其家欲议亲,女子云:'须得读书如东坡者乃可。'竟无所谐而死。故东坡作《卜算子》以记之。"这位女子真够痴情,非读书如东坡者不嫁,这个结果让东坡听闻后也很伤感。这个故事描绘的是喜爱东坡的人,而历史上类似的记载不仅这一例。东坡有一首《江城子·江景》也是记述了一个爱他的女子:

> 凤凰山下雨初晴。水风清。晚霞明。一朵芙蕖,开过尚盈盈。何处飞来双白鹭,如有意,慕娉婷。
> 忽闻江上弄哀筝。苦含情,遣谁听。烟敛云收,依约是湘灵。欲待曲终寻问取,人不见,数峰青。

关于这首词的来由,同样出自《甕牖闲评》:"东坡倅钱塘日,忽刘贡父相访,因拉与同游西湖。时二刘方在制服中,至湖心,有小舟翩然至前。一妇人甚佳,见东坡自叙:'少年景慕高名,以在室无由得见,今已嫁为民妻,闻公游湖,不避罪而来。善弹筝,愿献一曲,辄求一小词,以为终身之荣,可乎?'东坡不能却,援笔而成,与之。"

这是个艳遇故事,东坡带着朋友去西湖游玩,突然划过来一条小船,上面坐着一位颇有姿色的少妇,自述从小就是东坡的粉丝,今天听说东坡来游西湖,于是就特地赶来相见,想给东坡弹筝,同时要求东坡为她写一首词。对于这样热情的粉丝，东坡不好推辞，于是就写出了这首《江城子》。

细品此词，可知这场艳遇无果而终，看来那位少妇是柏拉图式的精神之恋。站在男人的角度来说，情和性有时并不是一回事，在东坡的那个时代，这种情形更是如此。比如东坡在杭州任职时，有位老官妓要求退休，东坡答应了她的要求，另一位美艳官妓听说后，也要求退职嫁人，东坡却觉得这么漂亮的官妓离去了太可惜，于是坚决不答应。

东坡与那么多妓女打交道，当然也有跟妓女动真情的时候，比如他和钱塘名妓王朝云的故事。东坡纳了王朝云为妾后，被贬到惠州时，遣散家妓，而朝云执意陪着他前往岭南，这让东坡很感动，专门赠诗与她，可惜朝云短寿，在惠州病逝了。东坡将她葬在了惠州栖禅寺的树林里，同时写诗为悼，可见东坡确实对王朝云有着真感情。

东坡如此喜爱朝云，大概因为朝云很能揣摩东坡的心思。据说某天东坡捧着自己的大肚子散步，问身边的人里面到底有些什么，仆人们当然要讨他喜欢，有说是一肚子文章，也有说都是见识，唯有朝云说，东坡肚子里满是不合时宜。这句话大得东坡之心，令其捧腹大笑。

因为有了朝云的陪伴，东坡在惠州的日子没那么寂寞。某天，东坡与朝云闲坐，此时正赶上秋天，无边落木萧萧下，这让东坡悲从中来，于是让朝云唱那首"花褪残红青杏小"。朝云刚要唱，眼泪却先落了下来，因为她唱不下去词中的"枝上柳绵吹又少，天涯何处无芳草"。东坡立即明白了朝云的眼泪是因醋而起，不禁哈哈大笑，说自己正在悲愁，没想到朝云却在伤春。不久朝云病逝，东坡从此再也不听人唱这首词。

恰如朝云所言，东坡满肚子的不合时宜，这种性格使得他一路被贬，越贬越远，最后被发配到那个时代属于蛮荒之地的海南。但人生也并非全是厄运，毕竟还有"否极泰来"这个说法，后来他终于从海南被放回，可是以东坡的善良，他又一次将自己陷入了困境。东坡好不容易凑钱买了处房，想以此来安度晚年，然而某天晚上，他出外散步时，听到了一位老妇哭得十分悲伤，于是打问怎么回事。此妪告诉他，家中有一处房产已经相传了百年，现在被她不孝的儿子卖给了别人。东坡再问细节，原来他刚买的那处房子，就是此妇儿子出售的。东坡立即派人取来了房契，当着老妇的面烧掉，同时叫回老妇的儿子，让他把母亲接回。

如此善良之人，让我读来感慨万千。东坡没了房，于是回到了常州，但他再也没钱买房，于是借住在孙家的房子中，就在当年的七月，死在了孙家的房子里面。不世出的一位超级天才，就这样从世界上消失了。

王朝云墓和东坡纪念馆都位于广东惠州市西湖景区内。我来到惠州寻访时，这两处当然是我的重要寻访点。东坡在杭州时，很喜欢那里的西湖和西山，到了惠州后，刚好惠州有一个丰湖，风光也是十分秀美，于是东坡努力地将丰湖修建了一番，后来惠州丰湖也被人称作了西湖。

东坡在惠州太有名了，现在的惠州西湖景区建成了一座公园，公园之内到处修建着跟东坡有关的塑像和建筑，而真正的古物，我反而觉得应当是王朝云墓。朝云墓也做过重新的修建，墓前建有一座小亭，名叫六如亭，亭后即为其墓丘。墓的旁边有王朝云雕像，看上去颇秀美。但朝云究竟长得是什么模样，估计今人也不了解。朝云墓碑上刻着"苏文忠公侍妾王氏朝云之墓"，落款为"清嘉庆六年伊秉绶重修"。看来大书法家伊秉绶也爱读朝云与东坡之间的故事，故特意来此重修朝云墓，并且再刻了墓碑。

朝云墓后的山坡上是东坡纪念馆，纪念馆内正在举行书法展。我感兴趣的是碑帖拓片，浏览一番，却没看到年代久远的碑刻，于是走出纪念馆，继续在西湖景区内游览。又看到多尊跟东坡有关的雕像，其中一尊是东坡坐在那里吟诗，而朝云站在旁边陪伴，可惜没有将朝云刻成梨花带雨的模样。

苏东坡的终老地遗址位于江苏省常州市前后北岸，这里当然也是我的必访之地。这处遗迹就在一片仿古旧居之内，旧居之前有一个小广场，广场边上并列着两块文保牌，其中之一就是"藤花旧馆——苏东坡终老地遗址"。为什么他的遗址会叫藤花旧馆，文保牌上有如下一段文字说明：

> 前北岸明代楠木厅为北宋文学家苏东坡终老地遗址。北宋徽宗建中靖国元年（1101年），苏东坡自海南儋州遇赦北上，选择常州为终老地，寓居顾塘桥（今已不存）孙氏馆，同时病故于此。相传苏东坡曾手植香海棠和紫藤各一棵于院东北隅，故孙氏馆又称"藤花旧馆"，惜馆毁于宋末元初兵燹。明代中期，邑人为纪念一代大文豪苏东坡，在旧址上重建孙氏馆，至今犹存明代楠木厅。

然而文保牌旁的藤花旧馆实在小得可怜，我感觉它不到10平方米大小，也许这只是过厅，后面另有院落，可惜我来的时候这里锁着门，不清楚里面有着怎样的陈设。但无论怎样，能在这里找到东坡的去世之地，还是让我莫名地激动。

（选自《觅词记》，上海文艺出版社出版）

绥德之丘

_阿莹

难以想象绥德城一处校园深处的角落，竟然坐落着一代枭雄蒙恬的坟冢。

我穿过一扇水泥垒成的挺阔大门，绕过两座水泥砌就的雄伟楼宇，踏上一条水泥铺就的狭窄坡道，忽然间来到一座黄土堆成的高丘前，两只兵符样的石虎卧在两侧，并不茂盛的柳树随风荡漾，掩映着身后几尊并不沧桑的石碑，两尊碑面似乎已被风沙吹打得暗淡了，一尊石碑却显得漆黑锃亮，上刻道光年绥德知州所书"秦将军蒙恬墓"六个大字。天哪，那大名鼎鼎的蒙大将军居然栖身于此？我茫然四顾，丘不算高，大约两米，树也不密，仅仅五棵，这是不是有点憋屈啊？我放慢脚步绕到碑后，方知此乃近年仿造的新碑，清代旧碑已被文管所收藏了。其实，这碑新碑旧倒也无妨，只是想那蒙恬将军也是手握利剑威风凛凛之人，萎缩在这样一个喧闹的角落，恰似给他波澜壮阔的戎马生涯送上了一缕幽默。

那石碑后边的土丘如硕大的馒头，经历过两千多年的风雨冲刷，已丝毫闻不到当年的血腥了，而丘上覆着的一层蒿草，迷离稀疏，风吹头低，似在向过往的人们致意。蒙恬出身于耀眼的武门世族，一家三代为大秦帝国立下了显赫战功。始皇三年，豪迈的蒙字大旗杀入韩国，直取十三城；始皇五年，凌厉的蒙字大旗冲进魏国，又夺二十城；始皇二十五年，接掌蒙字大旗的蒙恬，少年得志，意气风发，一出手便将楚军打得人仰马翻，在统一六国的碑额上，潇洒地刻上了将军的业绩。随后，蒙恬率三十万大军驱逐匈奴，把黄河以南四十余县收入囊中，在今日绥德建立起上郡，统辖了西北的万千风物，可谓功高盖世，无人出其项背矣。

想爬上这座失却了巍峨的土丘，可我拨开萋萋草蔓，轻轻抓起一把黄土，视线被杂乱的楼宇遮挡了，但远古的腥风血雨却汹涌起来，强烈感怀到居高临下的威严，感受到苍茫大地腾起的云烟，也能听闻万马奔腾的轰响。当年的蒙恬跃马扬鞭，逐戎之后，不可一世，为了一劳永逸地解决边乱，防止稍纵即逝的马背民族扰袭，果断地将秦、燕、赵的城墙联结起来，增高加固，依势而行，西起临洮，东至辽东，造就了一座绵延万里的煌煌长城。似乎蒙恬攻城掠地的功绩，在史家的典籍里仅仅只言片语，而将军修筑的这道不屈不挠的万里长城，却在大地上擘画了一道永恒的曙光。

是的，史家似乎对这般雄奇之作小有责难，天下初定，人心未稳，劳民伤财，有违王道。那民间流行的孟姜女之传说，更搅动了人们柔软的神经，孟姜女千里寻夫一路坎坷，终于扑到长城脚下，忽闻夫君凶讯，不禁悲从中来，一声长啼，风过树鸣，群山低头；二声长啼，兵阵垂首，万马鸣咽；三声长啼，泪如泉涌，冲塌了长城垛口。这的确激起了人们对修造长城的愤懑，也给柔弱的姜家女儿送去了无尽的悲悯。不过，蒙恬的旷世之作最终抵挡了泪水和刀剑的磨砺，在浩瀚的山河间顽强地存留下来，使得中华儿女得以在长城内外繁衍开来，阅尽凝结着东方文明的块块青砖，怎一个豪迈了得！所以，长城脚下会默默刻上蒙恬的名字，从此也让多少英雄豪杰嫉妒得仰天长叹。

我慢慢地松开手掌，黄土顺着指缝滑落丘下，似与那高原上的大道有着相同的味道，苦涩倔强，朴拙味醇，却是包裹生命的味道。我知道，那条大道是从淳化的甘泉宫伸展过来的，那里发现了不少兵字和仓字的瓦当，带给人们当年武备中心繁盛的畅想。只是纳闷蒙恬修造的秦直道为何要远离长安，会从那里昂首起步？从那里起步的秦直道一路向北，再也没有回头，一直朝着浩瀚的草原挺进，逢山开路，遇水架桥，所谓堑山堙谷是也。从已勘明的情形看，这条被誉为古代高速公路的秦直道，宽有六七十米，窄也有二三十米。只是感慨古时没有测量仪，那一千八百多里的长蛇工程，一定是多处地方同时开建的，怎么会对接得如此顺畅呢？

不过这条浩浩直道，应该展现了大秦帝国的威武，旌旗飘飘，银枪闪闪，兵列如蛇，天涯望断，任是域外何等野心觊觎，也会勒马驻足望而生畏的。记得有位肩扛三颗将星的作家说，中国的历史就是抗击北方的历史，兵马辎重可直抵边陲，草原捷报可飞传回京，形成丁字的长城与直道，也许就是大秦帝国深谋远虑的佐证。然而，秦直道明明在沟壑荒原上未见断痕，司马迁为何断言"道未就"呢？我想，司马大人曾随汉武帝走过直道，他之笔下断不会妄言，可能有些路段设计宽度未能达标，也可能途中的驿站未及完工，督造直道的将军就蒙难入土了。

我想绕那黄土高丘走上一圈，摘几株碎花，拧几枝青叶，以表达心中的敬重，却生生被那杂乱的建筑挡住了，有的低，有的矮，毫不客气地挤住了三面。是啊,这是哪路神仙有资格与大秦将军争夺地盘吗?想当初这座坟冢一定高昂许多,经历千年风雨才成了这般模样,足见岁月之沧桑了。我不禁退后两步,手抚飘荡的柳絮,注目丘上杂乱的青草,耳畔竟荡起不绝于耳的悲声,似有愤慨从胸中泛起了。那蒙恬实在死得唏嘘啊,当时他手握三十万重兵,接到矫造的始皇诏书,没有拥兵自重,也没有揭竿而起,而是为了表现对朝廷的忠诚,心藏幻想,一等再等,终于等来了赐死的皇令。可怜大将军临死还以为是筑城修路挖断龙脉招致报应,让人一想起来便要扼腕长叹了。

是的,当年蒙恬含冤自尽,兵寨里悲苦震天,哀痛压弯了脊梁,南征北战的将士袍衣兜土缓缓拥来,一步一顿,一步两泪,将横扫六合的蒙恬下葬于绥德城下,也感动得天下百姓垂泪放声了。所以,这处土丘是被泪水浸泡过的,可谓其情也悲,其状也苦矣。可是,谁也没想到蒙恬下葬不过三年,大秦帝国便轰然倒塌了。这让多少治史人悲凄不已,他们为释放内心的愤懑,写诗作文,放歌长吁,似乎这些还不足以释怀,便机巧地为将军添加了几则斯文的传说。一是那《古今注》说,"秦笔恬所造,枯木为管,鹿毛为柱,羊毛为被"。呵呵,运筹帷幄的蒙恬看见兔尾垂地,激发了造笔的灵感,一个文人墨客钟爱的神器就诞生了。二是那《说文通训定声》又说,"古筝五弦,恬改为十二弦"。呵呵,舞刀弄枪的将军居然通晓音律,改造了温文尔雅的古筝。然而,今日考古发现,在秦朝之前已有毛笔问世,蒙恬改造古筝一说也难以成立。

那么,古人为何要臆造蒙恬之斯文呢?我看着一簇簇嫩黄的蔷薇,轻轻扶住石碑悠想,那是人们感慨蒙恬的忠勇,为让弯弓射雕的形象能够长留人间,便将斯文的创造戴到了将军头上,使之身上的光环越发完美,也使得文人墨客拨弦提笔便能想到蒙恬的造化,从而给了儒家仁义最好的注解,这应该是后人最为浓重的抒怀了。清代诗人就曾喟叹:"春草离离墓道侵,千年塞下此冤沉。生前造就千枝笔,难写孤臣一片心。"倘若蒙恬九泉有知,也一定会为世间能存这般思念而欣慰的。

所以,当我慢慢地走出学校大门,心潮越发波澜起来,不由得朝那黄土高丘回望,感觉那将军听到这朗朗的读书声,看到这欢快的跳操跑步,大概是不会感觉孤寂的。不过,尽管蒙大将军不会为今日境遇上书了,但上郡所在地还是应该为之开辟一块大雅园区的,毕竟将军一生豪迈进取,创造了两道可以触摸的千秋伟业,毕竟将军"累石为城,树榆为塞",铸就了塞上的人文基业,也使得这块泪水浇灌的小小土丘,演化出了一种别样的精神来的……

(原载《美文》2020年第11期)

康有为的洛阳行

_张瑞田

  雪花纷扬，我的脚下已是一层白雪。视线与雪花交织，看什么都朦胧，却有别样的味道。我还是向前看。此时，我的双肩有雪花堆积，一片片轻盈的雪花，如一只顽皮的鸟，与我嬉戏。我看着前方，很关注地看，那是一栋石房子，有十余米长，四五米高，中间有门，开着。门的两侧是双窗，门与窗涂着绛紫色的油漆，与灰褐色的石墙相映成趣。女儿墙围着屋顶，枯萎的藤蔓恋恋不舍地攀附，似乎等待春天的苏醒。

  石房子的正面有许多字，门楣上端，嵌着一条黑石，刻有"听香读书之室"。是隶书，整饬、规矩，得清隶遗绪。东西木窗的上端，分别嵌着黑条石，略矮于"听香读书之室"，右侧的黑条石刻有"谁非过客"，左侧的黑条石刻有"花是主人"，八个字，洞释了主人的心怀。该是何等通透、放达的名士在这里听香读书呢。门两侧是一副对联，联语沉郁静穆——"丸泥欲封紫气犹存关令尹，凿坯可乐霸亭谁识故将军"。对联的款识让我们知道了石房子的主人："张将军伯英隐铁门，营造园林蛰庐，吾来游，题之。癸亥九月南海康有为。"

  张伯英，即张钫，生于1886年7月17日，卒于1966年5月25日，同盟会员，参加过辛亥革命，举义于西安，先后任陕西镇守使，陕西讨逆军总司令，陕西靖国军副总司令。北伐后，任河南省代主席，第二路军总指挥。1949年在四川起义，曾任第二届全国政协委员。

  是"听香读书之室"的诱惑，也是康有为对联的吸引，踏雪步入洛阳新安，兴致勃勃凭吊这一段历史。

  走近"听香读书之室"，感受到石房子的厚重、沉实，我默诵康有为的对联，赏读他的书法，别有一番滋味在心头。雪还在下，一年初始，有一场雪弥足珍贵。雪花依然在眼前飞舞，它挡不住我的目光，挡不住我在康有为对联书法中的沉醉。

"泥丸欲封紫气犹存关令尹"，老子得道家奥妙，大丹将成，泥丸欲封。指老子骑青牛过函谷关被关令尹喜遮留，作五千言道德经之典。紫气东来乃"老子出关"时的一大胜境，流传千古。"凿坏可乐霸亭谁识故将军"，语出汉刘安《淮南子·齐俗训》中高士颜阖"凿坏而遁"之典故，以及《史记·李将军列传》，"还至霸陵亭，霸陵尉醉，呵止广。广骑曰：'故李将军'，尉曰：'今将军尚不得夜行，何乃故也！'止广宿亭下。居无何，匈奴入杀辽西太守，败韩将军，后韩将军徙右北平。于是天子乃召拜广为右北平太守。广即请霸陵尉与俱，至军而斩之。"

这副对联，康有为写于洛阳新安铁门镇的张家花园，后由康有为以"蛰庐"名之。主人张钫，从陕西靖国军副总司令的任上返乡，离开兵戈铁马，也不失一代名将的风度。康有为的联语和书法，饱含人生意趣。

对联是应张钫之请撰写书之的。此外，康有为又题写了"蛰庐"，给张钫写了赠诗，现在，对联、斋名、诗句依存，成为洛阳新安的文化印痕，也是康有为游历洛阳的证明。

康有为的洛阳之行，也是一个故事。

1922年第一次直奉战争，吴佩孚取得胜利，班师回朝，踌躇满志。这一年是吴佩孚的本命年，48周岁，49虚岁。吴佩孚是山东人，采用虚岁。1923年4月22日，是吴佩孚50岁的生日。时值直奉战争大捷，在河南洛阳驻节的吴佩孚政治、军事影响前所未有，曹锟酸酸地说，只要洛阳打个喷嚏，北京天津都要下雨。

吴佩孚五十寿辰，自然是一件大事。来自全国各地的政治、军事集团的领袖，各国驻华使节，社会贤达，纷纷到洛阳祝寿。吴佩孚有"廉洁文雅"的名声，仅收书画、花木之类的寿礼，因此，寿堂上挂满了书画，其中不乏名家巨匠的作品，身临其境的祝寿者看着这些精心创作的书画作品啧啧称奇。

吴佩孚五十寿辰，张钫自然是座上宾。在寿堂上，张钫从一幅幅祝寿的书画前经过，当他看到康有为的行书条幅，眼睛一亮，不由自主地停下脚步，认真欣赏。"牧野鹰扬，百世功名才半纪；洛阳虎视，八方风雨会中州"，宏阔、辽远，概括了吴佩孚的半生。显然，这是康有为自己为吴佩孚五十寿辰撰写的对联，然后用他生辣、野逸的行书书之，在寿堂上别具风采，引人注目。康有为没有到洛阳祝寿，这副寿联是他闻听吴佩孚五十寿辰，主动撰写，以行书抄录，然后寄至洛阳。

康有为的情，吴佩孚领了。寿礼结束，他致函康有为表达谢忱，康有为回函，对吴佩孚的才能大加称赞，并主动提出到洛阳访问的想法。吴佩孚当然欢迎。这一年康有为65岁。此前，他参与了戊戌变法，张勋复辟等政治活动，又到世界各地考察，著述、办学、演讲，声名远播。康有为到洛阳访问，吴佩孚做了周密的安排，他想借此机会让康有为看一看自己的丰功伟绩。

康有为的洛阳之行，吴佩孚请张钫作陪。

1923年10月，康有为抵洛，吴佩孚把他接到洛阳西工巡阅使署，彼此热络，大有相见恨晚之叹。吴佩孚称康有为学贯中西，一代文宗，康有为言吴佩孚轻裘缓带，儒雅风流，为一代名将。第二天，吴佩孚举行盛大招待会，欢迎康有为。直系高级将领，幕僚，洛阳各界领袖应邀作陪，康有为如沐春风。紧接着，洛阳地方政府在城内关帝庙举行欢迎会，洛阳道尹、县长、商会会长、商界代表，各中等学校师生等数千人与会，一瞻康有为容颜。康有为是人望颇高的公众人物，在全国有着广泛的影响，还有"圣人"之称，洛阳人当然愿意见到他。张钫陪在康有为左右，在洛阳地方政府的欢迎会上，他致欢迎词，说，康梁在清季领导变法维新如果成功，我国早成强国了；又说康有为不但在政治上开改革之先声，也是文章巨匠，学术泰斗；末了说他来洛游历，使洛人得瞻风采，真是幸事。

康有为见多识广，对洛阳人的热情颇为感动，他说："大家欢迎我，不敢当，刚才张先生欢迎词里所说的更不敢当。不过有这样一个机会和各位相会于古都，是我最欣幸的。"于是，引经据典，说"河出图，洛出书"，洛阳是我国古代文明发源地，有着崇高的历史和文化地位。康有为的话说到了洛阳人的心里，他们把康有为当成了知音。

张钫陪同，游览了关帝庙，大殿上的"翊国便民"四字引起他的兴趣，这是王铎所书，康有为说非此公无此笔力。关帝庙中的匾额、楹联，他一一诵读，并且品评。张钫在一旁认真倾听，他知道，康有为即是国际知名的政治活动家，也是清末、民国的著名书法家。

康有为在洛阳的行程有两周之久。张钫陪他游览了龙门石窟，在这里，康有为对石窟里的题记兴趣甚浓，他仔细看，一边看，一边若有所思地点头或摆头。康有为著有《广艺舟双楫》，这是一本论述书法的著作，推崇汉魏碑刻，对龙门石窟中的书法精品多有评述，他说："龙门造像自成一体，意象相近，皆雄峻伟茂，极意发宕，方笔之极轨也。"

亲临龙门石窟，欣赏这些既熟悉又陌生的造像记，想起自己三十多年前对它们的品评，康有为会浮想联翩的。

康有为与张钫共游了北邙山。这座神奇之山，所埋葬的帝王可称世界之冠。白居易诗曰："贤愚贵贱同归尽，北邙冢墓高嵯峨。古来如此非独我，未死有酒且高歌。"游北邙山，康有为感慨万千，在吕祖阁休息时，张钫看康有为兴致很高，问及戊戌变法的一些情况，其中包括袁世凯是如何告密的。康有为拜谒了几座帝王陵寝，想起光绪皇帝，陡升几丝伤感，他告诉张钫："德宗确是个有为的皇帝，可惜受制于慈禧，未展怀抱。至于项城告密事，当年他才练新军，力量有限，杀不了荣禄，为他的前途富贵告密，我倒不十分恨他。他逼清室退位，建立共和，也不算不对。他最不该又背叛民国，帝制自为，真是死不足以蔽其辜。"

康有为对光绪皇帝和袁世凯的评价，张钫觉得新鲜。康有为亲历的那段历史，对张钫也不陌生。两个人都是忧国忧民的政治精英，他们在洛阳相遇，所碰撞出来的感情火花，让彼此感到温暖。

康有为在洛阳期间，纵谈古今，横论书法，挥毫题字几成常态。有一天吴佩孚宴请，陪客众多，酒过三巡，有人请康有为挥毫，他不推辞，起身脱去长衫，悬腕秉笔，自如潇洒，气势如虹。贵客求字，他自撰联语，书就相赠。他持续书写了近四个小时，神清气爽，毫无倦意。站在一旁的吴佩孚连声称颂。

张钫也有丹青之爱，在陕西靖国军担任副总司令时，常与总司令于右任谈论笔墨，于总司令收藏墓志已成规模，对张钫影响甚深，他也留意墓志残碑，大量收购北邙山出土的墓志，最后建成"千唐志斋"，在金石书法界影响巨大。

康有为从洛阳又到西安讲学，11月末返回洛阳，住一日，与吴佩孚话别，然后南归。临走之前，吴佩孚奉送大量润金、旅费，康有为此行不虚。康有为离开洛阳不久，第二次直奉战争打响，吴佩孚惨败，到北平隐居。吴佩孚与康有为依然有联系，1925年6月10日，康有为与吴佩孚手札，深情款款，忧伤无尽——

"玉帅贤兄执事：官梦兰来，奉惠书，并承动定曼福，至喜慰。吾自去冬一病至今，生平伤心过于戊戌，以公败为仆病。而今北风变幻，沪乱伊始，粤乱如麻，川陕如沸，坐视中国至危，生民至苦，颠连呻吟之声腾天遍地。公既无聊，仆亦不能少救之，惟将迟暮供多病，奈何奈何。金佛郎案仆前已屡争之，有公主持，尚无少效，今则分赃已成实事，岂肯因吾一言而罢哉！新政府以来，吾欲无言，吾固以不忍为义者也，今则无所不忍矣，奈何奈何！但望公康强，中国犹有望耳。洞庭始波，君山青青，横槊赋诗，想多佳作，及今闲暇，望多读外国之书，知彼知己，诚不得已也。恃爱冒陈，伏维采察，为国自爱，敬请大安。书不尽言。有为谨启。闰四月卅日。"

可谓惺惺相惜。

手札中所言"望多读外国之书，知彼知己，诚不得已也"引人遐想。两个人均是复古派,对传统文化抱有幻想,在政治泥淖中跋涉日久,前途渺茫,康有为似乎感觉到走出困境的办法"外国之书"有之。

(原载《文汇报·笔会》2020年4月21日)

《击壤歌》：初民的悲欢

_聂作平

> 日出而作。日入而息。
> 凿井而饮。耕田而食。
> 帝力于我何有哉？
> ——《古诗源·击壤歌》

1

十多年前一个春日的下午，陕西西安郊外浐河边的半坡遗址博物馆里，我随着众多游人缓缓向前，逐一观看那些重见天日的遗迹与文物。其间，我在一口瓮棺前站立良久。旁边的解说文字说，瓮棺里的遗骸，是一个三岁的儿童。瓮棺里，还随葬了一块玉。解说文字认为，儿童多半是氏族首领的孩子，才有用玉器陪葬的哀荣。

据统计，半坡遗址一共出土墓葬250余座，其中，儿童墓葬73座。也就是说，将近三分之一的孩子，在童年时甚至婴儿时就夭折了。

无独有偶，距半坡遗址不远的姜寨遗址，同属仰韶文化。姜寨发掘的420座墓葬中，儿童墓葬230座，占比超过50%。——作为一个参照，2010年，我国五岁以下儿童的死亡率是1.84%。

那时，在我内心深处，升腾起一种莫名的悲凉。我替那些长眠地下的不知名的先民悲凉。在他们的时代，成长是一件极其艰难曲折的事。并且，哪怕付出了三分之一乃至更多儿童的早逝为代价，即便小心翼翼地长大成人，那时的人均寿命，也只有可怜巴巴的21岁。还不到今天的三分之一。当代人上大学的年龄，大多数先民已经深埋黄土。一生如同一瞬，出生即凋谢。即便侥幸不凋谢，在21岁的平均光阴里，他们每一个人都必须绝大多数时候忙于采集、狩猎，或是用石器、骨器和木器农具从事简单的原始农业。没有影视，没有书刊，没有酒，没有咖啡，当然更不可能有灯红酒绿的都市生活……

然而，随着年岁渐长，我发现我并没有资格同情他们。因为，古人有古人的幸福，现代人有现代人的烦恼。

2

如果说现代人的烦恼，我们感同身受的话；那么古人，尤其是上古先民的幸福，对我们而言，那是一个不为人知的秘密。

《古诗源》开篇第一首诗，就揭秘了上古先民的幸福：

> 日出而作。日入而息。
> 凿井而饮。耕田而食。
> 帝力于我何有哉？

诗非常简单明快：太阳出来就去干活，太阳落山就回家歇着。要喝水就打井，要吃饭就种地。这样的日子自由自在，谁还会羡慕帝王的权力？

狂人说他翻开历史，每一页都写着"吃人"，那是小说人物所言，不必完全当真。如果真要找一个贯穿了二十五史的核心事件，我以为，那就是两千多年的朝代更替，无不是追逐帝王的权柄而运行。

这个上古时代没有留下姓名的诗人，却公然对帝王的权柄表示鄙视。

击壤是古时的一种游戏。壤用木头做成，前宽后窄，长约一尺，形状似鞋。游戏者将壤置于前方，然后在后面三四十步开外，用另一只壤扔过去，击中者为胜。

汉代学者王充的《论衡》记载，尧帝时，有一群五十岁左右的老人——如今五十岁还是年富力强的中年，那时却是不折不扣的高龄长者——在路边玩击壤的游戏。一个路过的人围观了一番，感叹说："尧帝的品德，真是伟大啊。"

路人大概是个善于联想善于总结的人，他看到老人们快乐地击壤，于是联想到这是尧帝的德政，是帝王的权力给民众带来了福祉。

谁知道，击壤老人虽老，却一点不含糊。其中一个老人，随口就吟出这首诗，用来怒怼多事的路人甲。

沈德潜把《击壤歌》作为《古诗源》的开篇，或许还有一个潜在的隐喻：上古先民拥有一种质朴的自由和快乐；并且，彼时的人们，随口作歌（诗），直抒胸臆，不太讲究文采与辞藻，不像后来的文人士大夫写作，那么雕琢，那么字斟句酌。

按《竹书纪年》的记载推算，尧帝生活于距今约4200年前。尧帝时代虽然离半坡时代已有两千多年之久，但古代社会，尤其上古社会，无论技术进步还是社会发展都非常缓慢。不论半坡时代还是尧帝时代，都属于新石器时期。今天的人如果回到两千多年前或是两千多年前的人来到今天，绝对没法适应；但半坡时代的人如果来到尧帝时代，他会发现世界并没有多大变化：使用的还是石器，居住的还是草房，盛食物的还是陶器。

3

今天，我们在谈论上古中国时，最爱用的一个词是小国寡民。

小国寡民，它的原创者是大名鼎鼎的老子。

老子在《道德经》中说："小国寡民，使民有什伯之器而不用，使民重死而不远徙。虽有舟舆，无所乘之；虽有甲兵，无所陈之；使民复结绳而用之。甘其食，美其服，安其居，乐其俗。邻国相望，鸡犬之声相闻，民至老死不相往来。"

在老子眼里，最好的时代莫过于国家小，人口少，各国人民扎根于自家地盘，自给自足，自娱自乐，老死不相往来。

另一个大思想家孔子，也有过类似的表达。他信而好古，追慕三代——三代者，此前的夏商周也。

那么，道家和儒家两大巨头热捧的小国寡民，到底是传说还是现实？

回答是：现实。

司马迁在《史记》中说，黄帝时代，单是以河南、河北、山西、山东为核心的中原地区，大大小小的方国就达到了惊人的一万个以上，他称之为"黄帝时有万诸侯"。说是国，其实只能算部落或部落联盟。《帝王世纪》则认为，夏商之际，天下有1800个方国。及至西周初年，周天子先后分封71国，加上原有的，一共1700个。

不论黄帝时的方国，还是西周时的封国，他们都是一个个各自为政的小国家，黄帝或是周天子（也包括击壤老人们不以为然的尧帝），并不对这些小国的人民和土地进行直接管理。每一个方国的人口，宋镇豪在《夏商社会生活史》中依托考古做过一个估算。他认为，当时一个方国的平均人口只有1500人——还不如现在一个稍微大点的小区。另一些学者则估计，一个方国至多不过几千人。

尤其重要的是，由于地广人稀，加上技术条件落后，在老子和孔子的春秋以前的漫长年代里——如果从黄帝开始到西周结束，时间跨度约2300年，相当于从战国到今天这么漫长——国与国之间没有边界。

国与国没有边界，重要的倒不是人民可以用脚投票，而是国与国如同辽阔大地上点缀的一个个据点。据点与据点之间，是或大或小的作为缓冲的野地。比如，《左传·哀公十二年》说，"宋郑之间有隙地焉，曰弥作、顷丘、玉畅、嵒、戈、锡"。——宋国和郑国之间，有隙地六邑，相当于几个县大小，长达几百年里一直无人问津。

每一个方国的人口仅以千计，哪怕超级大国，也不过几千或上万，而国与国之间的隙地，不仅没有平坦的道路可以交通，而且到处都是蛮荒的原野，野兽出没，人迹罕至，国与国的交流自然非常少。有时非得见面，双方就在隙地相见，古人称之为"会"。

一个方国如果只有一两千人，那么多半会导致几种后果：

其一，不可能有庞大的官僚群体。如此之少的人口和如此之落后的生产条件，不可能养得活多少闲人。

其二，方国的统治者几乎认识所有国民，一个个方国就是一个个熟人社会，统治者与被统治者之间必然多些人情世故。

其三，与后世帝王抚有四海，威临天下不同，上古君王与普通民众相比，几乎没有多少特权。从历史记载看，直到商朝初叶，很多商王都还要亲自参加体力劳动。大禹治水，率先垂范，长期在水里干活，连腿上的汗毛也泡没了。

其四，方国自给自足，最主要的目的是吃饱穿暖，至于吃饱穿暖之后，实则没有更多的事情可做。所以，击壤老人才会如此优哉游哉并对帝王的权力表示不屑一顾。

相传，也就是老人们击壤而歌的尧帝时代，尧帝一度想把帝位禅让给许由。许由坚辞不受，逃到箕山下，自耕自食。尧帝又请他出来做九州长官，许由认为这种混账话简直严重污染了他的耳朵，他只好跑到河边洗耳。

许由的举动，或许有表演成分，但总的来说，正因为帝位对他没有什么吸引力，他才可以遵从自己的内心并予以夸张地拒绝。

4

　　时间推进到春秋，小国寡民渐渐不可挽回地成为过去式。作为哲人的老子和孔子，率先感受到了这种前所未有的巨变。

　　是什么导致了巨变的发生呢？老子和孔子都没有说。不过，从我们今天的视角去解读历史，可以得出结论：巨变源于技术。或者说，新技术引发了社会巨变。这种新技术，就是铁器冶炼。

　　世界上最早人工冶铁的是生息于小亚细亚的赫梯人，时间是距今 3400 年前——相当于我国的商朝。其时，中国最成熟的技术是青铜冶炼，并进入了灿烂的青铜时代。

　　青铜是人类使用的第一种金属，它是红铜与其他元素如锡、铅的合金，最早起源于土耳其，中国在距今五千年左右的黄帝时滥觞。商朝到东周，青铜写就了它在中国最辉煌的篇章。自它问世起，就被赋予了高贵的血统，尊称为金、吉金。不仅象征天下九州的九鼎用青铜铸成，大量礼器和兵器，也非青铜莫属。

　　不过，青铜农具却极为少见。一段真实的历史是，当商人和周人娴熟地掌握了青铜冶炼技术，并铸造出重达数百公斤的重器时，地里忙碌的农夫和奴隶，他们使用的农具，几乎清一色地还是石头、骨头或是木头。

　　青铜农具之所以非常稀少，在于青铜的珍贵。在"国之大事，在祀与戎"的古代，当青铜用来制作礼器和兵器尚嫌不够时，制作农具的概率肯定非常低。

　　人类最早利用的铁来自天外，也就是含铁较高的陨石。与青铜相比，这些偶然得到的铁并不为人所重，人们把铜称为吉金，相应的，把铁称为恶金。

　　春秋之际，人类终于掌握了冶铁技术。恶金不能做礼器，只能做兵器和农具。于是，大量锋利、廉价的铁制农具源源不断地制造出来。有了这些利器，农业的发展突飞猛进，粮食产量上了一个新台阶。研究者认为，"若西周的亩产为每亩 1 石，则战国亩产增加了 100%"。

　　粮食产量的增加，带来了人口的增长，人口的增长，反过来需要更多的粮食；而对更多粮食的需求，刺激人们开垦更多的土地。如此一来，自上古以来就存在于国与国之间的隙地渐渐消失了。按《左传》的说法，春秋时期，不仅宋郑之间的隙地变成耕地，晋国把豺狼出没的南鄙之田也开发出来。

　　当作为缓冲的隙地终至完全消失，各个方国之间第一次被无缝式地联结在一起。对土地的争端，对人口的劫掠便成为国与国之间常有的事。尽管春秋时代，诸侯国战争不断，但彼时的战争还规矩尚存，一般只以把对方打得认输为止，大抵不会屠城灭国。但敏感敏锐如孔夫子，他还是看出了一个丧乱无序的末世正在降临。

果然，随之而来的战国，强凌弱，众暴寡，烽火连绵不绝，上古众多的方国经过大鱼吃小鱼，小鱼吃虾米式的不断兼并，只剩下七大强国，而七大强国也终于被秦始皇铸为一体，用铁与血催生出中国历史上第一个大一统王朝。从此，"普天之下，莫非王土；率土之滨，莫非王臣"。帝力所及的范围，所有活着的人都是编户齐民，都是帝国这根绳索系着的蚂蚱。

从那以后，击壤的歌声成为绝唱。民众对帝力的态度，也从击壤老人的漠视，变成后世的顶祀膜拜，战战兢兢。

秦朝一统天下500年后，中国又一次陷入分裂。这一次，是南北对峙。当中原地区十六国纷乱时，偏安江左的东晋维持着风雨飘摇的半壁江山。著名诗人陶渊明就生活于这样一个时代。

陶渊明被称为古今隐逸诗人之宗，他的作品常流露出对隐逸的向往和对回归上古的渴望。他在名篇《桃花源记》里虚构的那个"不知有汉，无论魏晋"的世外桃源，其本质，就是一个与世隔绝，尤其是与帝力隔绝的自给自足的小国——小国里，"土地平旷，屋舍俨然，有良田美池桑竹之属。阡陌交通，鸡犬相闻……黄发垂髫，并怡然自乐"。

然而，不仅击壤老人的大同之世早就过去，即便老子和孔子的古风尚存的春秋也已过去。历史无法开倒车，无论多么缅怀留恋，一个远去的时代都无法复制。因此，陶渊明的桃花源只能存在于文人的想象之中，只能依靠文字，将乌托邦构筑在纸上。

5

半坡时代的人类聚落都有公共墓地，死者会被安葬在一起。死者的尸体被亲人安放在陶瓮中，陶瓮的盖子上会钻一个小孔。人们相信，死者并没有死去，他的灵魂，将通过这个小小的孔洞，往来于人间和阴世。

那样的初民时代，一个人从呱呱坠地到魂兮归去，短暂的一生就像在春天午后的阳光下打个盹那么急速。为了活下去，为了度过白驹过隙的一生，这些不知名的先民必须日出而作，日落而息，把一生中的大多数精力都花在填饱肚皮上。不过，回报他们这种辛劳的，是鸿蒙初开的新鲜世界，是大地上随意往还的任性自由,是悠悠骨笛吹奏的田园牧歌,是人和大自然亲密无间的零距离接触⋯⋯

(原载《随笔》2020年第3期)

心灵有约

大医与大爱

_韩小蕙

算我孤陋寡闻，在北京的协和医院宿舍大院生活了几十年，一直以为只有这一家"协和医院"。谁知近日看到一网文，说截至2018年，全国共有1700多家贴着"协和"名字的医院，唉哟喂！

其实真相是，真正与"协和"之名有历史渊源的，仅有三家，为：北京协和医院、福建医科大学附属协和医院（福建协和）、华中科技大学同济医学院附属协和医院（武汉协和）。这三家，以北京协和为首，代表了中国最高级医疗水平，是中国所有医院的旗舰。

在今年抗击新冠疫魔的战斗中，三家协和，在武汉会师了！

北京协和是用洛克菲勒慈善基金建立起来的，1917年在位于王府井的清豫王府旧址上破土动工，1921年建成启用，是北京协和医学院的附属医院。14栋碧玉琉璃瓦大屋顶下，全套西洋内构，费银750万美元，是当时全世界"最好的"医学院暨医院。一百多年来，北京协和医学院培养出来的学生成长为一代代顶级名医、大医，成为支撑起整个中国医疗大厦的栋梁。与此同时，北京协和医院开创了数不清的"中国第一"，比如，仅居住在我们协和大院的各位大医就有：李宗恩，热带病学专家，北京协和第一位有实权的华人院长；胡正详，中国第一代病理学家，孙中山的肝癌病理切片即是他做的；聂毓禅，北京协和高级护校的第一位华人校长；黄家驷，胸外科专家，中国第一位英国皇家医学学会会员；林巧稚，中国妇产科学奠基人之一……

而今，众多的"第一"，继续被北京协和的老、中、青三代医生持续创建着。单说这次援鄂抗疫，1月25日，国家卫健委下发通知，要求协和组建援鄂医疗队，短短3个小时的第一时间内，总共有在职职工4000多人的北京协和，就有3306名医护人员自愿报了名！

作为一个在协和大院长大的子弟，对那以后发生的所有事情，我都不再惊讶而更认为顺理成章：

1月25日，北京协和在第一时间里发布了《关于"新型冠状病毒感染的肺炎"诊疗建议方案》，为全国医疗救治工作树立起一个标杆。

1月26日起，北京协和先后派出4批共186位医务人员驰援武汉第一线。独立承担起武汉协和中法新城院区重症病房的救治任务。顶尖专家挂帅重症病区。ICU拔管成功率最高，把一位位重症病人从死神手上抢了回来。4位中青年医生代表在记者会上，以镇定自若的态度，用纯熟英文向中外记者详细介绍新冠肺炎重症救治的方法、经验。4月15日，作为全国援鄂时间最长的一支医疗队，最后一队班师离鄂……

福建协和是由创建于1860年的"福州圣教医院"与创建于1877年的"福州马高爱医院"合并而成的，建成于20世纪20年代，取名为"福州基督教协和医院"，取意为"同心协力，和衷共济，共同办好社会福利事业"。1937年医院标志性的红楼落成。至今天，红楼还在，该院已发展成为一组建筑群，2018年被国家卫健委公布为首批肿瘤多学科诊疗试点医院。有网友说，虽然现在福建协和不如北京协和、武汉协和，但无法否认她这160年来对福建医疗事业的卓越贡献，以及在老福州人心中"医者仁心"的崇高地位。

1月27日，福建协和首批援鄂医疗队抵达武汉，首先进驻武汉中心医院后湖院区；2月2日，进驻武汉金银潭医院，连续奋战28天；3月3日主动申请，重返武汉金银潭医院。他们救治的全部是新冠肺炎确诊病人和重症病人，病区是新冠肺炎疫情阻击战的标志性主战场。张定宇院长亲自带队指挥，克服了前期医疗防护装备不足、器材不足、经验不足、没有特效药等困难，积极采集病毒标本，摸索病毒特征，尝试各种救治方法，为后续医疗队蹚出成功之路……

武汉协和的前身是"汉口仁济医院"，取"仁爱济世"之意，1866年由英国传教士杨格非建起。1928年医院扩建，正式更名为"汉口协和医院"。经过140多年的风风雨雨，该院现在也已是悬挂着巨幅"协和医院"大红字的医学大厦，三级甲等，主要医疗工作量稳居全国前列，在武汉乃至通衢几省起着扛鼎的医学作用。武汉有一句老话，"要想活，送协和"；还有一句，"只要还有一口气，赶快赶快送仁济"，足见武汉协和的威望。

在此次抗疫鏖战中，武汉协和从院领导到感染科、医务部的干部、大夫们，用生命丈量着每个高风险的科室与区域：急诊室、发热门诊、隔离病房、普通病房隔离间、CT室、检验科、被服收集与存放处……及至医疗垃圾处置与存放处等；临床医务人员用生命战斗在临时改建的江汉方舱医院，除了治疗，同时清扫、隔断、放置床位、被褥……还现场培训各医疗队员、保洁、警察，现场指导工作人员穿脱防护用品……经过几十天的奋战，抢救了数百名重症患者，治愈了数千名轻症患者，彰显了武汉协和的中流砥柱作用。

三家协和，2020年交集在援鄂第一线。黑云压城，雪打雨摧，白衣天使，力挽狂澜，舍生忘死地撑出了武汉三镇的朗朗青天！事实证明，协和，到底是协和。当代协和人依然是中国医学界翘楚。因为他们的到来，不但病人们心里踏实了，就连整个儿荆楚大地都安稳了不少，江城更有了战胜疫魔的信心与实力。

协和，百年不倒的协和，令人高山仰止的协和，她的实力究竟是怎样建立起来的呢？原因有很多，我个人认为最重要的有两条：一是"病人至上"的崇高医德，二是顶尖的人才集聚库。

一、"病人至上"　尽管已经过去了几十年，我还十分清晰地记得，上世纪60年代去北京协和医院看病，那时还有好些诊室在地窨子里。当时我们小孩子一点儿都不害怕，因为在我们的小心眼儿里，都很相信"医生像妈妈"这句话，真的，这句话不虚，她们（还有他们）都是和蔼可亲的，笑眯眯，不板脸，践行的是大爱的医者仁心。

大神级医师吴阶平大夫曾说过:"我认为做一个好医生要不断从三方面努力。一是全心全意为人民服务,有高尚的医德;二是有精湛的医术,能解除病者的疾苦;三是有服务的艺术,取得患者的信任。关于第三点一般人并不很重视,不认为其中大有学问。我感到有经验的医生的突出之处就在这第三点上。"

这三点,从吴阶平、林巧稚所代表的医生教授们,到聂毓禅、王琇瑛为代表的护士们,基本都做到了,这首先是协和百年不倒的不二法门。

林巧稚大夫有几个不太被人知道的"习惯":她看门诊时,总要看完当天挂号的所有病人才下班。如果她看到哪个病人表情痛苦,就会丢下手里的事去直接询问。有时护士提醒她说,待诊室里来了"特殊病人",林大夫总是严肃地回答:"病情重才是真正的特殊……"

著名外科学家、中国现代基本外科奠基人之一的曾宪九教授,也有让后辈终生铭记的一件事,协和医院原外科主任钟守先回忆说:

> 有一次,我们正在查房,一位护士跑过来说,隔壁病房有一病人突然不行了。曾主任带着我们迅速赶过去,这时病人已经停止了呼吸,曾主任一个箭步冲上前,毫不犹豫地为病人做口对口的人工呼吸,这一动作激励了周围所有的人,大家争相上前交替参加抢救,最终使病人脱离危险。原来这是一位肝硬化门脉高压行分流术后的病人,因肺动脉栓塞而突发呼吸骤停……

在著名内科专家、医学教育家、中国消化病学奠基人,长期担任协和内科主任的张孝骞大夫身上,也发生过很多故事。他从1921年7月开始看病,到1986年7月看完最后一个病人,在整整65年的临床诊断中,显示出极为高超的技术,拯救了无数重危病人,甚至有的病例在世界上只发现过几例。1977年10月,张大夫确诊了一例间叶瘤合并抗维生素D的低血磷软骨病,这种病在世界上极为罕见,此例是全球第8例。这个男性患者多次发生病理性骨折,站立困难,被诊断为腰肌劳损、风湿性关节炎,服用大量维生素D和钙剂均无效,长期医治不愈。张大夫仔细研究临床记录,又检查到病人右侧腹股沟有一个小肿物,立即想到这肿物可能分泌某种激素物质导致钙磷代谢异常。手术切除后患者的症状很快消失,一年后随诊无复发……

类似这样的事,在协和老教授们身上,多多矣!面对这样崇高的"协和精神",谁能不为之动容!可幸的是,这些令人高山仰止的"老协和传统",

被薪火相传到了今天——在今天的北京协和医院里，不仅仍然集聚着一大批医术顶尖的名医、专家、教授、权威，也还仍然保持着医者仁心的大爱。

比如仅就我看过病的我了解到的，有两位"老协和人"行医一辈子了还在出门诊，一位是口腔科的赖钦声大夫，87岁了，给患者治牙，一站就是一上午，年轻人都觉得吃不消，你说老爷子能不累？另一位是神经科的郭玉璞大夫，92岁了，还不肯把自己歇在家里颐养天年。中年医生中，妇科的潘凌亚大夫在病人们的口口相传中，被称作"潘菩萨"，看她出诊真是感动：下午半天门诊，每次都要看五六十名病人，经常要看到晚上八九点，即使这样，她也要求自己保持态度上的和蔼耐心，宁愿自己累得说不出话来，也要对一个个病人交代清楚；特别是对来自农村边远地区的弱势病人，更是格外和善，细致周到。还有某年我膝盖疼，在协和APP上挂骨科号，谁也不认识，看到有冯宾副教授的号就挂了，初诊时见到这是一位青年大夫，看病很认真。回家遵医嘱吃药，过两个月又去复诊，一件令我完全没想到的事情发生了：当冯大夫听说我膝盖已经不疼了时，竟然一脸灿烂地笑了，就好像为他的亲人一般发自内心地高兴。当时我都有点傻了，特别想对他说："冯大夫，你笑起来真好看！"我的意思是说，医爱就是药，病人能遇到这样真心大爱的好大夫，真是一种幸福呀……

在医院里是这样，走到天涯海角也不含糊。还要说今年在援鄂前线，北京协和医疗队收治的都是生命垂危的病人，在初期对新冠病认识不太清楚和没有特效药物的情况下，医疗队员们把所有医护手段全部关口前移，各级医生包括查房教授，保证每天进病房，到床边到病人身边去，在第一时间里发现病人的病情变化和对治疗的反应。并按照医院的传统做法，坚持早上进行早交班和大查房，晚上雷打不动核心组交班；坚持把病人一个一个拿出来进行讨论，前后方联动、多学科协作，形成每人一个治疗方案。在全队上下的共同努力下，使很多病人转危为安——高举百年来大爱精神的协和人，创造了新时代的奇迹。

二、顶尖的人才集聚库 都知道协和的医疗水平高，都信任协和的诊断和治疗，为什么？协和有全国顶尖的大医生呗。前面说到单是住在我们协和大院的名医，总共16栋小洋楼里，每栋都有可在中国医学史上浓墨重彩的大医、专家和教授。本文限于篇幅，只能择几位简单一说：

住在36号楼的张鋆（1890—1977）教授在大院里被称为"老爷子"。说来在我们大院里地位最高的，既不是最著名的林巧稚大夫，也不是黄家驷院长，而是这位老爷子，过去年年五一劳动节和十一国庆节，都会有小轿车接他上天安门去观礼，当年小姑娘的我，曾好几次看见老爷子穿着笔挺的西装，像一块直上直下的木板一样，笔挺地站在大院门口等车，脸上永远是他那一副肃穆的表情。

这位不苟言笑的大解剖学家，在我的小心眼儿里，似乎就是堂吉诃德的化身，身材瘦长，脸型瘦长，不怎么出现在大院里，出现了也不与别人搭腔，兀自走自己的路。我那时不明白他的地位为什么那么高？及至成人以后才了解到，上世纪40年代，他曾以"中国人脑沟回模式等同于欧美白人"的医学事实，回击了帝国主义分子污蔑中国人种低劣的谬论。新中国成立以后，他出任全国人大常委，官至中国医学科学院副院长，但他本质上永远都是一位大医学家。他是协和医学院解剖学系的第一位中国籍系主任，都说他的课只要上过一次，会终生不忘：老爷子上课时也是一副不苟言笑的面容，不怒自威，令人生畏，不但学生怕他，就连助教们也都诺诺。他的语言逻辑严谨，没有废话，又精通中、日、德、英四国语言，讲课时不仅表达自如，而且旁征博引，深入浅出，把十分枯燥的解剖学等课程讲得妙不可言。最惊倒学生的是他授课时从不带挂图，讲到什么地方需要图像演示时，马上就在黑板上画，有时两手各持一根粉笔，同时发力，左右开弓，几秒钟就画出来，真是大神啊！

大院里还曾住有一位"奇人"，即30号楼的王善源（1907—1981）教授。他是1956年携荷兰籍夫人回国定居的，带回来40余箱精密仪器，周恩来总理都在百忙之中接见了他，中国科学院院长郭沫若也多次宴请这位大神。中国医学科学院流行病学微生物学研究所聘他为一级研究员，中国科学院增聘他为学部委员（中科院院士）。

他怎么有这么大的"范儿"？原来他真的是一个厉害角色：精通美、法、德、日、荷兰、意大利、西班牙、马来亚8国语言；分别毕业于荷兰莱登大学医疗系、法国巴黎大学物理数学系、英国伦敦电子与音乐工业公司学院电子仪器系，先后获医学博士、物理学博士、电子工程学学士学位；专长医学、物理学、数学、电子学、化学等，研究工作涉及很多学科领域（哦哦，让我联想到多学科巨神达·芬奇！）1948—1956年归国前，先后受聘担任过荷兰生物物理试验所所长、荷兰结核病门诊部主任、荷兰生物物理学会委员、万国生物气象学协会委员等；在全世界发表有关医学微生物学、生物物理学、胶体化学、统计学等方面的著作和论文70余篇，成就非一般科学家可企及。

回国后，王善源研究员确定了"流行性感冒、肺结核及肿瘤的发病机制、防治对策及有关基础理论的研究"等的科研课题，对各项实验都亲自参加配液、实际操作、记录整理和论文撰写的全过程，始终把握着第一手材料，每天都要工作到深夜。他还在国内较早建立起小白鼠肿瘤模型，发现了肿瘤在一定条件下可以产生，亦可消除，不是"不治之症"，从而为进一步深入研究打下了基础……这么介绍着，倒让我模模糊糊想起，当年似乎见过这位大神。但更有印象的是他的荷兰籍太太，像苏联老大妈一样胖胖的，金黄色头发，穿宽大的长裙子，基本不独自出门。还有就是他们家经常来一大帮老外客人，女的比较多，也都是穿长裙，也都是金黄色头发，那时候北京的外国人还非常少，老外都属于可堪远观的"西洋景"。

我没见过顶着4个专家头衔的张学德（1916—1981）教授，上世纪50年代他居住在33号楼。据说在上学期间，他还有一个让同学羡慕嫉妒恨的头衔，就是年年的各科状元，只要他不毕业，别人就甭想拿第一，这学霸当的，真让人绝望啊。难能可贵的是，他自幼家境贫寒，靠慈善金和奖学金一路读书，1936年考入北平协和医学院，在全国尖子生中继续当状元，每年都以各科成绩第一而获得学费全免的奖励。1942年任北平协和医学院住院医师。"太平洋战争"爆发后，协和医院停办，张学德拒绝与日寇及汪伪政权合作，离开协和，出走北平，表现出中国知识分子的民族傲骨。1950年张学德返回北京协和医院，后组建传染病专业组兼任主任。1956年作为专家，参与对包括731细菌部队在内的日本战犯的审判工作。1957年奉命入伍，组建全军第一所传染病专科医院（解放军302医院）并任第一任院长。在上世纪60年代，张学德对鸟疫进行了病原分离和血清学调查研究，研究鸟疫在我国的流行和存在的隐性感染；又指导全国及全军防治痢疾、传染性肝炎、钩端螺旋体等传染病的工作。

33号楼位于8栋联排小洋楼的中央位置，这楼里还住过王世真（1916—2016）院士一家，除了夫人儿女，还有他母亲林剑言老人，大院人皆称为"王奶奶"——说来这是属于市井小民的称呼，对于她老人家实在是太不合适了，这老太太可是一位不得了的"人物"，她是民族英雄林则徐的曾孙女，其诗词、书画、酒量俱佳，说话直率爽利，很有"女侠"剑气；老夫人还好客，她的一大堆朋友说出来也吓人，比如梅兰芳大师、齐白石老人、何香凝、廖梦醒等等，这些大名人以前曾多次到33号楼造访，令我们大院"蓬荜生辉"。

王院士是生命科学家，中等个儿，戴一副细边的金丝眼镜，文文弱弱，一副书生模样，却是世界上最早参与研究放射性核素的科学家之一，是中国核医学事业的创始人和掌舵人，被尊称为"中国核医学之父"。他在甲状腺素的研究中开拓了结构和功能关系的研究新领域；在国内合成扑疟母星；研究、合成并生产了多种标记化合物，比如早年广泛应用的杀虫剂DDT，还有用于抗肺结核的特效药雷米封。王院士的两位弟弟也都不是凡人，说起来如雷贯耳：一位是著名文物专家、文物鉴赏家、收藏家、文化学者王世襄先生,文化圈内没有不知道、不敬仰这位大神的;另一位是公路工程专家王世锐先生,曾主持参加中国及境外多条公路和一些永久式桥梁的测设施工,并开辟了中国对外公路工程承包事业,也是"中国××之父"式的大神——瞧这一家子,高山仰止啊!

协和大院除了16栋美式小洋楼之外,还有一座风格迥然不同的英式灰楼,胡懋华(1912—1997)大夫生前居住在该楼西侧。这位了不起的女大夫是中国第一代放射学专家,中国临床放射学奠基人之一。1953年起就担任了协和医院放射科主任,创造性地将放射科的诊断工作,按解剖医学划分为神经、骨骼、胸部、胃肠等专业组;还首创了"临床放射讨论会"。这些模式的建立,对中国放射学的发展起到了示范作用。

每次与胡大夫路遇时,我都会停住脚步,恭恭敬敬地唤一声"胡阿姨"。我很早就听到过关于她的两则"神话":一是她出身名校,当年还是燕京大学女子排球队队长。二是多年后已做了放射科大夫,某次会诊,一屋子协和名医,只有她一位女性,所有人皆认为那是一例恶性肿瘤;最后,一向低调的胡大夫慢悠悠表态,却语出惊人,否定恶性判断,事后证明了她的判断是正确的。

从我孩提时代到后来我长成青年、中年的几十年间,胡阿姨给我的印象一直是6个字:朴实,低调,慈安。除非参加重大外事活动,她的衣饰从不华丽,日常穿着就像一位中学老师,整洁端庄大方就好了。她的语速一贯徐缓,声音不高,像茉莉花一样暗自吐香,从不出风头和喧哗炫耀。她待人平易和气,对我们这些不相干的小小晚辈,也从来都是专注和善,认真倾听。后来很晚了我才知道,这么朴实无华的胡阿姨,却原来是一个"官二代"呢,她父亲曾任职江苏省教育厅厅长,但她和哥哥胡懋廉都没有躺在家世上犬马声色或是风花雪月,而是发奋读书,终于双双成就学业,哥哥亦成为中国耳鼻喉科的一代宗师。

百年协和史,滚滚长江水。前浪带后浪,后辈逐前贤。浪花腾飞处,代代尽英杰。人物和故事太多了,道不尽,讲不完。感兴趣的读者请去看拙著《协和大院》,人民文学出版社2019年12月出版。

(选自《协和大院》)

与你的名字相遇

_李舫

> 乙亥末，庚子春，荆楚大疫，染者数万，众惶恐，举国防，皆闭户，道无车舟，万巷空寂。然万狼异动，垂涎而候，华夏腹背芒刺。幸龙魂不死，风雨而立。医无私，警无畏，民齐心，政者医者兵者，扛鼎逆行永战矣。商客、邻家、百姓，仁义者，邻邦捐物捐资。叹山川异域，风雨同天；岂曰无衣，与子同裳。能者竭力，万民同心。众志成城，疫除，终胜，此后百年，风调雨顺，国泰君安。

从第一声划破天际的哨声到今天，已经整整六十天了。

除夕前夜，武汉封城的号令给人们带来的紧张、焦虑、惊恐，随着时间的流逝似乎渐行渐远，散入记忆的荒野。数不清的医务人员、公安干警、人民解放军、社区干部、志愿者……在一线奔波，他们昼夜奋战所流出的泪与汗，滴落在口罩、护目镜、防护服的背后。历添新岁月，春满旧山河，这个家国一体、举国欢庆的传统日子，在这个春节陡然有了特殊的意味。武汉，这两个字，依然刺激着中国乃至世界最敏感的神经。午夜时分，一切安静下来，似乎什么都未曾发生。一只兔子在空无人迹的大街上肆意狂奔，这是它此生最轻灵、最自由的时刻吧，它曾经的主人此刻安在哉？火神山、雷神山、某一座方舱医院，抑或早已化为一缕青烟？突如其来的疫情隔离了人和人，也隔离了人和众生。

这是庚子年的冬春交替，这是庚子年的乍暖还寒。

凛冬仍未过去，残雪和病毒藏匿在阴影里，"立春"的蓬勃朝气和"雨水"的葱茏丰泽却扑面而来。久违的阳光澄澈、明润，倾泻在空旷的街道、空旷的广场、空旷的楼宇、空旷的园林，以及空旷的人间，如同一场魔幻剧，散发着饱经沧桑的痛彻、久经忧患的悲悯。一座城市被按下暂停键，陡然间安静如斯，一个民族擦去悲伤的泪水，同病毒加速竞赛，一个国家在灾难中同舟共济、守望相助，同时也在反思，如何让往事不再被遗忘、让灾难不再重演。

还有什么比这更惊心动魄？还能有什么比这更惊心动魄！

似乎没有。

然而，有的！

在众人忌谈瘟疫、躲避灾难之时，一个又一个白衣战士，一支又一支医务队伍，一车又一车医疗物资，从温暖、安逸、团聚，从爱人的怀抱里、从幼儿的哭泣里、从父母的叮咛里，毅然决然，走进灾难的中心，走向抗疫的战场，和时间赛跑，同病魔决战，与死神较量。在他们曾经漫长的医学教育中，他们懂得了"敬佑生命、救死扶伤"；在他们曾经漫长的医务工作中，他们实践着"甘冒风险、大爱无疆"；而今，在这与时间的赛跑中，他们用自己的言行、用自己的生命，告诉我们——如何做一个人。

这是一场没有发令枪的接力赛，这是一场没有硝烟的战争——

1月24日，除夕，这样一张照片迅速刷屏：一名身着迷彩服的女兵扭着头、抿着嘴，挽起袖子打针。

这名女兵，是陆军军医大学医疗队队员、西南医院肝胆科主管护师刘丽。出发前，刘丽给妈妈打电话说有任务。七天后，她戴着口罩和护目镜的照片被广泛传播，妈妈才知道，她是到了收治新冠肺炎病人最多的武汉金银潭医院。

2月18日10时54分，51岁的武昌医院院长刘智明停止了呼吸，一个智慧、明亮的生命从此定格。

改造病区、腾挪病房、运送病人、调配人员、解决物资……他在同时间赛跑，也在同自己的生命赛跑。终于，就在武昌医院大规模收治病人的当天，刘智明自己也躺到了病床上，CT结果显示肺部严重感染，病毒核酸检测确诊为阳性。一起战斗！他向战友们发出邀请。可是，这一次，他没能跑赢死神，化作天空中最亮的一道光。

这是一双双蔼然忧思的眼睛，这是一张张稚气未脱的脸庞——

1月18日，又一张照片迅速刷屏。傍晚，84岁的中国工程院院士钟南山一边告诉公众"尽量不要去武汉"，一边自己登上去武汉的高铁。高铁餐车上，钟南山睡着了，疲惫焦虑的双眉依然紧蹙，桌子上是摊开的文件。2003年，非典肆虐，时年67岁的钟南山说："把病情最重的病人送到我们这里来！"17年后，新型冠状病毒感染肺炎暴发，84岁的钟南山又一次挂帅出征。正是他的一声"人传人"的呐喊，惊醒了中国。

"同事们在前线勇往直前，我怎么能当逃兵？"春节前，武汉市中心医院麻醉科护士崔肖回到家乡黑龙江过年。关注着疫情，崔肖的心也不断揪紧："马上飞回武汉，恨不得插上翅膀回去支援。"2月1日，崔肖赶回武汉，立刻回医院报到。每天与病毒和危险相伴，崔肖毫不畏惧：这是我的责任，也是我的义务。

这是一个个勇往直前的战士，这是一个个舍生忘死的医者——

还有多少我们还不知晓的故事，还有多少我们尚未探知的名字？还有多少被口罩和护目镜遮住的面庞？还有多少累得摊在桌上、椅上、地上的身影？

朱海秀——22岁的朱海秀，是中山三院首批23名支援湖北疫情医疗队员中年龄最小的一位，清秀的眼眸天真无邪。

彭银华——29岁的协和江南医院呼吸与危重症医学科三病区的医生，在武汉市金银潭医院悄悄辞别了人间，此时，他身怀六甲的妻子正等待他回去举行婚礼，谁承想，结婚照变成了遗照。

吴亚玲——母亲猝然离世，吴亚玲躲在员工通道的一个角落，通过视频同母亲诀别，当晚，脱下厚重的防护服，吴亚玲在狭小的宿舍哭了整整一夜。

韩家发、王琼娅——夫妻俩，一个是汉口医院放射科副主任，一个是汉口医院副院长，他们将孩子交给老人，果决地双双奔赴战场。

余平、李叶子——夫妻都在武汉市中心医院急诊科，但是疫情却让他们咫尺天涯。2月14日，余平给妻子准备了一份别样的礼物：科室刚发的防护服和N95口罩。"这个特殊的情人节，我们都要好好的！礼物奉上，请笑纳。"

曹志刚——三峡大学附属仁和医院急诊重症医学科主任。疫情发生后他第一时间投入战斗，成为医院专家救治组成员，从此他的生活里便没有了白天和黑夜。"爸爸，您是我的骄傲！"儿子给他的一封长信，让他双泪长流。

彭渝——陆军军医大学第一附属医院护理处处长、主管护师。她没来得及通知家里，就来到武汉市金银潭医院。几天后，丈夫还是从电视新闻中发现了她的身影。他在给她的信中写道："媳妇，见字如面：太了解你的脾气，又是一次艰苦任务，望规范操作，把握流程细节，切勿粗心莽撞，沉着冷静。你是我妻也是战友，务必牢记初心如磐，使命在先，盼早日凯旋。"

还有多少在我们眼前飞驰而过的名字？它们像一条条闪电，一声声激雷，一道道彩虹，在空中高升、炸裂、凝固。谌磊、刘丽、王强、沈雪、杨波，纯朴的父母用他们朴拙的心写下了对孩子的最素朴的祝福。宋彩萍、赵玉英、黄团新，父母将他们美丽的期冀小心翼翼地包裹在孩子的名字里，希望他们有丰富的人生、卓越的建树。郭玮、贾娜，浪漫的父母是一张最动人的调色盘，他们祝福自己的孩子——天匠染玮烨，花腰呈袅娜。付靖、江世娥、余琳欢，父母将怎样宁静古老圆融的理想安置在孩子的名字之中，期盼他们娥媌靡曼，一生靖晏，平安无虞，满目琳琅。张定宇、夏思思，读这饱含忧思和神祇的名字，就知道他们的父母是如何将曾经苦难的中国托付给未来，是的，孩子们没有辜负他们，沧海横流，方显英雄本色。

此时此刻，我们用笔、用心写下你的名字，猜测口罩、护目镜、防护服背后的你的模样。很多年前，究竟是什么吸引着你走进医学院的大门？是什么让你选择了一个与灵与肉打交道的职业？从一个怀揣无数问号的学生，成长为一名守护神圣生命的战士，这之间曾经发生过什么？而你，又曾经遭遇过什么？

很多很多时候，我们猜测，你究竟在实验室度过了多少无聊时光，在解剖室受过了多少惊吓，在标本室看到了多少被肢解又被浸泡在福尔马林里的器官，在显微镜下观察了多久才知道了细胞与细胞的不同，在自习室默诵了多少遍药物的分子式以及它们的英文、法文、德文、拉丁文名字，你究竟是怀着怎样的勇毅和顽强完成了四年五年乃至八年十年的学业，才成长为一名合格的白衣战士。

当你拿起手术刀走向你的第一个病人，当你拿起注射器走向你的下一个病人，你在想什么？当你完成消毒走到无影灯下，当你完成例行的查房写下长长的病志，你在想什么？当你做完一台手术完成一场抢救，当你看着病人恢复健康走出医院大门，甚至忘记了向你道谢、与你告别，你在想什么？

成长为医者的过程，是漫长的苦行僧的过程，是与遗忘、与懒惰、与颓废、与寂寞，甚至与自己搏斗的过程。你首先要忘记自己，才能完成病人交付的一切。你还要习惯于生活里没有自己，才能习惯在每一个静谧的夜晚被急救的电话惊醒，在每一个需要你的时刻放下一切决然返航。

成长为医者的过程，是漫长的远航者的过程，是与暗礁、与风暴、与雷电、与枯寂，甚至与大自然搏斗的过程，你首先要放眼辽阔的远方，才能完成既定的航程。普利策的那句话说的何尝不是你——倘若一个国家是一条航行在大海上的船，那么你就是船头的瞭望者，在一望无际的海面上观察一切，审视海上的不测风云和浅滩暗礁，及时发出警报。

在医治病患之前，你要学会医治自己。成长为医者的过程，是你不断丰富自己、改造自己、完成自己的过程。你需要学会多少、经历多少，才能够让素不相识的病人在第一时间就会信任你；你需要怎样的尊严和骄傲，才能够让自己抵挡无处不在的诱惑；你需要怎样的理想和信念，才能够在见过成千上万的病痛之后，免于可能出现的职业化冷酷，保持着曾经的赤子初心。

每一刻，每一天，我们在电视里、在微信中，在亲人的信笺上、在远方的思念里，寻找你的名字，默念你的名字。这些日子以来，我们也在懂得你，并学习记住你的名字。

可是，很多很多时候的你，没有名字。

脱下白色战袍，你是我们的父兄、姊妹、妻儿，我们的远亲、近邻，我们的同学、同事。可是，穿上了白色战袍，你又立刻变身，成为一个又一个被封缄在防护服里的钢铁侠，一个又一个化身拯救人类无所不能的奥特曼。

一袭白衣，到底有什么样的魔力，能让一个人不惧生死？

你还记得那个"神农百草"的典籍吗？"民有疾，未知药石，炎帝（神农氏）始草木之滋，察其寒、温、平、热之性，辨其君、臣、佐、使之义，尝一日而遇七十毒，神而化之，遂作文书上以疗民族，而医道自此始矣。"上古时候，五谷和杂草长在一起，药物和百花开在一起，哪些粮食可以吃，哪些草药可以治病，谁也分不清。黎民百姓靠打猎过日子，天上的飞禽越打越少，地下的走兽越打越稀，人们就只好饿肚子。谁要生疮害病，无医无药，不死也要脱层皮啊！老百姓的疾苦，神农氏瞧在眼里，疼在心头，于是，尝百草，兴医道。

你还记得那个"悬壶济世"的传说吗？"市中有老翁卖药，悬一壶于肆头，及市罢，辄跳入壶中，市人莫之见。"连《西游记》记载神通广大的孙悟空成仙之道，都是与"悬壶"密切相关：孙悟空在炼丹房里，遍寻太上老君不遇，但见丹灶之旁，炉中有火。炉左右安放着五个葫芦，葫芦里都是炼就的金丹，于是他就把那些葫芦里的仙丹悉数倒出来吃掉，从此百病不侵，战无不胜。

你还记得那个"妙手回春"的故事吗？"但是药铺门里门外，足足挂着二三十块匾额：什么'功同良相'，什么'扁鹊复生'，什么'妙手回春'……"春秋时期，齐国本名"秦越人"的神医经过虢国听说虢太子猝死，就问中庶子太子的症状，众者束手无策，只有秦越人认为虢太子只是假死，可以救活。秦越人叫弟子子阳磨好针，在太子的穴位上扎了几针，太子瞬间苏醒过来，不久便完全康复，秦越人赢得妙手回春的称号，由此被后世称为翩翩欲飞的"扁鹊"。

诚如鲁迅先生所说，中华民族自古以来就有埋头苦干的人，就有拼命硬干的人，就有舍身求法的人，就有为民请命的人。

一袭白衣，竟然有这如此魔力，能让一个人不惧生死——这就是医者的人道，这就是中国的脊梁。

有谁见过穿"尿不湿"工作的医生？

抗疫初期，医疗物资短缺，医护人员超负荷运转，为了争取更多的时间救治病人，不敢摘下口罩脱下防护服，不敢吃一点饭喝一口水。甚至为了尽可能不去卫生间，你随身准备了"尿不湿"。

有谁见过满脸都是压痕的护士？

值完一个班次，从隔离区走出来，你摘下护目镜和口罩，额头、脸颊满满都是深深的压痕，这样的痕迹甚至几个小时都清晰不散，不少人脸部的皮肤开始过敏红肿。

有谁见过这样绵延不绝的白色长城？

截至2月23日，全国29个省区市和新疆生产建设兵团、军队系统已调派医疗队330多支、医护人员41 600多名驰援湖北、驰援武汉。

国有难，召必至。

我们都见过冲锋陷阵的战士，见过慷慨赴死的斗士，可是，有谁曾见过天使的模样？

如果有谁见过穿着"尿不湿"的医生，见过满脸都是压痕的护士，见过防护服后背上写着"精忠报国"的"岳飞"，见过北协和、南湘雅、东齐鲁、西华西的硬核"王炸"，那他一定会知道天使的模样。那就是你——你，也许没赢过一次不公平的伤医暴力，却从未输过一次民族大义。

"我的心裂成了两半——一半为你担忧，一半为你骄傲。"

这是写给远行者的牵挂，也是写给逆行者的礼赞。

还有——那些只留下名字却不再有肉身的牺牲者。在废墟旁，在瓦砾间，在春草中，在云朵上，燃烧着的红烛在微风中发出"噼噼啪啪"的巨响，那是死者向生者的告别，生者为死者的祷告。

什么是医者仁心？什么是大爱无疆？

武汉立春之日，一个被新冠病毒感染的不到半岁的娃娃，隔着玻璃窗向医生伸手要抱抱，医生忍不住掩面而泣。医者，就是宣布赋予这温润柔然的小生命再一次新生的母亲。

缺少物资的那些时刻，高烧的病患走进急救室，护士不顾感染的危险搀扶他落座，为他测量血压、心跳的时候，告诉他不必担心，可以尽快安排住院。医者，就是在关键时刻挺身而出护佑你平安的亲人。

几乎每一天都有这样的手术：气息奄奄的重症患者被火速推进ICU，呼吸科、传染科、重症科、心外科……各个兵种的战士闻令而动。长长的插管探进脆弱的气道，锋利的手术刀绕过肋骨插入胸腔，手中握着鲜红、跳动的心脏，鲜血喷溅在护目镜、手术衣上，一个人的生命就这样尽在你的掌握之中。医者，就是引领黑暗中的行者走出生命中最黯淡迷宫的圣者。

也许还会有这样的时刻——一个新的生命在你手中呱呱坠地，他第一眼望向的是你，他清亮的瞳仁、清明的记忆里都是你；一个垂死的生命在最后的时光里凝视着你，他用无言的祈企向你求助，可是你竭尽全力却无法再挽留他一程，他带着对你的最后的影像、最后的记忆奔赴他的另一场重生。

还能有谁像这样信任你，将此生的生老病死都托付给你，将来世的牵牵绊绊都预支给你？

是的，片云会得无心否，南北东西只一人。

从医学院走出来的医者，都不会忘记他们甘于为之赴汤蹈火、万死不辞的"希波克拉底誓言"：

> 鄙人敬谨宣誓，愿以自身能力及判断力所及，遵守此约。凡授我艺者敬之如父母，作为终身同世伴侣，彼有急需我接济之。我愿尽余之能力与判断力所及，遵守为病家谋利益之信条，并检束一切堕落及害人行为。我愿以此纯洁与神圣之精神终身执行我职务。倘使我严守上述誓言时，请求神祇让我生命与医术能得无上光荣，我苟违誓，天地鬼神共殛之。

这是庚子年的冬春交替，这是庚子年的乍暖还寒。也许，多少年后，人们会谈论起这个庚子年的一场战争——始于大雪，发于冬至，生于小寒，长于大寒，盛于立春，弱于雨水，衰于惊蛰。

时光悾偬而逝，生命总有长情。汉江边，春柳萌绿；古琴台，樱花吐蕊；鹤楼巍峨耸立，龟蛇峰峦叠嶂；晨光唤醒性灵，晚霞映照东湖；夜色中的楚河汉街灯火辉煌、人潮涌动，千禧钟悠然鸣响；远方的游人在此朗声大笑：晴川历历汉阳树，芳草萋萋鹦鹉洲——这样的一天还远吗？

在这样的未来，散去的白衣天使，江城是否还记得你的名字？

有人提议，建一道长墙，将你的名字和影像镌刻于上；有人提议，建一个广场，让后世记得你的血泪和欢笑；有人提议，建一个公园，让大地和草木都来证明，凡今之人莫如兄弟，骨肉之亲析而不殊；有人提议，建一座博物馆，令子孙铭记灾难，铭记你拯救众生于水火的无私与无畏。

可是，或许，江城的人民更愿意拒绝肤浅的赞歌、拥抱生命的反思；更愿意将你的名字封印在这山山水水、人来人往的空中，封印在他们身边、在他们心底；更愿意在每一个餐霞饮露的清晨，在每一个寸心隐动的黄昏，在每一个情爱缠绵的瞬间，在每一个远别和相逢的时刻，在每一个字字锥心、声声泣血的怀念里，与你的名字相遇——

也与你相遇。

（原载《光明日报》2020年2月28日）

远方的高手

_ 任芙康

九年前的八月,参加一场文学聚会,我提前数日,住进夏威夷大学宾馆。房间舒适,然枯坐心慌,总惦着出楼,去张望参天的大树,似锦的繁花,争鸣的百鸟。校园里湖影山色,如诗如画,让人坠入雅兴,导致快乐的自虐,兴冲冲走起来没完。

这日傍晚,接一陌生电话,恳切预约,翌日可否登门"求教"。诧异间,不免多问几句,方知对方系新闻记者,喜爱文学,亦属本次会议"会友",从花名册中见到我的虚衔,便想一探究竟。我混迹业内,流年虚度,虽无甚作为,但遇人怀有甄别、审视的兴趣,又何拒之有?抑或何惧之有?

转天上午,到了约定时间,闻听敲门,应声打开,吃了一惊:"天上掉下个林妹妹。"几乎缺乏情节,便结识了捧着花环的陈艳群。两天前,从檀香山国际机场入境,已领受王海丹、姜松鲜花制作的颈环;二位乃作家叶文玲大姐的女儿、女婿,夫妇同任夏大教授。小陈介绍,本岛风俗,凡远客驾到,皆会获赠花环,以表达主人的祝福。

我向来缺乏条理,谈话言不及义,但与初识者对坐,倒还清醒。奉茶之后,便主动询问:所为何来?小陈从提袋里掏出一沓文稿,双手递我:"麻烦老师抽空看看,并盼指正。"

大半辈子伏首案头,读稿、编稿,早已习以为常。此刻又无闲话可叙,便当即"工作"起来。看罢全稿最后一行,抬头刹那,竟生疑惑,一旁始终静然端坐的小陈,仿若我久已结交的知音。我在刊物做事多年,素来偷懒,每当翻读来稿,就一门心思,估量可否光耀版面。如若不入拙眼,从不勉力支撑,马上"浅尝辄止"。小陈这篇文章,一路读过,毫无阻隔,所涉内容,属于现代文学范畴,亦巧合本人钟爱。

十七八岁时的三二年间，我曾鬼使神差，四处寻书，专拣现代作家浏览。此后年月，自然又"拜见"了更多巨匠。但自己天性浮躁，于现代文学，仅有浮光掠影，迄无深究；换句话，无非门窗边探头探脑而已。聊以自慰的是，唯对当时的书面语言，似乎沾染了某种畸形的敏感，凡合心意的文字，会屡次三番，闲翻慢品，享受把玩的瘾头。严格意义上的现代作家，可以说，个个"斯人已去"，但如椽巨笔书就的文字还在，散发着传世魅力。漫不经心的喜欢中，免不了捎带领会些今人的阐释。各式奇文，连年丰收，总量早已超越原著。渐渐知晓，问世将近百年的经典，看似陈粮，历久弥新，已成不少"学人"赖以存活的主食。他们热衷宣示薪火传承，惯于相互摘抄，而又恣意评说。相当时间以来，自己注目现代文学，渐渐远离解读，只认原作，就为存留一份敬畏之心。

手头这篇沧桑文章，行文方式、语感、韵味，皆让人有久别重逢的亲近。作者已然老手，尤其深谙夹叙夹议：叙要鲜活，但生命在真实；议要别致，但要害在深刻。在我看来，小陈都做到了，于是告她，如蒙同意，回国便将文章刊出。听到允诺，小陈出乎意外，惊疑间不知如何说好。我将她力不从心的"感谢"截住："只想知道，依你的年纪，对上辈子，甚至上上辈子的文事，何以有这么浓的兴致？又何以知晓这么多的事情？"小陈一下松弛起来，言语晓畅，恰如她的文章，对我说起两位老人。

一位是她的父亲，陈迈众先生。其父与田洪曾是同一单位正副搭档，二人亲如兄弟，又是诤友，完全不像眼下一些机构头目，要么沆瀣一气，结党营私；要么台面握手，桌底踹脚。田洪的大哥，正是鼎鼎大名的田汉。上世纪50年代，经田汉相助，陈迈众率湖南省艺术团，晋京展演湘剧、花鼓、汉剧、祁剧，一时轰动京城，尤令湘籍人士奔走相告。小陈说，家里保存的黑白照片中，便有父亲陪毛主席看戏，同周总理交谈，与董必武、贺龙、田汉、翦伯赞、欧阳予倩、张庚（后五位均为湖南老乡）等要人、名人的合影。正是受父亲影响，小陈从小爱唱田汉作词的《义勇军进行曲》，熟读田汉全部剧本，进而探身现代文学，崇拜鲁迅等一众文豪。

另一位老人，是她的老师，罗锦堂先生。罗先生是甘肃陇西人，自幼饱读诗书，最喜古典文学，十三岁于省城兰州报章发表作品，并获编者按语夸赞："行文颇有法度，布局可谓稳帖，正值艺文衰敝之时，小小少年而具如此根底……可望日后执陇上艺坛牛耳"云云。1957年，罗锦堂参加台湾首次博士学位论文考试，遭逢堪称"最牛"的答辩。胡适、梁实秋、苏雪林、台静农等七位考官，极尽"刁难"之能事，轮番发问，罗锦堂应对如流，顺利闯关，成为是年唯一一位文学博士。学成之后，历任世界多地高校教席，最终受聘于夏威夷大学东亚语言系，授业解惑，长达三十多载。某年某月，小陈随丈夫寻遍天下，见夏威夷四周大洋、山川不同凡响，遂毫无犹豫，定居下来。夏大阅览室一次巧遇，结识罗先生，渊博、率真的老人，令小陈心悦诚服，不久叩拜为师。受罗老点拨，小陈涉猎古典诗词，修习现代文学，循序渐进，直至今日。

如许两位老人的"弟子"，无丝毫功名利禄的追求，凸显来历幽深，异于常人。小陈为自己解释，只想腹有诗书，并多多少少融会贯通，借以增添人生快活。想人家在世外桃源的安静中，受的熏陶素朴，得的训练可靠，外加心无旁骛，学如穿井，我们身边，已难以碰到这样的人了。

《文学自由谈》选稿，偏重现当代文学。比较起来，当代文学，因时间不远，几乎零距离，点评的写手，凑趣的看客，一抓一把，而"研究"现代作家作品，相对冷落，以此为业者，多数只当饭碗应付。于是稿源甚少，偶或刊出几篇，亦是捉襟见肘。而此刻，对现代文学颇有心得的小陈，自己撞上门来，令人难掩窃喜。当即邀她，将库存变成文字，逐一写来。并替她预言，假以时日，可能就有些名堂了。

小陈答应试试，随即征询着手的步骤。刚刚读过的文章，表明她的水准，谋篇布局毫无障碍，只是身居异域，对这边刊物状态，大约有些隔膜。于是，我建议她无须过虑："有罗老指点，实在是旁人奢望不来的福分。你听到的教诲，你读到的文字，你想到的话题，都稀奇、珍贵，别处往往空缺，甚而无案可稽。故尔，你只须在掏盐、添醋时小点心，倒油、放汤时合点适，只缘食材过硬，出锅便是好菜。"

数日会议，一晃而过。分手之际，再次约定，小陈抓紧写稿，我来帮助发表，以期携手努力，让刊物的相关版面，在弥补欠缺上，有明显长进。小陈很真诚，表达拜托和信赖。我则据实相告，这趟不虚此行，饱览了胜境，与新朋旧友相见，又另有收获，为刊物物色到功夫了得的作者。回国次月，2011年第5期《文学自由谈》，刊出陈艳群《罗锦堂与于右任、胡适、傅斯年》一文。

这些年来，断断续续，总会收到小陈的文章，内容一概关乎现代文学，又都保持首篇格调，仍是记人，讲究音容笑貌；仍是叙事，注重历历在目。总而言之，观感甚佳，全是悉心所得，全是精粹所辑。于是，我们便时有电话聊天。似乎每次都是小陈话多，我洗耳细听，就当作上课。

比方她说，自己读现代作家作品，不知为何，生疏中又分明常有某些熟悉，困惑中又显然常有某些理解，这算不算一种心理认同呢？

比方她说，现代文人们遭逢的时代，混乱不堪，颠沛流离，但他们的文字精致、从容，显得与无序的社会格格不入，今天想来，几乎不可思议。

比方她说，现代文学是一座山，或是一条河。气韵吻合，方可涉水入山，在漫漫行旅中，须得心怀理智，遵循逻辑。这后一项，似乎仅能意会，难以言传，只是觉得，缺了逻辑，便没了血液流淌的源头，没了精神索求的冲动。透过一件件具体的作品，无论其气质沉郁或旷达，无论其境界趋雅或从俗，仅仅凭靠才华，没有五四新文化运动铺路，没有西风东渐的成全，而今我们耳熟能详的经典，断难孕育问世。

比方她说，愈是年深日久之事，愈须小心求证，才慢慢变得有些把握，多多少少能够体会，当时文人们经历过何等风霜雨雪，见识过何等日月星辰。或者说，了然他们的疼痛与忧愁，亦了然他们的快乐与洒脱；晓得他们滔天的学问，亦晓得他们难免的局限。

有一回，放下电话那一瞬间，忽有所思，小陈生在当代，却着迷于返回时光的昨天，努力靠近昔日的大德鸿儒，她岂不就是现代文人们的"女儿"吗？所思所想，所言所写，拳拳在念，无不"偏袒"着他们，孝顺着他们。有时读到小陈的新篇，所长突出，我会见好就赞。而她则完全听作颂扬自己的至亲前辈，照单全收，连句谦词、谢语亦顾不上。

电话中，时常聊到罗锦堂先生。九年前那次会议中途，宾朋如云的一场晚宴上，小陈介绍我拜见罗老，有过简短交谈。时年先生八十四岁，当晚自己驾车，载着夫人曹晓云女士前来。但见罗老重逢了许多熟人，都有欣欢诙谐的打趣；见过了许多生人，都有温暖如春的握手。看得出来，老人家受到诸位发自肺腑的爱戴。餐叙开始，他与夫人，被众星捧月，奉为上席。落座之后，神态安静，时时帮夫人布菜，全然不像某些自以为是、自以为贵的老者，坐上首位，便厌弃进食，而醉心于紊乱的倾泻。难怪小陈与罗老，出生时代、生存背景虽全然不同，但面对古今历史、中外人文、世事风云，皆有共鸣。故而，小陈对罗老品行、学识的服膺，罗老对小陈多年如一日的教诲，大可看作志趣相投者的相互欣赏。

生活在夏威夷，小陈属有钱的闲妇，本可以串联一帮聚聊、聚购、聚餐的"麻友"闺蜜。但她自绝此一圈子，因为热衷写作，便等于选择与寂寞做伴。仅就现代文学的"进入"而言，小陈业已跨越熟稔史实、还原客观的基础阶段，而登堂入室，抵达钩沉爬梳的探求境界。她数次自费往返美国本土及中国大陆，沉潜于图书馆，启开尘封，过滤岁月，去伪存真，吹沙见金。所有这些，都必得形单影只，远离呼朋引类。

给《文学自由谈》撰稿，其实只是小陈的部分写作。在日常新闻采写之外，她已经动手的另一部书稿，是关于自身经历的长篇散文。小陈的丈夫蒂尔尼,是一艘四万五千吨级远洋轮的船长。作为"船座"夫人,柔弱的小陈,雄赳赳地跨上船去,不是短期旅行,而是货真价实的"定居"。前前后后十八年,历经七十余个季节转换,随船跑遍三个大洋,踏足亚洲、欧洲、美洲诸多名港。我孤陋寡闻,天下世界,如此劈风破浪的女人,尚不知还能找出几位?君不见,有人坐了十天半月邮轮,便可将舱内的种种安逸,盘点得潇潇洒洒;将海上的朝霞、落日,描摹得莫名其美;将心中的如梦如幻,呻吟得真假莫辨。此类"放洋三日,成书一册"的雕虫小技,当年早已遭到孙犁先生的蔑视。顶天立地的阅历,加上久已领教的文墨功夫,小陈驾驭这部航海的大书,与蒂尔尼掌控他的巨轮,想必会有异曲同工之妙。

小陈的文章优秀,很快有了人缘,竟有读者请求,刊物封面登出她的照片。这种好奇,亦属正常,读罢某人一篇漂亮文章,跟着就向往"一睹芳容"。作者一旦跃然封面,如若相貌平平,文章的"好",会多少打些折扣。反之,好文章更能锦上添花。小陈得到通知,十分配合,按时将一张近照发了过来。当期发行不久,便获读者称赞"明眸皓齿,阳光满面",并由此断定,作者面相良善,必是妻贤夫荣;文如其人,定会百尺竿头。小陈这张照片,确乎出彩,尤其一口牙齿,粒粒饱满,整齐白净。但我为刊物谦虚:"不必惊诧,齿科广告而已。"也是由此触发记忆,令人想起本刊封面的不少往事。一听要登照片,多数作者当即答应。亦有一个例,表示讨厌"宣传"。因关乎肖像私权,我们从不勉强。但事实证明,真心拒绝露面的作者,几乎为零,而主动申请"出镜"的写手,大有人在。就连张口决不答应的伙计,放下电话不久,便传来头像数帧,声言任由选用。刊物终非时尚杂志,难得摆进高档会所的书橱,从不奢望凭靠倩影取胜。订户又都实诚,十之七八,不会端详封面,以貌取人;他们关注的重点,仍是文字上乘与否。

认识小陈以来,至今共有四次见面。有回说起来,她觉得仿佛不止四次。这一"仿佛",也有道理,时常电话听到声音,宛如面晤,便易产生错觉。

话说三年前,我去湖南平江,返回长沙,投靠小陈托付的朋友小张。他驾车带我,瞻仰胡耀邦故居,踏看浏阳河。小张是有心人,从故居出来,特意拐到"九道湾"最美的那一湾。他从小生活在浏阳一家国营大厂,厂长东北人,众多本地干部,竞相效仿关外方言。我从小生活在大巴山中一家国营厂区,厂长当地人,不少外来干部,刻苦熟悉厂长口语。这表明,与上峰缩短距离,是个细活儿,早已有之,且不分南北东西。我俩一路交谈,句句知心,碧水青山,畅怀大笑。数日相处,有小张,有小张的爱人小喻,"仿佛"还有小陈同路。你来我往的谈笑中,时时觉得有她的参与。

五年前,小陈与船长,应邀专程来津。天津的"绝活",是早年租界的洋楼，这是毛主席首肯过的。我们领着二位，看了利顺德饭店间间名人居所，看了法租界的核心地带，看了意大利建筑群，看了末代皇帝溥仪旧居。顺单行道的路牌，环绕兜圈，将英伦风的"五大道"悉数转过；沿海河的流向，细数两岸名流豪宅，给客人一条本埠的近现代轨迹。走南闯北的船长，亦时时惊愕出声。小陈自不必说，认为自己运气好，进入又一座历史博物馆。

还有一回，我们同去昆明，拜谒西南联大旧址。这又是小陈心中一块圣地。进得大门，她即刻不再"理人"，而用最专注的目光，与无数实物和图文对视，并忙于拍照、记录，久久不肯离去。我们便任其盘桓，因这里居住过许多她熟悉的"亲人"。这次春城之行，小陈别有奇遇，结识我一位冉姓兄弟，竟与她同月同日出生。因志趣相投，谈笑本色，又添加几场饭局，彼此更觉出洒脱大气。

前年初秋，小陈偕船长去成都，我提前抵蓉迎候。数日间，曾两次带他们走进百花潭公园。在巴金老人执杖站立的塑像前，小陈默默无语，好像勾引起她《家》《春》《秋》的岁月悲喜。计划看乐山大佛，因整修未能成行。都江堰见出了古人的天大智慧。小陈两口子面对汹涌的岷江，从鱼嘴分水堤到宝瓶口，一路赞叹不已。朋友小唐、老张与我虽来过多次，在霏霏细雨中，受客人感染，亦像发现一处崭新河山。后来几天，街子古镇、安仁刘氏庄院、建川博物馆、杜甫草堂、宽窄巷子、锦里老街的组合，我告诉小陈，尽管还"差火"，但川西坝子的城乡市井文化，已能有些轮廓的体味。这回成都之行，接风与饯行两场聚会，由我的社会朋辈与文界挚友分别做东。我将永远感激他们——场景正合吾意，济济一堂，觥筹交错，欢歌笑语，就是为让湖湘后人的小陈，让爱尔兰子孙的船长，见识巴蜀男女的爽快。

前些天，小陈来电话，句句都含着喜悦，说她书写现代文学的一批文章，在湖南的出版社，得获赏识，结集有望。随后，便用微信附来篇目。其中多数文章，呱呱坠地于《文学自由谈》，有的是我在岗之时，有的于我退休之后。自从打上交道，小陈成为刊物忠诚的作者，为文堪属个性鲜明的高手。读着篇目，我时有停歇，一些文章的片断，总是浮现出来。小陈故乡的出版家，鉴宝识货，对这部书稿"一见如故"，猜想或许会有乡谊人情，但他们骨子里认可的，显然是属于小陈的那份大块文章，那份道德学问，那份诗情感伤，那份快意人生。反复赏阅篇目，如同满眼累累秋果，令人生出真实清明的喜悦。

（原载《文学自由谈》2020年第3期）

与天下共明月
——摇曳在金风玉露里的中秋

_卓然

月到中秋，人们总会想起苏东坡的《水调歌头》：

明月几时有，把酒问青天。不知天上宫阙，今夕是何年。我欲乘风归去，又恐琼楼玉宇，高处不胜寒。起舞弄清影，何似在人间。

转朱阁，低绮户，照无眠。不应有恨，何事长向别时圆。人有悲欢离合，月有阴晴圆缺，此事古难全。但愿人长久，千里共婵娟。

苏轼写《水调歌头》的时候，正是丙辰中秋。金风玉露，月光如水，苏轼独坐雪堂赏月，一边喝自己酿造的"真一酒"，一边吃自己制作的小月饼，口中只管念着"小饼如嚼月，中有酥和饴"，居然忘记了子丑寅卯，居然喝到月落天晓，喝到醉意朦胧。这时候，他想起了他的兄弟苏辙，不由得心情激荡，提笔写下了这首千古名篇，给后人感情寄托疏疏地展开了一个怅恨无限，却又万象晴明的空间。

在我的家乡晋东南，在南太行一个称作大箕的小镇上，在小镇的过往岁月里，虽然很少有人知道有苏轼"但愿人长久，千里共婵娟"如此妙旨幽深的文字，却并不代表我们的小镇没有文化。在小镇上，人们不会说"千里共婵娟"，却知道该怎样以自己的方式和仪式与天下共明月，那是小镇人浓浓的文化情结，是只属于小镇人的精神财富。

打月饼

　　与天下共明月，最典型的品类应该是月饼。

　　小镇上什么时候准备打月饼呢？当然不是初秋，也不是初夏，而是春天。是玛榴开花的时候。"玛榴开花，点豆安瓜。"春天，小镇上的人就有了安排，种几垅软高粱，准备打月饼用。

　　软高粱，高粱米是软的，吃三合面条的时候是软软的，与白面的性质差不多。高粱秸是甜的，像甘蔗。时近八月，收获季节到了，把软高粱穗子削掉，把籽儿收起来，那是粮食，收藏到缸里储备越冬。把甜甜的高粱秸铡成小段儿，用大锅煮。煮到高粱秸没有了甜味，把渣捞出来喂牛，把煮过高粱秸的水在大火上熬。熬成糊状，熬成黏黏的，甜腻腻的，那是"饧"。

　　也许你会问，费那么大劲，为什么不用糖打月饼呢？

　　这你就不懂了，不懂时代，不懂乡村，不懂得中国农民心中埋藏着怎样的传统与根底。

　　"饧"是自己熬的，核桃、红枣是从自己树上打下来的，白面、芝麻、瓜子仁自己地里种的。白马寺山上满山遍野都是芬芳异常的玫瑰，法兰西造香水求之而不得。芳菲四月，玫瑰纵苞，采来制成玫瑰酱，香培玉琢，做出来的月饼风味异常。打月饼所有的原料几乎都是自己生产的，这就叫自食其力吧。自食其力，食之安然，自力更生，生生不息。万事不求人，是我们小镇人一种最可贵的精神品质，也是中国农村和中国农民，能够数千年从容游浴在小农经济的长河里的一个重要依因。

　　走近八月，要开始打月饼了。小镇上打月饼的总领是五爷。五爷平时会用泥捏一些小鸭子、小公鸡给我们这些孩子们当鸣儿吹。风和日丽三月天，五爷会发柳哨儿，和孩子一起吹，和孩子们在宽阔的河滩放风筝；麦子秀穗，五爷会挑上野鸡笼子到山上去诱捉野鸡。五爷是个透脱的闲人，五爷喜欢在八月十五召集小镇上的师傅们一起打月饼。

　　打月饼在五爷的院子里，五爷的院子在霍谷洞二门里。打月饼的时候，五爷会招呼孩子们去帮忙砸核桃，抠枣核。在许多绵核桃中，或许会有一个两个夹核桃，五爷会留给孩子们，枣核上边也会留下一点薄薄的枣肉，孩子们把那香香的夹核桃仁一点一点抠出来，把带枣肉的枣核放在嘴里，品咂成孩子们永远的记忆。

　　把秸饼、红枣、核桃、花生等等打月饼的原料捣碎，连同青红丝、饧，冰糖，掺和到蒸熟的白面里，用麻油搓成酥酥的月饼馅儿，这是师傅们在做月饼馅。月饼馅有冰糖馅，有香油馅，做出来有冰糖月饼，有香油月饼。

在做月饼馅的同时，也要做好月饼皮儿。把面与饧，与麻油，掺和到一起，在大案子上揉搓摔打。特别重要的一个动作是"提"。把面提起来，猛猛地摔下去；再提起来，再猛猛地摔下去。如此反复，直到把"饧和面"提溜到如胶如漆，如瓷如玉。那个"提"的功夫是做月饼的重要程序，名叫"提糖"。所以在我们小镇上，月饼就另有了一个很乡愁的名字——"提糖"。

"提糖"馅做好后，抟成青核桃大小的馅团，用做好的月饼皮包起来，放到梨木雕花的模子里，拿木槌用力往模子里打。只有用力打出来的提糖才会没有瑕疵，才会有清晰的花纹和文字。这就叫"打提糖"。

提糖是用力打到模子里去了，怎么脱出来呢？梨木雕花模子中间凹的部分是圆的，整个模子是方的，把方形模子的四个角削掉，削成四个平角，把四个平角在大案子上按顺序轮番磕。砰！砰！砰！……远远听着，犹如长安捣衣声。一直磕到如婴孩一般柔软娇嫩的月饼脱模而出，周遭是清晰的瓦楞，"万"字走边，中间端端的四个字："中秋月饼"。把"中秋月饼"框在一个长方形格子里，像一枚小小的金牌，两旁两朵牡丹，寓意花好月圆，象征荣华富贵。

烤提糖在院子中间的廊厦底，一个炉台，两个灶火，两种火势，烧的是梨木、柿木、杜梨木、枣木、桃木和杏木，只有果木烤出来的提糖才是正经味儿。

烤鏊子用文火，"文火香偏胜"，皎然说的虽然是煮茶，烤提糖又何尝不是呢。鏊子大到一次可烤十六个提糖。把提糖放在鏊子里，文火漫烤，可以把提糖底儿烤到色质焦黄，香气浓浓。切忌把提糖翻过来烤，那样会把提糖上面的文字和花纹压到变形，烤到变色，损坏品相，不耐观瞻。

但如果不把提糖翻过来烤一烤，提糖会半生半熟。怎么办呢？

别忘记，在火焰熊熊的灶口上还有个盖子呢，被烈火烘得温度很高。廊厦屋梁上悬着一根吊杆，压一压吊杆就可以把盖子吊起来，严严地盖在鏊子上。

鏊子在下边烤，盖子在上边熏。一烤一熏，上下夹攻。熏烤出来的提糖不变色，不变形，模样端雅，品相娴静，莹如蜜蜡，玉色含章。

神品乎？仙品乎？诚非人间烟火！

送十五

我们小镇上有两种月饼，一种是老五爷院子里打的，上边尽管有"中秋月饼"四个字，但我们却习惯叫"提糖"。另一种是各家母亲蒸的，没有别名,单叫"月饼"。

提糖品位高,是逸品,但无论是贵族还是平民,只可以欣赏,只可以品尝,只可以做礼品,切不可多食,多食肥腻,还会闹肚子。

母亲蒸的月饼诚然属于人间烟火,却也是人间超越流俗的品流,既可以品尝,也可以欣赏,既可与提糖摆在一起祭月,也可以当饭吃,甚至可以做干粮。如果把提糖比作一章赋,母亲蒸的月饼就是一首诗。

提糖里有饧,有玫瑰,有秸饼,有青红丝和香油、冰糖等等,是典型的中秋风味;母亲蒸的月饼,不但有提糖应有的味道,还有新麦香和伏面香,以及伏面的白,以及母亲的巧和母亲的别出心裁。要讲风味,母亲蒸的月饼才是我的家乡地地道道的中秋风味。

新麦打下来的时候,母亲在井边淘干净,磨面时,收一箩不带麸色"头白面",数伏天晒成伏面,又白,又香,又甜。发酵后试好碱,擀一层,抹一层饧,淋一点香油,抹一层玫瑰,撒一点秸饼、芝麻、杏仁、枣儿、核桃仁。一个月饼五层,每一层的原料各异,层层味道不同。最上边,是净面,用盅子、顶针、篦梳、筷头、草帽,弄出些枝儿、叶儿、月宫、桂树、白兔、蟾蜍,很像《浣花溪记》里所描绘的:"如玦、如带、如规、如钩,色如鉴、如琅玕、如绿沉瓜,窈然深碧……"那是母亲的工巧,是母亲的贤淑。把一层一层的月饼摞起来,边边沿沿"锁"起来。母亲蒸的月饼并不一样大,最大的如初升明月,一个比一个小,最小的像寿桃,蒸熟之后的月饼一套五个,摞起来像一座小小的白塔。

中秋节送"提糖"是敬意,只有小辈送给长辈。给岳丈,给祖父和外公,给婶婶、姨姨和姑姑。一般送四个,按十六两计,四两一个,四个一斤。家寒的,可以送半斤,或者四两,那叫礼轻仁义重。朋友之间,可以请来喝酒,观花,赏月,一般很少有馈赠提糖或月饼。在我们小镇,有那么一个人,人们在过节的时候都会记得他,记得给他送一个"提糖",或者送一角"月饼"。那个人就是我们的老师,一介寒微的教书先生。尽管一介寒微,却在"天地君亲师"里占有一席地位;尽管一介寒微,或可以教导出来一个惊天地、泣鬼神、叱咤风云的历史人物。当然,我们小镇上很少有人有如此高的奢望,并不曾想过,希望先生把孩子推出龙门,只要孩子能识几个字,能看住"门户",就全凭了人家教书先生。尊师重教,是风尚,也是传统,是珍惜推动人类社会向着光明和未来的那一苗火,是疼爱老师以文许国的那一颗心。

把"提糖"用毛纸包起来,外边包上一层粉红纸,上面盖一方印有"提糖"画图的洒金梅红纸,"中秋月饼"四个字特别亮丽,很有富贵气。用纸绳或麻绳扎起来,上面留个扣子,晚辈们手提扣子,翻山越岭,涉河蹚水,在所不辞。把自己心中氤氲了一个春天，又翻腾了一个夏天的那一抹情愫，送给长辈，看得见的是一包提糖，看不见的是一点孝心。

尽管这些都是八月十五时候送的，但却不能叫"送十五"。只有母亲蒸的月饼送给女儿才算叫"送十五"。把母亲蒸的"月饼"从大到小摞到篮子里，还会放些核桃、柿子、枣儿、嫩玉茭、毛豆。女儿家里虽然也有这些东西，但是父母却总想着把整一个秋天都送给女儿，送给女婿，送给外孙。八月的路上，都是父亲扛着沉沉的一篮子，你来我往，给女儿送十五。路上碰到熟人，都会打个招呼，"给闺女送十五呢？""是啊，给闺女送十五！"一问一答，几分欣悦；一言一语，几分得意。

除了给女儿送十五，母亲会把月饼切成一角儿一角儿，送给左右邻家。其实我们并不叫送，用一个"送"字，没有意思，不近人情。我们叫"花"，给左邻右舍"花月饼"，文雅，悦耳。别说乡村少文化，几千年的乡愁，几千年的文明，都沉沉地裹在一个灿若锦绣的"花"字里。母亲去给邻家花月饼，会对邻家婶婶说："尝尝俺家的月饼吧，蒸得不好，让你笑话。"邻家婶婶会接住月饼夸一句："哎哟哟！看你的手多么巧呀！"一角月饼一句话，小镇的小巷里就像刮起来一阵春风，小镇的天空也像飘浮起了一片带春雨的轻云。

你家给我家花，我家给你家花，一家"月饼"几家尝，几家"月饼"一家尝，一角月饼，殷殷的乡情，浓到千年万古化不开。

桂花酒

在我们小镇上，既没有桂花，也没有桂花酒。可是，我们小镇人却说，八月十五一定要喝桂花酒。而且节后会很得意地说，自己在中秋节喝了桂花酒。

对于此说，我很怀疑，他们怎么能喝到桂花酒呢？

对于这个疑问，我曾问过我的邻居和哥。读过很多书，懂得很多事理的和哥对我说，那是小镇一个古老的风俗，别当真，就当是小镇人的一个梦吧。接着，和哥又对我说，那也是小镇人的一点情趣，他们会把平常日子和节日分开看待，平常事物虽然平常，但一到过节的时候，就有了特别的意味。小镇有她实实在在的一面，也有她空灵疏朗的一面。小镇虽然有些鄙陋，但也有她的精彩。她朴实，她浪漫。就像小镇上的姑娘，挑起粪筐结实得像个小伙，拿起针线却温柔得像枝花。

和哥说得对。小镇虽小，毕竟是小镇。小镇对事物的认知自有小镇水平。比如，平常日子和节日，都是太阳从西到东，为什么节日喜气多？平常都是月亮，为什么月到中秋就让人爱玩不已？月到中秋，不是白酒变成了桂花酒，是人们的心理发生了变化。也如地里的一把土。在家乡，那是土，是一掬普通的泥土，但在他乡，它就是故土，它就是乡愁。

小镇虽然没有桂花酒，但小镇不缺白酒。白酒平时是白酒，到中秋，白酒在小镇人心里就成了桂花酒。

走出我们藿谷洞，走到长长的抱厦底下，有个小铺儿。小铺儿卖布，卖瓜子，卖油、盐、酱、醋，也卖散装的白酒。把白酒装在一个口子小、肚子大的酒缸里，严严塞塞盖上一个装了麸的白布袋子，酒缸旁边挂着一两、二两、半斤，三个竹制的酒厄。三个酒厄像三个酒鬼，眼巴巴地盯着酒缸，总想打酒的人络绎不绝。柜台上放了个月亮一样大小的黄铜镂花酒盘，锡制的酒壶，银制的酒盅，以及三个小小的粗瓷酒碗，小铺有一点像咸亨酒店，只是没有茴香豆。平时也有人来打酒，打酒的人会对掌柜说："来一两。"掌柜说："好，来一两。"大家都不说打什么酒，但大家都知道打的是白酒，因为小铺里只有白酒。但到八月十五，小铺里就没有白酒了，白酒都变成了"桂花酒"。来打酒的人会很兴奋地对掌柜说："来一两桂花酒。"掌柜答："好的！来一两桂花酒！"

小铺掌柜看打酒的人没带盛酒的家伙儿，就知道打酒的人要就着柜台喝，就把那一厄清酒倾倒在酒碗里，打酒的人会倚着柜台，仰起脖子，一口气把那一两桂花酒"吱吱吱"地灌下去，然后带着"呵"音，长长地吐一口气，那么样地痛快。

也有人把桂花酒倒进酒壶里，一盅一盅抿着喝，抿半天，品半天，有一点斯文，有一点绅士。平时都是地地道道"面朝黄土背朝天"的种地人，到中秋那天，忽然似乎多了一点体面，一点尊严。

中秋到小铺喝桂花酒的还有一个人，我们的邻居老万里伯伯，双眼瞎，无有亲人，捏根棍子探路，摸摸索索来到小铺里，他没钱，就拿个鸡蛋换酒喝。小铺掌柜说："今个中秋，酒给你喝，鸡蛋你拿回去煮煮吃。"老万里伯伯咧开嘴笑，问一声："桂花酒吗？""桂花酒。"老万里伯伯就笑了，嘿嘿地笑着，端起酒碗，抿一点，说一声"真香"，再抿一点，再说一声"真香"。说着，一脸凄然，就眯细着那双瞎眼，张开嘴巴，朝着门外，对着天空中茫然不知在何处的明月，无声地笑上半天。我那会儿就想，老万里伯伯就是那样与天下共明月吗？

小铺里的酒缸打开的时候，浓浓的酒香会在小铺儿里外弥漫，弥漫到长长的抱厦底，弥漫到宽阔的河床上，弥漫到浮着月光淙淙流淌的小河里，父亲从地里披着月光回来，在洋溢着淡淡酒香的小河边洗把脸，很有兴致地回到家，这个时候，母亲已经给父亲从小铺里打回来二两"桂花酒"，父亲一口酒一口饺子，一边吃，一边喝，嘴里会不停地说："嗯，香！"父亲笑了。母亲也笑了。父亲一手拿筷子夹着饺子，一手端着个酒杯，望着天上的明月，母亲也跟着父亲望着天上的明月。我知道，我的父母，在桂花酒和饺子的香雾里，以自己的感情，以自己的心境，在与天下共明月。

八月中秋，不论什么酒都应该是桂花酒，这就是小镇人的认知和共识。他乡人也许喝的真切是桂花酒，但我们小镇人的杯子里除了桂花酒，还有小镇人的梦。一个闪着月光的梦，一个飘着五谷香的梦，让小镇人不知道梦了多少年，梦回乡愁，不光斟满在自己的酒杯里，也斟满小镇宽阔的河两岸，一杯一盏，醉了岁月，醉了人生。

在小镇的煤总处、铁公司、盐店、当铺、炒炉、方炉、马场、油坊，以及所有生意行，门前摆一张桌子，摆一罐桂花酒，摆上几盘月饼、柿子、红枣、葡萄，点两支白蜡。天上月光，人间烛光，小镇中秋之夜便格外辉煌。不管男人女人，不管老人儿童，夫妇、情侣，三三两两，走到桌子跟前，或喝一盏，或吃一角月饼，或吃一个柿子。不是小镇人嘴馋，也不是哪个部门施舍，那是小镇人与天下共明月的一种仪式，愿天下太平，愿天下安宁，愿天下人心皆如明月。

平时很少酗酒的年轻人，中秋那天癫狂了似的，即使踏碎月光，也要把所有门店铺子跑个遍，喝个遍。他们不惜一醉，猜拳行令："一点高升！""梅开二度！""三星高照！"每一个字都带着酒气，带着狂气，让跟着看热闹的姑娘们也笑得前仰后合，把银铃般的笑声碎成一地明月。

和哥说，别怪他们，年轻人就应该有一点狂放，何况是明月皎皎的中秋节！如果年轻人在如此美好的中秋之夜都没有一点自在，没有一点心情，没有一点精神，没有一点"敢醉自己，敢醉天下"的自信，我们的小镇不会有希望，天下人也会瞧不上我们，我们所说的与天下共明月，也就只会沦为一厢情愿。

祭明月

《礼记》告诉我们：夜明，祭月也。

自《礼记》记下这五个字以来，岁月如流，却洗不脱月华光明，即使风霜如刀，也无法削残中秋明月。

在我们小镇上，中秋祭月虽然是一个金汤千古的习俗和传统，但小镇人并不知道为何祭月，也不知道祭月的由来。别怪我们小镇人的孤陋寡闻，即使汗牛充栋的读书人，纵然把一部《礼记》翻成碎片，也不能够知道祭月的起源。

古人尽管在竹简上，在陶器上，在铜鼎上，镂下了"夜明，祭月也"那样几个嵌着月光、浮着歆飨的文字，但他们也不能够知道"天下何人初祭月，明月何时初照祭月人"。然而，虽然无能探望渊源，却并不影响我们小镇人理解"夜明，祭月也"的深刻含意，也不影响我们小镇人心怀虔敬祭月拜月。祭月并非祭神，月亮在小镇人的心目中不是神，也不是仙，即使嫦娥，也只是人间一个平常女人，她从传说中走进了月宫，与白兔、吴刚、桂殿、凉蟾，结成冰玉芳邻，完成了一个美丽动人的传说，如婴儿般在民族文化的疼痛期诞娩，成为辉耀千古的一个婵娟，一位姮娥，一息月魂，一缕魄光。因此，明月应该是我们民族文化的一个符号，是我们精神世界里最可贵的品质，是我们能够游走于五湖四海的灵魂。

"在家不祭月，出门遇风雪。"尽管很多人都这样说，但很多人都知道，遇不遇风雪，与祭月没有关系，人们只是依言推动祭月，以此来维护和保存人世间鲜有这样一种美丽而富诗意的风俗。风俗，是民族心灵的钥匙，丢了，我们会在心灵原野上迷失，我们的灵魂会永远找不到家，没有归宿。

秋高气爽，微云轻淡如烟。银河高耿，明月在天。中秋不是一个喧闹的节日，不应该放鞭放炮。如果我们愿意说月亮是神，那月神应该是淑静的；如果我们愿意把月亮当作一位女神，我们的女神只喜欢安静，悄谧，雅正，恬淡。喜只喜在心底，笑则笑在眉心深处。所谓岁月静好，就是月神的宁静，就是人心的安宁。

春耕夏种，整整忙活了大半年，滴在庄稼地里的点点汗水，浇灌出了一个香飘四海的五谷丰登，浇灌出来一个金风玉露的中秋节，看着那红谷白小豆，无不让人心安；嗅着那谷物的芬芳，无不让人神安。既然心安神安，那就让人安安静静地赏月，拜月，祭月。

我的家乡有一处名胜叫"斜纹桥"，中秋晚上，斜纹桥下流水淙淙，斜纹桥上明月高悬，小镇上的要人，商人，文人，名媛，会云集斜纹桥上饮酒，赏月，咏诗。"天上有月来几时？我欲把酒一问之""春江潮水连海平，海上明月共潮生""三五夜中新月色，二千里外故人心"。和哥曾经在斜纹桥上画过一幅《家山月明》，我也跟着和哥在斜纹桥上填过一首《一剪梅·中秋》：

  满目霜红带酒烧。
  秋云流玉，
  秋月如雕。
  家乡最数谁妖娆？
  树树花红，

捧捧花椒。

庭院深深谷味飘。
烟若蓝绡，
柔若岚缭，
乡愁若醴把魂销。
谁放高歌，
谁品笙箫。

也算是祭月的一种仪式吧！我们所思所想所作应该都是诗外家山，画里中秋。

没有去斜纹桥观月的男人和女人，老人和孩子，把八仙桌摆到院子里，桌子上摆上月饼，提糖，煮熟的玉米、毛豆、瓜子、花生，以及如花红之类的时鲜果品，摆一个香炉，插一炷整香。明光下香烟细细袅袅，揖一揖，拜一拜，所有的祈愿都在月光里，所有的祝福都在自己的心中。

环视屋檐下，黄灿灿的玉荽挂在墙上，红红的辣椒串儿挂在门边，灰扑扑的老南瓜垒在窗台上，同儿孙们围着桌子一起坐在明月下的爷爷，会咬一口月饼，闷一口老酒，把岁月的艰辛和世事的无奈，把中秋的欣悦和明月播洒在人世间的光华，一起咽到肚子里，在不言不语中，融化成一肚子沧桑。奶奶怀里抱着孙孙，边给孙孙剥毛豆吃，边晃着身子给孙孙说嫦娥，唱月明：

月明月明光光，
走到路上碰见忭忭；
月明问忭忭几岁了？
忭忭和月明同岁了……

奶奶没牙，语音喑哑，但奶奶的语音带着慈祥。慈祥的语音和着谷物的清香，穿越时空，萦绕在我的心头，萦绕了大半个世纪。

小镇人都说家家户户在祭月明，但在我的印象中，不管成年人还是孩子，不管行走还是坐在月光里，不管有意还是无意，所有的小镇人都在进行一种"月光浴"。月光如水，都在洗伐自己的灵魂，都在涤濯自己的心灵，所以，我们的小镇人行事依理洁直，处世垒落光明。

（原载《光明日报》2020年9月25日）

为什么步履迈得那么艰难

_唐朝晖

一

"拉萨城是一座彩色的家园,我喜欢它的任何颜色。"读到您这句话,想起您念念不忘的,您在拉萨居住的那座院子:赤江拉让——黄色的外院墙,院里的绿植。在冬天的灰色中,在夏天和秋天的绿意浓浓里,我和龙格啦一起,多次进到院子里。其中一次是坐在正对院门最里边的房子里吃饭。我们坐在一棵树下,龙格啦伤得很重,身体塌陷,沉沉地坐在植物丛里,身体的很多零部件,一点点随苍老的树藤往下,植物在土地里,拥有太多记忆,应该完好地保存有您过去的阳光;有一次,龙格啦爬上楼,指着一间房子说,那里是厨房,那里是您的卧室。我站在他后面,他在与自己说话,只是被我听见了。

在赤江院邸过去的一段岁月里,一个青春女子的生活正在我面前展现,您跳跃着,从房间里出来,趴在栏杆上,答应着楼下妈妈的声音。时间一页页地翻动,每一页都有一个流动的画面。从您的青春到中年,从拉萨到北京,很多个时间的点,您都会回来看看自己的青春年华。

《拉萨时间》开篇序曲,是您的老朋友通嘎啦的一篇文章,我读过通嘎啦在西藏理想主义的那个年代里创作的三篇小说。而第一次见通嘎啦是一个拉萨的中午,小餐桌上,他给我们带了别在胸前的小礼品。另外一次是亚格博的牦牛博物馆周年庆典上,通嘎啦远远地坐在后面,我弯腰过去与他打招呼,通嘎啦总是那么文雅、低调。

通嘎啦、尼玛次仁、日喀则朗杰、文物局朗杰(西藏同名的人较多,就以地域或单位等差别性文字来区别）他们与您是很好的朋友，你们一起去拉萨很远的地方，到西藏各地。

尽量与藏族朋友们在一起，是您与西藏在一起的另一种方式。

二

您骨子里所坚持的、推动血液流动的，是高地上藏族人千百年形成的推动力。在您的思维里，在您文字的眼神里，多了些突然的、新鲜的、离奇的东西，它们自然组合，形成了一种高尚的想念。

歌声起，暂时没有乐器的伴奏，您清唱的文字，掷地有声，阳光铺满草原，流向对面的雪山更加的耀眼。

文字带我们到一九八五年的西藏。

1985年，您用汉字写下了一部惊心动魄的短篇小说，直接到我们看不到武器的持有者，只有寒光的刀刃，直直而来。作品，精致，似小，而寓意深刻。音乐继续，文字成河，您只是想表达，有些问题，甚至很多问题，您自己没法解决，您只是把观察到、感触到、刺疼您的、您抓住的，用直觉的文字，建构出了一曲曲惊人的作品。

您从过去的时光里走来，接受一切的变化，在"变"中静对、欣喜，您在"变"中亦有慌乱。"变"为万物核心本质，湘楚大地在变，北京在变，高地西藏也在变。您对故土万物细无声的潜移变化，您也能够听得到植物的呼吸，树叶舒展的声音，您有话要说，才有您的这些作品。

您太爱那片土地，您时刻感受到了西藏的变化，这里比中国其余任何地方的变化，多了一层虚幻。人在高地，对事物有眩晕感，有另一种不可说的精确表达，对视觉的感触，更是魔幻。

因为客观的高度，对生命和物质及客体，提出了强烈的、渗透性的拷问。西藏的诸多事物，也得以保存，您观察到年轻人的舞蹈，即使放的是迪斯科音乐，节奏很西化，很内地，但在藏族青年身体上表现出来的是：

"仍坚持把它跳成西藏式的迪斯科。"

这十四个字，隐藏在您《卍字的边缘》这篇作品里，卍的边缘有什么？有各种"变"，各种可能、各种表达，有各种平行的道路、向下的力量，有向东边平行前进之路，亦有落差的悬崖，又有平稳的上升，您选择"卍"的边缘来描摹藏地世间生活，清理、整理卍的边缘，在卍边缘，时而靠近，时而深入，这也是藏族人另一种品质的表现，那就是"谦卑"和"敬畏"。您在学术上表现出了应有的小心翼翼,这种小心翼翼是您生命的原色,是您日后涂改生活的重要色彩。拥有这种高贵的品质,决定了一个人的智慧和愚痴。

您这篇作品,时刻提醒我的狂妄之心:熄灭掉自己的虚妄火焰,如但丁的地狱之火,时刻焚烧我的各种毛病。

一对老年人,在院子里的卍旁边,到走进屋子,舞蹈是这篇作品的小高潮,留下一个悬念。您的这部作品,我总是想到陀思妥耶夫斯基的小说《被欺凌的和被侮辱的》。

存在于我头脑里的您,是安静的、寂静的,暗藏丰富的生机。落泪,是您影子的形象。您写道:

"这里是一片茂密的森林。遮天蔽日的绿树只给地面留下吝啬的一丝细缝。低矮、蓬乱的灌木到处丛生。空气中弥漫着一股苦涩的苔藓味。一条弯弯曲曲的小道在我眼前时隐时现。若不是不时传来各种鸟叫声,不时受到一个个淘气、任性的小蜜蜂的亲吻,我会因这里可怕的寂静而落泪。"

您的影子,或现或隐在文字构建的森林里,给大地留下了生活的缝隙。空气中的味道、小道的弯曲,在您的构想中成为现实,被您敏锐地感知到。

您的写作是直截了当的,是自然本生的,从自性中来,从"我"在河边与两位女性的对话,到晚上与老奶奶家人的对话,都直接道来。密集的信息,层层叠叠,从河里的人,到妻子,还有麻风病人,还有,他们都是北京来的"王子"和"仙女",他们的生活都很坎坷,几乎妻离子散。"我"在乡村的暗夜里,突然遇见了有点残缺的"卍"。

"我"在那里生活了两个月,"我"带着一颗迷蒙的心,一首古老而悲怆的歌,离开。

后面又是一个伤痛的故事:约定的因缘,男子去外地读书,有了新人,家里的女子独身一世。

后面还会有更伤心的曲调吗?我为一个个似乎没有关系的故事而伤心。在心里,我祈祷美好的山河大地上,有相互爱着的两个人打动文章里的那个"我"。

婚礼现场,暮色中的乡村墙上、记忆中谈及的女子手腕上,"卍"不动声色,如六字真言,以各种形式在藏地的各个地方,不断出现。"卍",是流动的、一个圆的转动,一种辩证的变化之轮。

蓝天深远、大地开阔、法论常转,一男一女,站在卍边缘两端,至于哪个边缘?哪个两端?卍有边缘吗?有两端吗?您不发问,您自有更深重的问题,砸在我们面前:那两位老人为何要站在卍边缘?为何要往卍中间挪步。您在这篇作品后面有这样一句话:

"为什么步履迈得那么艰难？"

这是一位思考者，一位作家终生都在思考的问题，这个问题，纠缠了我们多少年，没人知道，尤其是您，涉足于这个不是问题的问题，您把上天的题目改写成了自己的文字，您把答案完完整整地写在这部短篇作品的题目里，出题的人，就是答题的人，题目就是答案本身。您沉醉于这种美学的法轮里。

过去，浓浓郁郁地在您的身心里发酵，让今天的您，更加的理性和不知所措，还有明天的未知，已经提前在您面前显现，这只能增加您的感受。

三

阳光普照地球，无论贫穷还是富有，无论是权力的拥有者，还是不能发声的底层百姓——阳光一一直射。

您的镜头语言来自于宇宙洪荒，落在拉萨，随意地聚焦于几户最普通的百姓聚居地，焦点落在最平常的任意的某个地方：小巷子、大杂院、窗户前、凳子上。

大胡子老头喊屋子里的老婆子晒太阳，老人们的生活好像除了继续，就是等待死亡的来临，这是年轻人的一种错觉。

音乐和文字在您这里，是一种象征，更是一种表达。象征是文学作品的魅力，不是到处天光明朗，而是有暗，有明亮处。浅白色的暗，淡淡地流进光亮的地方，就像月光流进暮色里。

"那时候这条巷子别提有多么干净了。"

多一字，显得唠叨，少一字，没了力量。

您用乐章继续表达着您所想说的。

四

您面对逝者，您说，"我不知道人真的有没有灵魂，但我相信，那一时刻，逝者的灵魂极其安详、宁静，在八廓街，它重新有所寄托、重新变得年轻……"

逝者和生者都走在八廓街，这篇作品的主人公，是来往于八廓街的人们，没有常规的故事情节和镜头，只有人流和街道的表达。在这种大背景下，远远近近的，有人轻盈地走过去，温和的影子，柔软的动作，谦卑的语言。一件件事情被散漫的河水冲淡。时间从 1986 年、1989 年，到 1991 年，散文的音乐篇章在不断继续。

在您《夏天的记忆》里，忆没有开始，就已结束。

您的记忆是舅舅的大昭寺，还有远方的期许，或者，仅仅只是一个夏天，永远地被您记忆着。您写道："再往前，左拐，穿过窄窄的一段巷子，再左拐，我们到家了。想象开始在我的记忆里生长出来。我感到温暖和充实。"

之前是整体的音乐，后面是音乐的散章，把我带到了您情深义重的地方。这一乐章名为《赤江佛邸怀古》，我的记忆在头脑里游离，按照您给出的路线，"再往前，左拐……再左拐，我们到家了。"

赤江拉让是拉萨城中一座宅院的名字，您在这庭院里长大，也是从这里离开到的北京。您的描写近似于西蒙和罗伯·格里耶的作品，写出了物的灵性，物细小的枝枝蔓蔓。这篇作品里，展现出了您才情的另一面。您从写赤江活佛，到守门人的前前后后，构成一个完整的乐章，您自己创作的作品，也在作品中出现，音乐的情绪里，另有音乐的表达，重新点醒了前面的几篇作品。您在梦里想念着回到赤江拉让，醒来的泪水告诉您，赤江拉让是北京之外的一个让梦回忆的地方。

祥啦是这位守梦人，流动在您的梦之乡里。这篇创作于 2008 年的作品，您把梦与记忆，生活与梦，把可以触摸的可以感受的，都自然地贴切地自由表达，您打破了小说和散文的诸多边界，这篇作品，是您对中国当代文学的重大贡献之一。

2012 年，您在北京见到了拉萨的阳光，阳光里，有一只怪兽在嚎叫，您做着自己的游戏，让嚎叫消失，让嚎叫出声。西藏的阳光在发声，西藏的阳光里亦有一种回声：

"从不间断，飞过千山万水。"

您是多么想念您的拉萨。您身处喧嚣之中，答案没有落脚点。晃晃之中，您找到了一个个小的支点——那些温暖西藏的人。西藏学者廖东凡就是其中一位。您写了廖东凡大学毕业第一次进藏的情景，以及后来的一些感触。您没有在这个点上做任何停留，您继续寻找，您写到在西藏的阳光里"西藏人的宽容、平和与自足的心态。"您写西藏人在阳光里的皮肤，写西藏人需要不断的改变和修行，使得人的品质不断提升。

在城市里思考的您，带着城市人的困惑，面对西藏人的生活，您听得到"高原大地静穆的回音"。您终生都在追求的一种回声、回应，一种激荡于心，回荡于人与人之间的思考，这些，成为您的毕生之思。

一生中，每一个人，都有自己的圣地，自己的根源，自己的亲切之地。您有两处圣地：拉萨河和北京大学，它们给了您生命和家园，无论您到哪里，家园总是温暖地托起您的每一个昼夜。大学"教给"了您"独立思考的能力，从此不再人云亦云，不会随波逐流"。

从小学的抗拒，到中学的朝气。您重点写了高考填写志愿的事情。您填的是四川一所大学，后来老师私自做主，给您改填了北京大学。老师在楼下大声的喊叫声，告诉您，您被北京大学录取的消息，那一幕您永远不能忘记。

您写自己读大学的经历。从1981年到1985年，那是一个追求理想和知识的年代，一个饥渴了很久很久，荒芜了很久之后，突然的一场春雨，让授业者全力相授，让求学者激情澎湃。您见到了很多让我看到名字就很激动的人物：班禅大师、钱理群、高行健、王力等等。往年的学校，如一个国家的文脉，具有不可言说的魅力。这脉，由老师和学生传承。

我总是被您非凡的敏锐力打动，您写民大"每次听完大师的讲话，我都有一种朝圣归来的感觉"。朝圣归来，来自故乡的关爱，从大师的语音里，可以看到高地雪山的静穆，可以闻到山石砂砾凝固的味道。您这里说到的大师指的是班禅大师。

您拉萨的时间，与阳光和风一起，去到任何地方。

北京，是您的常居地之一，在"北京的窗外，正好照耀着拉萨一样的阳光。……此时的拉萨，该是多么的宁静，是晴天洁白雪峰上的一片祥云，我能听到高原大地沉静的回音"。回音在北京，被您捕捉，您顺着回音，回到拉萨河谷，您看见了藏式小楼，听着"僧人幽幽的诵经声"。

您尽情地、有节制地写着您爱着的拉萨，写到观音菩萨的佛邸布达拉宫，写到您熟悉的藏式小楼。您用小说的方式写到大昭寺前的两只狗，它们在巷子里走走停停，商量着一些事情。

您说，"这些宛如一篇小说的开头，此时，我的拉萨也将要进入风季"。

五

藏历九月二十二日，西藏的九月降神节，您在北京打开窗户，迎接神的降临，灰色的天空里，云开雾散，您"看见布达拉宫，看见了神灵们如同飞天。"在奔跑的现代化城市里，您在重新审视神灵，重新建构神灵们和她们的宫殿。

您是一个流泪的女子，您细小的神思是一阵阵花香，是一棵棵植物，一种种细微的生命，遇风会飞翔，遇水会发出或清澈，或怒吼，或默默无语的声音。您所见的激烈、尘埃、噪声，您所体会到的神灵、菩萨、信仰，种种美，被您触及到了极致。"美到极致，美到让我心痛，让我忧伤，让我痛哭！"

感谢您，让生命的天空，舒展在我们面前，看四季从容变化。把回去和向前，把生命中的两种纠缠，真实地展现给我们。

您叫央珍，阅读您的《拉萨的时间》，是我在西藏的另一种游荡。

（原载《湖南文学》2020年第5期）

沉　酣

_朱以撒

　　这个依山而建的陵园面朝东方的太阳，所有的墓碑都被阳光照彻。站在高处会生出此地甚好的感叹。节气走到清明了，空气里增长了不少热量，先来的人说着话，看着山下蜿蜒的路，等着其他亲戚上来。有些亲戚我已多年未见，现在在陵园见面，缘于祭扫。一年过去，墓碑上的红漆退去了不少，野草也从水泥缝中长成一片，落叶被风吹拢，积了一层。于是开始劳动，打扫的打扫，填漆的填漆，工具都是自备的，连同鲜花。一位老太太突然说当年母亲生我时，出院了，护士把一个小孩抱给她，母亲接了就走。舅母看了看说，这个小孩不是我们的，于是找了护士，护士查了查说，噢，抱错了，于是把我抱出来。舅母又看了看，说，就是这个。这件事是我第一次听说，母亲和舅母在世时从未提及，是不是她们早忘了。每一个家庭都是不同的，除了经济条件，还有教养方面的差异，使生活于此家庭的孩子，异于另一个家庭。父亲和母亲都是小学教师，应该没有比这样的家庭对小孩的教育更适宜的了。刚生下来的孩子被抱错时有耳闻，差点临到我身上，我觉得真是一个很严重的事，尚好未遂。如果一个人本应在这个家庭生活，却去了另一家，真可以作为剧情来展开了。在他们错舛的生长中，构成复杂纷纭的场景，情爱、仇恨、杀戮随之而来——有几部片子长达几十集，就是从孩子抱起这一刻开始。

　　我觉得这个清明还是很有意义的——所谓的信息就是这样，你从未听说过，就奇得很，可以引起无边的联想，联想织起一张巨网，把人罩在里面了。扫墓时看着过世的长辈的名字，渐渐泅润在红色的油漆里，觉得许多家族的人事都没有弄清楚。以前有的是时间，却没有注意这些问题。父母似乎也对此不在意，少讲那过去的事，这也使我对家族人员的过往知之甚少，尤其是父母的上一辈，再上一辈，如今都是散去的云烟无从拢合了。

清明这一天的聚会使亲人有一种紧密感，陵园的氛围，往事成为叙说的主题，每个人不由自主地沉浸。

这样的节气让我觉得它存在是如此必要。尽管它很快被下一个节气推走了。

时间和空间说起来是有些意义。那种不知有汉无论魏晋的桃花源中人是没有的，对于那些做考据的、爱写回忆录的人来说，时空就是根本。我会更留意于时间，尤其是农历，以及农历下的节气。霜降到来的那一天，有人就告诉我一定要买几只柿子吃吃，这个老家的习俗已经传下来很久了，说是吃了柿子，在寒冷的冬日就不会流鼻涕。橙色柿是老家人认为最好的一种——橙色让人信任，因此也贵了一些。每一只柿子披上的颜色不同，在人的眼神里就有了高下之别。它有小巴掌这么大，小巴掌托着，小沉甸甸的柔软。在这个秋季的最后一个节气，懵懵懂懂，就有了一个切实的印象——很抽象的节气，由于一个柿子，一点小开心，变得感性无比。这类民俗的说法有没有什么道理呢？天下没有那么多道理，民间就是如此，俗世生活可亲且大俗，随俗就是如此，不只是外乡人，就是本土出生的孩童也如此，不必质疑其真伪。庄子曾经说婴儿生，而无师，能言乎？与能言者处也。如果一个在闽南出生的孩童说一口带儿话的北方口语，那才是荒唐。他与满口地瓜腔的保姆相处，他的口音也就多是地瓜的味道。是一股看不见的潮水力量，使人一张口就暴露了出生地。尽管我在外时间很长，也有意地想着把口语说得更靠近北方，却都是徒劳。时间过去那么久，改变了一个人那么多的方面，口语的腔调却坚如磐石，一点也没有被磨损，就像霜降和柿子，总是一同到来。

有位姓罗的朋友曾和人说过，他和我是同命运的。除了同生于处暑的前夜，那时我当农民，他也当农民；我当民工，他也当民工；我是亦工亦农人员，他也是。后来一起转为学徒工，又转为正式工，固定了下来，我渐渐相信他的话了。在这个群山环抱的工厂里，跟着汽笛声响上班、下班，沉浸在满是氨气的空间里。如果说有什么不同，那就是下班之后，他喜欢和一帮老乡喝点小酒，聊一些七荤八素，而我则在宿舍里闷声不响地解题。那时我对数学很有兴致，一本很厚的题集，我一题一题地解去，那些解不出来的难题，就跑去技术员家中，看他如何下手。出题的人有意在某方面设置一些障碍，让解题者绊倒，有时一个晚上也解不了几道题。我喜欢这种带有韧性的深入，我感受着每一道题外在的冷峻和内部深藏的秘密，它们消耗了我在这个厂里每个夜晚的时间。每个人对自己的生活都有一点态度，使日子过得更自我一些。由于温饱没问题了，也就延伸出一些小情趣，只不过我们的小情趣远远不同。大约四年之后，我们分道扬镳，我到省城读书了，他依旧留在那里。如果一切依旧也没什么不好。可是这个厂倒了，他的不快乐开始蔓延。我们在各自的路上越走越远，也不会见面了。少年时代对生活有不少幻想，时间太多了，浪费一点没关系，有的人留级了依然笑容灿烂。到后来才发现少去许多，该抓紧一些。所谓虚度就是没有时间感，没有时间感的人多半快乐，而那些早早在预期的，往往落空。那时有个同学弄来一些格言分享，最时髦的是"人生最要紧的往往就只有几步……"我不知道那几步在什么地方，为什么那么要紧。格言就是如此言简旨丰，神秘得很颇费猜想。但有一点是肯定的，这要紧的几步一定不会放在年老这个时段的。

　　静庵大姐来信了，说她还当我是当年那个上树的少年——大约是她读了我一些描写小暑大暑活动的文字。一个喜欢上树的少年，当时一定是两眼澄澈毫无忧伤的。他以上树为乐，每一棵树的长势不同，枝杈不同，有的易上，有的难爬。枝条的不稳定性给人带来空中的快乐，还有一些胆战不安，它比在地面丰富——地面太稳定了，一个人在地面摔倒，只能自己爬起来；一个人从树上掉下来，会提醒人对高处的警觉。家长的心理和庄子相仿，觉得兽伏于穴，鱼游于渊，鸟是栖于枝条的，人在地面才是无虞。这使家长们对于孩童上树持否定，一旦发现，只能从空中返回地面。南方多水，小暑大暑河里挤满了人。水比枝条动荡，沉浮无着，让无数皮囊在晃动中充满清凉。父母对水的恐惧胜过上树，因为我一个表弟溺水了，他高兴地下水，还做了一个潇洒的姿势，却没能潇洒地返回，让人看到柔软之下的杀气。表弟年龄与我太相似了，又常相处，梦里几回见到，以至突然醒来。即使多年过去，我开着车上桥，桥上堵车密密麻麻，我看到了桥下之水，不由得战栗。今年大暑过后我做了几件和少年时相仿的事，一是上树把多余的枝条削去，再翻过铁蒺藜院墙，把院子外恣肆疯长的茅草劈了，它们在锋利的镰刀下应声而倒。当然，在这个夏季的晚上，我还打死了一条正在移动的青蛇，因为它竖起来的身体使我感到危险。无数个小暑大暑过去了，我还能是那个上树的少年，在落地后飞速奔跑吗？为什么三下两下就让一条青蛇不再展示它扭动的身肢。

　　白露曾经是我最开心的日子。家长们认为，从白露这一天起，家里果树上的果实就都解禁了，果实中的燥热之气都随着这一天的到来悄然退尽。白露到来，果林里都是采摘的手，删繁就简之后，树叶拎了一地，果实运走，头顶空出许多。自然界的简明，我倾向从白露开始，这个节气不仅使我放心地品食果珍，还带来了简明的原则。我对世间密集的信息领悟最迟，有位学生和我谈起两年前轰动学校的一个桃色事件，我居然无知。还告诉我网上借我的名骂贾平凹的事，我觉得莫明其妙。这缘于我不用微信，也不上网。再说谁有闲工夫去管这些闲事，真有余暇，在这张红酸枝的躺椅上晃晃悠悠，也是很惬意的事。世事如此扰攘，把自己扰攘进去才是傻子。一个人究竟需要多少信息，绝不是越多越好。小学四年级时，舅母曾经观察了我几天，然后和我谈了一次话——大意是你的言语如此少，又不与人说，以至于让别人无法了解你在想什么、做什么。我当时以为舅母的谈话会使我外向起来，善言谈、好交友，合于世道。可是没有，她去世了，我还是改不过来。现在我觉得可以用两个字来简单地表达，以前没找到，现在找到了，那就是——自适。就像老家白露后没人采摘的番石榴，噼里啪啦地全掉在地上。

我爱听这样下坠的声响，多么自然的过程。

立冬说来就来了。在立冬这一天，每一个家庭都忙着冬补，至少在行为上要有一种形式感。每一个冬天从今日而始，这个季节更需要人的体内萌生出抵御严寒的能量，也寄托在这一天的滋补上。在仪式面前，再顽皮的孩童也要敛约野性，待到仪式过程完结再伸张。在我的少年印象里，一些大家庭的仪式多，所谓的老房子未必老，而是老气横秋。光线本就不足，厅堂上挂着一排过世前辈的照片，那么大，色泽阴暗，使少年生出恐惧，一直要跑到明媚的阳光下，心情才像一朵花，打了开来。仪式就是寻常形式的庄重化，给寻常动作披上厚重的外套。像港剧中的公墓场面，每个人都着黑衣黑裤，戴着墨镜，如果大太阳或雨天，则每人手上又多了一柄黑伞。整个过程让人伤悲，是仪式在起作用。待事毕，黑衣人纷纷轻快地钻入小汽车，又是一片谈笑了。仪式是做给人看的，场面越大，最显用心，使仪式下的事件品位最大化。我最近经历的一个仪式是在一家饭馆，老板娘指着一盘菜，说，由她来操作最好。她用洗得很干净的手把几种小菜包裹起来，像一卷线装书，然后让人把嘴张开，张大一些，她郑重地把它送进去了。然后问味道如何——当然，接受者都称道的确不一般，因为她这一双白皙的手的出现，让人记住了这个饭馆。尽管只是几个简单的动作，还是坚定了我的思路，仪式都是用来让人看的，特别是现在，可以把仪式拍下来反复看。真正的仪式在心里，也不声张，自己内心敬畏即可。

外公在世时，我对时间的感觉并不明显。那时一个小学生，花不多的时间就可对付作业，余下的就是游戏。直到父母生病去世，都是在冬日的节气里，我觉得自己忽忽老大了。对每一个人来说，时间像自己的牙齿，先多后少，最后没有了。一年最后的两个节气，以小到大的增量的形式表达了不可忽略——小寒！大寒！节气想来是北方人制订的。一个人如果没有在深冬去过北方，根本不知道寒冷为何意。正是北方人真切地看到了一年时令的巨大，才有了如此细腻的感觉，想了这么贴切而又新鲜的二十四个名字。《孟春纪》说道，"东风解冻，蛰虫始振，鱼上冰，獭祭鱼，鸿雁来，草木萌动"，真是紧紧相扣，如环无端。这样的春之动静在我这个城市是听不到也看不到的。由于所在的纬度，这里四季葱郁，花开无尽，植物在外表特征上没有大起大落之变，有一些叶片掉落下来，可能还没落地，新的叶片已经又张开了。站在南方人的角度想前人的事，似乎更好明白东晋偏安之后，皇室权贵为什么缺乏刘琨、祖逖的精神，提不起北伐的激情了。富庶甜润的南方啊，这方上天精心雕琢的灵秀之地，依依柳色，婉转黄鹂，烟雨芳草上看十里秦淮箫鼓画舫，才子倾情，佳人欢娱，名士的闺阁情怀滋长起来了。在此时的名士风流图谱中，比美貌比风度甚为醉心，比清谈比自适一个赛过一个。谁也没有想到刚硬的风骨渐渐蚀去了支持的力量，只有傻子才会重振北伐的心气，这哪里比得上持螯下酒东篱赏菊来的快活。至于匈奴、鲜卑、羌、羯、氐在北方闹腾，尽随它去。如果不找个机会在冬日的节气里往北方走走，品咂大漠苍凉故道荒寒，真不知在同一个节气里，北风为何如此锋利若刀。一个北方文士在信里给我描绘了生命的初始：有如枯焦一般的枝条渐渐爆出一丁点儿的绿意，而后这无数的一丁点儿的绿意渐渐饱满、涨大，一棵树又回到重生的时令里了。我是一个植物爱好者，从我书斋外可以看到一棵樟树，一棵朴树。朴树更令我有美感——它具备了随时令之变而变的本能。我对生命的体验可以从这棵渐渐老去的朴树深入下去。

　　老人说秋分秋分日夜平分。秋分这一天，我开着车到另一个城市，到另一所大学给研究生讲课。本来我和一些人想法相同，既然告别讲台，就安心呆在家里做些自己喜欢的事。后来觉得不行，一身本事还是得有个用处，继续说道我喜爱的铁画银钩，羲之献之。学生永远是年轻的，校园永远是生机勃发的，与乡野不同，与街市更是迥异。夜深了下得楼来，还有晚归的学生。人是在一定的背景下生活的，一个人习惯了学校这个背景，还是想继续维持下去。这当然是形而上的倾向——这个专业在越发迅疾的时代里，更多的是一种精神向往，是个人充满记忆和幻觉的储存，用自己的善感触摸它的没有边缘。每一个站在讲台上的人都有自己的方向，有的人只是作为一个职业，有的人则是缘于深情，是意在贯彻到底的，以至于退下来之后郁郁寡欢。如果一个老师他讲授的是音韵、训诂、古籍、版本，在中文系里喜欢的人就少，又如何到社会上与人说道。风雅自赏是最活跃的一种私情，许多人缘于此，直到老迈。最好把它作为一个梦供起来吧。每一个人出于喜爱，都会夸大自己专业的时代意义，认为上级领导应该给予重视，建立一个硕士点或者博士点。我素来缄默无声，觉得与自己无干。我主张学习一些老字号，多少年过去，还是小摊子，旧门脸，没有与人合作，也不扩张，老僧守庙般地守着。想想大学毕业后的一段时间，每次骑车路过一家烤肉饼店，都要停下来，进去买两个热乎乎的肉饼，顾不上它未冷却就咬一口，里边椒盐和葱花味的香气一下冒了出来，肉肥而不腻，皮薄瓤丰，椒盐分寸正正好。冬至是个大节，行祭天、送寒衣的仪式，每家人都想买几个喷香的烤肉饼供供，让天神品尝人间美味。那些买不到的人失望地对主人说，多做一百个也是顺手的事。主人细细擦洗器具，头也不抬地说，就是多做一个也累死人。在齿颊余香里听如此说，真会感到每一个烤肉饼的沉实可靠——它们都是主人真实不虚的气力揉捏出来的，也许多做一个，就不是如今的美味了。我的专业与烤肉饼相似在于都是单干，又是手作。我以前喜欢言说创新，现在更倾心于守成了。能守住就不枉此生。

后来，这家烤肉饼店不见了，门前的小路成了宽阔的大道，车流如织。一定是迁往另一个地方了。也许有一天我会循着熟悉的香气找到它，还是一个小摊子，还是一张旧门脸。

节气奄忽而过，一些被我记住，一些却被忘记了。记得住的往往是与我有关的一些感性情节，从而清晰起来，味出节气名字里的那些美感。

接下来，离问梅消息的节气不远了。

（原载《散文》2020 年第 3 期）

我与焦墨

_王兆军

中国的文学和艺术源流中，一直存在崇尚"淡雅融和"的传统，不论绘画还是书法，大都喜欢"不激不厉""温婉蕴藉""融合含蓄"的风格。这一根基于中国哲学的中庸之道，足以称得上国画艺术的主流。我承认这个主流，且有效法之心。为什么？因为这种艺术手法容易构造那种温润的、恬淡的、优雅的氛围，给人一种发散郁闷、分解焦虑的心理感受，从而达到释然、驰然、悠然的境界。在人欲横流且生活节奏太快的当代社会，此类艺术显然具有消解烦恼的瞬间美感，值得赞赏。但是，画家的工具批判和风格偏好因人而异，如我，并不总是喜欢那种烟雨蒙蒙、淡雅超然的水墨情趣。相对于不激不厉和中庸内敛，我更喜欢直面黑白，喜欢草莽野性，喜欢沉着冷峻。基于这一秉性，我希望通过焦墨和宣纸的尖锐黑白对立，营造强烈而沉郁的效果。相对于水墨，焦墨更有利于表达我的内心，我想用那种不可妥协、没有让步、淳朴健壮的气息，发散对于浮华和虚空的视觉疲劳，并借"留白"寻求陡然的解放感。

不加水的焦墨，在运行中常给人焦枯干涩的困扰，很难有那种大笔一挥畅快淋漓的水墨潇洒，这是焦墨的天命。但是，正因此，焦墨留在宣纸上的痕迹也就格外浓重，凝滞给了画面某种张力——隐忍与沉郁的力量。浓黑的焦墨和洁白的宣纸在色调上对比强烈，泾渭分明，针锋相对，不折不扣，没有调和折中，没有讨价还价，没有让步和猥琐，于是形成了如探戈舞般的纠缠和对立。这种艺术效果让人感到强健、过瘾、震撼，因而爱不释手。从墨色上说，焦墨似乎不属于主流艺术形态。法国画家牛顿曾不无轻蔑地说：黑白不算颜色——这显然是基于西人对赤橙黄绿青蓝紫的偏爱——照他这么说，凡用纸和墨作画的，就与艺术无关了？我以为，西方人对于色彩的理解和我们不完全相同，中国画的墨色和西方绘画中的素描也不一样，皴法也不等于西画中的阴影。单用墨就能作画，正是中国画的独特之处，它因此而成为世界艺术的一个特别的门类。所以，黑白不算颜色的牛顿之论，并不正确。在各种墨色中，焦墨并不站在冠冕堂皇的仪仗队里，它像一位面孔黝黑、沉默寡言、力能举鼎的大力士，常常隐蔽于重重帷幕之后或大殿的角落里，随时准备咆哮一声冲出去。从这一点上说，焦墨是画面平衡的一种保障，有点像大船里的压舱水，或是重卡车上的生铁配重。

　　焦墨是一种固执的颜色，几乎不容亵渎，也拒绝乔装打扮。多加一点水，少加一点水，焦墨立即就能扮演各种角色，却也容易失去本色。意志坚强的画家总是尽量保留焦墨的本来面目，那种刚毅、严肃、六亲不认的面目叫人不知道该跟它握手呢还是远远避开。焦墨画所产生的艺术效果如此强烈，有时会让读者感到难堪，因为漆黑的线条和沉重的板块有时会显得咄咄逼人，凝滞而有点凝重，沉郁而有点沉重。因为缺乏墨色上的过渡，焦墨画就好像一位固执己见，一头走到黑的拗相公。焦墨虽然铁面，但不排斥其同行兄弟，如淡墨、水墨、彩墨等，他们共同组成了中国画的家族。焦墨就像《红楼梦》里的那个焦大，他和贾宝玉、老夫人、金陵十二钗共同组成了那个时代的大观园印象。试想，如果《红楼梦》里没有焦大，没有他那一通叫骂，该书会减去多少成色！

　　焦墨画中最基本的两个元素——浓黑的墨与洁白的纸，也是相辅相成的。宣纸，白得很；焦墨，黑得很。二者旗鼓相当，彼此在高级别的较量中没有谁胜谁负的问题，只有相互配合默契，才能产生精彩的效果。如果将艺术各种元素看成拳击场上的搏斗，焦墨画就是超重量级的斗士。它没有花拳绣腿，不看重小情小趣，但是，一旦击中，无论倒下去被数秒的，还是挥手高喊胜利的，都是勇士。这正是我想要的艺术效果。我想抛开甜兮兮的糖水，喝下酸醋和胆汁，所以对焦墨一见钟情。

　　焦墨的好处是易于构造雄奇，也并非不能达至典雅。文学视雄浑为第一，国画中也有雄奇一派。雄浑之美，可以除猥琐，强筋骨，存刚毅，去杂耍，薄脂粉，利于培养健朗的气质。可能出于偏好，我有时会觉得水墨有点矫情，有些作品甚至有娘娘腔的调子。虽然各种风格都应有一席之地，但是，拿元代的小令和建安文学比，总觉得"星汉灿烂若出其里"更近似于焦墨的意境，而六朝的绮丽则多少有些萎靡和矫饰。焦墨的雄浑和雄奇，并非就是张牙舞爪或故作霸气。雄浑应有"月涌大江流"之亲切，有"大漠孤烟直"之深广，有"野旷天低树"之神秘，但也不排除表现"人约黄昏后月上柳梢头"的风雅。八大山人常用焦墨作山水或花鸟，照样给人清秀高雅、丽质天成的感觉。他的一束花，一只鸟，看上去很小，但所表现的气息却足以充满整幅画，甚至可以从纸面上溢出。当代焦墨大家张仃的画看上去浓重枯拙，但其内在的精神照样可以给人恬静、温暖的感觉。所以，焦墨作为山水画之一脉，只是墨色表现形式的不同而已。黄宾虹的画作中颇有一些是用了焦墨法，尤其是他的画稿，初步多为焦墨。他在焦墨的基础上反复皴擦点染，最终形成了积墨的效果，内涵丰富，又不失柔和。国画研究者认为，黄宾虹师承了石溪，但石溪很少用焦墨，黄宾虹适当调整了石溪的丘壑，用焦墨降低了画面的重心，显得更加稳健也更加丰富，包罗万象，又不失温情。当代焦墨画家为数众多，但少见系统的分析和探讨，致使许多人误以为焦墨画就是黑乎乎的一大片。不是的。焦墨可以画得非常简洁，可以产生清雅的效果，也可以构造悠远的韵致和清新的氛围。徐青藤用焦墨画的柳枝和知了，八大山人画的山水看上去韵致清秀，优雅不让水墨。

焦墨的灵魂是质朴。因为这一天性，焦墨画的行笔是有些忌讳的：过粗则凌厉，过细则琐屑。所谓过粗，一是线条不能太粗，二是行笔不能过于连续。线条太粗，就会显得死板；用笔过于迅速，则缺少焦墨的荒寒感和风霜感。同时，焦墨画也不能太琐碎，过分照顾惟妙惟肖，则会弄巧成拙，给人一种婆婆妈妈的感觉。追求雄浑没有错，但雄浑若至于狰狞，反不如华滋苍润的水墨好。

追求质朴的焦墨画，从不企图追赶华丽。中国的文学艺术有个从未断裂的传统，即追求表里相和、不事雕琢、浑然天成的境界，即质朴简洁的效果。质朴的形成有其内在因缘，农业社会所形成的美感基本上都离不开质朴，比如政治上的无为而治，比如生活方式上的节俭，比如语言上崇尚刚毅木讷反对巧言令色，哲学上的经验主义，等等。但当社会生活更多地吸纳消费意识和商业元素后，质朴就被华丽所排挤。试看汉唐简朴的线条和两宋的繁复刻画，就能看到质朴与缤纷的最初的搏斗，而这场角斗至今尚未停止。繁复缤纷的，努力显示其丰富性；娇俏可人的，给人趣味的满足感；注重色彩的，以艳丽夺人眼球；造型特异的，则具有某种装饰性。但是，在这场竞技中，单纯和质朴并不打算让步。在这场竞技中，焦墨画顽固坚持着中国艺术传统的木石姻缘，拒绝水性杨花。这里没有艺术风格上的褒与贬，而是说艺术潮流虽然不以个人意志为转移，但流派的自我认知依然是清醒的。

就我来说，钟爱焦墨有钟爱质朴的潜意识。这种意识在当代可能不吃香，比如说，一幅构思奇巧色彩绚丽的画和一幅墨色单一、看上去黑乎乎的焦墨画，谁愿意把后者挂在大厅里？在此，我想说：质朴有质朴的好处。焦墨不肯讨好时尚，但内心强大的人们会喜欢这种调子，因为焦墨让人沉静，拒绝肤浅，从而为你分担忧虑和烦躁，对人生有所领悟并确信厚德载物。如果说质朴是一个人永远立于不败之地的风格，那么，焦墨画必然会是内心健朗的人的钟爱之物。在万花筒般的当代风情里，质朴是一种高贵的气质。质朴并不等同于优雅，更非粗俗。农夫劳作，母亲哺乳，是为质朴。伉俪散步，朋友品茗，则为优雅。倘若大庭广众之下炫富卖萌，便是粗俗。质朴讲究自在，粗俗喜欢咆哮。若以诗文论之："茅檐低小，溪上青青草"，是质朴；"草色遥看近却无"，是优雅。"无边光景一时新"，是质朴，"绿柳才黄半未匀"，是优雅。"怎一个愁字了得"，是质朴；"帘卷西风人比黄花瘦"，则为优雅。至于粗俗，只须看看《红楼梦》中之薛蟠的联句，瞬间即明。

　　焦墨画的弱点和软肋，是"灰"。不论西画还是国画，都有怎样处理黑白灰和点线面的问题。焦墨之难，恰恰在于很难得到恰如其分的"灰"。对此，我曾做过一点探讨。我曾向《张仃》一书的作者王鲁湘先生请教并有所得，但我的实践尚未尽如己意。大体上，焦墨画家解决灰色的方法有三：一是详略法，浓的地方密一些，淡的地方少一些。二是控制笔墨，使用枯笔完成灰色地带的描述。三是延展联想，即注意画面各部分的关系，凡能让读者自然填补的部分，不要再画。这有点像是利用视觉暂留的生理机能去看电影，也有点像蒙太奇所讲究的跳跃阅读。这样做，可以在一定程度上减少灰色的直接描述并抵达中国艺术哲学的含蓄慰藉的境界。王兆军画作我也使用过"扫水"和"扫彩"的办法，即焦墨完成后，待其干透，然后以清水扫一下，或以某种（最好只用一种）颜料扫一遍。这样可以缓解黑白对比所产生的紧张，多一点空间的过渡和连续。但是，这也容易破气，即把焦墨好不容易积郁的气息破坏掉。有时，加一点花青和淡墨会给色度增加阶梯感，但弄不好也容易似驴非马，所以，大多数焦墨作品中，我不用过渡法。焦墨的另一个必须慎用的办法是枯笔皴擦，如果笔过于干枯，其后果会近似于铅笔画，这样不仅无助于气息的过渡，甚至会消解焦墨本身已有的效果。这时你会觉得反不如用点和线来调整画面。焦墨画家大多喜欢破笔和枯墨，这是成熟的经验。破笔容易形成不连续和不规则的线条，即使偶尔造成过失，也容易弥补。因为国内画焦墨的很少，对于焦墨画技巧，很少见到较为系统的论述。以上是我对焦墨的不成熟的表述，也是我的追求。

（选自散文集《园柳变鸣禽》）

当时只道是寻常

_ 王本道

一场清爽的春雨，扫尽小城往日的阴霾，挥洒在大街小巷。迷蒙的细雨中，公交车在通衢大道上缓缓而行；打着花雨伞的行人络绎不绝，间隔有序；步道树上鲜嫩的绿芽已长成绿叶的盎然蓬勃之势；街心公园里开满了鲜花，红的、粉的、紫的、黄的……眼前的一切，原本是以往暮春时节司空见惯的寻常景致，然而在全国人民抗击新冠病毒疫情取得决定性成果，人们重新走出家门之时，曾经熟视无睹的景致却让人备感流连、亲切。虽然是在雨中，但是很多人情不自禁地凝眸沉思，抑或是拿出手机抒怀拍照。

年初以来，突如其来的疫情打破了世人原有的生活节奏，随之逐渐改变了生活习惯。最近正读一本书《灾难改变历史》，书中列举大量史实，佐证古今中外诸多天灾人祸，对人类历史产生的巨大影响。抚今追昔，不难让人想到，千百年来灾难改变的岂止是历史，同时也在改变，并正在改变着人的思维方式和行为方式。记得新冠病毒肆虐期间，宅在家里不能外出，又无外卖可叫，读书写作之外，吃饭成了生活中"最大"的问题。尽管娶妻生子以后，也时而在厨间造厨，却总认为是寻常小事，很少认真过。由于没有熟稔的厨艺，宅家之初，还不敢轻易去尝试新的菜式，但想到正读大二的孙女难得有这么长的假期与自己朝夕相处，让她日复一日吃着熟悉的"老三样"又心有不甘，于是便翻出家中所有食材，绞尽脑汁尝试多种菜品的混搭。如把大白菜裹上肉馅，蒸出春卷；西红柿炒鸡蛋出锅前放些番茄汁以增加醇厚的口感；炒肉丝时事先将肉丝放些淀粉揉进，这样肉丝更加鲜爽细嫩，还把当年在瓦房店山区插队时学成的厨艺"片粉皮"老菜新做、细做。"无论食材有多优质，最后的调味其实是我们的心情。"孙女果然对我大加赞扬，还把那些菜品及我扎着围裙造厨的场景拍照发到朋友圈中"显摆"。如此，宅家两个月，我被孙女的众多同学网上投票，评为"四大美爷"之一，且名列榜首，让我不经意在宅家期间活出了充实，活出了精彩。

　　人生旅途，每个人各自的生命轨迹各有不同，但众多的人都不可避免地要面对庸常的家居生活。琐碎的生活细节，人们或许普遍熟视无睹，但是若能从最平凡的家居生活中寻找到亮点，对这些亮点多些洞察力，无异会感到一种新的智慧被打开，让日复一日的平凡生活产生新鲜感，而成为好日子。诚如抗击疫情取得决定性成果，武汉、湖北解禁，生活又按下了快动键，尽管展现在人们眼前的，依然是一条条绿茵茵的大街，依然是樱花烂漫的东湖之畔，依然是浩荡东流的长江、汉江，依然是"晴川历历汉阳树，芳草萋萋鹦鹉洲"，却处处让人有种久别重逢的喜悦。是疫情让我们改变了自己的思维方式和行为方式，让自己的内心世界极大限度地回归到了日常生活之中，懂得了寻找并珍惜生活中的亮点和隐藏其间的许多美好。著名美学家朱光潜先生曾著文写道：阿尔卑斯山谷中有一条大汽车路，两旁景物极美，路上插着一个标语牌劝告游人说："慢慢走，欣赏啊！""许多人在这车水马龙的世界上生活，恰如在阿尔卑斯山谷中乘汽车兜风，匆匆忙忙地疾驰而过，无暇回首流连风景，于是这丰富华丽的世界便成为一个无趣的囚牢，这是一件多么惋惜的事啊！"诚哉此言！

　　新冠肺炎疫情暴发以来，全国人民通过硬核群防群控实践，对以往许多习以为常的东西大彻大悟，从而愈加热爱生活，珍惜生命，重新认识自然的价值，自觉养成文明、卫生、科学、健康的生活方式。"当时只道是寻常。"纳兰性德当年写下这感伤的词句原意是，失去方知珍惜，从而深深缅怀以往那稍纵即逝的爱情生活。如果换一个角度思考，从广义上讲，人世间的"当时"和"寻常"，并非都是值得怀念与珍惜的。在全国抗击新冠疫情取得决定性成果的今天，人们普遍悟出，包括疾病在内的许多自然灾害，一定程度上是人类某些习以为常的错误意识和不良的生活方式造成的。最近，世界卫生组织已经权威宣布，新冠肺炎病毒源于自然，这就是说，是人类与自然的某些不和谐，产生了这场灾难。事实上人类社会发展史早已证明，人与自然是生命共同体，人在自然中存在，首先要解决的一个问题是以什么样的思维和方式对待自然。人与自然之间应该构建起平等秩序，进而形成和谐共生关系。我们的先人历来看重自然的价值，崇尚和热爱自然，《庄子齐物论》上说："天地我并生，而万物与我为一。"《淮南子·精神训》中也讲："夫天地运而相通，万物总而为一。"需要反思的是，现实中人的实践活动指向和行为方式往往存在诸如人与自然的"主奴式"关系，以及无限放大的物质欲望等有悖于人与自然和谐共生关系的活动形式和行为方式，并将这种理念和不良行为视为"寻常"。有那么一些人，一味追求口腹刺激，吃喝嗜好扭曲血腥，猫狗鼠蛇蛙，蝙蝠果子狸,皆成盘中餐。还有一些地方官员为谋求政绩,不惜以牺牲生态环境为代价,无限度搞开发经营,严重破坏了植被和自然生态,势必招致大自然的报复。自然万物不仅是人类审视观照的客体和对象,更是人类与生俱来的朋友与伙伴,理应崇尚和敬畏自然万物,使人性人格从俗世拘囿和欲望束缚摆脱出来,达到臻于率性恣意,自然洒脱的人生境界,恰如陶渊明"悠然见南山",李白"相看两不忘",苏东坡"口服含饕岂有穷,咽喉一过总成空。何如惜福留余地,养得清虚乐在中"。如此,才是为当代人所倾慕与向往的价值追求。

　　转眼又是人间四月,天清气朗,惠风和畅。世间熙熙攘攘,万物眼花缭乱,只是由于众多人的心灵因匆忙而失去了质感,而忽视了许多美好,把生活简单化,以致形成了许多"当时只道是寻常"。著名散文家林清玄先生曾经说过:"以清净心看世界,以欢喜心过生活,以平常心生情味,以柔软心除挂碍。"如此心态,才会练就一双慧眼,不断捕捉日常生活中的美好来充实自己。新冠病毒的肆虐也时时提示我们,还要善于反思和筛选以往诸多的"寻常",去粗取精,去伪存真,养成健康、卫生文明的生活习惯,使之成为"寻常",不断把自己从日常混沌中推向全新的空间,一个此前无法企及的精神高度。追求美,热爱美,珍惜美,也是珍重自己。

(原载《海燕》2020年第7期)

只眼中外

黄金海岸与奴隶城堡

_ 晴朗（Bright Nkrumah）（加纳）

　　加纳一直有着"美丽海岸线"的美誉，它最美的海岸线要属几内亚湾的西海岸线，旅行的人们如果放过这一绵长而又包含文化内涵的"海岸线之旅"，恐怕加纳之行还是留有遗憾的。

　　在加纳，夏天的清晨，太阳总是很快就升起，还没到六点，太阳就完全裸露在天空中了，急不可耐地散发它的热量。给车加满油的菲利克斯回到酒店接我和赛琳娜，顺道要去快食店买些路上要吃的干粮和水，可能这一天，我们都要在车上度过。

　　在加纳，交通是不太便利的，就以道路来说，经常走着走着就走到了黄土之中，要想长途旅行，要么就找老司机上路，要么就坐一种被当地人称作"trotro"的专线小公交车。不过，等"trotro"的时间有时候会很长，等的人也可能会很多，所以，有条件的话，还是租车出行为好。

　　加纳如此落后的道路，没有什么红绿灯、摄像拍照、测速装置，这里的司机，全靠自律。虽然路况不是很好但并不怎么堵车，路上出现行人时会把车停下来，招招手让别人先过去。但到了有些路况比较好的路段,加纳的司机常常会把速度飚到100到120码以上,相当于中国高速公路上的速度。值得注意的是,加纳的"trotro"基本都是欧美淘汰下来的二手车,很多车连门都关不严实,满车挤着乘客像沙丁鱼罐头一样,加上加纳有些地区都是一路丘陵和山区地貌,转弯很多,如此高的速度,如此破烂的车,真的让人提心吊胆。我指着前面高速行驶的"trotro"问菲利克斯,"这样甩来甩去,真不会把人甩出去吗?"菲利克斯耸耸肩,说:"这叫对司机的信任,懂不?"

今天的赛琳娜很安静,眉头紧蹙,不时烦躁地看着手机,貌似她的手机也有些异常,总有人给她发着消息或打着电话,她把声音关掉,任由屏幕在闪着,眼睛看着车窗外。

车里很安静,菲利克斯的校车广播早就坏掉了,他也不爱听广播,所以也懒得修好它。菲利克斯首先打破了安静的气氛,说:"嘿,路途还长着呢,聊聊天吧,不然无聊到我这个司机都要睡着了……你们知道关于加纳的十件事么,很重要的那种?"我摇摇头,但是很想听他往下讲,我把位置移了移,靠近菲利克斯,想听得更真切些。接下来,是菲利克斯的科普时间了。

第一件,关于加纳的简史。加纳从中世纪起就存在了,名字来源于曾经的西非加纳大帝,"加纳"是给帝王的头衔。1471年,葡萄牙人到达加纳,将这里称作"黄金海岸",并且开始将非洲的产品贩卖到欧洲。由于优越的地理条件,加纳成为残忍的跨太平洋奴隶买卖的中心,之后又被英国和荷兰殖民。在当时,很多加纳人都沦为了奴隶并被关押在海岸角堡等海岸城堡,等待被贩卖。抵抗英帝国的斗争到了20世纪,1956年,加纳独立,并于1957年3月6日正式成立加纳共和国。恩克鲁玛当选,成为独立后的首任总统。

"嘿,这我们小学课本就有,可谓是每个加纳人都会知道的事情。"我笑着说。

第二件,加纳宗教自由。加纳尊重所有的宗教,并且将宗教自由写入宪法,成为一个不可剥夺的权利。在联合国2012年一份关于国际宗教自由的报告中提到:"总的来说,加纳的宗教信仰自由得到尊重。"加纳有71%的基督教徒,18%的穆斯林,5%信仰本土宗教,还有6%的人信仰其他宗教或无宗教信仰。

我严肃地说:"这是我认为我们国家特别不错的地方,尊重每一个人,包括他的宗教和信仰。"

第三件,加纳的媒体自由。加纳的媒体被认为是非洲运行最自由的媒体之一。2010年,追踪全球媒体自由的机构——无国界记者把加纳列为媒体最自由的地方之一,排名远远高于美国、英国和法国。1992年颁布的加纳宪法中明确规定了媒体自由,并严格禁止审查权。在加纳新闻中,对于政客和他们政党的批评声并不少见。不少人认为,这样自由的媒体声音也是推动加纳民主一个不可或缺的部分。

我说:"这是民主中很重要的一部分,如果连发言权都不给予的话,这个国家是禁锢的国家,是没有思想与舆论的国家。"

第四件,加纳是非洲最安逸的国家。从全球和平指数来讲,加纳位列世界上最安全国家的第40位——它成为非洲大陆上最安全的国家之一,它的首都阿克拉也因为其安全性而闻名。实际上,加纳的军队也同样参与了联合国的维和行动,包括在刚果、卢旺达和塞拉利昂地区的行动。

"这我绝对同意,至今,我家至少连一件小东西都没丢过,我住的地方附近,也没听过丢东西的事情出现。当然,在别的地方还是听说过的,但是相对于其他非洲地区来说,真的是好太多了。"我点评道。

第五件,加纳美食,很好吃。在加纳,有撒哈拉以南地区的非洲主食。

"比如馥馥、木薯、山药、大蕉。"我和菲利克斯异口同声地说。菲利克斯笑笑继续说:"还有海边鱼料如炸鱼、烤鱼,再配上各种特色的当地佐料,简直美味极了,我最爱吃鱼了!"我做了做喝酒的手势,说:"这次旅行别放过哟。"两个人都笑了。

第六件,加纳是个足球疯狂国。加纳人对于我们自己的加纳球星非常着迷,特别是当他们轻而易举地举起奖杯的时候,球迷们更是为之疯狂。加纳两支国际球队分别是男子的黑星(Black Star,曾四次获得非洲杯冠军)和女子的黑女王(Black Queen)。在2010年的南非世界杯上,黑星球队甚至打进了四分之一决赛,成为历史上成绩最好的三支非洲球队之一。

"可惜了,今年没世界杯看,真无聊哎!"我靠在菲利克斯椅背上说。

第七件,加纳热爱聚会。许多国际都市都有着自己娱乐的方式,而阿克拉也是非洲一座非常有活力的城市。欧苏(Osu)是阿克拉的市中心,繁华地带,除了有餐厅,这里也汇聚不少酒吧和夜店。不少人在空闲的时候,喜欢约上三五好友来这里喝一杯,或者来上一段热舞。

我说:"不用去阿克拉了,我妈妈也很喜欢在家弄聚会,隔三岔五的,有时候想清静一下都不可以。"

赛琳娜扑哧一声笑了,我转身过去,说:"嘿,原来你在偷听我们讲话。"赛琳娜说:"这车上就我们三个人,你们讲这么大声,还怪我偷听咯?对于这几件事,我也听说过,而且我还可以说出后面三件。"

接着,赛琳娜讲起来。

第八件,加纳当地的语言特别有趣。虽然英语是当地的官方语言,但是学一点"图阿依"（Twi）也不错。"图阿依"是加纳60多种语言中比较主要的方言，学一些基本用语好交流，比如 Eti sen? – how are you? – 你好吗？（很重要的问候语，在加纳用的频率很高）；Maa chi! Maa ha! Maa jo – Good morning! Afternoon! Evening! – 早上/下午/晚上好！（一般打招呼）；me daa si – thank you – 谢谢（很多场合都可以使用）。

"哟，说得不错嘛，这是我们加纳当地的方言，学会了你就是合格的加纳人了。"我赞扬地说，赛琳娜笑了笑，一副有点得意的样子。

第九件，坐"trotro"。赛琳娜指着前面行驶的"trotro"说。Tro–Tro这个词也是加纳最重要的一个词之一。Tro是Ga语（另一种比较广泛使用的加纳当地语言）中三大单词之一，是一种在殖民时期就广泛使用的公共交通工具。没有固定的时间，这种交通出行方式可算是很"随性"了。大约有七成的加纳人的日常出行都靠它。

我叹了叹气，说："说真的，我有点怕坐它。"他们都看着我笑了。

第十件，加纳著名的大"假湖"——沃尔特湖（Lake Volta）。长约400公里，储水量多达1530亿立方米，沃尔特湖是一个大型的水库，也是世界上最大的人工湖，占加纳面积的3.6%。沃尔特湖处于北纬6度的本初子午线上，占据了一个非常重要的十字路口，地理位置十分优越。在那里可以游泳、划船、钓鱼，而且到国家公园的距离也很近，是加纳一个悠然的度假胜地。

"当时从摩勒公园回去的路上还看见呢，你们注意了吗？"我说。菲利克斯说："我要专心开车呢，哪能看见？但是我曾去那里钓过鱼，那里的鱼可美味了，现在想想都要流口水。"赛琳娜说："我当时没有注意到，我一直在发呆。"

车子继续往前，越来越接近西海岸。此时，从车辆行驶的道路上往两边看，可以看到一些大坑洞，菲利克斯只好放慢车速，小心驾驶……

加纳除了有"最美海岸线"称号之外，也由于它是一个拥有巨大黄金储量的非洲国家，所以加纳的旧称就是"黄金海岸"。这里号称是遍地黄金，引得无数淘金者前仆后继去淘金。在黄金的璀璨光芒召引下，世界各地的淘金客涌进加纳，在陌生的山丘丛林、草原河畔里，忍受着高温、疲劳、孤独、疾病乃至死亡的折磨和威胁，从事着一项人类延续了数千年的古老职业——淘金。

外地人给加纳的本地采金行业带来了技术革命。他们带来的挖掘机和淘"砂金"的技术，让加纳采金从原始手工作坊迈入机械化时代。这其中以中国南方小县城上林人的淘金人最为特殊。据统计，加纳每年出产的黄金，其中有一半都是由上林人参与开采的。加纳当地人也有自己的采金公司，但是都比较原始，产金效率不高，采金者的生存状况也很糟糕。他们整天和黄金打交道，但仍然生活得非常贫穷，收入只能勉强糊口。加纳的采金者人数每年都在暴增，淘金者们追求产金数量，不求"精耕细作"，一旦开采量不佳，就马上转战另一块土地，严重破坏了当地环境。

近年来，加纳政府为了保护生态环境，对当地的黄金矿区进行了清理，许多外地人纷纷离开，严重影响了外国人在此建立起的采金系统，当然这其中也包括了上林人。不少人在选择离开后，因为各种原因，又再次回到"黄金海岸"，重温淘金梦，但梦想与现实的距离，就如同我们的路程一样遥远。

看着远处的大坑，我思绪联翩。有时候，人类就是为了利益，为了生存，不惜破坏自然，不惜破坏子孙后代的利益来保护眼前的利益，这是可悲的。他们根本没能逃出自己小我的束缚，心中只有自己，没有他人，如果世界只存在这种人，我想，地球、自然就会毁灭在我们的这一代手里了吧，就不再有未来，不再有以后。

看到海面上的太阳渐渐呈现像鸡蛋黄的颜色，我问菲利克斯快到目的地了么。菲利克斯说："就在前面了，我们需要先找地方住下来才行，吃点东西，填一下肚子，今天我还真的除了吃些饼干喝点水之外，是什么都没吃，饿死我了，脚也要抽筋了。"

车子路过了一家豪华的酒店，我盯着窗外，发出了一声惊叹，菲利克斯说："怎么，想住这里？这叫金色海滩酒店，这在当地是超级豪华的酒店了，住不起啊，别想了！"车子开到了离金色海滩酒店不远的另一家酒店前，菲利克斯说："好了，选这吧，我把车子停好。"

终于能下车活动了，在车上坐了一天关节都僵硬了，赛琳娜依旧手机不离手，时不时地往手机屏幕上瞄着。菲利克斯很快将车停放好，我们就去附近的小馆子，吃了一顿简餐，没有什么特别的。吃完之后，天还微微亮着，我想趁天黑之前，去一趟海滩，吹吹海风，他俩都累了，我只好一人独自前往。这里的沙滩并不是真正意义上的细沙滩，可以叫泥沙滩，沙滩上隐蔽的地方，会有一些用半人高的小木板堆起来的区域，那其实就是非洲版的简易厕所。在那厕所旁边我还看到了一只肥嘟嘟的猪，它滚在厕所边泥潭里，这叫一个安逸啊，我来了它只会抬起头看下我，又继续躺着，一点都不怕生。平静的海面，舒服的海风，就是天有点黑了。

吹着海风，发着呆，时间总是过得很快，晚些时候，我就回房了，那时候菲利克斯已经睡着了，我只能悄悄地完成简单的洗漱，也上床睡觉了。一大早，菲利克斯就问我，昨晚什么时候回来的，我说大概九点，他说他睡得太沉了，根本不知道我回来。

海岸角（Cape Coast）基本上位于整个加纳海岸线的最中间位置。它是中部省的首府，中部省是"黄金海岸"以前的政治中心。到 1877 年为止，海岸角还是英国殖民政府的所在地，这里的海岸线因有欧洲商人建造的古堡垒和城堡而出名，其中在艾尔米纳、圣雅各和海岸角的三个古堡已被联合国教科文组织下的世界遗产基金会定为世界历史文化遗产遗迹，而艾尔米纳奴隶城堡（Elmina Castle）就是我们今天的目的地。

我们来到艾尔米纳奴隶城堡的前面，建筑物并不是很高大，外观有着岁月赋予的痕迹，呈现白色，有着鲜艳醒目的红色屋顶，边上有一圈护城壕沟，看上去很雄伟。它是加纳现存最早的，保存最完好的奴隶堡之一。它与后方山顶上的圣雅各炮台（Fort St. Jago）遥遥相望，极有气势。它历史悠久，追溯起来要到 1471 年，当时第一批葡萄牙探险者来到这块富饶的黄金产地，宣誓殖民主权。到了 1482 年为了保护这块殖民地开始计划建造圣乔治城堡（Castle St. Jorge），1486 年初建完工。最初的城堡非常小，其实就是现如今艾尔米纳奴隶城堡内城的葡萄牙教堂和北侧主楼的一小部分。此城堡的选址可谓费尽心思，因为城堡正好建造在两个海滩中间的突出礁石海角上，地基极稳，易守难攻，而且城堡南面出去就是大西洋。城堡的背后又是本雅（Benya）河，至今都是非常良好的渔港，可以进出海船，也是良好的避风港。整个 15、16 世纪，城堡和殖民地都掌握在葡萄牙人的手中，此后荷兰、法国、英国航海事业崛起，城堡在 1637 年被荷兰人占领，到 1872 年又归属英国人所有。

相信大家不管是在课本还是在别的书籍中都对黑奴贸易有所了解，全世界都知道这是殖民主义最罪恶的一面。但事实上，还有很多内容是我们并不非常了解的。首先纠正大家一个观点，是谁最早开始黑奴的贩卖？我们都认为是白人，但是其实是黑人自己！当时除了北非的少数国家如摩洛哥、埃及外，非洲大陆的其他地区（撒哈拉以南）都是以部族和部族的城邦形式存在，当一个部族与另外一个部族发生战争，获胜的一方要不就是把该部族全部杀光，如同电影《卢旺达饭店》所描述的那样，要不就是将战败部族的全部老少俘获，变为奴隶，甚至当成食物吃掉。欧洲殖民者来了以后，与这些获胜的部族长进行交易，用当时欧洲的金属手镯、小饰品、玻璃珠、铁锅、铁质工具来换取黄金、象牙、可可和奴隶。而艾尔米纳作为一个殖民"城市"也因为殖民贸易而逐渐繁华起来，常住人口从 17 世纪早期的 4000 人到 17 世纪晚期达到 10 000 人，18 世纪更达到了 15 000 人左右。

艾尔米纳奴隶城堡现存建筑主要呈长方形，分为外城城墙、壕沟、内城。内城是个标准的长方形，由几个院落组成，其中内城北侧最高为地上 5 层建筑，外城城墙和内城其他三面的顶部兼有瞭望和炮台的功能。1550 年到 1637 年，葡萄牙人又重建了城堡的西部和北部城郭。在荷兰人统治时期，内城的葡萄牙教堂（即最初的圣乔治城堡礼拜堂）被改建为作战大厅。除此之外，内城的里面还有一个巨大的地下室，是为了囚禁奴隶的。我们走进地下室，特别狭小拥挤，门只有1.2米这么高，成年人只能弯腰进入，内部的地下室还分为两部分，一部分是男奴隶的囚室，另一部分是女奴隶的囚室。男女奴隶囚室各有四五个小房间组成，阴暗潮湿，黑不见底。每间小囚室大概30~40平方米，关押200名左右的奴隶，这也意味着最多的时候艾尔米纳奴隶堡的囚室里可以关押2000多名奴隶。黑奴到这里以后，食物饮用水完全由小窗口送进去，大小便就拉在地上的浅沟里，用海水直接冲入大海。由于卫生条件极差，疾病流行，不够强壮的奴隶会迅速生病死亡，死后就直接从围墙顶上或围墙上的小窗丢入大海。关押在囚室内的奴隶死亡率高达10%，等大船到了以后，奴隶们一个个被打上烙印，通过"不归门"坐上小船，到达深海换乘大船，被运往美洲、爪哇、欧洲出售。在运送的途中死亡率也是高达10%，病死的奴隶直接被丢入大海喂鱼。

据菲利克斯介绍，有的堡主为了挑选强壮的奴隶，会通过运送食物的小窗向不通风的奴隶囚室输送有病毒的食物或空气，让老弱奴隶在登船前直接死亡，以提高船上奴隶的存活率，减少食物与饮用水的浪费。对于出售奴隶给白人的黑人部落长来说，这是换取白人先进武器与饰物的战利品。对于购买奴隶的白人中间商和奴隶主来说，奴隶和牛羊并无差别，于是长达4个世纪的黑暗血泪史开始了。

相比于男奴来说，女奴的生活环境会好些，但是另有所图。奴隶城堡的内城有一个单独的院落，女奴囚室的门就在这个院落里。堡主的卧室在主楼西北面的五层，第3层有一条廊道可以俯视女奴囚室所在的院落，院落里有两口水井用于储存雨水做饮用水。女奴在一定的时期可以出来放风，这时堡主、总督或这些实权人物的朋友们会站在廊道上，俯视这些女奴，像挑西瓜一样挑选他们认为最漂亮的女奴。被选中的女奴就会被送入五楼的卧室，在浴室间稍加清洗被送上堡主、总督的卧床。如果有不从，就会被锁在女奴院落的铁球上示众，饱受日晒雨淋之苦。如果还是不从或企图反抗堡主、总督，会被直接送入死囚牢。死囚牢在主院落的右侧，只有五六平方米大，门有两道，没有窗户，门也是不透光的，黑奴进去后不提供食物和饮用水，几天后就会死亡，死后直接扔入大海。而那些顺从于堡主的女奴如果够幸运，怀孕了，就可以走出奴隶堡，来到前面提到的这个红石头房子里居住，成为堡主的私人佣工，不必被送往海外。生下的这些混血儿长到3岁会被送回奴隶城堡接受教育，日后会成为土语译员或下一代管理黑奴的爪牙。这些混血儿日后大部分不会和白人通婚，而他们的孩子由于有白人的血统，通常头发能长一点，肤色能够浅一些。

赛琳娜听到这些，感叹道："真残忍，怎么能凶残到这样的地步?!"

死囚牢的旁边是用于关押犯了错误的白人士兵和船员的监狱。内城主院落中历史最悠久的建筑——葡萄牙教堂（原圣乔治城堡 Castle St. Jorge 礼拜堂），现如今被改建为博物馆，用于陈列非洲部落历史和奴隶堡的历史。内城的东、南、西南三面只有2层楼，作为士兵船员宿舍和仓库使用，楼顶是瞭望台和炮台；北面主楼有四层楼，是堡主、总督的会客场所和办公场所。第4层楼是一个教堂或者说是祈祷室。我觉得在这么残忍的地方，有祈祷室显得格格不入，也许祈祷室只是为了自欺欺人，安慰这些奴隶主罪恶的心，以为祈祷了，上帝就能宽恕于他们。我想真是可笑，上帝是不会保佑他们的。西北面的3、4层是和北侧主楼连着的过道、储备间等，西北面的第5层就是总督、堡主的卧室，可以俯视整个奴隶堡，同时也可以看到整个漂亮的海湾和海岸线。值得注意的是，并不是只有普通的战败部族的平民才会被送入奴隶城堡，据说在18世纪曾有一个阿香提部族的长老被关在东南面城郭的角楼里，后来被送到美洲并死在那里，1994年他的后人将他的遗骨挖取出来，才送回库马西安葬。

艾尔米纳奴隶城堡其实并不算特别大，大概用1个多小时就可以将它细致地参观一遍。虽然它是世界文化遗产，但非常可惜的是在景点里并不提供门票凭证来留念，也没有整个奴隶堡的大致简介可供阅读。以上内容全靠讲解员进行讲解还有菲利克斯的补充。有时候挺佩服菲利克斯的记忆能力的，这些知识都是之前他当导游的时候，有同行刚好走的是这条路线，曾经跟他说起过，也给过他关于介绍加纳有名的城堡和炮台的小画册，现在不知道扔哪儿去了，但是里面的东西都深深印在他的脑子里，所以他特别清楚。在加纳，书是非常贵的，找起书来并不容易，也很麻烦，所以在加纳甚至整个非洲，很多知识都是靠口耳相传的。

当我们参观完艾尔米纳奴隶堡之后，我们接下来要去山顶上的圣雅各炮台。在此之前，我们找了一家小餐馆吃饭，餐馆不大，由一对夫妻经营，他们做的饭菜味道可谓是非常正宗的加纳特色，连菲利克斯这个见识广的美食家都赞不绝口。

原本我以为圣雅各炮台只是一个普通的炮台，后来看了资料才知道它也是上了世界遗产名录的三个炮台城堡之一。这个景点不收取门票，而且建筑保留完整，但其他内部设施保存并不如山下的艾尔米纳奴隶城堡完好。它建在至高点上，从上面俯视艾尔米纳小镇、艾尔米纳奴隶城堡和海岸线非常漂亮，它也是一个非常具有历史性和故事性的城堡。

相传1503年，一个葡萄牙传教士来到这个地方，为当地埃弗弗（Efutu）王国的一个部落长及他的300位亲戚和臣民施洗。这位部落长决定在这座海拔

33米高的山顶上建一座教堂，正对圣乔治城堡，这座教堂以葡萄牙圣徒圣雅各命名，从此此山被命名为圣雅各山。1637年，荷兰人决定在这个教堂的旧址建设一个炮楼来保护山下的艾尔米纳奴隶城堡以及本雅河上的港口。1660年，荷兰人用当地的一种砂岩，建造了这个堡垒。该堡垒被称为是"黄金海岸历史上最早的一座纯军事建筑"，城堡内可供69名长官或卫戍士兵居住，其他还有厨房和弹药库，并提供一定的房间给参与殖民贸易的荷兰公司使用。它一直作为军事重地守卫着通向艾尔米纳奴隶城堡的咽喉，1667年该堡垒被当时的艾尔米纳奴隶城堡的总督沃肯堡（J. Valckenburgh）命名为科恩拉兹博雷（Coenraadsbury）；1671年，继任总督德克威尔利（Dirck Wilsree）为堡垒新建了外围石墙。在1640年左右，圣雅各山的斜坡上出现了许多果园和提供蔬菜沙拉的餐馆，因此此地也作为在艾尔米纳奴隶城堡工作的欧洲人的休闲娱乐场所。1880年，在英国人从荷兰人手中夺取艾尔米纳奴隶堡8年以后，对圣雅各炮台进行了全面的维修。在19、20世纪，该炮台曾被用作监狱、医院和旅馆。1990年对该炮台进行了考古发掘，发掘出一些16世纪的葡萄牙教堂遗迹、部分17—19世纪欧洲进口商品以及非洲磨粉设备、陶器餐具及食物遗存。

我在里面也拍了许多相片，俯瞰整个小镇和整片海域，风景可谓非常美丽。

光是城堡的参观，就用了整整一天的时间，建筑的存在是历史的缩影，它里面凝结着历史的故事，在现代人看来可能历史并不那么深刻，但在当时，这里可谓是人间地狱，多少人在这里死去，在这里痛不欲生，一切的一切都太残忍了，我想我们应该铭记历史，我们应该倡导民主、文明。

回到酒店，刚休息了一会儿，"咚咚咚"传来敲门声，我开了门，看到是赛琳娜站在门外，我还没有发问，赛琳娜说："有没有空，陪我去海滩散散步吧。"我看了看正在看足球赛的菲利克斯，他漫不经心地说："我喜欢自己一人看电视，你去吧，美女可没邀请我！"我拿上薄外套，跟赛琳娜来到了海边……

（原载《美文》2020年第2、3期）

在英国隔离的日子

_舟卉

一

十七年前，我在北京上大学，亲历过SARS。

十七年后，另一场瘟疫降临。我被隔离在英国。

因为经历过SARS的恐慌，我总以为，有生之年不会再遭遇比它更可怕的瘟疫。医疗技术日新月异，外科手术都能换心脏甚至扬言要换头颅了，一个小小的病毒，似乎根本不足为惧。况且人类都计划冲向火星了，地球的疆域从太空俯瞰已是如此渺小，都快装不下人类磅礴的雄心。在科技早已渗透日常甚至武装到牙齿的今天，谁会相信，人类社会其实是如此不堪一击？所有的医学防线，所有的科技实力，所有的顶尖研究，全都形同虚设，一个直径0.1微米的病毒，穿透了科学层层的严防密布，如风暴一般肆虐了全球。

就像一次狠狠的掌掴。科技的武装让我们自以为成了巨人，但一个冠状病毒，却瞬间把我们打回原形——在它面前，我们手足无措，就像一百年前对付西班牙流感时那样无力。

想想都觉得魔幻。过去的这几个月，一个病毒已把世界搅得天翻地覆。以为是科幻灾难片里才有的场景，可事实上是，整个人类正在经历这场磨难。

武汉封城的时候，我虽然远在海外，但和留在国内的同胞一样，陷入了一种悲伤而揪心的情绪。那些撕心裂肺的哭声，医院门前呼啸而去的灵车，还有整座城市空荡荡的街头、死一般的寂静，像一把锋利的匕首刺穿了这个沉寂冰寒的冬天，也刺穿了人们柔软的内心。疫情是面照妖镜。但疫情也是黏合剂，让人们在苦难面前空前团结。各种人性的光辉，平时淹没在平凡琐碎的泱泱生活中，但在疫情威胁下突如擦亮的银柱，顶天立地，熠熠发光。三月初，武汉的疫情得到控制。国内也一片安然。我舒了一口气。

我们一家原本订了二月底回国探亲的机票，但受疫情影响，在临飞前半个月被通知，那段时间所有的航班都取消了。正当我盼着航线能恢复正常时，欧洲的疫情却肆虐了起来。

二月底，意大利北部突然暴发疫情。在这之前，欧洲人对新冠病毒的认知还相当遥远。绝大部分民众的反应，这不过是一次流感，冠了个新的名字而已。流感年年有，也年年有人死去，所以不足为奇。但意大利的局面失控，大批感染者死去，整个医疗系统在短时内接近崩溃，让欧洲一下子蒙了。

但即便这样，欧洲人也依然觉得意大利只是个特例——因为那里人口老龄化问题太严重了。他们以惊愕而不可思议的目光，同情地观望着意大利。谁也不会料到，疫情的这把野火会迅速蹿烧到自身。当时欧洲的一些主流媒体还以总结式的口吻报道意大利疫情，标题诸如《意大利留给世界的惨痛教训》——但后来的事实证明，欧洲多国并没有吸取教训，而是纷纷步其后尘，重蹈覆辙。

在此之前，英国对疫情的防控，一直做得不错。英国国家医疗服务体系（NHS）对入境的所有疑似病例，都采取了强制隔离，并追踪全部与患者接触过的人群。截至2月13日，英国确诊仅为9例。在当时，英国公共卫生系统对新冠病毒相当警惕且重视，只要疑似，NHS都会在第一时间派出救护车前去接人，进行病毒检测，安排治疗或隔离。

但意大利的疫情，直接影响了欧洲的防疫格局。

三月上旬，意大利因疫情严重，全国封城。当时尚有大批英国人在意大利度假，只好匆匆折返。但当时机场和各港口没有采取任何防疫措施，没有测体温，没有隔离。从疫区返还的汹涌人群，就这样悄无声息地融入了英国本土。这一波操作，让在英华人目瞪口呆。

接下去，英国政府像自我放飞一般，目瞪口呆的事，一件接着一件。作为一个外国人，我都能明显地感觉到，NHS系统和英国政府出台的抗疫政策，就像一具勤奋刻苦的肌体贴了一张空洞的不大适合的皮，有些格格不入。

3月8日，英国累积确诊273例，死亡3例。统计数据看上去并不吓人，但吓人的是英国政府的反应。据媒体报道，政府官员开始为多达10万人可能死于新冠病毒做准备。

其实环顾整个欧洲，此时英国的疫情防控还算比较得力的。然而，到了3月12日，情况突变。英国的防疫政策，干脆让全世界都目瞪口呆——群体免疫。首相鲍里斯当着全体国民的面讲了一番话，意思是做好失去亲人的准备吧，政府将无为而治，洗手是对付病毒的法宝。

那时候，英国政府不是忙着购买防护设备和呼吸机，也不是忙着扩充医院，而是忙着搭临时停尸棚和寻找墓地地址。

这不是调侃，是事实。

在这之前，英国民众一直很淡定。从那天开始，英国民众没办法再淡定了。哪怕先前意大利的惨状就在眼前——医院太平间里尸满为患，教堂里停满了来不及火化的棺材，报纸上整版整版密密麻麻全是讣告——也吓不着英国人，他们坚信，隔着英吉利海峡，这样的惨剧轮不到自己头上。但现在一切都不同了。

我记得那天是周四。首相发言刚结束，英国人就紧急开始了第一波抢购热潮。

那天傍晚，我去跑步，回来路上经过一家超市，从玻璃窗望进去，里面人满为患。货架几乎被扫空了，结账处人人推着满满当当的购物车。还有许多人驱车赶来，停车场满了，就在路边排起长队。我当时不明情况，只是心里一咯噔，英国人终于感到怕了。或者确切地说，是英国人终于对新冠病毒做出反应了。因为之前，他们的超然淡定和对病毒的漠视，让我既钦佩又难以理解。

透过玻璃窗，我扫了一眼大米货架，空空如也。我顿时有点忧心，因为家里没有储备。先前我妈老早就越洋叮嘱过，要储点米和其他不易变质的主食。可我不慌不忙，跟大部分英国人一样，觉得抢购没有必要，只会导致恐慌。人人都不去抢购，供应链就不会崩断——就算是疫情期间，人们吃的用的还是往常一样的量。

家里还有大半袋米，剩着六七公斤，不多，也不少，还能维持一段时间。我隐隐担心的，倒不是眼前，而是政府的无为而治，很可能会导致后面疫情的失控，及随之而来的社会不安和动荡。若真如政府所言，60%以上的人口感染，按意大利确诊后13%的死亡率，这将是一个极度恐怖的死亡数据。就算数学水平烂如我，也能估算出整个英国将迎来一场怎样的灾难。我不寒而栗。我相信全英国有很多人在3月12日当天的反应，是跟我一样的震惊和茫然。按这个计算法，英国六千万人口，将会有多少人埋到政府提前觅好的墓地中去，而很可能，后来的大部分连埋进墓地的福气都没有了。

大批人口感染，大批人口死去。我担心，很多人哪怕侥幸逃脱了病毒的吞噬，也将陷入饥饿的困境。英国的食物，尤其是蔬菜水果，绝大部分靠进口。在超市里，小到一个蒜头、一块生姜，大到一个西瓜、一盒葡萄，上面的标签都明明白白写着产地——除了土豆和一种 British Apple（英国本地苹果，样子丑陋，吃起来倒又甜又脆）——基本都产自不列颠岛外。葡萄来自西班牙，桃子来自埃及，甜瓜来自希腊，李子来自葡萄牙，樱桃和蓝莓来自智利，蒜头来自中国，猕猴桃来自新西兰，木瓜来自泰国，橙子来自南非，酒品、芝士、火腿等来自意大利……如果有一天，受疫情影响，大量行业停摆，英吉利海峡断航或者物流不畅通，那些驰骋在不列颠岛高速公路上的货运大卡车真的突然不跑了，后果将不难想象。

我隐隐忧惧的，不是病毒本身，而是供应链的断裂。英国是个岛国，四面环海，一旦疫情失控，到时没有食物，没有逃生的通道，这才是最大的威胁。也许我杞人忧天，想得过于悲观，但政府的消极措施，终将会导向悲剧。疫情暴发以来，很多惨烈甚至魔幻的事情接二连三发生，悲剧好像没有底线。如果英国政府放任疫情蔓延，闷声不响地践行全民免疫，等人口感染和死亡到一定程度，突破了承受极限，整个社会必将陷入混乱和瘫痪。

对英国而言，接下去的一周，极其难熬。

普通民众陷入了恐慌和茫然，虽然没有人上街抗议，但默默的抢购行为已经说明了一切。我想起了十七年前经历 SARS 时的恐惧。那种被大环境所卷裹的恐慌和无助感，只有那年的春天可以媲比。

我跑了两家本地超市、一家中国超市，均没有买到大米。

中国留学生和他们在国内的家长们，也开始变得寝食不安。据英国大学联（Universities UK）统计，截至 2019 年 8 月，中国大陆在英留学生达 10.6 万人（本科以上），占在英留学生总人数的 23.2%。而几天后，一个更令人惊愕的数据爆出来，留英的中国小学生达 1.5 万人。这些孩子很多寄住在当地人家，多半是老年人户主，而老人恰恰是新冠病毒最易感人群。当时从伦敦飞国内的航班已经少得可怜，孩子们有家难回，和他们的家长一起陷入了集体恐慌。后来驻英大使馆出面协调，商业包机先送部分未成年留学生回国。一张经济舱机票高达 3 万人民币，依然一票难求。

从 3 月 12 日开始，大批在英留学生不惜一切代价，开始往国内撤。

事实上，在民众焦虑的同时，鲍里斯和首相府也像在加热的铁板上煎熬着。

3 月 14 日，英国科学界超过 600 名研究人员发了三封实名公开信，强烈反对群体免疫策略。这些科学家在传染病领域、心理和行为科学领域及免疫学领域都是重磅人物。

究竟是保人命，还是保经济？这是摆在新上任才半年的首相鲍里斯面前的选择题。就像四百多年前，莎士比亚早已写好的著名台词一样：To be or not to be, that is the question.

《星期日泰晤士报》指出，英国上一次对潜伏的敌人发动多兵种攻击，要追溯到1944年诺曼底登陆的D日，那天后来被称为"最漫长的一天"。一位内阁成员在3月19日感慨，刚刚度过了"最漫长的一周"，"本来以为脱欧将改变这个国家，但现在，将改变这个国家的是冠状病毒"。

后来有一些内幕信息爆出来，才让普通民众窥到，唐宁街十号在那一周的艰难抉择。

首相府面临着前所未有的考验，内部交锋也异常激烈。首相高级顾问多米尼克·卡明斯和英国首席医学顾问帕特里克·瓦兰斯坚推"群体免疫"，而卫生大臣马修·汉考克强烈要求实施社交限制。在内阁中，两派意见各有拥趸。双方僵持不下，最终在"科学决策"机制中形成了一种危险平衡。第一轮，群体免疫派暂时胜出。于是3月12日前后，群体免疫政策出炉。但随后，一份来自帝国理工大学的报告，震惊了内阁。这份报告由传染病专家尼尔·弗格森教授带领团队研究撰写，预计了新冠病毒将会造成英国50万人死亡。

中间的博弈，非常复杂而戏剧化。但最终，内阁达成了一致。

3月14日，卫生大臣汉考克在媒体上撰文，群体免疫不是政府的战略。

3月17日，首相宣布了英国自二战以来和平时期最庞大的一份财政救助方案，为企业提供价值3500亿英镑的拨款和贷款。

3月18日，当天周三，首相宣布，全国学校从周五起关闭。

3月20日，从当晚起，全国的咖啡馆、酒吧、酒馆、夜总会、剧院、电影院、健身房和休闲中心关闭。政府为所有企业受疫情影响的员工支付80%的薪水。

以前英国政坛的各种风云，我都当八点档剧情来看。自2016年6月脱欧公投以后，时任首相卡梅伦辞职，英国政坛一直动荡不安。短短三年间，换了三任首相。英国民众就像吃瓜群众一样，时不时能看到政坛爆出来的狗血剧情。

平时，我不关心政治。无论政治家们怎么相互搅局，也无论政坛如何风起云涌，老百姓照常还是过普通的日子。但这次疫情期间，我每天都在关注英国政府的策略和动向。因为这和每个人的健康甚至生死息息相关。

说实话，3月20日，英国政府宣布社交限制后，我是松了一口气。

二

我住在英格兰东部，离伦敦一个小时通勤车程的海边小城。

如果不是疫情，其实我更愿意描述从前的岁月静好。虽然以前时不时有恐怖袭击，铁路工人和地铁司机经常任性而傲娇地罢工，街头有不少酒鬼和流浪汉，福利制度被纳税人吐槽为养懒人，各种公投频繁有时一不小心就会让国家拐弯……但总体而言，这仍是一片宁静美好的土地。

3月21日、22日，周末，天气晴好。很多英国人不顾禁令，依然到户外踏青、野餐。伦敦的各个公园里，人们如往常一般散步、跑步，享受阳光，欢度周末。

3月23日，英国出台了更为严厉的限制措施，要求全民居家隔离。除了采购生活必需品、每日锻炼、看病和确有必要的外出上下班，人们必须留在家里；不允许两人以上在公共场合聚集（同住者除外）；关闭非必需品商店、图书馆、游乐场、室外健身设施和礼拜场所；公园继续开放，但仅能用于锻炼，不允许多人聚集；禁止包括婚礼和洗礼在内的所有社交活动（不包括葬礼）；对于聚集的人群，警察有权驱散或罚款。

从3月20日开始，英国出现了第二波抢购狂潮。这波抢购比一周前更为疯狂，几乎所有超市外都排起了长龙，绝大部分货架被一扫而空。英国三大超市Sainsbury's、Tesco和Asda不得不采取限购措施，任何产品每人只能限购三份，基本生活用品如厕纸和洗手液每人限购两份，采取如此配额制也是自二战以来的第一次。后来媒体报道，两周之内，英国民众因恐慌而囤积性购买了价值10亿英镑的食物。悲催的是，因为新鲜食物保质期短，最后大部分都被扔进了垃圾桶，造成巨大浪费。当时有专家指出，英国的食物供应链非常脆弱，虽然没有进入战争状态，但事实上，英国正面临着战时食物短缺的隐患。

3月21日清晨，六点钟，我先生驱车去小城最大的Tesco超市购物。自封锁以后，所有外出活动都由他执行。本来是要采购一周量的食物和生活用品，但他只拎回来一桶牛奶、一袋面包、一袋橙子和两瓶果汁。他说，一大早赶过去，Tesco偌大的停车场已经满了，他在附近转了几圈，好不容易才等到一个车位。但门口长龙似的队伍，让他望而生畏。从玻璃幕墙朝内望进去，很多货架空空如也。他决计不在此处浪费时间，遂驱车赶往第二家规模小一点、位置也相对偏僻的Morrisons超市。门口也有排队，但没有那么夸张。他进入超市，才发现里面很多货架也空了。

3月22日，先生继续起个大早，再次驱车赶往Tesco超市。门口依然排有长队，顾客之间保持着一两米的距离。超市限制人流，分批入内。他排了半个小时左右，终于入内。有很多货架空着，但供应比前一天明显改善。他采购了一些食物，包括西红柿、土豆、牛肉和鸡蛋等。但采购单上的其他许多东西，都没有，包括大米。

3月28日，先生再次去Tesco超市，采购成果颇为丰富。他说超市内食物供应基本恢复正常，只有少数商品还缺货。从Tesco回来的路上，他特地拐弯去了一趟中国超市，买回来一袋五公斤的东北大米。他说，中国超市内，货品供应也正常了。

自此，英国的食品危机度过去。民众从恐慌归于平静，开始安心地在家隔离。

我原以为，英国既已实行严格的封锁政策，疫情应该很快能控制住——至少能遏制其蔓延。

但完全错了。疫情的诡异之处就在于，当政府想起来要封锁的时候，已经为时太晚。

3月20日，英国新冠肺炎累积确诊3983例，一日内增加714例，累计死亡177例。从这天前后开始，英国确诊和死亡人数，开始令人不寒而栗地嗖嗖往上蹿。

对英国民众而言，新冠病毒先前只是一缕幽魂，到此时终于露出了狰狞的魔鬼面孔，并一步步变为恐怖的黑色死神。

3月21日，英国驻匈牙利大使馆副大使史蒂文·迪克因感染新冠病毒去世，年仅37岁。

3月25日，英国王位第一继承人、71岁的查尔斯王子确诊感染。

3月27日，英国首相鲍里斯确诊感染。随后，卫生大臣汉考克也确诊。

4月5日，鲍里斯居家隔离十天后未见好转，住进圣·托马斯医院（St Thomas Hospital）；入院后不到24小时，因病情恶化，被送入重症监护室。

英国的抗疫之路，充满了戏剧性，政府高官纷纷感染。先前因为全民免疫政策，首相鲍里斯简直成了众矢之的。他确诊之后，各方声音都调侃他"身先士卒"，很多民众也冷嘲热讽。自他被送入重症监护室后，命悬一线，虽有各路记者像鬣狗一样盯在医院门口，但英国上下大部分民众开始默默地以各种方式，为鲍里斯祈祷。从3月26日开始，每周四晚上八点钟，全英民众自发走到家门口，为NHS员工鼓掌致谢。那一周的周四晚上，掌声来得格外响亮，民众发起了一项"Clap for Boris"的活动，在向NHS员工致谢的同时，也为鲍里斯鼓掌加油。英国人虽然高冷嘴贱，平时对这位鸡窝头的首相各种挖苦挑剔，但他真的命悬一线了，大家还是揪心的。那几天里，鲍里斯的支持率大幅飙升。好多往日里讨厌他的民众蓦然发现，原来自己要比想象的更喜欢鲍里斯。

进入四月以后，英国每日确诊病例都在5000人左右（因检测试剂有限，前期每日只能做一万例检测），每日医院死亡人数徘徊在800人左右。看着那些冰冷的数据，每天都滚雪球一样，内心是一种悲凉而无奈的感觉。我一直不理解的是，为什么我们国内建立方舱医院之后，疫情很快被控制住了，可英国也同样采取了封锁政策，疫情却越飚越严重？

后来，我似乎猜到了答案。

风暴之中，没有一片树叶是能幸免的。

3月28日，半夜里，女儿突发高烧。没有一点征兆。睡觉之前好好的，洗澡的时候还在浴缸里玩得很开心，没有一丝不舒服的迹象。她身体滚烫，开始咳嗽。我的第一反应，隐隐担心，是不是感染了新冠病毒？

我喂她喝了退烧药。但一个晚上，体温没有丝毫下降。第二天，依然发烧，咳嗽，精神状态差。往常退烧药吃下去，总会有效果的。到了傍晚，我实在熬不住了，趁医生下班前，拨打了111电话（自封锁之前，诊所就已经不接诊发烧病人；封锁之后，诊所一律电话问诊）。等了很长时间，总算接通了。医生询问了病情，安慰了几句，让家长继续喂孩子吃退烧药，居家观察，如果出现呼吸急促等严重症状，直接拨打999叫救护车。

直到这时，我才知晓，英国对新冠病毒的治疗策略：轻症一律不治、不检测，医院只收治重症患者。轻症时期没有任何药，也没有任何辅助疗法；一直要拖到呼吸困难了，才能呼叫救护车送医院。

我心中一阵发凉。

我无法确定，女儿的这次突然发病，是不是新冠病毒。但很显然，不是普通感冒。感冒总是从上咽喉不舒服开始，流鼻涕，发烧，几天之后才会咳嗽。但这次，咳嗽和发烧同时发作。女儿年幼，尚不能确切表达不舒服症状。而外头疫情闹得如此之凶，我不由得忧心忡忡。

虽说统计数据显示，孩子感染新冠病毒一般都是轻症，致死率不高，但那几天刚好新闻出来，英国有一个5岁的患有基础病的孩子感染新冠病毒去世。我心都揪起来。

轻症不治，拖成重症就很危险。在确诊病例中，英国的死亡率一度高达15%。后来有媒体报道，一组研究人员调查了英国境内近17 000名曾被医院收治的新冠患者，结果发现，其中有约33%已经死亡，约49%出院，还有大约17%的患者仍在治疗中。

也就是说，等有一天侥幸被送入医院了，死神其实已经在招手，三分之一的人将随它而去。

其实，感染了不算可怕——疫情之下，谁都有可能中招——可怕的是，感染之后，得不到任何医治，只能听天由命。命硬，扛过去。命不够硬，就扛不过去。就像掷骰子一样，生还是死，有些靠运气，随机，而不可预测。等重症送到医院，说明已经被死神盯上了。

第六天的时候，女儿体温降下来了，徘徊在37.5℃～38℃之间。但咳嗽愈加厉害。当天晚上，入睡之前，因为剧烈咳嗽导致呕吐。

第七天，再一次拨打111电话。这次，我希望能开出一瓶阿莫西林。如果女儿感染的是新冠病毒，现在体温降下来了，说明正在好转，会自愈，我倒不用那么担心了。我忧心的是Chest infection（胸部感染），必须要用抗生素。一年前，女儿患过一次，当时阿莫西林服下去很快就见好。可那通电话，让我陷入了更深的无助。医生听了病情描述，说疑似新冠病毒，阿莫西林没有用处，继续居家观察，如果孩子出现呼吸急促或其他严重症状，请拨打999直接叫救护车。医生态度很好，可没有给予任何实际的帮助。当天晚上，女儿再次因咳嗽而剧烈呕吐。半夜里，简直要把肺都咳破了。

第八天，没有医生的处方，在英国买不到阿莫西林。我从抽屉里找出仅剩的两片成人用阿莫西林，每一颗细细碾碎，分成四份。不顾病急乱投医，只好抱着试一试的心态，让孩子服下。当天晚上，女儿依然咳嗽至呕吐。

第九天，我自己也突发高烧、咳嗽，还有胸闷。症状和女儿一模一样。之前应该有几天低烧了，37.5℃左右，但因为牵挂女儿的病情，压根没在意。

这次，我连111都懒得打了。如果是新冠病毒，轻症一律不治，就靠自己命硬扛了。也就是这一天，首相鲍里斯突然被送进了ICU。真的很魔幻的感觉。连首相都感染病毒，生死未卜了，小老百姓发个烧拿不到药，似乎也没什么好抱怨的了。

我最早担心先生会感染，因为之前他每天坐火车往返伦敦上班。通勤的火车，封闭车厢，人员密集。伦敦又是高危区域。只要他感染了，我和女儿也无法幸免。但好在我们母女俩生病期间，他倒安然无恙。当然，因为没有检测，迄今也无法确定我和女儿感染的是否为新冠病毒。

好在两个星期后，我俩相继痊愈。先生从封锁前一周便开始远程办公，在家中上班。整个四月，我们待在家里，哪儿也没有去。

病愈之后，我又隔离了两周。转眼就到了五月。有一天傍晚，我出门去跑步。打开门的瞬间，我莫名其妙地有点畏惧。仿佛在家里关久了，对外面的世界已经陌生，居然有点无所适从。我嘲笑了一下自己，不至于连迈出家门的勇气都没有了吧？

我深吸了一口气，抬脚迈出去。

那天刚好是周四。晚上八点钟，我跑步归来，途中穿过公园里一片碧绿的草地。突然，耳畔响起了整齐的掌声。那掌声，由近及远，此起彼伏，贯穿了整个小城——又到了向NHS员工鼓掌致谢的时刻。那一瞬间，我突然有点感动，为这个国家的民众，为坚守在生死一线的 NHS 员工。之前有过的种种情绪、疑惑和心结，在那一刻全都释然了。我曾经在私底下抱怨过英国政府的抗疫政策，前期懒散，准备不足，后期轻症不治，导致大批患者拖成重症，死亡率居高不下；我也曾吐槽过英国政府对医护人员的防护不力，直至四月中旬，还有大量医护人员没有防护装备，将近 7000 名医护人员感染，到 4 月 22 日至少有 119 人殉职。在患病期间，我曾经有过深深的无助感，甚至强烈的魔幻感。我甚至一度不敢相信，在医疗科学和人文关怀领先的国度，居然会发生如此惨烈的死亡。英国民众用一种宁静而克制的方式承受着悲伤。在灾难和伤痛面前，这个国家的民众一如既往地表现出乐观、真诚和豁达。无论摔了怎样的跟头、背负了怎样的伤痛，这个国家还得继续前行，普通人的生活也将继续过下去。

截至 5 月 10 日下午四时，英国累计确诊 219 183 人，累计医院死亡 31 855 人，确诊人数为世界第三（仅次于美国、西班牙），死亡人数为世界第二（仅次于美国）。还有大量在养老院和家中感染新冠病毒离世的人员，未统计入内；绝大部分轻症患者，因未做检测，未统计入内。英国恐怕已是整个欧洲疫情最严重的国家。

Keep Calm and Carry On（保持冷静，继续前行）。这是英国人一贯的性格，也是他们低调而坚忍的民族精神。这种精神，一旦遇到天灾或战争，就表现得尤为明显。譬如二战期间，德国的轰炸机在头顶呼啸，有英国人不躲防空洞，依然在家中淡定地享用下午茶；在一张著名的照片中，图书馆被炸毁了，几名英国市民衣冠整洁，戴着礼帽，腰板挺直，站在废墟上的书架前，寻找中意的图书并安心阅读。在受空袭最严重的时期，伦敦市中心有家书店挂出一块牌子，写着"Open as Usual"（照常营业）。当晚一个炸弹把书店的墙炸没了，次日一早老板继续挂出新牌子，写着"Open More Than Usual"（比平日营业更多）。

其实，这次疫情在英国引发的灾难，颇有点像二战的过程。英国政府前期对新冠病毒的轻视和反应迟缓，就像二战前对纳粹的绥靖和纵容；等疫情扑来，现状惨烈，就像德军闪电侵袭，英国受到重创。但在付出惨重的代价后，又绝不轻言放弃，会坚忍地战斗到底。当年遭遇了艰难的敦刻尔克大撤退，最后才赢得诺曼底登陆；如今也一定会在艰苦卓绝中与病毒死磕到底。刚刚过去的 5 月 8 日晚上，英国女王发表了二战欧洲胜利 75 周年纪念讲话，鼓励民众"Never give up, never despair"（永不放弃，永不绝望）；而在 75 年前的同一天，女王的父亲乔治六世国王向全英发表了二战欧洲战场胜利演讲。

今天，周日，英格兰的天气很不好。当我写下这段文字的时候，窗外阴云密布，狂风大作，雨点横扫。我先生上楼来，到阳台上关窗。他突然把我叫过去，指着院子斜对面，让我仔细看。那是另一户人家的后院，有一个看不清面目的男人，穿了件黑色卫衣，戴着连衣帽，正在自家的院子里独自烧烤。大风刮掉了搭在他臂弯上的毛巾，他俯身捡起来，毫不在意，站在烧烤架子前，继续从容而怡然自乐地烤串。风在呼啸，吹得院子里的大树猛烈摇曳。对面那位不认识的邻居，视风雨为无物，淡定而执着地享受着他的烧烤。这突然让我想到，在德国轰炸机下悠然喝下午茶的那份淡定，遗传到了今天的暴风雨中。

在这场疫情中，在英华人互助扶携，表现出了令人感动的一幕。当国内疫情暴发时，大家心系祖国，纷纷捐款捐物，购买医疗物资寄回国。后来英国疫情严重，大家又为 NHS 筹款，从国内采购防护物资支援一线医护人员。与此同时，国内同胞也一直关心着海外华人，大批防护物资陆续运到英国，免费发放给大家——那真的是雪中送炭，因为当地药店里已经根本买不到一只口罩。

5月2日，是我公公婆婆结婚五十周年纪念日。从四年前开始，老两口便筹划金婚纪念，老早就决定把全家人拉到托斯卡纳去，在那儿办一个隆重的庆祝派对。为此，婆婆两年多前便关心起我的申根签证，提醒我一定要提前办好。今年我们一家还特意把回国探亲的时间往前挪了一个月，就为了能赶上公公婆婆的金婚纪念。可计划不如变化快，没想到一场疫情袭来，彻底搅黄了公公婆婆多年的心愿。而且因为隔离，连最简单的家庭派对都不能举办，甚至连登门看望都不行。金婚那天，只有公公婆婆两个人在家里冷清地度过。我们只能通过视频连线，表达祝福。

全家人都盼着等疫情过去后，再为公公婆婆补办金婚派对。

（原载《江南》2020 年第 4 期）

中国文学在苏俄

_萨沙（俄）

一

莫言获得诺贝尔文学奖后，俄罗斯读者和研究家对莫言的作品产生很大兴趣。网络发布很多关于莫言与他创作的文章，很多文章是对莫言获诺奖的报道及作者生平、作品的综合性介绍，比如，S.托罗普采夫的《诺贝尔文学奖得主——作家莫言》，O.格里希纳的《伟大的中国作家莫言的生平与创作》，S.谢里瓦诺娃的《莫言同志是谁？》，A.日丹诺夫的《莫言在俄掀起中国文学热》，D.齐列诺瓦的《福克纳对莫言创作的影响》，V.邦达连科的《中国农民、中国共产党党员获得诺贝尔奖》，等等。

俄罗斯文学界对莫言获奖原因也做了分析。俄罗斯作家、诗人、评论家D.贝科夫认为，诺贝尔文学奖评审委员会的标准在于奖励那些用文学创造出独特的艺术世界、创造出一片有着名副其实的居民和规则的作家，莫言做到了，他向世界展示了中国，展示了这片独特神秘的东方领土，并创作出了完全独一无二的叙事文学。俄罗斯著名文学评论家、《明日》周报副主编弗拉基米尔·邦达连科说，虽然"莫言"这个笔名是"沉默"的意思，但是他的沉默却是一种雄辩，他的声音已经传遍整个世界。俄罗斯作家、汉学家科瑟列夫也认为，莫言是中国文化与孔子思想的优秀典范。

莫言作品俄译本的主要译者是俄罗斯著名学者、汉学家、翻译家I.叶戈罗夫。在接受俄罗斯新闻社、《消息报》等媒体的采访时，他对莫言作品的情节和风格评价很高。I.叶戈罗夫说："虽然莫言出生在一个农民家庭，后来参军，没有接受过专门的教育,但他是地地道道的中国作家,他延续了中国经典小说的传统。""莫言写的是自己国家和人民的事实。他是一位优秀的叙述者。在他的作品中随处可以见到中国经典文学的传统。有许多俗语、谚语、民俗。"

俄罗斯学者关于俄罗斯文学、作家和国外文学、作家对莫言的影响和相互比较的文章写得不少。有的评论家倾向于以西方视角解读莫言的作品,将作品体现出来的特质与福克纳、加西亚·马尔克斯、卡夫卡相比。I. 叶戈罗夫说:"在莫言的文学创作中能够感到他所受到的诸如马尔克斯、卡夫卡、福克纳等作家的影响。"在莫言的作品中将现实与梦幻有机地结合起来。读者难以分辨哪些内容是真实,哪些内容是虚构。

D. 齐列诺瓦把福克纳与莫言的创作道路相比较,他在《福克纳对莫言创作的影响》中分析了莫言与福克纳创作的共同点,认为"受福克纳创造一个自己的文学王国启发,莫言也要将'高密东北乡'安放在世界文学的版图上"。指出两位作家描写自己的老乡、普通人的生活与他们的问题。此外,文章认为莫言与福克纳一样不惧揭示丑恶,两人作品中常出现恶的狂欢,都倾向于从描写具体的人物事件入手,最后上升到全人类的普世问题。齐列诺瓦认为两位作家"在不一样的一段时间和空间"发挥叙述。最后,齐列诺瓦认为,尽管莫言欣赏福克纳,但是也有独特的作品风格和自己对创作的看法。D. 齐列诺瓦的《莫言作品中的魔幻现实主义》认为,莫言在拉美魔幻主义的影响下,结合中国传统文化,创造出独一无二的东方魔幻主义。

有一些俄罗斯学者认为莫言的作品和俄罗斯经典文学有着很多相通的地方,他在农村生活的叙述中包含了个人丰富的内心世界,这一点与很多俄罗斯经典作家相同。在《中国农民、中国共产党党员获得诺贝尔奖》中,《文学日报》总编辑 V. 邦达连科批判俄罗斯学界喜欢将莫言与西方的卡夫卡、福克纳等人相比,却有意忽略莫言与俄罗斯文化的关系。他认为莫言从小阅读普希金,并多次表示自己最喜爱的作家是肖洛霍夫,而且莫言本人拥有苏俄式的人生经历,可以说,他是备受俄罗斯影响的,应将莫言与更多的俄罗斯作家做比较。V. 邦达连科说:"莫言像一个普通的中国农民,他的作品带有一种深刻的乡村风格,和俄罗斯文学其实有着很多联系。"他认为俄国二十世纪中期的乡村散文和莫言作品有着很多相似之处,莫言的写作风格和 B. 伊万诺夫、A. 阿斯塔菲耶夫也有相似。例如莫言的《丰乳肥臀》会让俄罗斯读者想起 A. 阿斯塔菲耶夫的《永恒的呼唤》。

D. 贝科夫也谈到莫言与俄罗斯文学的联系,他高度评价了莫言的创作风格:"莫言和拉斯普京最为相似,只是拉斯普京并没有创造出完全独一无二的叙事文学……叙事史诗需要客观的、全面的、甚至对所描写的事物的一种残酷的观念，但可以这样看待俄罗斯的人很少，也许佩列文有，但是他有点过。"

关于这一点，不妨听听莫言自己是怎么说的：我最早接触的外国文学其实就是俄国文学。很小的时候，我就从我大哥的中学课本上，读到了普希金的《渔夫与金鱼的故事》，然后又读了高尔基的《童年》《我的大学》，当然包括那本那个时候中国年轻人都听说过的《钢铁是怎样炼成的》。我最喜欢的俄国作家是肖洛霍夫，他的《静静的顿河》，对我的写作影响很大。

二

俄罗斯研究者指出，虽然西方文学对莫言的创作有影响，但是莫言是独具风格的作家。比如，在《文学报》发表的《莫言同志是谁?》中，S.谢利瓦诺娃认为，尽管马尔克斯和福克纳对莫言有影响，但莫言创造出特殊的、艺术的、现实的声音、情调和色调、特色鲜明的人物充满的世界。"读莫言的作品可以了解这是真正伟大的文学。"她惊讶于莫言高于文学之上的自由奔放的内心世界，一种不寻常的艺术方式和独特的修辞。她认为，莫言作品中有着毫不留情的现实主义与新奇怪诞的幻梦的结合。带着淡淡的幽默和强烈的怪诞，再加上民间传说和社会现实，所有这一切以一种奇妙的方式结合于莫言的作品中。

另外，在M.罗季纳《〈丰乳肥臀〉中的母亲的形象》中，作者分析了两位母亲的形象和命运；V.邦达连科分析了《酒国》的两条故事线，试图探究作品的象征意义、思想价值；V.帕谢奇尼克的《莫言：初次接触》对《酒国》进行了详细的文本解读；N.胡济亚托瓦的《现代主义对中国新时期文学的影响》在总体上探讨现代主义对中国新时期文学影响时，将莫言纳入其研究范围。萨哈林大学图书馆编辑的《2012年诺贝尔文学奖》在翔实的资料基础上系统地梳理了莫言的创作生涯，详细地介绍了其主要作品的基本内容，引用了俄罗斯现有的诸多关于莫言的报道及研究。

三

莫言获得诺贝尔文学奖以前，除了一些研究当代中国文学的汉学家以外，俄罗斯读者对莫言比较陌生。评选结果让俄罗斯普通读者对莫言作品的兴趣陡然大增。

2012年10月12日，莫言的第一部俄译长篇小说《酒国》出现在俄罗斯书店。安芙拉出版商担心他的作品不会受欢迎。安芙拉出版社主编瓦季姆·纳扎罗夫说："作为俄罗斯书市上的首本莫言作品，这本书复杂了些。《酒国》不是消遣性作品，这是一部非常严肃的文学作品，它要求读者去深思。"I.叶戈罗夫认为："《酒国》是一本出人意料的书，非常引人入胜，应该吸引读者的注意。"

俄罗斯读者对这位诺贝尔奖获得者第一部译成俄文的长篇小说的反应不一样：一半读者特别喜欢这部小说，而另一半读者说读这篇小说是在浪费时间。

然而，《酒国》的特殊的风格和形态还是引起了俄罗斯读者的注意。一位互联网用户写道：我惊讶小说的形态，不是小说的内容。情节线、现实与幻梦的结合吸引读者的注意；读者也拿莫言的小说与马尔克斯相比，认为《酒国》使人想起马尔克斯的小说，他的小说也包括神话传说、现实、历史、谵语、事实，所有的成分令人吃惊、令人赞叹，在这部小说中有一些和中国文化结合的积极的方面；有的读者强调小说提供了丰富的知识，因为作家描写中国民族的生活习惯、文化和精神气质的特点，在小说中有革命前的生活习惯的特征，也有社会主义社会的生活习惯的特征。

俄罗斯出版的《酒国》简介中说，喜欢布尔加科夫《大师与玛格丽特》的读者，也会喜欢《酒国》这部小说，读者可以找到两部小说的相似处。比如《酒国》的丁钩儿的情节线索，与V.叶罗费耶夫的长诗《从莫斯科到佩图什基》韦涅季克特的情节线索就很相似。长诗通过描写主人公喝醉后，从莫斯科到佩图什基旅行。旅行的时候，主人公继续喝酒，对政治、文化、历史、智慧大放厥词，把梦想同现实混淆起来。全书以戏谑、反讽的方式反映了当时俄罗斯知识分子扭曲、荒诞、反常的人生境况。在长诗中作家使用了世界和俄罗斯经典作家的引语、马列主义的引语、报纸的刻板公式等等。莫言的《酒国》中也有很多中国著名的作家作品的参考、经典文学的引语、毛泽东作品的引语。

有的俄罗斯读者认为莫言有关中国的知识很丰富，包括民族习俗、历史人物、地理环境、革命事件、社会运动、历史史料等，而且在小说中有很多诗词、成语、歇后语、名言、方言等。这对不太了解中国历史和文化的读者来说，莫言的作品有一点难。另一方面，俄罗斯读者认为这样的知识也帮他们了解到中国历史、文化传统、中国社会的常识、古今情况等。

俄罗斯读者也注意到莫言作品的过分的自然主义与生理细节的描写。俄罗斯文学中通常不详细地描写生活中讨厌的方面，所以做婴儿的方法、吃掉婴儿、杀动物等等，让不少的俄罗斯读者感到窘迫甚至厌恶。

《酒国》以后,《丰乳肥臀》《生死疲劳》小说出版。这些是很受俄罗斯读者欢迎的。两部小说描写家族的世代的故事,以20世纪中国的历史事件为背景。不少的读者已经认识莫言的作品,但是他们仍认为小说有一些难读的方面:有的情景的震撼性的自然主义、东一句西一句的难以理解的叙述,大量参考其他中国作家、莫言自己的作品的历史事件等等。倒是这两部小说的叙述风格、大量提出对中国也对俄罗斯有现实意义的问题,给俄罗斯读者深刻印象。另外,引起俄罗斯读者注意的,是莫言作品的文学体裁。有读者说,莫言的文体是独特的。他逼真地描述发生的事情,让读者为主人公担心,跟他们一起过他们的生活。另一位读者说,我喜欢莫言小说的语言,有很多中国特色的成语、歇后语、谚语、俗话。读者还认为莫言小说往往有引人入胜的情节,也有很多主人公日常生活、思想与感情的详细描写。

《丰乳肥臀》和《生死疲劳》是很大规模的小说。有读者认为,对独联体的人民来说,小说中描写的事情全景是很合理的:革命、农业集体化、同单干户进行斗争、由于政治的家庭纠纷、在家庭的关系和人际关系。也有俄罗斯读者认为,《丰乳肥臀》和《生死疲劳》与肖洛霍夫《静静的顿河》中的叙事特征相似。肖洛霍夫《静静的顿河》中也描写了具有重大历史意义时代的人民生活长篇史诗。一位读者写道:读了十页以后,我了解无论中国人、俄罗斯人、非洲人,人们都一样。有的在炉上睡觉,有的在炕上睡觉,但是在安宁的生活中,在战争上人们都有一样的行为。东北高密农村和俄罗斯中部农村的生活很相似。人们的性格、优点与缺点、激动等,都跟出生的地方、外貌、日常的生活没有关系,都是同样的。

莫言在小说中描写的不是一个中国家庭或者一个人的故事,他的主人公的感情、思维、他们做出的举动、他们的问题是适合各民族的人的兴趣的。因此俄罗斯读者对莫言的作品才产生兴趣。

(原载《美文》2020年第9期)

非洲赎人记

_ 刘齐

　　我小时候，胡同里有个小孩，具备两条优点：第一，算术比较好；第二，遇事能沉住气。那时供应短缺，菜场一来菜，大家立刻围住疯抢。该小孩不，他待在别处，营业员快下班了，他才现身。这时菜床子上的剩货，西红柿瘪瘪瞎瞎，黄瓜蔫蔫巴巴，就不再论斤出售，而是重新标价：一角钱一堆，近乎白给了。小孩仍不满足，挣大自家菜筐口子，坚定地说：五分钱一堆。卖方不屑跟他计较，或者念他小小年纪，就这么会过日子，手一挥，装吧装吧，都装走。

　　时间久了，小孩落下一个外号——"五分钱一堆"。人们叫着叫着嫌费嘴，索性叫老五。胡同里的孩子这么叫，菜场的大人也这么叫，俯身笑看小孩，来了老五，今天对不起，啥也没剩。

　　转眼老五长大成人，下乡当知青，回城当工人，上夜大，劳务出口到非洲，负责一个工程队的后勤工作。

　　工程队一百多人，生活被老五安排得挺好。彩钢房，四人一屋，空调和净水装置齐备，热水二十四小时管够，而且不怎么烧电，低纬度太阳暴晒储水池，一开莲蓬头热水哗哗的。伙食也拿得出手，几个大冰柜里，各种肉冻得结结实实，用多少"缓"（解冻）多少。逢年过节，还能在金合欢树下煮饺子，蒸包子，喝时髦饮料。老五跟年轻人白话，我们下乡那里的书记，管好几个县呢，都没你们吃的好。年轻人说话直：你看见书记吃啥了？老五说我不是看，我是分析，别的不说，单凭一个蓝带一个雪碧，我就敢下结论。

　　蔬菜得现买。老五小瘦个，黑皮肤，一露白牙更显黑，往当地人堆里一站，很难分出谁是谁。拦腰一刀的砍价方式，国内用，国际照用，买的却不是童年那种破烂货，而是优质果蔬，个大，水灵。非洲老乡跟咱国家的小贩一样，也懂得往菜上噗噗喷水，制造露珠效果。就是味道不甚理想，葱没葱味，蒜没蒜味。一方水土养一方人，也养一方菜，大家都懂这个道理，不挑剔，反而夸老五会办事。

时日平淡，有一晚突然出了情况，仓促中，老五从后方上了前线。

队里有规定，晚上没事都在驻地呆着，别到处乱窜。有三个新来的工人不听劝，晚饭后溜出去，要欣赏美丽的非洲夜景，一去就没了踪影。

半夜里跌跌撞撞回来两个，磕磕巴巴汇报说，遇险了。

没遇蟒蛇狮豹，遇的是劫匪，黑灯瞎火挨个搜身，胳肢窝胯巴裆一一摸到，不要别的，单要钞票，也不点数，往兜里一揣，手一指，你，你，可以走了。

没回来的那个叫小佟（化名），河南新野人，晚饭时还跟老五说，食堂里的打卤面不如他家乡的板面顺口。合该小佟倒霉，身上一分钱没带，劫匪便改当绑匪，扔下话，让中国工程队备足银两，前往赎人。

惊悚，蒙圈，加之语言不通，绑匪到底索要多少金额，什么期限，送到何处，要没要工程队的通信方式，放回来的这两个人，任经理怎么追问、提示，也说不明白。

如果一句英语不懂，倒还省事，说不定人家会写个字条什么的。偏偏他俩会说 Yes，还会频频点头，这就麻烦了，绑匪一定认为信息传递有效，只须消消停停，坐等收款就是。

怎么办？总不能让那边，还有这边，匪我双方一起傻等啊。

能不能通过外交途径，还有媒体，还有谈判公司，方方面面齐下手，促使局面朝着有利的方向转化？话是这么说，听起来也正确，可是掂量来掂量去，总觉得不妥。因为这样一弄，等于把事态公开了，满世界都知道，其结果，很可能使案件复杂化、破罐子破摔化，人质一定更危险，价码还会提高。该国有过先例，一起绑架案，挑明后骑虎难下，层层加码，足足花了一百万美元，才将人质赎回。

经理急得不行，一口饭吃不下，搁谁也吃不下，不由自主，都爱往最坏的方面想。一百万，天价啊，全队的利润才有多少？这还在其次，关键是人，人命关天，一旦接不上头，那边认为你见死不救，一急眼撕了票，咱怎么向上级和家属交代？都说生要见人死要见尸，这种情况能让你见尸？见了也不好办，当地风俗，还有法律，不准火化只准土葬，以骨灰返乡甭指望了，活蹦乱跳一个河南大小伙子，突然就入了非洲的土，谁受得了？念头一岔，一散，还可能想到抚恤安排、工伤认定、责任归属、处罚意见等等，心绪更乱。

碗里的面条都成坨了，老五说经理，我再给你下一碗？

经理冲着墙，眼仁聚不了光，老五就说，他认识一个菜贩子，亲戚在当地警局上班，脑瓜子活泛，各路通吃，能不能试试这个关系？

经理一拍桌子，那还用问，赶紧。

老五开着买菜的皮卡——我们家乡叫"半截美"，外出运作一番，谢天谢地，总算有了回音，绑匪电话、赎人时间和地点都有了，赎金数也有了：十万美元。

经理松了一口气，十万就十万，救人要紧。冷静冷静又愁了，十万虽比百万少了一大块，毕竟不是小数，上哪儿出这笔钱哪？

老五安慰说，十万是报价，咱不还没还价吗。

经理当即委托老五，直接跟绑匪交涉。

老五常跟外界联络，会说一些英语和当地的斯瓦希里语，尤其会说数字，从一到十，到百、千、万，乃至百万千万，都能说得很溜。

拨通电话，老五说朋友，你们别太狠，咱这边老板回国了，剩下的都是工人，谁有那么多钱？最多最多，能出五万，还得分两期付。

对方马上回绝，分期付款，你当我们卖商品房啊？绑匪内心是不是这么想，无从知道，但他们的思路显然被老五带了节奏，就说，五万哪行？六万。

老五拦腰又是一刀：三万。

免提电话里，那边的声音横起来，咬死非四万不可，不然你们也别来了。

老五捂住手机，瞅瞅经理的眼神和手势，心里有了底，大声说：那好，那就OK。

按灭手机，领出四沓美刀，每沓一万，拿旧报纸包吧包吧，装进一个不透明的塑料袋子，准备赎人。

我是昨天晚上，跟几个发小聚餐，听老五讲的这一段。我心头一紧：这可不是一般公出，你们经理和同事，没在门口送送你？

你以为拍电视剧呢？老五斜我一眼，都啥时候了？出纳给钱时，我连字都忘了签。

当年胡同里的小伙伴，现在天南海北的老哥们儿，一个个梗着脖子，都听傻了。

老五说，经理也要跟着去，被他死活拦住，只让后厨一个人，跟他上了"半截美"。没开到指定地点，很远就停下，把车藏进树丛。东看看，西看看，挺热的天后脊梁冰凉冰凉，出的都是冷汗。

到了地方，天色已暗，有人向这边移动，草棵子蹚得唰唰的。要说不怕，肯定是假话，都是普通爹妈养的，谁有那么好的心理素质？

冷不防啪啪两声响，老五一激灵，肌肉一绷，定定神，没觉得疼，不像是中弹，不知那些王八羔子，用什么弄出的动静。

绑匪走近，双方照面，奇怪，老五反倒镇定下来，想起一个江湖规矩，就提要求，让他先看看人质，是不是完好无缺。

对方闪出空当，一个人影远远地、窝窝囊囊地站着。

老五喊了一嗓子，对方回了一嗓子，确认是小佟，老五又提要求，让他过来，我再给钱。

绑匪：让我们先看看钱。

老五一手掐一沓美刀，高举过顶。

绑匪：怎么只有两万？

老五叫苦：弄点钱多难啊朋友，有这两万不错了。

绑匪不同意，但口气懈了几分：不是说好四万吗？

老五：那两万先欠着，老板回来再说。

对方无语，似乎有些犹豫。

老五趁热打铁：现在放人，现在得钱。警局的人我全认识，事情闹大了，这两万你们也得不到。

几个绑匪嘀咕一阵子，居然同意了。

听到这里，发小们一片欢呼，噼里啪啦站起身，向老五敬酒。

你不是带了四万吗？我问，那两万呢？

老五：我一下就舍不得了，藏到车里，算是打个对折。

你这个经历挺好，我说，值得写一篇。

老五说好什么，也不是啥壮举，我要真有本事，叮咣把那帮小子全干趴下，一个子儿不花，嘚瑟一下也值。

另有一事不明，我继续问，绑匪没来时你紧张，见了面咋就不怕了？

老五说，我看他们穿的都是塑料拖鞋。

大家轰的一声笑了，这算啥理由？

老五说，拖鞋是中国产的，物美价廉，当地百姓都爱穿。

有人插话，中国产的塑料盆、塑料桶、塑料衣架，在非洲也很受欢迎。

跑题了，跑题了，大家止住话头，让插话者把"频道"还给老五。

老五说，他见绑匪晃晃荡荡，都趿拉着拖鞋，脚腕子麻秆一般粗细，就觉得他们不像绑匪，倒像一些街头小混混。他们先前搜那两个工人，才几个钱就放人了，可见胃口不是很大，不过一群乌合之众，业余绑一下票。

又说，那几个家伙十八九岁，都很年轻，最小的一个，只有十二三岁，跟老五当年"五分钱一堆"的样子差不太多。若不是时间紧迫，场合特殊，老五真想教育教育小兔崽子，老老实实待在家里，孝敬父母，好好念书，别跟这些人混，混不出什么好。

你交的两万美元，那个小孩能分到吗？有人问。

哪有两万？最后我只给了八千。

剩下那一万二呢？哪儿去了？给谁了？大家脸上嘴上满是问号。

老五说，被他临时决定，扣下了。对手的形象一萎缩，他自身的感觉就强盛起来，气也足了，话也多了，真真假假，微观宏观一通乱侃，侃得绑匪几乎忘了"正事"。老五说，非洲也好，亚洲也好，没你们这么办事的。干你们这行最怕什么？最怕知根知底。要不咋说你们一点不专业呢，你们的信息，住址啊家庭成员啊，这些行业机密，人警察都掌握，不抓则已，一抓一个准。本来这次警局也要来人，我说算了，都是些孩子，给一次机会吧。现在，给你们八千美元，这个就是机会，你们不论年龄大小，每人一份，从此好好生活，不做坏事。记住，这个不算赎金，算合法赠送，你们把我的电话留好，如果将来有人追究，我给你们做证。

那帮小子好像挺认同我的说法，只是觉得数目太少：赠送一回，就赠送八千？我们一共五个人，也不好分哪。

我说好办，给你们五千，一人一千，不用计算。

这回轮到他们求我了：能不能凑个整儿，一万，就一万。

就什么就？老五一口不甚整齐的小白牙放了光，就来就去，还是八千，跟我讲价，也不看看我是谁。

（原载《南方周末》2019年12月12日）

陕西散记

_ 崔源俊（韩国）

深夜的12点，我在岩石山半山腰的窑洞前面茫然地凝视着对面的天空。漆黑的夜空上闪亮的星星给我一种与处处开着街灯而充满橘黄色的北京天空不同的感觉。在北京，关灯躺在床上就是汽车哗啦哗啦的刺耳声音，而现在，虫叫声像雾气一样围绕着我。寂静的夜晚，在榆林佳县，我回忆起我过去的日子。

一

二十六岁，怀抱着青云之志来到中国之后，已经过了四年。满腔热情的我不觉间到了而立之年，在梦想与焦虑之间度过了紧张的一天天。奔逝的日常中，我是不是错过了重要的东西？每天反复读文本、分析作品的生活当中，是不是因为陷于文字，错过了文字背后的实体呢？

第一次决心来华留学是本科三年级时上"中国现代文学研究"课程之后。从清朝束手无策地被西方列强欺侮，接着展开的军阀割据、抗日战争与解放战争，新的世界秩序当中挣扎的中国知识分子搅乱了我的心情。也许我从汪晖所说的"反抗绝望"的鲁迅与当时知识分子的背影当中，朦胧地感觉到了我所要前进的道路。就这样，我想了解中国这个庞大的国家与其中的人民，像被命运引领一样来到中国。

我来到中国现代文学里的两大城市之一的北京留学。期待老舍《骆驼祥子》里老北京的胡同，期待政治中心地故宫、天安门广场与人民大会堂，想感受到北大、清华的学院生活及中关村一带的高新技术产业的发展。这样的渴望中，北京与其说是幻想的空间，不如说是现实空间。尽管北京也有明清时代的历史悠久的遗迹，可是我来北京的时候所期待的和所感受到的不是几百年前的过去，而是中国现代城市文明。不仅北京，我去上海、广州与深圳等东部沿海城市的时候，我所期待的是民国时期亚洲第一的贸易城市的面貌与剧变的近现代历史现场，以及改革开放以来令世界刮目相看的高科技城市的面貌。

然而，关于西安，我想起与北京相当不同的印象。西安与陕西带给我的感觉与其说是现实空间不如说是幻想空间。在我脑海里，这里是《三国演义》里的英雄们讨伐董卓的地方，唐玄宗与杨贵妃谈恋爱的地方，发生安史之乱的地方，与李白、杜甫念诗的地方，是古代英雄们争霸天下的战场与各种传说故事的题材空间，但难以想象到作为目前的生活空间的西安。

2018年7月，我第一次来西安。已经通过各种文学作品，在脑海里充满着各种浪漫的想象，因此一看长安城南门雄壮的姿态就产生了好像我回到一千多年前的唐朝的感觉。太阳落山时，骑着自行车绕长安城一周，观望老城区的各个地方，晚上的橘黄色的街灯一个个开了之后，逛一逛钟楼与回民街，吃羊肉泡馍与红柳枝烤羊肉等西安的各种小吃，很快沉迷于西安夜间的街道的魅力。第二天开始参观大雁塔、兵马俑坑、秦始皇陵等西安的最为代表性的历史遗址。在规模巨大的兵马俑坑里走着走着，看到了考古学者们正在工作的挖掘现场，在还没挖掘的秦始皇陵上走着走着，想象到埋在地下的秦始皇陵的面貌，感觉好像我成为考古学者进行探险和勘查一样，好像我成为电影里的主人公一样……

短暂的旅行很快就结束了，四天三夜的西安旅行当中，我多少提高了对陕西的理解，且加强了对中国历史与传统文化的了解。可是我内心里另一边产生了可惜的心情，其原因在于，虽然通过西安旅行满足了我对西安的幻想性期待，但是感觉并没达到对陕西深层次的了解。其实我去的地方大部分都是有名的旅游区，像摆好的饭桌一样很简单地接触到，可是同时代的、与我一起呼吸的陕西普通民众的生活藏在某处，因而摸不到陕西的坦率的面貌。

二

2019年六月，"孔子新汉学博士生"项目进行了对陕西的学术研修活动。我觉得这次活动是能够加强对陕西深层次的理解，因此连一秒也没有踌躇就申请参加，尤其这次的活动以陕北榆林为中心进行，因此期待通过这次活动能够看到丁玲、赵树理与孙犁等解放区作家所描写的抗战时期陕甘宁边区抗战活动与土地改革的实际面貌。由于能够聆听社科院的赵现海老师与陕西诸位专家的讲解，因此，对这次研修活动的期待更大了。

到西安之后，第二天在西安交通大学与附近的酒店会议室聆听了对于西安与陕西的讲座。学习了作为"丝绸之路"起点的古代西安与作为"一带一路"的据点的现代西安及其重要性，不仅如此，还听到沙漠化与大气污染等环境问题与陕西政府对此的治理政策。由于多年在北京学习，我对环境污染的关注度较高，一直好奇除了北京以外其他地方付出了怎样的努力，而通过这次的讲座，了解了陕西省政府为了克服环境污染的问题已经很长时间不断地出台政策，推行治理活动。

讲座当中，我对在西安的大学的介绍印象尤为深刻。以前不知道西安交通大学的前身是上海的交通大学，新中国成立之后1956年国务院决定交通大学内迁到西安，此后1959年定名为西安交通大学。而且与抗战时期的西南联大一样，西北大学与从北平逃难来的几所大学一起形成西北联大，担当战时人才培养机构。回酒店搜了相关资料就发现了不仅当代著名作家贾平凹先生，还有已故著名学者王富仁先生也是在西北大学念过书的。我之前还以为内地的教育情况不太好，但亲自过来西安看实际情况就发现了，西北地区的学生们在西安能够享受优质的高等教育，内心产生了以后有机会就想要与西安的学生进行学术交流的想法。

翌日，我们坐飞机到榆林，再坐大巴到佳县。一到佳县马上就发现了建设在山腰的窑洞，这样的情景和其他地方确然不同，我的心就跳起来了，期待各种各样的陕北特色文化。赤牛坬民俗博物馆建立在窑洞里，在博物馆里看到民国以来陕北人民日常生活的各种面貌，从他们吃的谷物与家畜到油灯与衣服等各种各样的日用品以及医生诊脉的情景、制面的情景与杀猪的情景等，近一百年前后的陕北农村的真实面貌摆在我的眼前。特别引人注目的是毛泽东选集、胶片与放映机等的展览品，我从这些东西能够感受到时代的影子，从缝补了好几次的衣服中看到老百姓的艰苦生活，从胶带与移动放映机中想象到几十年前的晚上，全村人一起看电影的场景。然而，这些东西表示的并不是陕北的独特性，而是榆林与整个中国大陆的同步性。

太阳西下的时候在村中心的广场开始赤牛坬民俗表演，几十名佳县的村民表演陕北乡村生活的各种情景，由于佳县农耕文化发达，很多表演和韩国乡村的习俗相似，自然而然产生了亲近的感觉，但也有较为特色的部分，如结婚的情景有着陕北的特色，与之前在电影《红高粱》或者其他小说里所看到的不同，给我新鲜的感觉。看表演的时候，当地爷爷们也和我们一起看，他们请我与同学们坐在旁边，跟我们解释表演的内容以及陕北与佳县的文化，并要跟我们分享烟草，虽然我不抽烟且由于方言的原因沟通上有一些障碍，但是能够感觉到爷爷们对我的友好，不仅如此，村里的阿姨们给我很多枣子——佳县的特产，与当季的杏子，这是在北京没能感受到的朴素的人情味。活动结束后，坐在窑洞里的炕上再三思索了这一天，墙上挂着利用各种谷物完成的民俗画，这里的所有都朴素，他们虽然艰苦，但是安分。佳县村民们对我们的款待与他们为了保存陕北文化而积极参与演出的热情使我感动，刚才的场景像照片一样刻画在我的脑海里。出去站在窑洞的前面回顾了自己这几年的留学生活，觉得也许真正的中国文化在此。

三

第二天上午，我们去香炉寺。香炉寺位于香炉峰的峰顶上，黄河在旁边悠悠而流，远处不高的群山重重叠叠围绕着河水，好像进入到仙境，超越了世俗的压力，然而，比仙境一样的自然风景更吸引我的眼光的，是已经油漆剥落下来了的寺庙门牌上写着"保我子孙"四个字，角落里以小字写着十多名制作门牌的信徒的名字，从简单的四个字当中感到真诚地期望家庭平安的心情。不仅香炉寺的门牌，还有附近的很多窑洞都挂着自己的门牌，每个门牌上都写着祈祷家庭幸福的成语，而且我们走巷子的时候，很多居民都从窑洞出来笑着观看我们，还亲近地送我们红绿的杏子，天真的小孩子们兴奋地跑来跑去，这样的情景与北京完全不同，和首尔也不同，好像我之前几乎没遇到过这样的情况，感觉虽然别扭，但是很开心。

下午去汉学书院燕翼堂。2001年，陕西佳县文化馆的退休干部韩海燕先生创办了"义塾"，给佳县的孩子们免费提供教育，而且与公立教育不同，保持传统儒家书院的教育方式，奖励学生以自学来进步。由于佳县位于偏僻的北部，与西安不同，教育环境相对恶劣，因此韩先生的努力给当地孩子们起了不少作用，使他们传承中国传统文化及佳县固有的文化。学生们平日在学校学习现代化的初等教育，周末在燕翼堂学习中国传统文化，对他们来说是很好的机会。韩先生已经将近二十年的时间一直献身于这个教育事业，真让我佩服，听完他的介绍之后自己默默地祝福他健康长寿，期望他能够继续给学生提供这个教育事业。

星期四是这次学术研修活动的最后一天。这天去了万里长城镇北台、红石峡与榆林古城。一进去长城就有颇大的石碑迎接我们，上面刻画着毛泽东的名言——不到长城非好汉。我之前去过北京的慕田峪长城和秦皇岛的山海关长城，与这两座长城比较，榆林的镇北台也具有自己的特色。首先规模宏大，之前的长城在规模上比不过它，其次，虽然说是位于红山顶上，但实际上位于不高的丘陵上，爬楼梯到顶楼就能看到开阔的原野。我在镇北台的楼顶上，一边听赵现海老师的讲解，一边想了想古时候的情景，想到攻击城墙的游牧民族、放哨的士兵与吟着边塞诗远眺城外平原的将军。古时候，这个地方是保护中原的最前线的堡垒，是个生死之场。但是按照目前的亚洲视野，这里是多民族的文化熔炉，在这里，汉族文化与北方文化混合在一起，形成新型文化。比如，榆林的巷子里有不少四合院，基本形式是与北京的四合院相同的，但是里面还有窑洞，而且院子的形式也有不同的地方。而我认为这样的融合当中，形成了真正的陕北文化的特色之处。

下午我们去了榆林古城，古城南大街的长度约一公里左右，幅度也很宽，两边摆列各种商店，能够感觉到数百年前兴旺的城市的状况，也能够想象到汉族和北方民族在此地交流的情景。目前不少商店新装修，商店内部的风格完全变成现代化了，半新半旧的街道情景让我有莫名其妙的感觉，可能是接近于失望的感觉。然而回来的时候看到在一个新装修的理发店里年轻的理发师正在剃头发，突然心里起了一个想法：这才是普通人民的生活，老板为了生意装修店铺是自然的事情，而且这样的变化中会出现新的文化形态，而我期待每个店铺保持古代样子才是我只顾自己的幻想的一种利己主义。

星期五是从榆林回来的日子。去机场之前还有几个小时的时间，我向从北大一起过来的同学们建议去榆林的开发区吃中午饭，之所以这样建议的原因在于我刚来榆林的时候想了想：榆林有自己的机场，而且乘客不少，这意味着榆林的经济规模相当大，人口也不少，未来会有很大的发展。可是这几天的研修活动是以榆林的历史遗址为中心进行的，还是看不到榆林的未来，如果不看榆林的现代化进程而直接回京的话太可惜。因此我们六个人一起坐车去开发区的万达广场吃午饭，由于还没到下班的时间，商场里人不多，但是到处会发现与儿童有关的活动与设备，可能住在新区的人们大多数是较为年轻的家庭。吃完午饭之后，其他同学们在咖啡店歇一会儿，我一个人出去骑自行车逛了开发区一圈。的确，开发区的情景和其他的现代城市差不多一样，但是建设的规模很大，看到很多地方同时在建设高层的公寓与大厦。新区的城市计划当中，也可以发现榆林市政府的治理政策，街上种了大量的树木与花草，且很多人在给树浇水，可以感到政府重视城市绿化。

此外有关榆林的未来，我在这五天的活动当中，感到了第四次工业革命对榆林的发展起了很大作用，不仅新区，包括佳县，整个榆林的网络普及得相当完善，几乎没遇到不方便的时候，而且在榆林也可以用手机支付，在佳县和榆林古城等我去过的所有的地方，我一直用手机支付买东西。深夜和同学们聊天的时候，还点外卖一起吃了夜宵，白天在街道上还发现了很多快递员，觉得由于第四次工业革命的普及，在很多方面榆林与大城市已经没有区别了，将来肯定与大城市的差别愈来愈减少。

乘坐回北京的飞机，在天空中看到了陕北一带，很大一片还是处于沙漠化的状态，但是同时也看到了在另一大片地挤满刚种了不久的小树。如果没了解陕西省政府的治理政策，可能没意识到这样的细节。慢慢回顾了这五天的成果，与之前的旅行不同，还是了解了较为深层次的部分，而且接触到不少当地的人们，和他们的沟通当中获得了百科全书里没写到的有关榆林与陕西的真实面貌与现实情况，也许这些是我这几年错过了的文字背后的实体。最让我感动的是乡村人民对我们表示的纯真的友谊、善良的心情，我从与他们的短暂的交流当中受到治愈，希望下次还有机会再见他们。再见陕西！

（原载《美文》2020 年第 6 期）

西北的香炉寺和老爷庙

_伍秀玉（印度尼西亚）

一

2019年6月的一天，伴着温暖的太阳、柔和的微风、清新的空气，我们抵达了位于陕西北部的榆林，近距离地了解当地人的文化生活。在这样的天气到来，应该是探访榆林最好的时机了。而我最感兴趣的，除了沿途的风光，来自母亲河——黄河的魅力，就是当地的宗教文化了。

我们经过黄河近岸，四面环山的公路，一点危险之感都没有，反而好似在向我们展示着人在与大自然抗争后所体现出的和谐与统一。除了经过的一小段正在整修的路段，其余的路况都非常好，由此可以看出中国政府对榆林的公路建设投入了相当多的人力、物力、财力。中国有句俗话"要致富，先修路"，中国政府也正是这句话的真正实践者。榆林的道路建设不仅方便了当地人的日常生活和工作交流，同时也吸引了更多的中外游客来到陕北的榆林感受当地的美好，带动了整个地区旅游业的发展，提高了当地的经济水平和人民的生活水平。

正午时分未到，我们已抵达行程的目的地。一下车就看到墙上的一幅古葭州全貌图，上门写着"古葭州记忆"，从这幅图中了解到葭县已于1964年改为佳县。从远处可以看到坐落于黄河岸边的佳县古城面貌和四合院的造型。我所在的位置周围还立了厚厚的古墙，雄壮高大。刚开始我并不知道这是什么地方，只是本能地背着背包，跟随着人群往前走，随后却让我见证了城门内的沧桑。一座又一座当地人居住的房子在我眼前闪过，房子的造型挺特别，依然保留着古代的风貌，几乎每家都有烟囱，四面的砖墙连接在一起，是那样的稳固和自然，一路上都很干净，是一个充满了自然美的地方。我看着一个小男孩拉着母亲，脸上充满着好奇和甜蜜的笑容，低着头向我们的方向走过来，这也许就是当地人向外来的客人打招呼的一种方式吧。如此温暖的笑容，令人无比欣慰和舒服。走着走着，我们才发现，苍凉的大地上原来坐落着一座古老的寺庙——香炉寺，伴着波涛汹涌的黄河水的香炉寺，是那么美！

在门口，一声"你好"的声音吸引了大家的注意，我们都很好奇，原来是一只鹦鹉正在欢迎我们的到来，还积极地与我们进行问答。"你好吗？""我很好。""再见。"它能重复我们说的话，这让我们都感到非常惊讶，气氛顿时也变得异常活跃。我们到访的时间不是特别的宗教节日，所以除了我们的团队之外，今天的香炉寺几乎没有其他人来参观，又或许是因为我们的到来而刻意安排的。我心里其实是有一丝遗憾的，我原本期望能在这里看到当地人烧香祈福的情景，这样我就能亲眼见证他们对宗教是如何崇拜的，敬拜仪式又是怎样的。不过也没关系，人不多倒可以让我们静静地仔细观察并体会一下这独特而美妙的香炉寺。

一进院子里，就可以看到中间的大殿，里面有个佛像，面容慈祥。大殿前面还有一个古老的石碑。据石碑记载，这座寺庙建于明万历四十二年，约公元1614年。此外，还可以看到石碑上刻了很多人的名字，不过今天的我们已经无法看清楚具体的姓名，据说这些名字都是捐建寺庙的人的名字，后人为了感谢和铭记他们而专门把名字刻在石碑上，尤其特别的是这些名字里大部分是女性的姓名。虽然捐建庙宇的方式也同样出现在我的国家——印尼，但不同的是这座寺庙的捐建人竟然是以女性为主，而我的国家对宗教场合的捐款人大部分是以男性的名义。这意味着中国明朝时期女性对社会的影响挺大的，也从侧面反映了明朝时期女性地位的不一般。此外，古代女性把资金和心思投入到宗教或公益活动中来，成为她们日常生活的一部分，也是个不错的选择噢。

再走几步，我们能看到寺内左右两侧还有几个小殿。左边立了寄傲亭，门口有一副对联"清风入座千山秀，明月来亭万象融"，里面挂着书法写着："香炉寺欢迎您"，还有一幅香炉寺的剪纸。亭子里面还摆了木制桌椅，很适合在这个地方喝喝茶，歇歇脚，享受落日余晖的生活。如果我没有看错雕像的话，右边有一座娘娘庙，后院还有一座观音菩萨庙。小庙的桌子都是满满的灰尘，墙上画着两幅画，虽然还留下一些颜色，但很可惜，有很多部分已经破碎不堪了。对这座庙里的文物，还缺少了当地人的关心和保护。

寺内的正面还有一个挺大的石牌坊，一面横额刻着"天柱圣境"，另一面是"壁祠凌霄"，中间摆着石制香炉，左右两侧各有一棵柏树，据介绍，其中一棵已有150年了，而另一棵竟然已达200年，这是我人生中第一次遇见几百年的古树，实属罕见。这个石碑坊正对着前面山峰上的正殿。正殿的位置非常独特，我们必须要经过一座两三米的桥才能到达正殿。从远处看，正殿就像一座矗立在巨石上的小老庙，很稳固，似乎永不破碎，非常奇特，这应该是作为香炉寺的代表吧。这座小庙似乎想告诉我们正殿里的菩萨或神仙的存在是为了保护住在黄河岸边的当地人。

二

我站在桥上感受了一下人人称谓的"仙境"。蔚蓝的天空、清新的空气，遥望远方辽阔的母亲河及岸边肥沃的土地。俯瞰茂密的树林，满眼碧绿。周围的古墙就像一条巨龙，环绕着当地民居。站在这么高的地方看风景，说实话，我一开始是充满恐惧的，心跳也不由得加快，后来我突然发现，这个地方居然有念佛机的声音，重复地播放着"南无阿弥陀佛"。我一边听着，一边欣赏着风景，心里慢慢也变得平静了许多，长时间以来感受到的沉重的学习压力也一下子消失了，变得非常轻松。我低头看到的景色就像生活中正经历的一切，仿佛让我感受到了生活的滋味。遇到一些事情或困难，心里难免会感到害怕，但只要你勇敢地面对，一步一步地往前走，你的生活终将会变得更美。

我们不难看出香炉寺是一座集道教和佛教为一体的老庙，充分体现了当时道教徒和佛教徒之间融洽地相处以及两种宗教的完美融合。庙里的雕像也反映出当时的居士以女性居多。如今，很多当地人在特别的日子来到这里烧香祈福，亲自跪拜神仙或菩萨。在印尼，自古以来也有不少的寺庙，这些寺庙深受中国文化的影响。不同之处在于，印尼几乎所有的宗教场合，每周在固定的时间（如星期天）都会邀请居士们来听宗教课或一些与宗教生活相关的道理。宗教场合在印尼的存在其中一个重要的任务就是培养印尼人的心灵和心态，成为一位好人。其实无论是在中国还是在印尼，寺庙的存在都是为了满足人们心理的一种渴望，是一种心灵的寄托。每当人遇到困难的时候，总希望有人能帮忙解决抑或是希望出现奇迹。这样，寺庙或其他宗教场合的存在也就有了其合理的解释。

香炉寺那矗立百年的小庙，寄托了人们对黄河的敬仰。它能完好无损地留存至今，实属难得，显然当地人的支持是其中重要的因素。我个人也希望，香炉寺里的文物也能受到更多的重视和得到应有的保护。

三

　　除了香炉寺，我们还考察了榆林的另一处宗教场所——西老爷庙。当地人把关帝庙叫老爷庙。"老爷"一词，对陕北人来说是一种尊称，带有亲切感。曾有学者表示，榆林的关帝庙随处可见，虽无法详细地调查曾经的数量，但明朝时代几乎每一个皇帝都曾在榆林建过关帝庙。

　　西老爷庙位于榆林市榆阳区，据说这座庙亦建于明代。庙前有一个大型舞台，台阶上刻有龙纹图案，与皇宫里的龙纹样式没有太大分别，显示了有"关公""关帝"之誉的关羽在当地人的心目中如同皇帝一般地位尊贵。舞台前有一座石牌坊，横额刻着三句话，中间"大义参天"，左边"信觉古今"，右边"忠昭日月"。牌坊前，左右两边各立一支金色的杆子，杆子上挂着写有"忠""义"的灯笼，中间则是鲜艳的五星红旗飘扬着。这些都说明了关帝庙或老爷庙的存在，有利于国家政府向人民传达"忠诚""正义"等良好的价值观。

　　西老爷庙主要是由几座独立建筑的小庙构建而成，而正殿坐落于整个庙的正中央，摆着关羽像，具有勇猛的形象。庙墙上描绘了一些《三国演义》中有关关羽"忠诚义勇"的故事，此外，庙里各处摆放了各式各样的雕像，有鬼神，也有动物形象，通过这些雕像在庙里的存在，可以看出当地人经常把关羽的形象与驱鬼神联系在一起。神庙后院立了一尊高约10米的巨大关羽金身，这尊雕像成为这里的一座地标，在镇北台的任何位置都能清晰可见。这说明，在当地人心目中，关帝又是他们的保护神，时刻保护榆林的和平与安宁。

　　可以看出，香炉寺和老爷庙都是矗立于榆林数百年的寺庙，寄托着当地人的敬仰与希望。明代陕北榆林民间信仰的对象相当多样化，不仅仅是神佛和菩萨，一些圣人、历史人物甚至是动物，也在他们的信仰范畴之中。明代以后，当地社会起了很大的转变，战争减少，经济发达，而原本作为保护神的关帝，在一些民众心目中又变成了行业神。如今，很多当地人在特别的日子来烧香祈福，亲自跪拜神仙或菩萨。从香炉寺的捐建者多为女性，以及其庙内所供奉多为女性神等特点，我们可以了解到明代的当地女性相当热衷参与宗教与公益活动，在当地社会也具有一定的影响力。此外，我们也不难看出香炉寺和关帝庙是一座集道教、儒教和佛教为一体的老庙，例如：关羽演变为佛教中的"护法伽蓝菩萨"、道教中的"关帝圣君"、儒家中与"文圣"孔子比肩的"武圣"、民间信仰中的"人神"，充分体现了当时和现在道教、儒教和佛教徒之间融洽的关系以及三种宗教的完美融合。

在我看来，寺庙主要的社会功能，便是作为各种沟通与交流的平台。其一，中国传统宗教信仰通常包含着浓厚的中国文化元素，而寺庙便是文化传播与传承的平台，以宗教信仰为媒介，传播中国文化与传统价值观。其二，以香炉寺的寄傲亭，以及西老爷庙门外的舞台为例，我们可以看出中国寺庙除了作为宗教活动场所，也是人与人之间交流沟通的平台。此外，寺庙也为政府官方和人民提供了一个上下交流的平台，通过寺庙与各种宗教活动，政府能够传达人民正确的价值观与信息，而人民也能将意见上达官方。

（原载《美文》2020年第9期）

墙外的世界

_ 甲氏咏（越南）

镇北台前芳踪尽，无定河畔杨柳深。
问道西口多歧路，日暮榆关少行人。

一

七岁的时候，我第一次来到越南的古都顺化。

父亲牵着我的手走在一条长长的石板路上，两旁的商贩吆喝着叫卖，皇城的青砖金瓦在身后远去。树影斑斑，时间仿佛正向这条路的尽头慢慢流逝。

"这条路一直走下去会到哪里呢？"我突然问道。

"河内。"父亲说。

"再接着走呢？"

"嗯……那就到中国了。"

"走到哪里才没有路了呢？"

听到这里，父亲放慢了脚步，把我抱了起来。

"你看到天上的云了吗？最远的那片云下面有一面高高的墙，比皇城城门还要高。鸟到了那墙的墙头就不再飞了，路到了墙脚就不再走了。"

我盯着那片云，好久才转过头来。

"那么墙的外面是什么呢？"

……

不知又过了几个七岁，我这一次跟着中国国家汉办"汉学博士陕西考察行"终于有机缘来到中国陕北，第一次看到了陕北的长城。

车子停在路的尽头，眼前的镇北台巍峨入云。抬望眼，这座城堡如同一座层次分明的阿育王银冠，下面是众生渡劫的修罗场。行到水穷处，坐看云起时。这，便是那面墙了吧。

我走下车，踏上漫地的青砖，抚摸厚重的城墙，我蓦然感到一丝熟悉。拾级而登的脚步催动着时针的回转，随着童年一同熄灭的那个墙外的世界也仿佛从理性的灰烬中涅槃了。

青春的朝气总是能孕育出拯救世界的冲动，而我曾把对这个世界最危险、最令人向往的想象留给了墙外的那片未知之地。

在那里，愤怒的风暴裹挟着巨浪，克拉肯海怪伸展着触角，远处传来塞壬女妖魅惑的歌声，风浪中海岛上的独眼巨人正投来觊觎的目光。我曾想象着自己像奥尔良战役中的圣女贞德一样登上城墙，将潘多拉盒中释放的邪恶永远地锁进湮灭之门，让凡世的众生再也不受侵扰之虞。

终于，我登上了墙头。墙外却只有一片黄土漫漫。

这是一种不讲道理、没有分寸的颜色。在稀疏的绿色的点缀下，它好像一张许久未曾清洗的桌布，在目力不及的地方与黄昏的天际线争夺着生存空间。

夕阳斜照，城墙脚下的榆林城不紧不慢地亮起了灯火，似乎甘于忍受这种沉闷的宁静。

鸟雀飞过城头，一条公路正伸向远方。

墙外行人，墙里佳人笑。笑渐不闻声渐消，多情总被无情恼。

我或许早已做好失望的准备，但是仍然掩不住悲凉。一个世界从此消逝了。

二

榆林是一片很大的区域，东边与山西交界，西部与宁夏和甘肃接壤，北边则是辽阔的内蒙古，陕西整个北部的边界都在榆林的治下。

我们的车子离开榆林市区，沿着 G65 国道向榆林辖下的靖边驶去。这条路基本上踩着陕西北部的边界，时不时就会路过一段废弃的烽燧和土墙，有些已经风化得看不出形状了。这条陕北的边界应该就是顺着古代的长城制定的，也就是农耕文明与游牧文明的分界线。

"不到长城非好汉！你现在也是好汉了。"同坐一辆车的老王对我们说。她是榆林本地人，十几年东奔西跑的经历让她说话既成熟又风趣，其中还夹杂着一种令人亲近的豪爽气息。

"不到长城非好汉，屈指行程二万。"中国的革命家毛泽东在长征途中写下了这句诗。从江西的山区，到陕北的黄土高原，他和中国红军在艰难困苦中跋涉了两万五千里的路程。原来中国的革命者也曾追寻着这片墙外的世界。但是，当年的他们站在镇北台上，看到眼前苍茫的黄土，是不是也会感到失望呢？

刚想到这里，车子突然猛地一震，在路边停了下来。

"拉缸了。"司机喊了一句，"大家先下车。"车头冒起了白烟，好像被灼灼烈日烤熟了一样。

我们走下车，司机一边打电话求援一边踱着步子。我试着去靠路边的栏杆，想摆一个气定神闲的造型，但是滚烫的金属壳让我一激灵跳了起来。老王看到我狼狈的样子，走过来帮我把伞撑起来。

"陕北环境怎么这么恶劣，连车子都不好过。"我嘟囔着，"过去怕是没人住在这儿吧？"

"这你就说错了。"老王微笑着擦了擦额头的汗，似乎并没有被我的话冒犯到。

"你看看眼前这片土地，又干燥又荒凉，但这里就是黄土高原啊。"老秦插话说，顿了一下，似乎后面这句很有分量，"中华文明的源头就在这里！"

"不对吧。"我惊讶道，但又觉得他是在自夸，问，"不是黄河和长江吗？"

"没有错，黄河就在我们脚下。"老王用脚踏了踏地，笑了。

老王告诉我，中国文字记载最早的历史也就到四千多年前的夏朝，但是中国人常说自己是上下五千年的文明，那要追溯到什么时候、什么地方呢？20世纪70年代，榆林的石峁村发现了一座五千多年前的古城，也是中国同时期面积最大的。那里出土了在现在看来都相当精美的玉器。更令人称奇的是，石峁的城墙并不是当时多见的夯土墙，而是坚固的石墙。

"几千年来，黄河被这片土地染了颜色，这里的土被水带到下游成了肥沃的平原。"

我一边听着，一边将信将疑地看着远方沟壑纵横的黄色世界。

这时，司机说救援一时赶不到这里，来了也没法很快修好车。老王一下从我边上站起来，接过话茬，"天也不早了，干脆就在附近打个尖、住个店。"

"窑子湾离这里不远，那儿的孙书记我认识。咱们走一下就到了。"老王说。

旁边有人埋怨老王，为什么不早说在附近认识人，还不如让他们把咱们送到靖边。

"咱这儿的人热情得很。我老不下村里了，临时救个急就算了，别让人家帮忙帮过了头，到时候人情账不好算哩。"老王说道。

大家往窑子湾走，你一言我一语地打趣老王是个外粗里细的好人。

走了不多久就到了村口，我依稀看到山坡上错落有致地散布着一个个窑洞。孙书记迎过来，招呼我们进了他们家的土院，地面上均匀地铺着一大片玉米粒，我小心翼翼地走着，生怕一脚上去破坏了原来的形状。孙书记的妻子拉着我穿过院子，连说"不怕，不怕"。

我跟着热情的主人，回想着老王说的石峁古城。原来，对于五千年来住在这片土地上的人来说，我们才是墙外的人。

三

晚上睡在窑洞的炕上，白天的燥热一扫而空。酒局推杯换盏的喧嚣慢慢地沉寂下来，我也开始细细打量这个有着陕北特色的建筑。

孙书记"屋里的"——也就是他的妻子——显然是个勤快的人，我住的这间窑洞是他们进城打工的大儿子原来住的地方，里面东西不多，但是收拾得立立整整。洞顶是一个圆弧，上面层层叠叠地贴满了旧报纸，没有露出一点缝隙。炕边上有一个香案，供奉着观世音菩萨，案上摆着的馒头和酥饼还是新鲜的。窗边的墙上贴着一幅前年的年历，纸角虽然泛黄了，但是年历上抱着金鱼的娃娃仍然色彩鲜艳。

最早的人类大概就是住在这样的洞穴里吧，应该是比石峁还要早的时候。无数的房屋兴建又倒塌，形制也历经着时代的变迁。这种简单的构造却经历了时间的考验，至今仍然在这片黄土地上一代代传承着。老子所说的"为天下溪，常德不离，复归于婴儿"大概就是这个意思。抱着这个念头，我昏沉沉地睡去了。

早上起来推开门，发现老王早就兴奋地在院子里来回溜达了。她一见我就嚷道："车暂时修不好了。孙书记说白城子离咱这儿不远，我之前来了两趟窑子湾没去过，这回咱们去瞅瞅吧！"

我们嘴上答应着，心里却在想，白城子是什么地方，能让老王都撂下了工作？

孙书记走过来，看着我说："白城子在咱这也算是个去处。来都来了，一道去吧。"借着早晨的光线，我才看清楚孙书记的模样。身材不高，但是精瘦而有力气，黝黑的脸上刻着岁月的沟坎，就像是流水侵蚀掉的黄土地。

我在路上听他们讲，白城子就是中国历史上的"统万城"。五胡十六国时期，五胡之一的匈奴人铁弗部在这里建立了夏国。凶悍的夏国国主赫连勃勃大王东征西讨，把今天的陕北地区都囊括在掌中，并夸下海口要"统一天下，君临万邦"，所以蒸土筑城以"统万"为名。城墙的材料是由砂、黏土矿物、熟石灰按比例混合而成，这在当时是相当先进的造城技术。而建城的手段更不一般，负责筑造统万城的匠作大将叱干阿利下令，只要城墙能用刀插进一寸，就要把造城的工人杀死砌进墙内。

我在惊叹造城方法的残酷之余，更是像老秦一样，急切地想看看曾经如此坚固的城墙今天还能留下什么痕迹。

我们开进统万城的东门，发现里面是一片开阔地，土地上长着几丛杂草，周围散布着白色石浆的断壁。

转到西南面，一排极其宏伟的白色墙体映入眼帘，城垣和马面保存得非常完好。最高的一面有几十米高，敌楼的剖面完整地展现在人们面前，上面密密麻麻地布满了维持墙体结构的支架孔。统万城城墙的形制让我联想到了克里姆林宫的宫墙，但是比后者要长得太多。当我们走在城墙根下，仿佛自己就是《格列佛游记》里小人国的角色。

这么坚固的城墙为什么会是游牧民族建造的？他们又怎么会选择在这里建造？要知道，统万城就在毛乌素沙漠的边缘，如今雪白的墙体在黄沙的隐映下也显得那么格格不入。

"你觉得这里怎么样？"老王问我。

"很震撼，但是还是一如既往的荒凉啊。"

老王似乎看出了我的疑惑，她告诉我，这片土地曾经是水草丰美、森林茂密的地方，也是"黄河九曲，唯富一套"的河套平原。汉朝的霍去病在这里击败了匈奴，收复了这片当时被称为"河朔"的地方，汉武帝甚至为此将年号改为"元朔"。赫连勃勃也是看中了这里的富饶，建立了当时最坚固的城池。后来，党项人把统万城改称夏州，以这里为中心扩张，后来建立了独立一方的西夏政权。这里的富庶曾经使之成为几个王国的龙兴之地。

"那后来怎么成了这样呢？"我急切地问道。

老王指着城墙脚下觅食的羊群："再好的土地也经不起无休无止的折腾啊。"

元、明之后，河套地区在长年累月的过度开垦下渐渐沙漠化了。到了明朝末年，统万城已经在风沙中被人们忘记了，偶尔经过此地的人看到雪白的残垣断壁，只管这里叫作"白城子"。清朝末年重修地方志的时候，地方官员才探查到白城子就是史书上记载的统万城。

"长城没有人不知道，统万城却没有几个人记得了。"老秦摇了摇头。

"万里长城万里空，百世英雄百世梦。"清代张廷玉的这首诗在我脑海中回荡起来。不可一世的赫连勃勃大王带领游牧部落从长城外进入关内，建造了一座农耕文明都不能望其项背的城池。千百年之后，他的城池成了黄沙中的墓碑，成了羊群的牧场，他的名字却并未被多少人铭记。霍去病、赫连勃勃，以及后来的拓跋党项人，他们都曾在这片土地上追逐过自己的梦想，但是用马革裹尸换来史书上的寥寥数笔是否值得？

统万城的高墙外，无定河水静静地流淌，曾经的白骨早已湮没，河边的垂柳随风而动。

我在这片罕有人迹的地方停留了很久。

四

晌午时分，孙书记请我们回窑子湾吃饭。但是大家都不愿意再多走了，老王说干脆就在白城子附近找点吃的。

出了白城子往南不多远就有一个镇子，镇子被一圈残破的城墙围着，城墙不知道是什么年代留下来的，人们似乎对此也并不在意。

城墙脚下有一户人家圈养着一大群山羊，羊正在食槽里咀嚼着玉米。我感到有些诧异，羊不是吃草的吗？

孙书记笑了起来："城里的女娃肯定不知道嘛。这羊要吃草，也要吃料嘛，一直都是这样子的。"

我这才发现，我们的常识是多么的不堪一击，我们对世界的假设随时都有被打破的风险。即使是孙书记也未必知道，玉米是明朝才从美洲传入中国的，这种易于生长的粮食作物使明、清时期的中国人口爆炸式增长，那时候的羊却也未必能奢侈到用玉米做饲料。

我看到所谓的镇中心就是一个十字路口，商贩们用自己的三轮摩托摆起摊位，卖着应季的瓜果蔬菜。

"到了，镇上就这么一家馆子，走吧。"孙书记招呼着我们。

撩起门帘子，我看到饭馆里已经有两桌坐满了人。这些人似乎并不是一家子，但是聊得非常热络。两个桌子中间的过道放着一个不知什么年代的炉子，让路过的人很不方便走动。

我们走到最里面的桌子，老板娘的女儿正趴在上面写作业。老板娘让她往里挪一挪，尽量不要干扰到我们。等到我们坐定，整个屋子显得局促不堪，但确是红红火火的。

没一会儿，老板娘就给每个人上了一大碗面，又端上了一个装着十六个小碗的大盘子，碗里面盛着各种配菜和酱料。我有些迷茫地看着这一大桌子东西，不知道该从哪下手。

"这些料都加一点尝尝。"老秦说，"这个叫抿节儿，咱们榆林的特色。"

这种食物名副其实，面被抿得一节一节的，浮在汤上显得剔透可人。

"据说从前走西口的人都得吃抿节儿才过得去。"老秦说。

走西口是清朝末年一次庞大的人口迁徙。有人说西口是长城上的隘口，也有人说西口指的就是目的地呼和浩特。中原地区的人口膨胀到了清末时期已经到达了一个危险的平衡，只要出现天灾人祸就会导致大范围的饥荒。关内的百姓为了讨生计而背井离乡，向长城以北的内蒙古迁徙。他们中间有的人陡然而富，有的人中道倒毙。

一些陕西、山西的商人还通过走西口开辟了一条从中国的武夷山到俄罗斯的万里茶路，这一路经过草原、沙漠、冰山、森林，挥洒下了无数人的汗水和生命。

这些人或许完成了跨过长城的梦想，这是被生存的需要所驱动的本能。当他们到达内蒙古的五当召，或许会虔诚地点上一炷香，添上一壶酥油，或许这才是探寻墙外世界最纯粹的动机。

或许，根本没有什么墙，墙内的世界就在墙外，墙外的世界就在墙内……

我一边胡思乱想着，一边不停地把抿节送到嘴里。

这时，老板娘的女儿扯了扯我的袖口，问我："你是不是外国人？"

我感到很诧异："你怎么看出来的？"

"我刚才观察你好久了，发现你有点不一样。"小女孩脸上浮现了骄傲的神情。

"你是哪国人？"

"越南。"

"越南都有什么东西？"

"越南跟中国非常不一样，你以后到了那里就知道了。"

"怎么去越南呢？"

"从你们家门口的这条路一直往南走就到了。"我放下筷子，指着门外的那条土路。

小女孩顺着我手指的方向望去，若有所思地点了点头。

（原载《美文》2020年第8期）

在美丽上海找到回家的路

_叶周（美）

上海是这样一座城市，她的历史很悠久，她的容貌多姿彩。她历久弥新，美丽的城市景观中无处不渗透着历史的积淀。从新中国成立前的外国租界，到改革开放后的浦东新区，她日见日新，却依然散发着古老的典雅和风韵。

这次回到上海，我住在外白渡桥一侧的上海大厦，之所以选择这家历史悠久的名片式五星酒店，因为怀旧，1950年我的父亲从香港来到上海，正式加入接收上海重整上海电影业的重任，住的就是这家饭店。当时从各地来到上海担任接管工作的一些高层干部，许多都住在里面。在母亲晚年的记忆中，她始终还记得在上海大厦豪华的客房和大厅里发生的一些事。那也是她从香港来到上海最为深刻的最初美好印象。上海大厦并不宽敞的大堂里安放着一架1932年从英国进口到上海的钢琴，推开宽敞客房的窗户，对面是一家建于1907年的酒店，镂花的金属阳台围栏后是一排排落地窗，窗外飘来的还有浦江的风。

上海大厦由公和洋行英国建筑设计师弗雷泽（Bright Fraser）设计，新仁记等六家营造厂承建，启建于1930年，建成于1934年。在历史上这座大厦曾经迎来众多名流、国家要员，见证了十里洋场这么多年来的历史变迁。1973年，周恩来总理陪同法国总统蓬皮杜登上十八楼观景平台观赏上海景色。

夜晚我数次跨越外白渡桥，走向外滩。变换的灯光每一次都把桥身染上了不同的色彩，红的、蓝的、灰的、绿的，这座中国的第一座全钢结构铆接桥梁和仅存的不等高桁架结构桥，在新时代绽放出别样的光彩。外白渡桥自建立之日起就已成为上海的标志之一，由于处于苏州河与黄浦江的交界处，也成为连接黄浦与虹口的重要交通要道。抗战时期，日军封锁了桥面禁止外国人通过外白渡桥。苏州河上一桥之隔，划分了两个世界，北岸充满恐惧、死亡与日本人的刺刀。而南岸，一派歌舞升平……两岸的联系仅靠一座外白渡桥，桥的两边对立着两个世界。

已不像三十多年前我住在上海时，10月已是深秋萧瑟。如今上海即便是10月下旬依然是暖和的。夜色降临后，外滩早已灯光璀璨。黄浦江西岸的万国博览建筑披上一层暖黄色的灯光，如同在浦江的额上戴上一个金黄的花环；而东岸陆家嘴金融贸易区一座更比一座高耸的现代化建筑争奇斗艳，东方明珠电视塔的高度，先后被金茂大厦和上海中心超越。这些地标性建筑上灯光不断变换着耀眼的色彩，更为上海外滩增加了超现代社会的闪亮。鸟瞰世界的摩天大厦上舞动着充满灵动的灯光，忽而给大地洒下耀眼的光芒，忽而向天空射出一道道夺目的激光射线，把天空切割成一个个别致的形状。浦江两岸历史风貌和现代气息的共存呼应，在上海形成了相得益彰、独具特色的城市风貌。

走在流光溢彩的外滩，眺望两岸的景色，是历史与现实的完美交融。如今走在上海的街道上，美丽之处星罗棋布。可是来到我曾经居住过的上海南京西路，石门路一带，忽然有了找不见家的感觉。石门路以北的大片区域都已被拆除重建，坐在星巴克旗舰店里喝咖啡，感觉比美国西雅图总部的旗舰店更豪华宽敞；走过沿街新建的购物中心，街道已大面积加宽，一字排开的都是崭新的高层建筑。此情此景让一个曾经的老上海人，忽然似乎到了一个完全陌生的世界。只有当我跨过石门路，走进老牌食品名店王家沙，咀嚼着菜肉包中的回甘和两面黄的松脆口感，才会追回少年和青春岁月的记忆。在不远处一街之隔的茂名路上，一排排连体的石库门房子，都已被重新修葺一新，原先拥挤的住户都已搬出，一家家特色饭店在里面开张登场。周五的傍晚经过那里，灯火明媚处簇拥着年轻人的身影，窃窃私语和着欢快笑声弥漫了整个街区。

近二十年来随着中心城区的改造不断拓展，上海每年都有大量的旧房拆除，老城风貌，似乎离我们越来越远，一些老的地名也在开发潮中发生改变。人们由此也担心，城市历史的印记会否在迅速的发展建设中消失踪影。随着后来对新天地、田子坊等著名老建筑群的保护和重建，使他们在新的商业功能开发的同时仍能保留原来的样貌，我的心才少许放宽。今年又看到茂名北路一带老式石库门建筑群的更新改造和商业开发。对街的石库门弄堂里住户已经搬迁，洁净的老式里弄里，隔着挂上了链条的铁门，只看见一群觅食的野猫在弄堂里穿行。也许明后年再来时，他们又会以崭新的面貌推出一系列特色商店。

看到上海在城市的发展中，仍然十分重视对历史文化的保护，作为一个久违的上海人，我甚感欣慰。我读到一份《上海市城市总体规划（2017—2035年）》其中强调要把上海建设成为创新之城、人文之城、生态之城。上海是中国现代历史文化遗传最丰富的文化历史名城，1986年被国务院正式命名为国家历史文化名城。并强调要"加强保护代表上海地方文化的非物质文化遗产以及历史记忆、社会生活等非物质要素。保护世代相承、与群众生活密切相关的各种传统文化表现形式和文化展示空间。延续历史地名和路名，传承地区历史文化内涵，体现城市演变历程，增加居民归属感"。这些已经作为法例列入了上海城市的发展计划。在国务院批转文件中对此有明确要求，"城市的性质和发展方向，要根据其历史特点和在国民经济中的地位与作用加以确定。今后的建设，既要考虑如何有利于逐步实现城市的现代化，又必须充分考虑如何保存和发扬其固有的历史文化特点，力求把两者有机结合起来"。

这次在上海街道上行走，印象特别深刻的是街道上增加了一些以前没有见过的历史遗址的说明文字，譬如：毛泽东上海旧居、远东反战会议旧址等等，都在充满现代色彩的都市中注入了历史的烙印。

从上海大厦出发向西南方向去，我走进上海龙华革命公墓祭奠父亲与母亲。以及与他们比邻的郑君里导演和作家魏金枝。在烈士陵园中散步时我与陪同前往的发小马谷韦和夫人朱之丽谈起正在写的一部中篇小说，其中涉及80多年前发生在上海的一桩惨案，以柔石为代表的二十多位青年在汉口路上的东方酒店被上海公共租界老闸捕房巡捕逮捕，移送到上海龙华淞沪警备司令部。就在社会各界还在进行积极抢救的时候，被捕者们被移送到龙华淞沪警备司令部军法处刑场枪毙了。熟悉龙华的马先生即刻告诉我，这些烈士就义的刑场就在烈士陵园的另一侧。我曾在上海生活几十年，那时那个旧址还没有对外开放。于是夫妇俩陪着我穿过一条幽暗的隧道来到陵园另一侧无人问津之处。一片空旷的场地上长着稀疏的绿草，地上排放着前来拜谒者献上的两排黄色的小花。我走近被标明是烈士就义地的那块土地，用手触摸着地上冰冷的泥土。闭上眼睛，仿如可以看见一个年轻而又不屈的生命在此中弹倒地。新中国成立后有关部门就是在这片土地上发现了部分烈士的遗骸，有些手足间还戴着镣铐。经多方验证，死者是1931年2月7日遇难的林育南、何孟雄、李求实、柔石、殷夫、胡也频、冯铿等二十几位烈士。根据一块巨石上的说明，一直到1988年1月国务院才将该地列为全国文物保护单位。随后我们穿过一条通道来到不远处的龙华淞沪警备司令部监狱，高墙深巷，一列监房中每一间都可关押八位囚犯，读着展览中的介绍，才了解到许多熟悉的前辈都曾在这个监狱中被囚禁过。

为了柔石等烈士的被杀害，鲁迅先生曾经写下《为了忘却的记念》："天气愈冷了，我不知道柔石在那里有被褥不？我们是有的。洋铁碗可曾收到了没有？……但忽然得到一个可靠的消息，说柔石和其他二十三人，已于二月七日夜或八日晨，在龙华警备司令部被枪毙了，他的身上中了十弹。原来如此！……

"在一个深夜里，我站在客栈的院子中，周围是堆着的破烂的什物；人们都睡觉了，连我的女人和孩子。我沉重地感到我失掉了很好的朋友，中国失掉了很好的青年，我在悲愤中沉静下去了，然而积习却从沉静中抬起头来，凑成了这样的几句：惯于长夜过春时，挈妇将雏鬓有丝。梦里依稀慈母泪，城头变幻大王旗。忍看朋辈成新鬼，怒向刀丛觅小诗。吟罢低眉无写处，月光如水照缁衣。"

鲁迅先生文章中提到，当时上海的报章都不敢或不愿提五位作家被害的事，只在《文艺新闻》在三月时有一点隐约其词的文章。该报以《在地狱或人世的作家》为题，用读者致编者信的形式，首先透露了五位作家被捕和被杀害的消息。而《文艺新闻》当时正是由冯雪峰、夏衍、楼适夷和以群等编辑发行的一份十分有影响的左翼报纸。

为了探访一下鲁迅先生的遗迹，我又从上海大厦出发，向东北方向的虹口去。走进虹口的鲁迅纪念馆，在鲁迅墓地一侧的纪念馆中，我一件件地细看陈列着的真实物件。意外地在一份由许广平女士捐赠的送殡者登记簿，看见父亲以群的名字。其他的参加者还有王统照、关露、沙汀、丽尼等数十人。

那时父亲还是一个二十几岁的年轻人，自从加入了"左联"以后，早已将个人的生死置之度外。离开了鲁迅纪念馆我又去了不远处尚还是民居的远东国际反战会议旧址，在那幢三层楼高的建筑中，我爬上深棕色的长长楼梯，久久地站在那儿，忆想着当年走上那道楼梯的宋庆龄和英国勋爵马莱和法国《人道报》主笔古久里。而那次国际会议正是父亲以群和周文等人接受了冯雪峰的指示具体筹划组织的。"远东国际会议"成功举行后，鲁迅在回答作家萧军、萧红对会议的询问时说："会是开成的，费了许多力；各种消息，报上都不肯登，所以中国很少人知道。结果并不算坏，各代表回国后都有报告，使世界上更明了了中国的实情。我加入的。"经由父亲的血脉传承，我忽然与80多年前的历史有了联系。在摩登的上海街头依然可以寻觅到历史的遗迹，这样的事也是上海这座城市与我割不断的联系，世界上任何其他的城市无法取代。

听闻三年多前上海制订了"成片风貌"保护三年行动计划，将风貌区保护范围，扩大到整个城市，以保护好上海特有的地域环境、文化特色、建筑风格等"城市基因"。比如，上海对旧改地块提出新的要求，一旦发现有值得保护的历史建筑，对建筑的拆除将立即停止并对其进行抢救性保护，而对道路新建或扩建中也可用"绕一点"的方式避开历史建筑，避免对其整体风貌造成不利影响。这是何等重要的城市发展战略，保护了上海的历史文物功在千秋啊！

每次回上海，我总喜欢选一些老酒店下榻，有几次我住在市西华山路上一幢西班牙式九层公寓中。那是德国人海格1925年筹建的，最初名为"海格公寓"，新中国成立后成了上海市委的办公楼，直到"文革"后才改作宾馆。我选择住在那里，因为离我以前住的枕流公寓不远，附近也曾经居住过蔡元培、巴金以及上海文化界的许多名人。他们中的有些人在我出生之前已经离世，我是从书本上认识他们的。有些名人我曾经去过他们的家里，与他们促膝交谈。更多的时候会在街上与他们邂逅，不论是明星、还是著名作家，我看见他们形如普通人那样散步、坐公车、手提购物袋的真实面貌。那也是我记忆中永远鲜活的故乡记忆。

曾经担任过中华民国首任教育总长和北京大学校长的蔡元培先生的故居在华山路的一条弄堂里。在蔡元培72年的人生里，一直都是租屋而居。很难想象，这位出身望族、科举时代高中进士入了翰林，民国时执掌北大，受聘薪金高达800大洋的大教育家，过的居然一直是"房无半间、地无半亩"的"无产者"生活！

就在同一条弄堂里，离蔡元培故居不远就是生活书店和三联书店的创办人邹韬奋先生的家。走出弄堂往常熟路拐就是电影《聂耳》的编剧，剧作家于伶曾经住过的地方。大学时代周末我常去他家，站在他客厅前的小书房，隔着楼前的小院子，可以看见街上的景色。周末他家的小客厅是我向往的倾谈场所，那里时常高朋满座，幽静时与他促膝谈心，听他平易的教诲。有一次在于伶家见到刚刚拍完《巴山夜雨》的著名电影导演吴永刚，影片放映后取得了巨大的成功，可是那天吴导的心情很不好，满脸愁云。吴导向于伶诉苦说，有人将他新中国成立前导演的影片说成是反动影片。于伶听了安慰吴导说："那些人根本就不懂。他们看过你拍的《神女》吗？《神女》是中国电影史上的经典之作。"《神女》是吴导的处女作，由阮玲玉主演，是中国默片时代最具代表性的作品。吴导接着就叹了口气说："我现在最怕来访问，记者问了出去就乱写，有些捧你，捧得你也不舒服；有些骂你，又骂得毫无道理。"于伶就说："主要还是记者们的素质问题，有些事情他们自己都没有搞清楚。"于伶以前一直是吴导的领导，听到于伶的理解，吴导心情好多了，脸上也有了笑容。临走的时候又说又笑的。这样的例子还有很多，于伶和吴永刚导演间的对话，正是反映了中国电影史上一些令人寻思的争议。

离开于伶家往华山路西去，就是我家原先住的枕流公寓，那是一幢七层楼的西式公寓——是李鸿章的三儿子李经迈的产业。1930年，李经迈委托哈沙德洋行设计在花园住宅原址上建造了这幢高层公寓。公寓大楼建成之后，李经迈登报征名。应征者中有人建议以《世说新语·排调》篇中孙子荆劝说王武子归隐山园的故事"枕流漱石"来命名公寓。枕流漱石即以头枕流水以洗耳，漱石以磨砺其齿。比喻居静思危，潜心磨炼心智。李经迈最终接受了该建议，将公寓命名为枕流公寓。公寓楼前有一个大花园，花园中水池荡漾，曲径通幽，树木葱郁。如今枕流公寓门前不仅装上了花式铁栏，还挂着"文化名人楼"的牌子。这幢楼不仅是城市的重点保护建筑，而且是上海丰厚文化的一个标志，牌子上把近半个多世纪以来曾经在这幢楼里住过的文化历史名人一一写在牌子上：电影明星周璇、孙道临；越剧大师傅全香、王文娟；话剧皇帝乔奇；还有文学理论家叶以群、著名新闻人徐铸成、桥梁大师李国豪等等。

　　离开枕流公寓，顺着华山路西去，拐入武康路，一路枝繁叶茂的法国梧桐增添了街道的幽静，我的眼前不时浮现年轻时在这条街上邂逅的文坛前辈。又走了一段，前面到了巴金故居。1955年9月，巴金迁居武康路寓所。这是他在上海定居住得最长久的地方。在这幢花园洋房里，交织着巴金后半生的悲欢。他在那里完成了被海内外文学界公认的"说真话的大书"《随想录》。他的小说《团圆》也在这幢住宅中完成，小说曾被改编成电影《英雄儿女》。电影中对于父女之情的描述感动了无数的观众，我年轻时曾看了近十遍，那是难忘的青春记忆。

　　"文革"后，与巴金先生在上海作协共事的父亲平反昭雪的追悼会上，是巴金先生致悼词。会后我和母亲前去拜访巴金先生表示谢意。这次重访故居，我推开门，踏上二十二级阶梯来到二楼，来到当年随母亲拜访巴金先生时坐过的书房兼卧室，当年的情景如在眼前。我思索着从二楼走回一楼一间狭小的太阳房中，巴金先生曾在屋中的一张小书桌上创作了传世之作《随想录》。站在屋子里我不由得问自己：其实在我成长的年代里，亲眼所见文坛前辈们经受着不同的磨难，但耳濡目染的苦难为什么没有阻止我爱上文学，却依然追随先辈的足迹步上了笔耕的道路？我忽然明白，正是前辈们遭遇磨难时，沉默中展示的默默承受和人格尊严，留给我极其深刻的印象。当社会氛围中阿谀奉承和攻奸陷害弥漫时，他们的沉默和自尊如撕裂阴霾的闪电在我年轻的心灵中投上一道永远无法磨灭的光亮，为人有尊严为文才有品位。这束光在我心中点燃的火苗至今燃烧着，我的文学梦想从此开始。

　　离开巴金故居没多远，拐进复兴西路就是作家柯灵的故居。这所故居去年与创作《三毛流浪记》的漫画家张乐平的故居一起对外开放。柯灵夫人逝世后，旧居经政府置换保存，现在对外开放。这次走进故居，与我上一次去时已经距离三十多年，我对于其中的每一个空间都有清晰的记忆。我初学写作的时候，曾带着幼稚的习作去柯灵家请他指导。柯灵故居中几乎没有重新装修的痕迹，大部分摆设都保持原样。特别是走进厨房，木制的碗柜，餐桌；特别是那些并不精致的餐具，锅碗瓢盆如同普通市民家的生活状况，也正是我记忆中的模样。柯灵曾经创作了电影《不夜城》，上世纪80年代中期，华发全白的柯灵，在上海写了一篇文章《遥寄张爱玲》向居住在美国的张爱玲致以良好的祝愿，亲切的问候。在故居中看到一封鲁迅弟弟周建人写给柯灵的信，其中细述秋瑾的服饰："她是穿西装的，领前系着一个横领结，一手叉腰，另一手拿着一根斯铁克（作者注：手杖）。"一个日本留学归国的革命志士形象跃然纸上……

所有这些历史遗迹的留存，都感谢上海这座城市的管理者们，在大力推进城市的现代化建设中没有忘记利用各方的资源对丰富的历史文化进行保护，这些保护中包含了修复和重建。并利用这些具有历史意义的建筑经常举行一些文化活动。上海是一个历史悠久的历史名城，而这些丰富的历史文化资源是上海这座城市屹立不倒，并且在今天更显示出其价值的重要因素之一。

十月的一个傍晚，我独自坐在城市中心一家近年来落成的酒店大堂里喝咖啡，两位年轻的女音乐人正在演奏着钢琴和小提琴。在我座位的前方挂着一幅巨大的上海城市写意画，斑驳的金色和灰色中交错着外白渡桥和东方明珠电视塔，而散布于明暗色块中的是无数历史的痕迹……独自一人时我本希望沉淀一下自己的心情，可是从两位音乐人手底流出的舒缓悠扬的曲调却不经意间促动了我心中敏感的神经，过往的人和事随着这悠扬的曲调向我走来，他们中有些是我熟悉的前辈和朋友，有些只是我在书本上认识的先驱者，他们一个个生动地走进了我想象中的世界。我心中涌动起一种不可名状的激动，抑制不住热泪盈眶。一个摩登上海的宁静傍晚，独自一人，却莫名激动，是什么原因？我终于悟道，我走进了一个崭新的上海，却处处撞击历史，处处与先人邂逅，在那一个熟悉的街角，在那一栋曾经到过的故居里……一个历史与现实不可分割，互相交错的城市，是我陌生的，却更是我熟悉的。有无数魂牵梦绕的人和事伴随着我走到世界各地，也吸引着我回到故乡。

一座城市的历史，不仅需要记载在文字中，更需要留存在携着先人生命信息的居所里。一座文化名城的价值，不仅需要经济数字来体现，更需要历史现场的烘托。一座城市的魅力，不仅来自那些璀璨夺目的灯光，还源于曲折街巷中那一处处散发着文化馨香的遗存。上海丰富的文化遗存可以让未来者了解城市历史和文化发展的脉搏，更可以让一个远方游子找到回家的路！上海城市发展的设计者对于历史文化遗址的保护意识，功在千秋！

（原载《上海纪实》2020年第1期）